KB082047

납골당의 어린왕자 5

글 퉁구스카
표지 MARCH

길찾기

저자 퉁구스카 | **표지** MARCH

|목차|

머나먼 다리 Part 2…5

과거 (10), 장미가 시드는 계절 (3)…17

과거 (11), 장미가 시드는 계절 (4)…28

좁은 문으로 들어가라…34

합종연횡…39

과거 (12), 장미가 시드는 계절 (5)…181

Track 9…191

검은 물 아래…200

읽지 않은 메시지 (8)…325

장미가 시드는 계절 (6)…338

생존자들…348

부록…407

머나먼 다리 Part 2

이제 가장 어려운 고비는 넘겼다. 그러나 탈출극의 대단원은 아직이었다.

겨울은 「수영」을 습득했다. 그러지 않고선 이 상태로 6킬로미터를 헤엄칠 수 없었다. 다행히 기술에 투자할 여력은 충분했다. 관제인격은 사용자의 모든 행동과 상호작용을 평가한다. 오늘 하루의 보상이 예상 이상으로 많았다.

문제는 호위 대상이었다. 해수의 차가운 흐름은 사람의 기력과 체온을 동시에 앗아갔다. 여기에 발아래의 까마득한 수심에서 올라오는 두려움까지.

약해진 탄귀셩에게 내륙수로의 절반은 너무도 길었다.

결국 겨울은 그를 표류하는 보트 위로 끌어올렸다. 선수가 깨져있었으나, 손상이 경미하여 가라앉을 것 같지 않았다.

배는 느릿느릿 동쪽으로 흐르고 있었다. 지금껏 거슬러온 방향의 반대였다. 오래 머무르면, 처음 물에 뛰어들었던 지점까지 되돌아갈 것 같았다. 버려진 부두는 여전히 타오르는 중이다.

"너무……춥군……."

긴장이 풀린 탓도 있으리라. 해군장교는 어둠 속에서도 선명하게 질려있었다. 따닥따닥, 이빨 부딪히는 소리. 이는 묘하게 변종의 본능을 닮아있었다.

"여기서 기다리십시오. 내부를 살펴보겠습니다."

겨울은 선실 아래로 내려가는 사다리를 찾았다. 권총으로 응달의 중심을 겨누었다. 기관실로 이어지는 문이 잠겨있었으나, 소음에 주의할 필요가 적은 지금은 장애물이 되지 못했다. 쾅! 잠금쇠가 발길질 한 번에 박살났다. 문 안쪽은 고요한 어둠이었다. 갇혀있는 변종 따위는 존재하지 않았다. 겨울이 경계를 거두었다.

'누군가 부두에서 풀어내긴 했을 텐데…….'

타고 있던 사람은 어찌 되었을까?

"안전합니다. 내려오십시오."

그렇게 말하고, 겨울은 알약을 하나 깨물었다. 우득, 우드득. 쓴맛과 저린 감각이 목구멍까지 이어진다. 번거로운 일이었다.

갑판 아래엔 주방과 침실이 존재했다. 붙박이 전열기구 외에도 휴대용 가스버너를 찾을 수 있었다. 불을 켜는 사이, 탄궈셩은 몸에 이불을 감고 침대 모서리에 앉았다.

주위를 살피던 겨울의 시선이 기관실의 부서진 문짝에서 멎었다. 무늬 좋은 원목이었다.

콰직, 콰지직.

이를 악력만으로 박살 낸 겨울이, 날카로운 토막들을 싱크대에 던져 넣었다. 마지막 토막은 버너에 대고 불을 붙였다. 불붙은 뒤에는 싱크대 아래에 쑤셔 박았다. 싱크대는 선체와 하나였고, 내장재가 금속이라 화재의 우려가 낮았다. 주의할 필요는 있겠지만.

연기가 늘었다. 하나 뿐인 개폐구로 빠지기엔 많았다. 자연히 선내가 매캐해졌다. 숨쉬기 곤란한 수준은 아니었다.

그렇게 얼마나 흘렀을까. 무전기가 감도 낮은 통신을 잡아냈다. 탁한 중국어였다.

[여기는 인민해방군 해군 잠정[1] 원정 35호. 탄궈셩 해군중교 이하 아랍미달[2] 상륙전투단의 생존자가 있다면 응답하라. 반복한다. 여기는 인민해방군…….]

"맙소사, 어머니께서 구조대를 보내셨군!"

장교는 기뻐하며 겨울의 무전기를 건네받았다. 응답하고, 정해진 암구호를 말한다. 방해전파는 거의 없었다. 화재와 총성이 많은 수를 끌어들인 모양이다. 잠수함도 이런 변화를 감지하고 무전을 시도한 것일 터였고.

교신은 순조로웠다. 수로의 폭이 400미터에 이르러, 출력을 조절한 무전이라면 비교적 안전했다. 대화 내용을 들으며, 겨울은 의심을 낮추었다. 적어도 중국군의 다른 분파가 보낸 위장 구원은 아닌 듯 했다.

'장군의 아들이면 납치할 가치는 충분하지. 작전정보가 어디서 샜을지 모르고.'

아들의 행방이 묘연해진 시점에서, 시에루 해군중장이 기다리고만 있지는 않았던 것이다.

---

1 潛艇: 잠수함

2 阿拉米达: 아라미다, 앨러미더 군(Alameda County)

그러나 시에루 그녀에게 잠수함(잠정) 전력이 있다는 것은 새로운 정보였다.

원정 35호라. 일단 원자력잠수함은 아니었다. 이름을 보면 안다. 동력이 핵이면 장정(長征)이고, 디젤이면 원정(远征)이었다. 기름을 태우는 재래식 잠수함이라고 우습게 여길 순 없었다. CIA와 미국 해군이 고래 사냥에 애를 먹는 것은, 다수의 수상함과 재래식 잠수함들이 장정 9호를 보호하고 있는 까닭이었으니.

이를 차단할 목적으로, 레드 스컬 대원들이 간이 정유시설을 공격한 적이 있었다. 실패였다. 그 시설은 유조선에 붙어있었다. 자칫 만 전체가 불타오를 위기였다고. 겨울의 합류 이전에 벌어진 일이었다.

잠깐. 겨울이 눈살을 찌푸렸다. 무언가 불길한 느낌이 뇌리를 스쳤기에. 불분명한 깨달음이 어렴풋한 형상으로 뇌리를 맴돌았다.

"됐네, 됐어! 여기서 빠져나갈 수 있다고! 하하하!"

환희의 외침이 생각을 방해했다. 겨울은 놓친 영감을 더듬으려 애썼다. 그러나 한 번 떠나간 깨달음은 다시 찾아오지 않았다. 근거 없는 예감만 남았을 뿐.

두 사람은 갑판으로 올라갔다.

다가오는 잠수함은 물 위로 드러난 여섯 개의 막대였다. 그 중 가장 높게 솟은 것이 잠망경 마스트. 서로를 발견한 시점에서 거리는 약 30미터에 불과했다. 풍향이 바뀌었는데도 여전히 짙은 안개 탓이었다.

새까만 선체가 조용히 부상했다. 물거품이 일지 않을 만큼 신중하게. 밤과 구분하기 어려운 군함에서, 함수의 하얀 눈금만이 도드라졌다. 탑처럼 솟은 함교는 정면에서 보면 십자가의 형상이었다. 한 쌍의 수평 날개 같은 조항타 때문이었다.

잠수함의 함수에 보트가 맞닿았다. 거리조절이 절묘했다.

해치는 바로 열리지 않았다. 겨울은 곁눈으로 탄귀성의 초조함을 느꼈다.

"왜 나오지 않는 거지?"

건너가려는 그를 겨울이 만류했다. 조금만 기다리라고.

함교의 유리창 안쪽에서 무언가 움직이는 기척이 있다. 이쪽을 지켜보는 시선 역시. 「전투감각」이 낮은 수준의 위협성을 감지했다. 적의라기보다는, 신경 곤두선 경계에 가깝다.

'감염되었을지도 모르니까.'

상대는 역병에 나라를 잃은 군인들이었다.

잠시 후, 두 개의 해치가 열렸다. 함교와 함미에서 푸른 색조의 디지털 위장복을 입은 병사들이 올라왔다. 일부가 이쪽으로 총구를 겨눈다. 사선경고의 색채는 엷었다. 그러나 탄귀성은 여유 없는 노여움으로 굳었다. 이 자라새끼들이 감히……. 중얼거리는 욕설. 겨울은 그를 달래는 대신, 한 걸음 앞서 움직였다. 갑판에서 갑판으로 도약한다. 탄귀성이 힘겹게 뒤따랐다.

직접 마중 나온 정장(함장)은 둘 뿐인 생존자가 달갑지 않은 표정이었다.

"중교 동지, 인원은 이게 전부요? 다른 이들은 어디로 갔소?"

"모두 죽었습니다."

탄귀성의 대답에, 분위기가 한층 더 가라앉는다.

"그게 정말이오?"

되묻는 의도는 여럿이었다. 그 중 의심과 책망이 크다. 전자는 나 살자고 전우를 버리고 온 것 아니냐는 물음이며, 후자는 부하를 다 죽이고 지휘관만 살아서 왔느냐는 힐난일 것이었다.

탄귀셩은 입을 다물었다. 어머니의 부하라곤 해도 일단은 정장 쪽이 상급자였다.

팽팽하게 당겨지던 침묵이 정장의 한숨으로 끊어졌다.

"오늘 너무 많은 애국자들을 잃었군."

그리고 그는 부하들에게 몸수색을 지시했다. 물린 곳이 있는지 확인하라고. 당연한 절차였으나 강도가 문제였다. 옷을 모두 벗으라고. 중인환시에 당해도 좋을 일은 아니었다. 탄귀셩은 모멸감을 감추지 못했다. 겨울은 묵묵히 탈의했다. 점검하던 병사가 전투화를 보고 기겁한다. 선명한 이빨자국, 아직도 박혀있는 몇 개의 이빨 탓이었다.

"너무 불쾌해하지 마시오, 동지. 난 지휘관으로서 본 잠정을 상실할 일말의 가능성도 용납할 수 없소. 단지 그 뿐이오. 우리는 인민을 지키는 최후의 보루잖소. 이해해주길 바라오."

하급자를 대하는 정장의 정중함은 시에루 중장의 그림자였다.

중국계 난민들을 주로 상대하던 겨울은 동지라는 호칭이 낯설었다. 듣지 못해서가 아니라, 의미가 달라서. 범죄자들이 말하는 동지는 동성애자에 대한 멸칭일 때가 많았다.

몸수색을 마친 뒤에, 겨울과 탄귀셩은 선실로 안내되었다.

잠수함 내부는 악취에 찌들어있었다. 머리가 어지러울 정도의 분변 냄새. 잠깐의 환기는 도움이 되지 않았다. 승조원들이 함교 사다리 아래에 모여 피워대는 담배 탓도 있었다.

"무언가 필요한 게 있다면 말씀하십시오. 저희는 문 밖에 있을 겁니다."

안내역의 병사 둘은 또한 감시역이기도 했다. 어쨌든 겨울은 외부인이었기에. 장교를 향한 감정이라고 곱지는 않았다. 부하들을 전장의 고혼[3]으로 두고 온 지휘관이 받을 법한 적대감이었다. 탄궈셩 스스로도 우려하던 일.

문이 닫혔다. 비좁은 선실은 말 그대로 취침만을 위한 공간이었다. 일본 잠수함 진류(仁龍)에 비해 빡빡하다는 느낌이 든다. 기능적인 설계였지만, 사람에 대한 배려는 없었다. 접이식 강철 프레임에 모포를 깔았을 뿐인 침대가 무언으로 역설한다. 승조원은 그저 무기로서의 잠수함을 구성하는 부품에 지나지 않는다고.

탄궈셩이 애써 민망함을 감춘다.

"미안하네. 나는 그렇다 쳐도 자네가 이런 취급을 받아선 안 되는 건데. 많이 불편하지?"

"아닙니다. 적어도 급수탑 정상보다는 여기가 훨씬 넓지 않습니까?"

장교는 냉랭한 취급을 두고 던진 질문이었으나, 겨울은 알면서도 달리 대답했다. 옅은 미소를 만들면서.

'조안나의 평가는 별로였지만.'

이 얼굴로 웃으면 꽤 험악한 모양이라, FBI 감독관은 어디 가서 함부로 웃지 말라고 충고했다. 역효과를 보기 십상이겠다며.

그래도 반응은 괜찮았다. 장교의 어깨에서 힘이 빠졌다.

---

3 의지할 곳 없이 떠돌아다니는 외로운 넋.

"그래……. 긍정적으로 생각해야지. 넓군. 정말 넓어."

은유적인 동의였다. 실제로는 턱없이 좁아도, 느끼는 마음으로는 넓을 수밖에. 탄궈셩이 침대에 드러눕는다. 모포가 젖든 말든 개의치 않는 태도였다.

"여쭤볼 게 있습니다."

"뭔가?"

"다리를 어뢰로 파괴할 순 없었습니까?"

답은 이미 알지만, 분위기 전환을 위해 묻는다. 사소한 말에서 시에루 중장 계파의 현황을 짐작할만한 단서를 얻을지도 모르고.

탄궈셩은 엉거주춤한 모습이었다. 일어날까, 말까. 겨울의 눈치를 살핀다.

"어……. 오해는 하지 말게. 사람보다 어뢰가 귀중했던 건 아니야."

의도를 곡해한 것 같다.

"물론 그렇게 생각해도 무리는 아니겠지. 그래, 젠장. 어뢰가 충분히 많았다면 시도해봤을지도 몰라. 이것만큼은 변명의 여지가 없어."

"기분 상하셨다면 죄송합니다. 그런 뜻으로 드린 질문이 아니었습니다."

"그런 뜻이었어도 괜찮아. 자네는 내게 말을 가릴 필요가 없거든. 음……. 내 희망사항일세."

"고마운 말씀이십니다."

"고맙긴. 아무튼 설명하자면……조금 복잡하군. 내가 말주변이 없는 편이라……. 자네는 육군에서 복무했었지? 어디부터 설명해야 좋을까."

겨울에게 원망하는 기색이 없음을 깨달았는지, 장교는 허리를 쭉 펴고 누워 한숨을 쉬었다. 꼬아놓은 발을 까닥거리며 생각을 정리하길 잠시. 오래지 않아 입을 연다.

"결론부터 말해서, 내륙수로 동쪽은 너무 얕고 좁아."

"그렇습니까?"

"응. 어뢰가 항주하려면 수심이 적어도 10미(m)는 되어야 해. 폭은 그 이상이어야 하고. 아랍미달과 오극란[4] 사이가 꽤 넓어 보이지만, 해저지형은 그렇질 못하다네. 중간부터 수심이 3미 이하로 떨어지지. 없는 거나 마찬가지인 여백이야. 아마 미군도 이 바다에 대해선 우리보다 자세히 알지 못할 걸세."

그럴 것이다. 샌프란시스코 만 내부에 반백의 잠수함이 우글거리는 마당이니. 도시가 함락되면서 상실한 자료도 많을 것이고.

"게다가 중간에 민물이 섞이거든. 어뢰의 쉥나……그러니까, 표적과 지형을 감지하는 음파탐지기가 제대로 작동하지를 못해. 수중의 부력변화도 심한 편이고, 가라앉은 배들도 많아. 그러니 만약 어뢰를 쓴다면 최소한 몇 발은 허망하게 날려먹을 각오를 해야 할 거야. 지금의 우리에겐 감수하기 어려운 손해라네. 더 이상의 보급은 없으니까 말일세."

그리고 교각을 부수려면 다리 하나 당 두 발을 명중시켜야 한다. 교각이 방파제의 보호를 받는 까닭이었다. 소모는 배로 늘어날 터. 간략한 이야기에 포함되지 않은 사정이었다.

---

4 奥克兰: 아오크란, 오클랜드(Oakland)

"이해했습니다. 다음에도 사람이 오는 수밖에 없겠군요."

"……그래야겠지. 다음이 있을지는 확실치 않지만."

장교가 거듭 쉬는 한숨은 아까보다 무거웠다.

겨울은 그에게 수면을 권했다.

"안색이 좋지 않으십니다. 잠깐 눈을 붙이시는 게 어떻습니까?"

"마침 졸리던 참이야. 공기가 덥군. 자네도 좀 쉬게. 복귀하기까지 시간이 꽤 필요할 테니. 물속은 물 위보다 많이 복잡해서 말이야."

탄궈셩이 지형 이상의 장애를 암시했다. 내륙수로의 입구는 서로 다른 파벌의 경계였다.

그의 호흡은 금세 평온해졌다. 얼마 지나지 않아, 낮게 코를 골기 시작했다.

겨울은 닫힌 문을 뜯어보았다. 통째로 합금이라 유리창은 없었고, 살짝 열린 틈새로 노려보는 눈동자도 없었다. 이제 실내를 살핀다. 별도의 감시수단은 마련되어있지 않은 것 같았다. 폐쇄회로라던가.

괜찮을까? 겨울이 이빨 안쪽으로 손가락을 집어넣었다. 손끝에 가느다란 실이 걸린다. 어금니에 묶인 채, 반대쪽 끝은 목구멍 안쪽으로 넘어가 있었다. 손가락 마디에 걸어서 당기자, 식도 아래에서부터 이물감이 끌려 올라왔다.

이물감의 정체는 내식성 캡슐이었다. 모포에 닦은 뒤 비틀어 연다. USB 스틱이 들어있었다.

이것을 건네준 사람은 CIA 샌프란시스코 작전본부, 「피쿼드」의 보안 담당자, 섀넌 코왈스키 요원이었다. 이하는 작전 투입을 앞두고 나누었던 대화.

"중국군 군납품과 동일한 사양이에요. 외관상 구분이 안 될 걸요?"

겨울이 물었다.

"뭐가 들어있죠?"

"남자들에게 필수적인 동영상들이요. 대략 2~3년 전에 제작된 것들 위주고요. FBI가 엄선했으니 수준은 높을 거예요. 접속지역을 구분해서, 중국인들의 선호도 베스트를 뽑았다던가요?"

그녀는 매력적인 미소에 윙크를 더했다. 그리고 이렇게 말했다.

"실제로는 물론 최신예 트로이 목마랍니다. 절대로 잡아내지 못하겠지만. 하와이에서 투항한 중국군 함선들을 상대로 테스트 해봤거든요. 뭐, 1년 넘게 업데이트 되지 않은 백신이 상대이니 걸리는 편이 오히려 이상하죠."

"이걸 쓸 기회가 올지 모르겠네요."

"가장 좋은 건 어느 배든 전투지휘실 콘솔에다가 직접 꽂는 건데, 꼭 그러실 필요는 없어요. 기회를 봐서 적당히 두고 오세요. 당장은 눈치 채기 어려워도, 언젠가는 찾아내겠다 싶은 곳에다가요. 보급이 끊긴 군대이니 USB 하나라도 소홀히 취급하진 않을 거예요."

요원의 요청은 합리적이었다.

속 빈 캡슐을 다시 삼킨 겨울은 침대의 프레임 위로 손가락을 밀어 보았다. 먼지 층이 얇다. 자주는 아니더라도 청소를 하긴 하는 모양이었다.

탐색 결과 천장의 선반 안쪽이 괜찮을 것 같았다. 문 밖의 기척에 주의하며, USB를 밀어 넣는 겨울. 생각보다 깊게 들어간다. 운 나쁘면 영영 발견되지 않을 수도 있겠구나 싶었다.

'이번 임무는 여기까지인가…….'

가능한 일은 모두 마쳤다. 복귀엔 지장이 없을 것이다. 잠수함이 공격받지만 않는다면.

겨울도 침대에 누웠다. 신경이 느슨해진다. 몸을 회복시켜둘 때였다.

과거 (10), 장미가 시드는 계절 (3)

이 분노는 나의 것이다.

고건철 회장은 손에 쥔 약병들을 노려보았다. 향정신성의약품. 주치의는 폭군이 중증의 충동조절장애라고 진단했다. 이미 뇌기능이 손상되어, 통상적인 수단으로는 회복이 어렵다고. 대증적 상황연출, 외과적 시술, 약물복용을 병행하여 치료해야만 한다고.

"웃기는 소리."

회장은 약병을 쓰레기통에 집어던졌다. 차례차례, 하나하나, 다짐을 새기듯이. 이따위 수단에 의지할 수 없었다. 회장은 생각했다. 주치의? 그놈도 결국 계약관계의 타인일 뿐이잖은가. 더 이상 누군가 내 정신을 좌우하게 두지 않겠다. 내 마음을 주무르게 두지 않겠다.

이 분노는 나의 것이다. 이를 죽여 없애는 것도 오직 내 역할이어야 한다. 나의 투쟁이어야 한다. 잃어버린 모든 것을 되찾기 위한 가시밭길. 내 주인은 나다. 내가 나의 주인이다. 실패하더라도, 그 실패 또한 나의 것이다. 나 아닌 내가 되어 무의미한 삶을 이어가진 않겠다.

대체 누가 무슨 기준으로 나를 재단한단 말인가?

감히 누가 나를 미쳤다고 하는가?

그들이 말하는 정상이란, 결국 개돼지 같은 대중의 일반화에 불과하지 않던가.

내가 유일한 기준이다. 내 인생을 평가할 수 있는 것은 오직

나뿐이다. 나도, 사람도, 이 세상도, 삼라만상에 가치를 매기는 것이 오롯한 나의 역할이다.

폭군은 알 만큼 알았다. 정신이상의 진단이 사회적 평균의 오차범위에 기초한다는 사실 역시도. 용납하지 못할 일이었다. 폭군은 인간이었다. 개돼지들의 잣대로 인간을 잴 순 없었다.

실수는 한 번이면 족했다.

자처하여 한 여자의 노예가 되었던 것으로 충분했다.

고건철은, 의사가 상황연출의 매체로 가상현실 운운하는 시점에서 코웃음이 나왔다.

모든 것이 진짜가 아니면 의미가 없었다. 실체 없는 환상 속에서 허우적거리는 건 최악의 실존이었다. 실체 없는 환상. 실체 없는 감정. 있다고 믿었던 사랑에 휘둘린 삶이 지난 육신의 평생이었는데, 어찌 또 다른 환상에 스스로 발 들일 수 있단 말인가?

이토록 가소로운 세상.

진짜는 보기 드물고, 무수한 가짜들 사이에 매몰되어 사라진다. 그렇기에 세상은 가짜로만 이루어져있다. 가짜들은 진짜보다 요란하고, 시끄럽고, 화려하다. 진짜인 폭군은 가짜들 사이에 끼어 사라질 뻔 했다. 그것들이 진짜인줄로만 알았다. 순진했던 나날이었다. 무지가 죄인 줄도 모르고, 백일몽에 취해, 덧없고 향기로운 착각 속을 나비처럼 날아다녔다. 칼날 같은 거미줄, 현실, 진실의 무게에 날개가, 희망이 찢어지기까지.

사람을 흉내 내는 백억 마리의 축생들.

부질없는 환상을 동경하여 현실을 배반하는 잡것들. 얼마나 화려하고 얼마나 자극적이더라도, 환상은 그저 환상일 뿐이다. 전원을 끊으면 사라지는 세계 따위. 그것은 자본을 쥔 누군가가 절대적인 지배력을 행사할 수 있는 가공. 그러므로 모든 축생은 자본으로 환원된다. 그것은 기회비용이다. 돈은 인간의 모든 기회를, 모든 가능성을 제공한다.

아, 삶은 경제적이어야 한다. 그것이야말로 유일하고도 치열한 존재의 방식이기에. 폭군은 끓는 소리를 냈다.

끓는 감정은 분노였다.

운명을 타인에게 맡기느니 차라리 실패하는 편이 낫다. 그것이 삶이라 다짐하였으나, 회장은 폭군이었다. 실패를 용납할 수 없었다. 실패는 곧 패배일 것이었다. 그 여자의 궁극적인 승리일 것이었다. 이미 세상에 없는 여자이지만, 죽여 놓고도 승리감을 느낄 수 없었던 고건철이다. 애초에 이 분노, 가슴 속에 굴러다니는 돌덩이의 실체가 그 여자의 망령이기에.

폭군이 읊조렸다.

"나는 나를 되찾을 것이다."

분노는 마땅한 감정이었다. 그의 감정이었다. 도피는 패배선언이나 다름없다. 이 거짓된 세상에게, 내가 졌다고 외치는 일이나 마찬가지였다. 하! 어찌 그럴 수 있단 말인가.

딸이 아버지에게 물었다.

"무슨 말씀이신지 모르겠네요. 저는 언제까지 여기에 있어야 하나요?"

"내가 가라고 할 때까지."

고아영은 가라앉은 눈으로 아버지를 바라보았다. 그것은 많은 감정을 억누르는 인내였다. 폭군은 그것이 마음에 들지 않았다.

저것은 분노에 미쳐본 적이 없었다. 차라리 그 분노를 쏟아내었더라면, 그랬다면 조금 더 사랑스러웠을…….

'사랑이라고?'

회장은 구토감을 느꼈다. 저것을 사랑한다니? 어떻게 그런 생각을 할 수가 있지?

저렇게, 저토록, 그 여자를 닮았는데.

닮았고 아름답기에 역겨운 얼굴만이 아니다. 사소한 표정과 습관과 취향과 말투와 목소리로부터, 딸이 그 여자에게서 물려받은 절반의 유전자를 느낀다. 한 때 저것을 사랑했었다는 사실을 믿을 수가 없다. 아니, 믿을 수 없는 것은 그 감정의 실체다. 자식이기에 아꼈을 감정과, 그 여자와의 결실이기에 아꼈을 감정을 나누어 생각할 수 없었다.

그러나 고건철은, 결국 고아영을 사랑해야 한다는 사실을 안다.

그것이야말로 그가 쟁취해야할 하나의 승리이기에.

'저것은 그 여자의 반쪽이며, 나 고건철의 반쪽이기도 하니까.'

따라서 고아영에 대한 고건철의 감정이 사랑인가 증오인가는, 모든 악의 근원인 여자와 폭군 사이의 전쟁이었다. 필사적인 다툼이었다. 증오한다면, 그 여자의 승리다. 사랑한다면, 폭군의 사필귀정이다. 고아영에게서 전처를 보는 것은 현실을 짓누르는 환상이었다. 환상. 감히 실존을 지배하려드는 덧없는 아집, 망령, 괴로움, 후회, 자학…….

"왜죠? 저를 볼 때마다 그토록 노여워하시면서, 대체 무슨 이유로……."

"닥쳐라! 닥쳐! 닥쳐! 닥쳐! 내 생각을 방해하지 마라!"

고건철이 포효했다.

"왜냐고? 왜? 왜에에? 왜냐면 이 씨발년아, 네가 나의 소유물이기 때문이다! 네가 나의 자식이기 때문이다! 네 인생! 네 존재! 네가 네 것이라고 여기는 모든 것! 그것들이 내 허락 없이 존재할 수 있었을 것 같으냐! 너는 나의 허락이란 말이야! 네 낯짝, 네 몸뚱이, 네 머리카락 한 올까지! 나의 결정이다! 내가 너를 허락했다! 내 허락이 있었기에 네가 여기에 있다!"

"……맞아요. 하지만 절반은 어머니의 허락이겠죠."

"너어어어어!"

회장은 격렬하게 붉어졌다.

"감히! 내 앞에서! 네가! 그 여자를 말하다니!"

"사실을 말씀드렸을 뿐이에요."

딸은 폭주하는 아버지를 바라보았다. 가까이에 술병이 있었다. 날아올 줄 알았다. 그것이 습관이었으므로. 그러나 아니었다. 움켜쥐고 숨을 몰아쉬다가, 던지려다가, 마시려다가, 이를 갈며 망설이다가, 쓰레기통에 집어 던졌다. 이 변화는 무엇을 의미할까. 고아영에게 이 고민은 당장의 현실에서 벗어나기 위한 임시방편에 지나지 않았다. 아버지의 내면 따위, 거기에 공감하려는 노력 따위, 오래 전에 포기해버렸다.

'견딜 수 없었는걸.'

그녀는 사람이었다. 사람에겐 한계가 있었다. 한때는 아버지를 이해하려고 해보았다. 위로하려고 노력했었다. 그러나 모든 시도와 연민이 좌절로 돌아왔을 때, 딸은 눈물을 흘리며 사랑을 포기하고 말았다. 깊이 사랑할수록 보다 깊은 상처가 되었기에.

공감은 손잡이 없는 칼이다. 슬픔에 공감하는 사람은 슬프다. 아픔에 공감하는 사람은 아프다. 받아들여지지 않았을 때, 마음 주려던 사람만이 눈물 흘린다.

딸은 고개를 숙였다.

아버지는 버린 술병을 노려보았다.

유리병에 담긴 현실도피가, 쓰레기통 안에서 매혹적으로 찰랑거렸다.

치열하게 분노해야 한다. 그것이 괴로워 현실을 멀리 한다면, 폭군에게는 그 자체로 찰나의 패배다. 그는 자신에게 나약함을 허락하지 않았다. 그렇다. 그것은 허락의 문제다. 이 세상 모든 가치가 그 자신의 평가에서 비롯되며, 자신과의 관계가 아니고선 아무런 의미가 없다.

이제 다시 딸을 노려보는 아버지. 뜨거운 울화를 삼킨다. 분노 또한 패배의 증거일 뿐이니. 참는다. 참아야 한다. 부들부들 떨면서, 회장은 입을 열기까지 수십 번의 고비를 넘겨야 했다.

"오늘은 이만 가 봐도 좋다."

"……."

"다시 부르겠다. 그때는 좀 더 신중하게 처신하길 바란다."

딸은 묵묵히 일어났다. 진심이 아닌 예의로서 깊게 허리를 숙였다.

돌아나가는 그 가냘픈 등을 보며 폭군은 되새겼다.

저것을 사랑해야 한다.

머리로는 충분히 알고 있었다. 그날, 눈 내린 뜨락에서 외롭고 두려웠던 아이에겐 아무런 책임이 없음을. 와선 안 될 아버지의 옷자락을 붙잡고 오들오들 떨던 그 추위를, 공포를, 눈물을, 지금이라도 보듬어 주어야 마땅함을. 저 아이가 여전히 홀로 외롭게 얼어있다는 사실을.

그러나 얼굴을 볼 때마다 속이 뒤집어지는 것이다.

이런 씨팔, 개 좆같은 경우가 있나.

회장은 이제 스스로에게 격분했다.

아니, 진작부터 모든 분노의 궁극적인 향방은 자신의 분노 그 자체였다. 다만 분노하는 매 순간이 새롭고도 낯설 뿐. 손을 벗어난 운명이, 통제를 벗어난 영혼이, 돌덩이처럼 굳어 우륵 우륵 우르르륵 자글거리는 이 심장이.

누군가를 원망함으로써 얻는 충족감이라는 게 있다.

분노는 그 자체로 살아있었다. 살아서 끝없이 희생양을 찾아 헤매었다. 그러므로 이유는 얼마든지 있었다. 갖다 붙이면 생기는 게 이유 아니던가. 사람을 사랑하는 데엔 이유가 없다. 사람을 미워하는 데에도 이유가 없다. 분노는 그런 감정이었다. 증오가 자라는 데 필요한 양분은 오직 증오, 증오뿐이었다.

'진짜, 진짜가 필요해. 부질없는 현실에 못 박을 진실된 무언가가.'

회장은 테이블에 머리를 박았다. 신음도, 흐느낌도 아닌 울림이 목젖 아래에서 꿈틀거렸다.

자기혐오가 시간을 잡아먹었다.

삐-

비서실로 이어진 회선에 불이 들어왔다. 회장은 아날로그를 선호했다. 그러므로 불빛은 정말로 거기에 있었고, 전화기는 실체가 있는 물건이었다. 그의 현실에 가상이 침투할 여지는 없었다. 그 한없이 가벼운 거짓을 용납할 수 없었다.

그 모든 것이 인식의 문제에 불과할지라도. 폭군 스스로 그런 가치를 부여하고 있으므로.

"무슨 일이냐."

버튼을 누르고 묻자, 억눌린 목소리가 돌아온다.

[강영일 특수비서가 찾아왔습니다만, 만나시겠습니까?]

"이 시간에?"

회장은 시간을 확인했다. 괴로움에 몸부림치는 사이 시간은 자정을 넘었다.

그러나 놈은 얼마 없는 진짜였다. 아주 더러웠지만, 진짜 쓰레기가 가짜 인간보다는 나았다. 정말 가치 있는 게 무엇인지 알고, 그것을 위해 도덕이니 양심이니 하는 어설픈 위선을 다 버려버린 잡것이다.

"들어오라고 해."

폭군이 알현을 허락했다.

충성스러운 개새끼가 입실했다. 무표정한 얼굴은 혀를 쭉 빼고 헐떡이는 개새끼의 가면이었다.

"꼬락서니를 보니 일은 모두 마친 모양이지?"

회장의 질문에, 전직 정보요원인 특수비서가 정자세로 답한다.

"물론입니다. 그 인간들이 회장님의 심기를 불편하게 만드는 일은 다신 없을 것입니다."

충견은 자신이 해낸 일에 절제된 자부심을 드러낸다.

죽은 사냥감은 한 쌍이었다. 서로를 사랑하지 않는 부부였다. 자식으로 돈 놀음을 했던 도박패이기도 했다. 스스로는 무능력한 주제에 자식을 살뜰히 뜯어먹고, 골수까지 빨아먹고, 전 재산을 사기일게 뻔한 투자로 날려먹고, 그러고도 모자라 감히 불법 거래 사실을 빌미로 폭군을 협박하려고 했던 미친 연놈들.

'그 자식도 병신이지. 병신, 병신, 벼어어엉신 새끼! 그런 병신 천치는 백번 죽어도 아깝지 않아! 무지는 죄다! 무지는 죄야!'

동생이 아프다는 한 마디에 속아서 자신의 사후까지 담보로 내주어준 병신 같은 애새끼.

그놈을 생각하면 폭군은 속에서 열불이 터지는 느낌이었다.

어찌 그리 낭비한단 말인가?

어찌 그리 경제적이지 못하단 말인가?

정작 그 아이는, 사실이든 아니든 상관없다고, 이미 죽은 삶 언제 끝나도 무방하다고, 죽지도 살지도 않은 상태로 누이의 삶에 기나긴 한이 되고 싶지 않다고 생각했을 뿐이지만.

진실을 알았다고 해도 회장은 여전히 분노할 것이었다.

"직접 찾아온 건 어째서냐."

회장이 으르렁거렸다.

"왜, 칭찬이라도 받고 싶던가?"

비아냥거리는 말의 칼날에, 사냥개는 상처입지 않았다.

"자극적인 경험이 필요하시다고 들었습니다."

"그런데?"

"회장님을 협박한 건 어디까지나 그 부부 뿐이더군요. 남은 자식들은 아무것도 모르고 있었습니다. 그렇다 쳐도 한꺼번에 처리해버리는 게 안전하겠다고 생각했으나, 그 전에 한 가지 여쭤볼 필요가 있을 것 같더군요."

"무엇을?"

"이번에 죽은 부부의 딸……한가을이라고 하던가요? 그 여자가 꽤나 괜찮은 것 같습니다."

"외모는 가죽일 뿐이다."

"압니다. 회장님은 그런 분이시죠. 박가희 양도 물리치신 분 아닙니까."

"박가희? 그게 누구지?"

"모르십니까? 요전까지 꽤 자주 부르셨는데요."

폭군은 간신히 떠올렸다. 다시 만날 땐 이름을 불러달라던 그 건방진 여자. 그래, 그런 이름이었지. 감흥은 일지 않았다. 지나간 시간 속의 지나간 인형일 뿐이었다. 가짜는 아니었으나 진짜도 아닌, 어정쩡한 계집.

"나는 그 여자에게 대가를 치렀다. 그것으로 끝났지."

"별 것 아니었군요."

"아니었다. 그래서."

회장은 대화를 원점으로 되돌린다.

"그 한가을이라는 년이 뭐 어쨌다는 거냐."

"부모와는 진작에 인연을 끊었습니다. 아니, 돈이 생긴 시점에서 부모가 먼저 떠난 것 같더군요. 이후 한가을은 두 동생의 연명을 위해 애쓰고 있는 모양입니다. 비록 지금까지의 소득이 형편없어, 실제로 도움을 준 적은 없습니다만."

"그래서?"

"그 여자를 품는다면, 굉장히 자극적이지 않겠습니까?"

사냥개가 냉막한 미소를 머금었다.

"육체적으로는 근친, 하지만 법적으로는 타인. 회장님과 그 여자의 관계입니다. 더욱이 그 여자는 회장님에게, 정확히는 회장님의 육신에 애절한 미련이 있을 것입니다. 그 눈빛, 그 상황……한 번 즐겨볼 법한 여흥 아니겠습니까?"

"……."

"회장님을 노리는 하이에나들이 얼마나 많습니까? 이런 내용을 통신상에서 말씀드릴 수는 없었기에, 늦은 시간 이렇게 찾아뵈었습니다. 비서실에 알아보니 아직 주무시지 않는다고 들어서. 방해였다면 죄송합니다."

흐음. 폭군은 의자에 앉아 깍지를 꼈다. 까딱까딱. 오가는 손가락은 흔들리는 마음이다. 싫기도 하고, 좋기도 하고.

"한 번 데려와 봐. 낯짝을 보고 결정하지."

회장의 허락에 특수비서가 웃었다.

"그 여자, 운이 참 좋군요."

아니면 죽었을 테니까.

그러나 회장에게 그리 큰 기대는 없었다.

육체를 바꾸면 삶도 바뀌리라고 기대했던 것이 고작 얼마 전까지의 착각이었던 것을. 육체의 과거에 얽혀있는 인연이 이제 와서 무슨 소용이 있겠는가 하고.

그보다는 버려진 술병에 더 마음이 끌린다.

아주 지독한 유혹이었다.

과거 (11), 장미가 시드는 계절 (4)

폭군의 사냥개는 이번 사냥감이 흥미로웠다.

거리를 두고 지켜볼 때에도 보통은 아니라고 생각했었다. 단지 아름답기 때문만은 아니었다.

'뭔가 묘한 분위기가 있어.'

현실에 존재하지 않는 사람처럼 느껴진다. 어째서일까? 처연한 눈빛 때문에? 아니, 그렇지 않다. 슬픔을 겪은 미인은 지금껏 많이 경험했다. 거칠게 살아온 사내 스스로가 수많은 여인의 괴로움이기도 했다. 한가을은 그들과 달랐다. 세상과 동떨어져있는 것 같았다. 잿빛의 세상에서 혼자만 천연색이었다.

말하자면 그렇다는 것이다.

숙련된 정보요원으로서, 강영일은 남들과 다른 감각으로 사람을 판별했다. 그 스스로는 이를 아우라라 불렀다. 육감이라고 해도 좋겠지만, 그런 단어로 표현하기엔 부족한 무언가였다.

이 여자가 흘리는 눈물은 어떤 맛일까?

개는 충동을 억눌렀다. 이 먹이는 주인의 몫이었다. 강영일이 섬기는 폭군은 여러 가지 의미로 압도적이었다. 그토록 비틀린 아우라를 본 적이 없었다. 상사도, 기관도, 국가도 속으론 가소롭게 여겼던 요원이었으나, 혜성그룹의 회장만큼은 진짜 주인으로 여겼다.

그는 익숙한 길을 따라 운전대를 돌렸다. 그룹 본사로 향하는 길이었다.

"가장 좋은 옷을 입고 오랬더니 겨우 그 꼴인가?"

두 사람의 시선이 백미러를 통해 마주친다.

한가을은 눈을 몇 번 깜박이곤, 담담한 목소리로 대답했다.

"마음에 안 들면 돌려보내시던가요."

"허."

다시금 폭력적인 충동이 치밀었다. 난폭한 호기심이었다. 이 여자, 두려움을 억누르고 있는 게 아니다. 정말로 겁을 먹지 않은 거다. 그 증거가 방금의 목소리였다. 되바라진 사냥감들이 겉으로 태연할 때가 있었으나, 음성의 떨림까지 감추지는 못했었다.

'거기까지 속이는 건 관록 있는 요원에게나 가능한 일.'

설마 이 여자가 그런 종류의 훈련을 거치진 않았을 테고.

강영일이 흥미로워하는 동안, 한가을 또한 자신의 고요함을 뜻밖이라 여기고 있었다.

나, 이상하네.

스스로의 상황이 기이할 정도로 객관화되어 다가왔다.

겨울의 몸을 빼앗은 폭군의 부름. 선택권은 없었고, 눈앞의 남자는 위협적이었다. 그러나 심장이 뛰기도 잠시였다. 목적을 들은 뒤에는 그나마 있던 동요도 사라졌다.

부자연스러운 명정(明靜) 속에서 가을은 스스로를 되짚었다.

그리고 깨달았다.

아아, 나는 이미 오래 전부터 겁에 질려있었구나.

오랫동안 겨울을 만나러 가지 못했다. 그 아이에게서 자신을 향한 원망과 분노를 발견하게 될까봐. 이것이야말로 가을을 사로잡은 가장 큰 공포였다. 수시로 숨이 막혔다. 자다가도 헐떡이며 깨어난다. 한낮의 시야가 깜깜해질 때도 있다. 누나만 보는 또 하나의 동생을 위해 건강을 유지하려 애쓰지만, 체중은 갈수록 줄기만 했다.

죽는 것만 못한 삶이라고 생각했다.

진심으로.

그러니 다른 두려움이 파고들 틈 따위 있을 리가 없었다.

가을은 무릎을 내려다보았다.

해묵은 파카 바깥으로 녹색 치맛자락이 나와 있다.

오늘 입은 모든 옷이 겨울의 선물이었다. 처음부터 새 옷은 아니었다. 교회의 바자회에서 구한 것이었기에. 그러나 선물은 마음이 중요하다는 말, 가을은 그 때 사무치게 실감했다.

'내가 이걸 왜 입었지?'

굉장히 아끼던 옷들이다. 특히나 녹색의 원피스는. 낙엽 지는 계절과 눈 내리는 계절이 다투는 날엔 어울리는 복장도 아니건만. 하물며 폭군을 만나러 가는 길에 입을 필요는 없지 않았을까? 그럼에도 설명할 수 없는 이끌림으로, 가을은 선택했다.

어쩌면 각오를 다지기 위함이었을지도 모르겠다.

강영일은 시계를 보았다. 여유가 충분했다면 달리 들러서 좋은 옷으로 갈아입혔을 텐데, 회장이 정한 시간이 평소보다 촉박했다.

'그때는 내키지 않는 기색이더니.'

개는 생각한다. 늙은 주인의 변덕이려니. 몸이 젊어졌다고 속까지 어려지는 건 아닌 법이니까. 사고가 여기에 이르자 쓴웃음이 나오는 강영일이었다. 그 강고하고 파괴적인 폭군이 한낱 여자 하나 때문에 미쳐간다는 게 신기하기 짝이 없어서.

개의 속처럼 검은 차는 한국에서 가장 고압적인 건물 앞에 정지했다.

기다리던 직원들이 문을 열어주었다. 차고 메마른 바람 속에서 군복 같은 유니폼을 입고 회장의 손님을 기다리던 사람들이었다. 밀랍인형들의 사열을 보는 기분이다.

내려선 가을이 하얀 숨결을 흘렸다.

"따라와라."

셰퍼드가 앞장섰다.

양을 제단으로 인도하며, 개는 생각했다. 폭군이 이 여자에게 관심을 보일까?

내 차례가 온다면 좋을 텐데.

눈물. 눈물 맛을 보고 싶다.

전용 승강기를 타니 회장실까지 순식간이었다. 강영일은 업무적인 냉정함으로 자신의 도착을 알렸다. 잠시 후, 허가를 받은 여비서가 고개를 끄덕였다. 들어가셔도 좋습니다.

바로 입실하려던 강영일이 멈칫 돌아선다. 부딪힐 뻔한 가을은 왜 그러냐는 듯 빤히 바라보았다.

"외투. 그건 벗고 들어가는 게 나을 것 같군."

사소한 걸로 폭군의 심기를 거스를 필요는 없으니까.

가을은 순순히 따랐다. 회장실 앞에 상주하는 비서에게 맡긴다. 소중한 옷이니 잘 보관해주세요, 하고. 여비서는 당황한 눈치였다. VIP라고 들었는데, 옷의 허름함과 소중하다는 말 사이에서 갈피를 못 잡는 것 같았다.

이윽고, 가을은 겨울의 육체를 차지한 괴물과 마주했다.

이제껏 차분했던 것이 거짓말인 양, 왈칵 쏟아지는 눈물.

표정이 다르고 눈매가 다르고 영혼이 다르지만, 그것을 분명하게 느끼지만, 그럼에도 불구하고 겨울의 지난날이 남아있었다. 둑 무너지는 그리움을 주체할 수 없었다.

고건철 회장이 눈을 크게 떴다.

이게……무슨…….

폭군에게 호흡곤란이 찾아왔다. 보이지 않는 무언가에 전신을 두들겨 맞는 기분이었다. 육체의 모든 구성요소가 고통스러웠다. 제멋대로 날뛰었지만, 방향만큼은 한결같았다.

강철 같은 이성이 본능과 감정에 제동을 걸었을 때, 회장은 무의식 속에서 자신이 좁혀놓은 거리에 충격을 받았다. 손 뻗으면 닿을 거리에 녹색으로 하늘거리는 향기가 있었다.

하마터면 손을 댈 뻔했다.

회장은 스스로에게 격분했다. 아직 구매하지 않은 상품을 건드리려 하다니? 거래도 하지 않고서?

지금 이 감정, 비슷한 것을 느껴본 적이 있다.

과거 그의 영혼을 송두리째 사로잡았던 열병.

같지는 않다. 다르지만, 그래서 오히려 더 끔찍하다.

정체를 알 수 없었기에.

의혹이 부풀었다. 설마 육체에 기억이나 감정 따위가 남아있었던 건가? 아니, 어처구니없는 소리. 그것은 오컬트에 지나지 않는다고 증명된 지 오래가 아니던가. 가능할 리가 없다. 하지만 그렇다면, 지금 이 동요는 어떻게 설명하면 좋단 말인가.

스스로에 대한 통제력을 상실할지도 모른다는 두려움이 밀려왔다.

다시 무의식 속에서, 이번에는 물러나려던 고건철 회장이, 이를 악물고 스스로를 멈춰 세웠다. 나는 나의 주인이다. 내가 나의 주인이다. 육체도, 감정도. 이깟 감정이 뭐라고 나를 휘두른단 말인가. 이 또한 나의 것이다.

가을은 괴물의 얼굴에서 독기가 빠졌다가, 다시 올라오는 광경을 지켜보았다.

그것은 가까워졌다가 멀어지기를 반복하는 겨울의 옛 모습이었다.

Inter Mission 좁은 문으로 들어가라

여러분, 파블로 데 사라사테라는 이름을 아십니까?

그게 누구냐고요? 교양이 부족하시군요. 파가니니 이후 최고의 바이올리니스트로 평가받는 거장을 모르시다니.

하하, 농담입니다. 화 내지 마세요. 모를 수도 있죠. 이제 더는 어떤 연주자도 인공지능의 기교를 능가할 수 없게 된 시대인데 말입니다. 트리니티 엔진은 청취자의 감성을 학습하여 개개인에게 최적화된 변주를 제공하는 수준에 도달했으니까요.

물론 감성 그 자체를 이해하는 건 아닌지라, 긍정적인 감정 피드백이 발생할 때까지 시행착오를 거듭하긴 합니다만, 우리 이 정도의 기술적 한계는 관대하게 봐주기로 하죠. 어쨌든 세계 최고의 인공지능 아니겠습니까?

그럼 사라사테의 이야기를 뭐 하러 꺼냈느냐. 이 사람이 노력의 대가이기 때문입니다. 생전의 노력을 사후의 행복으로 보상받는 시대에, 노력의 의미를 되새겨볼까 해서 말이지요.

사라사테는 자신을 천재라고 부르는 사람에게 이렇게 답했습니다.

"천재란 말이오? 내가? 하루 14시간씩, 37년을 쉬지 않고 연습했는데?"

즉 나처럼 노력하면 누구나 천재가 될 수 있다는 뜻이지요.

이렇듯 성공한 사람들은 노력을 강조하는 경우가 많습니다. 노력이야말로 만능의 열쇠라고. 이 세상 모든 고난을 열정 하나로 극복할 수 있노라고.

Inter Mission

그러나 우리는 그것이 사실이 아님을 알고 있습니다. 세상엔 노력으로 해결되지 않는 문제가 존재하지요. 예컨대 여러분의 연애사업이라던가…….

잠시 눈물 좀 닦겠습니다.

농담은 접어두고, 노력이 일반적인 성공의 조건인 것만은 확실합니다. 노력 없이 재능만으로 빛나는 사람들은 드문 편이니까요. 없지는 않겠지만요.

하지만 칠전팔기는 성공했을 때에나 미담이 되는 법입니다. 일곱 번 넘어지고 여덟 번 일어나서 또 다시 쓰러져버리는 일이 얼마나 비일비재합니까?

아마 고객 여러분도 마찬가지일 겁니다. 누구나 최고등급의 화려한 사후세계를 꿈꾸지만, 실상 절반 이상의 가입자들이 최저등급의 기본보장을 제공받는 것이 현실인걸요.

아, 이론상으로는 사후에도 끝없는 노력을 통해 등급을 올릴 수 있긴 합니다. 아시다시피 기본보장의 유효기간은 반영구적이니까요! 그러나 실제 등급상승을 이루는 사례는 굉장히 드물더군요. 하향이면 모를까.

하기야 사라사테 수준의 노력은 보통 사람에게 어렵겠죠. 그건 그냥 노력이 아니라 노오오오력이니 말입니다. 아니지, 노오오오오오오오력쯤 되려나요?

즉 하다하다 손 놓고 넋도 놓고 그대로 안주해버리는 가입자들이

Inter Mission

대부분이라는 뜻입니다. 머저리 같은 가상인격에게 분노하고, 반복되는 세계관에 싫증을 내면서도 말이지요.

이건 저희에게 있어서도 바람직한 현상이 아닙니다. 왜냐, 기본보장은 돈이 안 되거든요.

자, 그래서 준비했습니다!

노력도 재능이고, 노오력은 재애능이라 생각하는 당신!

그래서 할 수 있는 노력도 안 하면서 자기합리화만 일삼는 당신을 위한 맞춤 행운!

소개합니다, 「인생역전! 판도라의 상자!」

저를 지긋지긋하다고 느끼는 여러분께서는 이미 이번 유료결제 상품의 정체를 파악하셨을 겁니다. 그렇습니다. 「인생역전! 판도라의 상자!」는 사후세계의 모든 것이 들어있는 랜덤 박스입니다. 한 마디로 인생을 걸고 인생을 긁는 복권이지요.

이제까지 존재했던 다른 랜덤 박스와는 컨텐츠의 질과 양에서 차별화됩니다. 연예인의 가상인격 패키지를 포함하여 지금까지 출시된 DLC 전체, 사후보험 규격에 호환되는 모든 세계관의 접속권한이 들어있으며, 100만 개의 별이 나올 수도 있고, 심지어는 예치금액과 무관하게 사후보험의 등급이 올라갈 수도 있습니다!

당신에게 충분한 행운이 따라준다면 F등급에서 S등급으로 직행하기도 가능하다는 뜻! 최고등급 당첨확률은 0.00001%지만! 그래도 힘내라 우리 호갱님! 파이팅!

Inter Mission

예치금액에 변동이 없다고 무시하시면 안 됩니다. 가상현실의 품질 자체가 향상될뿐더러, S등급에서 기본적으로 제공되는 서비스엔 복제체 이식이 있다는 사실! 이를 위한 배양시설이 각지의 사후보험 집중국마다 존재한다는 건 의외로 모르는 분들이 많으시더군요.

다만 이는 당신이 물리현실에서의 육체이용에 관한 배타적 권한을 양도하지 않았다는 전제 하에, 그러니까 사후보험 입적 이전 육체를 전신이식 목적으로 거래하지 않았을 경우에 한하여 가능한 이야기이긴 합니다.

뭐, 괜찮겠죠. 그런 경우는 드물잖아요. 납골당에 안치된 가입자 태반이 노인층이니까요. 늙은 몸을 누가 산답니까? 되찾고 싶은 건 언제나 젊음인데. 이 시대에 젊어서, 혹은 어려서 죽는 경우가 어디 흔하던가요.

어차피 최고등급의 가상현실을 두고 밖으로 나가려는 사람도 없을 테고 말이죠.

아, 왜 상품명을 판도라의 상자로 정했냐고요? 불길한 느낌이라 싫으시다고요?

비유하자면 담배의 경고문구 같은 거랍니다. 그 왜 있잖습니까. 담뱃갑에 인쇄된 구태의연한 경고문. 「흡연은 폐암 등 각종 질병의 원인이 되며, 특히 임신부와 청소년의 건강에 해롭습니다.」라고 적혀있는 거, 다들 한 번쯤 보신 적 있지 않으십니까?

이게 제가 보기엔 이런 느낌입니다.

Inter Mission

「이토록 건강에 해로운 담배지만, 그래도 피울 거지?」

하하. 이름이 불길하든 말든 살 사람은 어차피 다 삽니다.

'나는 다를 거야' 라고 생각하시는 분들 많잖아요. 시험공부 전혀 안 했는데 찍으면 다 정답일 것 같은 느낌. 근거 없는 자신감. 마냥 잘될 것 같은 낙관적인 예감. 일확천금의 꿈.

그런 의미에서 기본보장등급의 고객님들께는 1개월간 특별할인이 적용됩니다! 반값이면 살 수 있다니까요? 같은 값에 남들의 두 배를 사버리면, 사실상 당첨확률이 두 배인 셈이죠.

돈이 없는데 무슨 수로 사느냐. 그것도 걱정하실 필요 없습니다. 약관대출과 마찬가지로, 남은 보장기간을 금액으로 환산하여 현금처럼 사용하실 수 있거든요!

장자에 이런 구절이 있습니다.

"유한한 목숨으로 어찌 무한한 욕망을 채우려는가?"

사후보험이 존재하는 지금, 우리는 이 질문에 대한 답을 알고 있습니다. 네. 죽음이 곧 끝이었던 시대와는 많이 달라진 답이죠.

그러니 기왕 지를 거라면 끝까지 지르세요. 온갖 재앙과 절망이 쏟아져 나온다 한들, 당신이 열지 않은 최후의 상자에 희망이 들어있을지도 모릅니다.

대한민국 사후세계의 보다 나은 미래를 위하여, 그리고 보다 나은 수익성을 위하여, 낙원그룹 가상현실사업부는 사후보험공단과 함께 최선의 노력을 다하겠습니다. 감사합니다.

합종연횡

샌프란시스코

앨러미더에서 돌아온 이후, 겨울은 처치 곤란한 초과수당을 받았다.

"중국인들 심미안은 알다가도 모르겠네. 중위님 눈엔 저 여자가 예뻐 보입니까?"

울프 하사의 질문이었다. 그는 팔짱을 끼고 가설무대를 바라보는 중이다. 여기는 쇠락한 크루즈의 갑판. 버려진 시설들이 간만에 제 기능을 되찾았다. 흑호경방(오르카 블랙)의 조직원들을 위해 마련한 위문공연이었다.

군중은 노래하는 여인을 향해 환호했다. 오락거리가 드물었기 때문일까? 객석은 발 디딜 틈 없었고, 가수의 사소한 손짓에도 열광으로 들끓었다. 그 때마다 하사를 비롯한 감독역의 미군들은 기가 막힌다는 듯 웃었다. 노래가 들리지 않을 지경이었다.

겨울은 소음이 가라앉을 때를 기다려 답했다.

"네. 아름답네요. 한국계인 제가 보기에도 굉장한 미인이에요."

여가수는 길고 짙은 담갈색 생머리가 인상적이었다. 쌍꺼풀과 긴 속눈썹 역시도. 웃을 때마다 보조개가 파인다. 처음 만났을 때의 초췌함이 사라져서 다행이다. 그녀의 이름은 주웨이(周唯). 얼마 전까지는 인민해방군 소교(少校)로서 시에루 해군중장 휘하에 있었다.

"그렇습니까? 흐음……."

하사는 납득이 안 되는 모양이었다. 혼자서 중얼거린다. 입술이 가늘어서 영 이상한데, 라고.

"저 여자가 원래 군인이었다면서요? 그것도 영관급의. 덕분에 CIA가 분주했다던데."

이번엔 폭파 전문가인 노아 라이트(Noah Wright) 병장이었다. 겨울은 고개를 기울였다.

"그렇기도 하고, 아니기도 해요. 애초에 저 분이 시에루 중장에게 미움을 산 계기가 그 애매한 신분이었다고 하니까요. 다른 이유도 있었다고는 하지만요."

"애매한 신분? 그게 무슨 뜻입니까?"

"소속이 인민해방군 가무단이었거든요. 계급이 소령(소교)이라곤 해도 어디까지나 그에 상응한다는 의미고, 정확하게는 6급 연원[5]이라 해야 맞아요."

"가무단? 뭐냐, 그, 군무원이나 의장대 같은 건가봅니다?"

"굳이 따지자면 의장대에 가깝겠네요. 중국에서는 유명한 연예인이나 예술인들에게 군사계급을 수여한대요. 저도 이번에 처음

---

5 演員: 전문 공연가, 연기자인 배우를 의미함.

알았어요."

이는 엄연히 현역이라는 점에서 다른 국가의 명예계급과 차별화된다. 장교계급으로 시작하는 만큼 의무복무인 한국의 연예사병과도 다르다. 급료와 제복이 지급되고, 별도의 근무평정과 연공서열에 따라 진급절차를 밟는다고 한다.

라이트 병장의 말처럼, 그녀는 짧은 시간이나마 CIA를 당황하게 만들었다. 인민군 총정치부 산하의 정규편제임에도 불구하고 가무단은 전력외의 조직이었으므로 별다른 정보를 쌓아두지 않았던 것이다.

'중국지부가 증발하기도 했고.'

CIA의 모든 첩보가 중앙으로 올라오지는 않는다. 중요도가 낮은 정보는 각 지역에서 자체적으로 처리하는 경우가 많았다. 중국 지부는 베이징에 있었다. 지금은 없다.

가무단의 상급조직인 총정치부는 공산당 정치장교들의 총본산이었다. 민사심리전을 담당하는 군중공작부(群众工作部)가 총정치부에 있기도 했다. 중국군 주요 파벌 중 하나를 장악한 레이옌리에 해군소장은, 총정치부가 무력한 조직이 아님을 입증하는 인물이었다.

그러므로 주웨이의 신분이 실은 위장이고, 시에루 해군중장이 오르카 블랙의 실체를 눈치 채거나, 최소 의심하고 있는 게 아니냐는 관측이 나온 것도 자연스러웠다.

그럴 리가 없지.

겨울은 그녀가 죽을까봐 데려왔다.

"괜찮은 술을 준비했네. 한 잔 받게."

얼마 전, 4월 5일. 앨러미더 섬에서의 생환으로부터 하루가 흐른 시점.

별도의 치하를 위해 부른 자리에서, 시에루 중장은 겨울에게 친히 술을 따라주었다. 내키지 않는 음료였으나 사양하지 않았다. 심기를 거슬러 좋을 게 없었다.

그녀는 작지 않은 잔을 넘치기 직전까지 채웠다. 주만경, 다만기(酒滿敬, 茶滿欺). 가득한 술은 존경의 예절, 가득한 차는 경멸의 표현. 신중하고 섬세하게 더하여 표면장력으로 부풀어 오르는 독주는 곧 아들의 생환을 기뻐하는 어머니의 마음이었다.

어머니로서, 군인으로서, 나이보다 늙은 장군이 말했다.

"술로 근심을 태우기(借酒消愁)를 1년이 넘었는데, 오늘은 좋은 객을 맞아 오랜만에 기쁜 술을 마시겠구나."

겨울은 일어서서 바른손으로 잔을 받았다. 더불어 단숨에 비웠다. 장군의 눈에 이채가 어렸다. 한 방울도 흘리지 않는 것이 신기한 눈치였다.

"어제는 경황이 없었으니 지금 다시 제대로 말해야겠군. 아들을 구해주어 고맙네, 리. 자네의 활약이 대단했다고 들었네. 죽을 고비를 몇 번이나 넘겼다지? 그 아이가 여자 외의 누군가에게 그렇게까지 빠진 모습은 난생 처음 봤다네. 사랑한다고 말할까봐 걱정될 정도였어."

그녀는 농담을 말하면서도 표정에 변화가 없었다. 살아온 세월이 가면으로 굳어져 벗고 싶어도 벗을 수 없게 된 사람처럼 보였다.

"그저 운이 좋았을 뿐입니다."

겸양하는 겨울 앞에서 장군은 고개를 흔들었다.

"아니. 내 아들은 내가 잘 알아. 어디가 과장이고 어디가 진짜인지 읽어낼 정도는 되네. 꼴불견이었던 스스로를 부끄러워하는 와중에도, 자네에 관한 증언은 한결같이 사리가 맞더군."

그래서 말인데, 하고, 장군은 가벼운 취기에 진심을 띄웠다.

"자네, 내 아래로 들어오지 않겠나?"

"……어인 말씀이신지."

"그래, 당황스러울 거야. 이 와중에 영입권유라니."

겨울은 시에루를 바라보았다. 풍채 좋은 여성이었다. 늘어진 볼이 고집스러운 주름으로 뒤덮여있다. 사나운 눈매엔 힘이 넘쳤다. 시선에서 압력이 느껴졌다. 의도적인 게 아니었다. 그저 배어있는 것이었다. 수많은 사람들 위에 군림해온 권력자 특유의 자연스러움.

"그 시계는 마음에 드나?"

계약으로 정해진 대가 외에, 장군은 겨울에게 많은 것을 주었다. 시계보다는 사치품, 사치품보다는 예술품이라고 해야 할 장군의 애장품 또한 그 중의 하나였다.

"물론입니다. 이런 것은 난생 처음 봤습니다."

이제까지의 모든 회차를 통틀어 처음이었다.

"양귀자(洋鬼子)들은 과거에 시계가 신의 섭리를 상징한다고 믿었다지? 지적설계라던가, 가소로운 망상일 뿐이지만……. 그 시계를 보았을 땐 정말 그럴지도 모른다고 생각했어. 그 구조, 그 정밀함은 차라리 신비스러울 지경이었지. 시간 그 자체가 들어있는 느낌이었거든."

그리고 장군은 물었다. 내가 그걸 얼마 주고 샀을 것 같으냐고.

겨울은 귀한 선물을 유심히 들여다보았다. 시곗바늘은 멈춰선 채였다. 태엽조차 함부로 감지 않는 고급스러운 기계식 시계. 어딘가의 별자리를 보여주는 밤하늘에 보석을 뿌려 은하수를 표현했다. 푸른 배경은 필시 사파이어 분말일 것이었다.

짐작이 가지 않았다. 장인들이 부품 하나하나를 깎아 만드는 시계는 부르는 게 값이었으므로. 일반매장에선 구경조차 힘들다. 경매장에서의 입찰이 기본이었다.

“6천 4백만 위안일세. 당시 환율로 대략 천만 미원[6]이었지.”

“엄청나군요.”

값 그 자체보다는, 이 정도의 사치가 가능했던 장군의 재력이 더 뜻밖이었다. 중국에서 군인이 기업을 경영하는 일이 잦고, 부정부패는 일상적일 만큼 흔하다지만, 그럼에도 일개 장성이 사치품 구입에 천만 달러를 쓰는 건 분명 드문 일일 것이었다.

혹은 장군의 가문이 그만한 실세였거나. 공산당 내의 정치적 배경이 있었을지도 몰랐다.

겨울은 시계를 장군에게 내밀었다.

“이건 무슨 뜻인가?”

“무례를 용서하십시오. 비록 선물로서 주셨으나, 이 정도의 물건이라면 가치를 아는 사람에게 있어야 한다는 생각이 듭니다. 달리 받은 대가로도 충분히 분에 넘칩니다.”

“그런가, 그런가…….”

장군은 받지 않았다. 그래도 넣어두라면서.

---

6 美元: 달러

"반신반의했건만, 정말로 흔들리지 않는군."

시험이었나? 겨울의 짐작이 맞았다.

"아들 녀석의 증언과 별개로, 그 아이가 본 자네가 정확할지는 의문이었네. 아, 전공을 의심하는 건 아니었어. 다만 됨됨이라는 것이 있잖나. 자네가 입에 담았다던 전우애는 그리 흔한 심성이 아니니까 말이야. 그게 사실인지 알고 싶었을 뿐."

그녀는 말했다. 그래서 시계를 주었다고.

"미국은 아직 건재하지 않은가. 자네에겐 시민권이 있고, 얼마든지 돌아갈 수 있어."

"……."

"그 시계, 값어치의 십분의 일만 받아도 백만 미원이야. 비록 멸망이 목전이지만, 이런 시국에도 사치스러운 인간들은 얼마든지 있겠지. 아니, 오히려 사치를 부릴 시간이 얼마 남지 않은 만큼 평소보다 더 치열할지도 몰라."

장군의 통찰은 옳았다. 겨울은 문명의 끝자락에서 전에 없던 향연을 즐긴 사람들을 수 없이 보아왔다. 그들이 둘러친 화려한 담장 안엔 희귀하고 드물어진 모든 것이 존재했다.

덕분에 사회적인 갈등이 빚어져 종말이 앞당겨진 경우도 있었다.

'비슷한 부류이기에 더 잘 이해할 수 있는 것이겠지.'

이런 시계를 구입한 사람인 것이다. 겨울은 장군의 두 눈을 깊게 들여다보았다.

"그런데도 그대는 일말의 고민도 없이 내게 돌려주려고 하는군. 이는 즉 그대에겐 전우애가 적어도 백만 미원보다는 무겁다는 뜻일 테지. 세상이 끝나는 순간까지 이어질 영화를 접어두고, 전장에서밖에 살 수 없게 된 전우들을 택했단 말이야……. 괜찮아. 정말 괜찮은 남자로군."

적어도 백만, 많게는 천만 이상. 돈은 사람을 지배하는 힘이다. 소년의 몸값이 얼마였던가?

이 자리에 겨울이 아니라 정보국 요원이 있었어도 고민했을 것이다.

장군이 처음으로 미소 비슷한 것을 지었다.

"그건 넣어두게나. 은인을 함부로 시험한 것에 대한 사과의 의미도 담겨있으니. 흡족하군. 이런 곳에서 중국의 혼을 발견하게 될 줄이야."

"중국의 혼? 무슨 말씀이신지 모르겠습니다."

"의(義)."

장군은 단답한 뒤에 잠시 동안 입 다물고 겨울을 응시했다. 그녀가 생각을 정리하고 있었기에, 겨울은 잠자코 다음을 기다렸다.

"의리야말로 중국인들의 혼백이나 다름없지. 그대도 과연 중화의 후예라고 해야 할까……. 시국이 시국인지라 더욱 빛나 보인다네. 화교 2세인 자네에겐 수긍하기 어려운 말일지도 모르겠네마는."

그녀는 말을 쉬며 술잔을 채웠다. 따르는 시간이 긴 것은 처음과 같은 신중함 탓이었다.

건배. 독한 향이 식도를 넘어갔다. 겨울은 둔해지는 평형감각을 느꼈다.

"언제부터 의가 이토록 중요해졌을까? 나는 과거의 중국이 지나치게 거대했기 때문이 아닌가 생각한다네."

"그렇습니까? 그렇게 말씀하시니 뜻밖이군요."

"아, 물론 자랑스러운 역사지. 어느 국가, 어느 민족도 중국에 비하면 한 수 아래야. 기껏해야 라마[7] 정도가 버금가는 수준일까? 세계의 모든 국가는 중국에 빚을 지고 있어."

이어지는 장군의 목소리가 갈수록 늘어졌다. 등받이에 기대어 한숨처럼 내쉬는 말들이었다.

"이야기를 처음으로 되돌려 보면……. 의. 그래, 의. 옛 사람들은 의 없인 살 수가 없었을 거야. 예로부터 중화는 세계의 중심이고, 통일된 대륙이었으니까. 왕조가 바뀌어도 결국은 하나의 중국이었어. 중원은 너무나도 광활했지. 국가의 행정으로 모든 백성들을 보살피기엔 역부족이었단 말이야. 그렇잖은가. 일개 군현이 어지간한 나라보다 더 컸으니 말이야."

마지막 문장은 조금 과한 자부심이었지만, 겨울은 끄덕이는 고갯짓으로 비위를 맞춰주었다.

하고 싶어서 하는 말인지, 의도가 있는 것인지.

"하고 싶은 말은, 그 시대의 삶이라는 것이……. 국가의 통치와 무정부 상태의 혼돈이 공존하는 무대가 아니었을까, 라는 거야. 흠, 만인에 대한 만인의 투쟁? 나는 이게 순화된 상태야말로 중국인의 삶이었다고 보는 입장이지."

"누구나 얼마간의 자구책이 필요했을 거라는 말씀이십니까?"

"말이 통하는군. 혹시 부모님께 역사를 배웠나?"

"그렇지는 않습니다."

그녀는 웃으며 술병을 다시 들었다. 호기로운 습관이 묻어난다.

---

7 *罗马*: 고대 로마제국

더 들겠나? 묻는 말에 겨울은 이번에야말로 사양했다. "이 또한 듣던 대로로군." 라면서 그녀는 몇 잔을 연거푸 자작했다. 마실 때의 느낌으로는 40도 어림의 독주였는데. 대단한 주량이었다.

"맞아. 의리를 강조하는 문화는 아마도 자력구제의 방편으로서 시작되었으리라 생각하네. 국가의 울타리가 지나치게 거대해서, 한 번 혼란이 빚어지기 시작하면 감당하기 어려울 만큼 압도적이었겠지. 그러니 질박한 삶을 위해 보다 작고 튼튼한 울타리가 필요했을 거야. 학연, 지연, 혈연……. 개인과 개인 사이의 치밀한 결속들. 어떤 이익을 추구하기 이전에, 우선은 그저 살아남기 위하여……."

그럴 듯한 말이었다. 겨울은 우물물은 강물과 섞이지 않는다(井水不犯河水)던 어느 중국인의 말을 떠올렸다. 그네들의 격언이라던가? 이제 와서 돌아보면, 그들의 삶을 표현하는 한 마디였을지도 모르겠다. 의리로 맺어진 인간관계의 울타리를 견고하게 둘러두고, 그밖에서 일어나는 일에는 신경 쓰지 않는다. 거리에서 누군가 죽어가고 있어도 그저 남의 일일 뿐.

"어떤 면에서는 믿음이 부족해서 생긴 일이라고 볼 수 있지 않겠습니까?"

장군은 겨울의 말에 흥미를 드러냈다.

"믿음이라?"

"천하에 너무도 많은 사람들이 있고, 그들이 내 적인지 아군인지 알 수 없었기 때문에, 확실한 내 편을 만들어두려는 것이 아니었나. 사회를 믿을 수 없는 만큼, 확실하게 신뢰할 수 있는 사람들을 만들어 두려는 게 아니었나. 하신 말씀을 듣고 나서 드는 소감입니다."

한어로 쓰면 유민과 건달은 같은 단어(流氓)입니다. 겨울은 이름 없는 백지선의 편지를 떠올렸다. 이 또한 과거의 중국을 보여주는 하나의 조각인 게 아닌가 하고. 낯선 이를 믿지 못해 불안하고 두려웠던 심정이 적대감으로 나타났던 건 아닐까 싶어서.

"그래. 결국은 같은 말이겠군. 그것이 사람의 한계를 아득히 넘어선 국가에서의 삶이었다고 해야겠지."

그녀는 망설임 끝에 다음 잔을 채우지 않았다. 겨울 앞에서 내보일 수 있는 편안함은 여기까지. 다만 아쉬움이 남았는지 하얀 잔 테두리를 손끝으로 두드렸다.

자작은 끝났어도 할 말은 남았다. 그녀는 힐끗 겨울을 살피고 말을 이었다.

"나라가 누란지위에 처할 때마다 가정(家丁)의 활약이 두드러진 것도 이런 배경 탓일 테지."

"가정이 무엇입니까?"

"이런, 모르는가? 사설군대. 혹은 친위대. 화교인 자네가 이해하기엔 이 정도 단어로 표현해야 좋겠으나……. 사실 이 단어를 대체할 다른 표현은 없다고 보네. 그건 단순한 고용관계가 아니거든. 좀 더 인간적으로 끈끈한 무엇이지. 의리로 묶여있는. 그래서 강했던 거야. 보통의 군대보다 훨씬 더."

끝으로 갈수록 물씬 묻어나는 감정이 있었다. 겨울이 위로를 건넸다.

"이번에 죽은 이들은 마지막 순간까지 용감했습니다."

"그랬겠지."

잠깐 드러났던 상실감이 두꺼운 가면 뒤로 물러난다. 계급을 불문하고, 앨러미더에서 전사한 해병들과는 의리로서 신뢰를 구축한 관계였다고, 조용히 내비치려는 의도가 아니었을지.

"재차 말하지. 내 사람이 되어 주게."

장군이 자세를 고쳤다.

"지금 비록 이렇게 비루하지만, 중화의 역사는 곧 시련에 맞서는 굴기의 연속이었어. 우리는 결국 떨치고 일어날 것이야. 시대가 혼란스러워도, 중국인에게 세상은 매양 혼란의 도가니였는걸. 딱히 새롭지도 않아. 의리로 맺어진 우리는 견고한 울타리를 만들 걸세. 거친 세파를 견뎌내며 마지막 순간까지 살아남을 거란 말이야."

그녀는 강조했다. 부귀 이전에 생존이라고. 이익을 추구하기 전 살아남기 위하여 의리가 필요했다던 말이 다른 형태로 반복되고 있었다.

"좀 더 현실적인 이야기를 해볼까?"

어조가 새로워졌다.

"리, 내가 앨러미더 섬을 점령하려는 건 새로운 터전을 마련하기 위함일세. 물론 그 섬에 부하들을 정주(定住)토록 하겠다는 말은 당연히 아니지. 그런 줄 아는 멍청이들도 있네만. 결과적으로 그렇게 되더라도, 멍청이들의 단순한 생각과는 많이 다른 형태가 될 테고. 내 말 무슨 뜻인지 알겠나?"

숙고한 뒤에, 겨울이 끄덕였다.

"처음부터 조금 이상하다는 느낌은 들었습니다. 당장 섬을 점령하더라도, 새로운 중국의 터전으로 삼기는 힘들 테니까요. 미국의 서부 탈환작전은 순조롭습니다. 이변이 일어나지 않는 한, 겨울이 오기 전에 상실한 영토를 모두 회복하지 않겠습니까?"

"놈들의 선전을 그대로 믿는다면 말이지. 아직 시작 단계에 불과하기도 하고."

여장군이 일말의 의혹을 드러냈으나, 내부자인 겨울은 모든 선전이 사실임을 알고 있었다.

"다만."

시에루 중장이 손가락을 세운다.

"놈들이 실패하면 더는 미래가 없을 거야. 그래서 그 경우는 상정하지 않으려 하네. 의미가 없거든. 하, 내가 미 제국주의자들을 응원하게 될 줄이야."

겨울은 적당한 놀라움을 내비쳤다. 중장이 나른한 표정을 짓는다.

"내가 이런 말을 하니 뜻밖인가?"

"솔직히, 예. 놀랍습니다."

"허황된 꿈은 꾸지 않아. 명백한 해방이 실패로 끝나면 자살이나 해야겠지."

"……."

"농담일세. 결국엔 죽더라도, 죽는 순간까지 발버둥 쳐야지. 나를 믿는 부하들을 위해서. 의리를 지키기 위해서. 그 짐이 아무리 버겁더라도 버려선 안 될 거야. 사람의 도리니까. 다만 앞날이 너무 고달프지 않기를 바랄 뿐일세."

인정하고 싶진 않지만, 미국은 인류 최후의 보루야. 중장이 덤덤하게 하는 말이었다.

"난 새로운 중국을 만들 작정이네. 다만 작은 울타리가 되겠지. 미국이라는 거대한 울타리 안에, 우리끼리 살아갈 수 있는 터전을 마련하는 것. 이게 내 궁극적인 목표라네."

"미국에 대한 원한은 없으십니까?"

확인해야 할 정보였다. 그동안 시에루 중장의 성향을 확실하게 파악할 기회가 없었기에. 사실 다른 중국 장성들도 마찬가지였지만.

"무슨 말인가?"

장군은 모호한 눈빛으로 겨울을 마주보았다.

"중국과 미국이 세계패권을 두고 경쟁하긴 했지. 항미원조전쟁(한국전쟁)에서 서로의 피를 본 적도 있고. 그 묵은 감정을 말하는 것인가?"

"아닙니다."

겨울, 아니, 정보국, 나아가 미국이 우려하는 건 그런 게 아니었다.

"소문이 돌고 있는 것으로 압니다. 중국을 몰락시킨 배경에 미국이 존재한다고. 시역(모겔론스)은 미국이 중국을 겨냥해 만들어낸 생화학병기라고."

단순한 소문이 아니다. 적어도 샌프란시스코의 중국인들 사이에서는 명백한 사실로 통했다. 다른 지역이라고 딱히 낫다고 보기도 어렵지만. 조국을 잃은 상실감이, 당장의 처우에 대한 불만과 결합하여 응어리진 미움이라고, 겨울은 생각했다.

그러나 장군은 간단하게 일축한다.

"아아. 그 헛소문. 자네도 들은 모양이군. 하기야 바보들이 입을 모아 떠들면 목소리는 제법 커지는 법이니."

"헛소문이라고 믿으시는 겁니까?"

"별 수 있나? 그렇게 생각하는 수밖에."

시에루의 말은 의미심장했다. 그녀는 자신의 입장에 부연을 더했다.

"아니 땐 굴뚝에 연기가 나겠느냐만, 신빙성은 낮아. 그리고 사실이더라도, 사실이 아니어야 하네. 사슴이든 말이든 살기 위해서라면 무어라고 못 하겠나."

지록위마의 고사를 빌어 간명하게 드러내는 속내였다.

"당장은 참아 넘기겠다는 말씀이신지?"

탄궈셩은 똥을 핥고 살아남은 부차의 일화를 언급했었다. 같은 심정일지도 모른다. 다만 아들은 자신의 체면을 차렸고, 어머니는 보다 거시적인 복수를 꿈꾸고 있을지도.

그러나 그녀는 부인했다.

"사소한 원한으로 대의를 망칠 생각은 없어. 인류의 존속이야말로 당대의 대의라고 할 수 있겠지. 말하지 않았나. 생존이 우선이야."

"멸망한 조국에 대한 의리는?"

"그걸 지키다간 나를 따라 살아남은 사람들의 의리를 저버리게 될 것 아닌가."

그런가. 겨울은 내심 돌아가 보고할 내용을 정리했다. 적어도 거짓은 아닌 것 같다고.

장군이 묻는다.

"아랍미달(앨러미더) 섬 서쪽에 버려진 활주로가 있다는 걸 아나?"

"들었습니다. 폐쇄된 군사공항이 있다고 하더군요."

"맞아. 국제공항에 맞먹는 규모로서, 과거엔 전시의 주 타격목표 중 하나였지. 지금은 관제탑은커녕 격납고 하나 남아있지 않지만……. 활주로야말로 공항의 핵심기능이니까. 미국인들이 튼튼하게 만들어놨는지, 지금도 상태가 양호하더군. 대형 수송기도 문제없이 뜨고 내릴 수 있을 거야."

"그걸로 협상을 해보시려고 하셨던 거군요."

"서로에게 좋은 이야기지. 나는 내 사람들의 안위를 보장받고, 미국은 새로운 교두보를 확보하고."

어디서 구했는지, 벽면엔 샌프란시스코 지도가 걸려있었다. 지도 위에 무수히 그려진 선과 기호들은 장군의 기나긴 고뇌를 시계열로 나타낸 도표와 같았다.

"자네도 군인이니 기본적인 안목은 있겠지. 전선에 근접한 공항은 많을수록 좋아. 그러나 어디를 점령하건 방어가 용이치 않은 걸. 삼번시(샌프란시스코) 국제공항? 말도 말게. 거긴 시가지에서의 접근성이 너무 좋아. 오극란 국제공항도 나을 게 없어. 변종들의 끝없는 증원을 차단할 수 있는 공항은 아랍미달 한 곳 뿐이야. 다리만 끊어버리면 말이지."

"미국은 금문해협 양안에 이미 주둔지를 마련했습니다."

겨울이 떠올린 것은 골든게이트 남북으로 존재하는 미군 기지들. 금문교 북쪽에 있는 포트 베이커만 해도 작은 규모가 아니었다. 컨테이너를 쌓아 만든 벽으로 확보한 면적은 공항 하나 들어서기에 충분할 만큼 넓었다.

전모를 둘러보진 않았으나, 필시 건설이 진행 중일 것 같기도 했다.

'지형 굴곡이 심해서 쉬운 공사는 아니겠지만.'

암시를 알아차린 장군이 인상을 찌푸렸다.

"시간적 여유가 없다는 말을 하고 싶은 거라면, 그래. 하지만 아직은 괜찮아. 미군보다 조금만 더 빠르면 돼. 전쟁의 궁극적인 목표는 승리니까."

단 한 달, 혹은 단 일주일만이라도 빠르게 공항을 사용할 수 있다면 미군은 얼마든지 추가비용을 감수할 것이다.

"아랍미달 섬은 거대한 전진기지가 될 거야."

"미국 정부와 협상을 원하신다면, 지금이 적격 아니겠습니까?"

"글쎄. 왜노(倭奴)들과 같은 취급을 받고 싶진 않군."

여장군의 단단한 입가에 비틀린 미소가 스친다.

"귀순하기 전에 성과를 만들어야 해. 그러지 않으면 나중엔 영영 기회가 주어지지 않을지도 몰라. 대선 후보라는 것들 중 하나가 떠드는 소리를 들어보면 말이지. 중국계에 대한 증오범죄도 갈수록 늘어나는 모양이고."

지난달, 3월 초, 슈퍼 화요일, 겨울의 이름을 팔아먹던 후보가 공화당 경선에서 승리했다. 어느 후보든 겨울의 이름을 팔지 않는 사람은 없었지만.

여튼 그의 극단적인 언행은 지금도 계속되는 중이었다. 겨울은 새삼스레 겨울동맹의 현황이 궁금해졌다. 보안 문제로 연락이 끊긴 지 어언 두 달이 넘었다.

"섬을 점령하고, 전파를 송출해서 전과를 알릴 걸세. 미국인들의 여론이 조금이라도 우호적으로 돌아설 거야. 화교들의 이목도 내게 집중될 터. 협상을 위한 최고의 조건 아닌가."

"말씀하신 대로 이루어지길 바랍니다."

"남 이야기처럼 말하지 말게."

장군이 상체를 굽혀 겨울에게 가까워졌다.

"내가 만들 울타리 안에 자네가 있었으면 좋겠어."

같은 뜻, 다른 색. 겨울은 이 대화의 모든 것이 의도되었음을 확신했다. 중장은 처음부터 자신의 포부를 밝히고 다시 권할 셈이었다.

"중국인, 그리고 중국계 미국인들에겐 영웅이 필요해. 한겨울 중위 한 사람이 난민들의 위상을 새롭게 만드는 것처럼, 자네 한 사람이 우리 울타리 안에 있는 모두의 처우를 다르게 만들 수 있을 테니까."

"어색하군요. 장군께서는 저를 어제 처음 보셨잖습니까."

"호걸이 대업을 논할 때 만난 시간을 따지던가?"

"제겐 이미 전우들이 있습니다."

"그들 또한 환영받을 걸세."

그녀의 목소리가 조금 높아졌다.

"다 들었어. 전장에서밖에 살 수 없게 되었으나, 군대에서조차 받아주지 못할 지경이라 했던가? 괜찮아. 모두 받아들이지. 장차 내가 이끌게 될 화교공동체에서 그대와 그대의 전우들은 최상의 대우를 받게 될 거야. 부, 명예, 여자. 원하는 모든 것을 내주지."

장군이 겨울에게 준 선물을 가리켰다. 그 시계, 라고.

"내가 그것을 내어준 건 그대가 단순히 아들의 은인이어서가 아니야. 자네를 통해 미래를 보았기 때문이지. 입지를 지키는 것은 한 번 세우는 것 이상으로 어려운 일이니. 그것을 감안하면 그깟 시계가 대수겠는가? 훨씬 더 대단한 것도 지불할 수 있어."

그리고 그녀는 손뼉을 쳤다. 문 밖으로 보내는 신호였다.

두려워하는 여자가 입실했다.

해군정복을 입고 있었다. 특이한 것은 계급장. 별의 형태가 다르다. 소교. 나이에 비해 높은 계급 역시 조금 이상하긴 했다. 장군의 아들인 탄궈성조차 그 나이에 겨우 중교 아니던가.

겨울은 고개를 기울였다. 대단한 것을 주겠다더니…….

'이것도 하나의 시험일까?'

부르기 전, 분명히 사전조사가 있었을 터였다. 장군이 커트 리의 성향을 모를 리가 없었다. 그러므로 여자를 주겠다는 맥락은 쉬이 이해하기 어려웠다.

더욱이 여장군과 젊은 소교 사이에 흐르는 일방적인 기류란. 차라리 포식자와 초식동물의 구도에 가깝게 느껴졌다. 소교의 시선은 내내 깔려있었다. 단 한 번, 힐끗 보았다가, 장군과 시선이 마주치기 무섭게 두 눈을 질끈 감았다. 떨리는 어깨가 애처로울 지경이었다.

"어떤가? 아는 얼굴인가?"

장군의 질문은 예상 밖이었다.

"제가 알아야 하는 사람입니까?"

"허."

침착한 대답의 어디가 기꺼웠는지, 시에루 중장의 입가가 씰룩였다. 겨울을 가만히 응시한다. 의미 모를 의혹이 가벼운 확신으로 변했다.

"정말 모르는군. 나이 스물에 대중영화 백화장[8]을 받은 계집이야. 중국 최고의 배우 중 하나로 꼽히지. 그래봐야 대륙 밖에선 무의미한 명성이네만, 자네가 화교라서 알 거라고 생각했네. 적어

8 *大众电影 百花奬*: 중국영화가협회 소속 <대중영화> 잡지사가 주관하는 영화상. 1962년에 첫 시상이 있었으나 정치적인 이유로 64~79년까지 중단되었다가 80년부터 다시 시상했다. 중국에서 금계장(金鷄奬)과 더불어 가장 중요한 영화상으로 꼽힌다.

도 얼굴은 익히 보았으리라고."

"어렵게 자랐습니다. 이후엔 군대에 있었고요."

"좋아. 그럼 배경을 버리고 단순히 계집으로 보면 어떤가? 내가 보아온 남자들은 보통 정신을 못 차리던데. 자네는 반응이 심심하군."

"물고기가 물에 빠져죽을 것 같군요."

"침어(侵漁)라니? 어디 저걸 서시에 비교하는가. 정단쯤이면 또 모르겠지만."

술 냄새가 나는 비웃음이었다.

전국시대, 같은 왕에게 바쳐진 두 여인, 서시와 정단. 재상이 평하길 전자는 나라를 무너뜨리고(傾國), 후자는 성곽을 무너뜨릴(傾城) 미인이라 했다. 경국지색 앞에 초라했던 경성지색은 왕의 총애를 얻지 못했다. 결국 상사병을 앓은 끝에 외롭게 죽었다.

여기까지가 지력보정으로 떠오르는 내용들.

전문가 최종영역의 「중국어」 보정이기도 했다. 언어는 기본적인 문화와 역사를 포함한다. 그래서 습득에 많은 자원을 요구한다. 방언과 문자가 많은 「중국어」는 더더욱 그러했다. 탤런트 어드밴티지가 아니었다면 겨울도 엄두를 내지 못했을 것이다.

"혹시 미국에서 자라느라 보는 눈이 다른 건가?"

겨울은 장군의 의혹을 부인했다.

"아닙니다. 매양 보고 자란 건 같은 화교들이었으니까요. 하지만 저는 이미 세상에서 가장 아름다운 여인을 만났습니다."

"다시 만날 수 없다고 들었네만."

"추억으로 충분합니다."

"역시 자네는 범상한 것들과 다르군."

시에루 중장이 탁자를 두드렸다. 따닥, 따닥, 따닥. 취했어도 여전히 예리한 시선으로 초식동물을 훑는다. 거래 직전의 검수에 가까운 느낌. 연상되는 과거가 있어, 겨울은 불쾌감을 억눌렀다. 폭군도 저런 눈으로 소년을 보았었다.

"궁금하겠지. 내가 왜 저걸 내놓았을까."

"네. 제가 여자를 사양한다는 건 이미 알고 계셨을 겁니다."

"저것을 여자가 아니라 장식품으로 생각하게나."

"……무슨 말씀이신지."

"권력자는 욕망의 대상이어야 하지. 시기와 질투를 한 몸에 받아야 해."

"어째서입니까?"

"왜냐면 그것들이 항상 위로 흐르는 감정이기 때문일세. 자기보다 낮은 이를 질투하는 사람을 본 적 있나?"

장군이 자세를 고쳤다. 자기 이야기에 몰입하는 품새였다.

"눈부시게 아름다운 반려자, 거대한 가택, 화려한 정원, 사치스러운 음식, 호화로운 여가생활과 아낌없는 낭비들. 부러워하는 순간에 위아래가 갈리는 거야. 열등해지는 거지. 무의식의 차원에서 인식하는 상하관계란 뜻일세. 그 다음엔 그것을 의식의 차원에서 받아들이게 만들면 돼. 너와 나 사이엔 네깟 것의 재능과 노력으론 감히 극복하지 못할 격차가 있다고 알려주는 것. 그렇게 체념을 베풀어가는 것. 그래서 잡것들이 내 삶의 일부가 되기를 열망하게 만드는 것. 내가 곧 전체가 되는 것. 그것이 권력자가 되어가는 길이야. 적어도 내 경험으로는."

"바깥 분도 그렇게 고르셨습니까?"

예의상 날카로울 법 한 반문이었으나, 장군은 개의치 않고 되물었다.

"어떨 것 같은가?"

한 번이라도 진짜 사랑을 했다면 저토록 두터운 가면이 생기진 않았으리라. 겨울 혼자 하는 생각이었다. 상류층, 권력자들의 삶은 태생부터 인간적으로 왜곡, 결핍되어 있는 경우가 많은 듯하다고. 그들 스스로는 불행이라 느끼지 않고, 모든 이가 그들이 행복하다고 여기겠으나, 그 또한 불행의 한 형태일 것이었다.

그런 사람들이 만드는 세상이 깊어지고 또 깊어져서 저 바깥의 현실인 건 아닐까.

"개인적으로는 동의할 수 없는 방식입니다. 그래도 무엇을 의도하셨는지는 알겠습니다. 저를 권력자로 만들어주시겠다는 뜻이시군요."

"그래. 권력자는 많은 사람들의 집이지. 전우들의 터전이 되어주게나. 기둥이 되고 대들보가 되어, 자네 아래에서 편안해하는 전우들을 지켜보게. 분명히 만족스러울 거야."

"……."

"저 계집은 사람처럼 생긴 암시에 불과할 뿐이야. 자체로는 별다른 가치가 없지. 가치를 두는 얼간이들도 있지만, 그런 놈들은 애초에 내가 상대할 필요도 없어."

장군이 대책 없이 호의를 베푸는 것 같아도, 지금까지의 말 속에 많은 뼈가 있었다.

시에루 중장은 커트 리를 검증했다. 전우와 더불어 전장에 있으리라는 각오. 그 각오가 돈에 흔들리지 않음을 확인했고, 사별한

아내에 대한 순정이 경성지색에 흔들리지 않음 또한 확인했다. 그러므로 커트 리라는 자에게 권력은 이따금의 휴식을 윤택하게 해주는 윤활유에 불과할 것이었다. 중장과의 의리를 쉽게 저버리지도 않을 터.

'잃을 것보다는 얻을 게 더 많겠지.'

겨울은 커트 리를 2인자로 둘 때 장군이 얻을 이익과 손해를 셈해보았다.

겉으로 드러나는 모습만은 순수한 호의라는 점에서, 여장군의, 나아가 중국인들의 처세술이 도드라지는 대목이었다. 권력은 자식과도 함부로 나누지 않는 법.

사정은 그 외에도 있을 것이다.

젊은 소교의 공포는 팔려가는 여인 이상의 감정이었다.

"제가 받지 않을 경우엔 어떻게 됩니까?"

"왜? 싫은가?"

"아내를 배신하는 것 같아서."

"그저 형식일 뿐이야. 중요한 건 마음 아닌가."

"사람을 물건 취급하기도 싫습니다. 그런 취급은 제가 상관에게 당했던 것으로 충분합니다."

"나쁜 기억을 떠올리게 만든 모양이군. 내 사과하지."

겨울은 자신의 거짓말에 고개 숙이는 시에루 중장을 바라보았다. 괜찮은 인상을 주었으리라 자평하면서. 장군이 짧게 한숨지었다. 미군도 못난 놈들이 많은 모양이군, 하고 중얼거렸다.

"받지 않으면 어찌 되는가……. 곱씹어보니 미묘한 어감인데? 왜 그런 걸 묻지?"

해군중장의 질문. 겨울이 답했다.

"장군께서 저 소교를 경멸하시는 것처럼 느껴져서 여쭤봤습니다. 섣부른 예단이었다면 죄송합니다."

"아니야, 아니야."

손사래를 치고, 장군이 다시 물었다.

"티가 나던가?"

"네."

"눈치가 좋군."

뭐 대단한 이야기가 있는 건 아니야. 그녀가 털어놓았다.

"알아봤는지 모르겠네만, 저건 가짜 군인이거든."

여장군은 인민해방군 가무단의 배경을 짧게 설명하고서, 눈살을 찌푸렸다.

"시역(모겔론스)이 퍼지기 시작했을 때, 본토는 정말 아비규환 그 자체였지. 항구가 사람으로 넘쳐흐르고 있었어. 자네도 봤다면 놀랐을 거야. 사람들이 계속해서 빠져 죽었지. 그 광경을 보니 엉뚱하게도 해수욕장이 떠오르더군."

성수기, 중국의 해수욕장은 물이 보이지 않는다. 직관적인 비유였다.

"모두를 구할 순 없었어. 부끄럽지만, 나조차도 겁에 질린 상태였으니까."

시에루 중장이 회상했다. 머릿속이 하얗게 물들어 아무 생각도 나지 않았었다고.

"가까스로 내린 명령이 그거였지. 내 사람들, 내 부하들부터 우선적으로 구조하라고. 그러나 아랫것들이라고 경황이 있었겠나. 그저 군복을 입었으면 먼저 싣고, 당원증이 있으면 먼저 싣고…….
나중에 보고를 들어보니 그런 식이었던 모양이야."

종말의 시작을 목격한 사람의 증언이었다. 세계관의 시작이 종말의 시작과 시간과 공간 모두 일치하는 경우는 드물기에, 겨울은 주의 깊게 들었다.

"그 와중에 저 계집이 끼어있었다네."

말에 냉소가 묻어난다.

"평소 거들떠보지도 않던 군복을 입고, 가족과 친구들까지 끌고 와서는, 진짜 군인들의 자리를 빼앗았던 거야. 듣자하니 계급으로 윽박질렀다지? 응? 내 뒤를 봐주는 게 누구인지 아느냐면서, 그렇잖아도 끔찍한 재해에 맞서느라 여념이 없던 병사들을……."

겨울은 장군의 시선에 난도질당하는 소교를 살폈다. 과연, 초췌한 이유를 알겠다. 생사여탈권을 쥔 사람에게 줄곧 미움받아 왔을 1년이니. 단순한 따돌림도 죽음을 생각하게 만든다. 하물며 장군의 눈 밖에 난 부외자임에야. 살아도 살아있는 기분이 아니었을 것이다.

'데려온 사람들은 또 마냥 기대었을 것이고.'

그들이 나쁘다고 생각하지는 않는 겨울이었다. 약한 것은 죄가 아니었다. 아니어야 했다. 자기 운명에 아무런 영향력을 행사할 수 없는 무력함이 그 사람의 잘못이라면, 겨울 또한 죄인이 되므로. 노력으로 어쩔 수 없는 요소, 인간의 한계 바깥에서 다가오는 폭력적인 필연에 대해서, 사람들은 모두 관대해져야 한다. 그들 자신을 위하여. 그리고 소년을 위하여.

"내 함대에 불필요한 인간을 위한 자리는 없어."

시에루 중장이 팔짱을 꼈다.

"누구나 자기 역할을 해야지. 저 계륵도 예외가 아니야. 자네가 받지 않는다면……."

"사기를 고취하기에 적합하지 않겠습니까?"

"분란만 일으키더군."

감히 내 아들까지. 스쳐가는 독백이 작으면서도 사나웠다.

하기야 저 정도의 미인이 휘하에 있으니 탄귀셩도 욕심을 냈을 것이다.

'그밖에 머리가 허리 아래에 있는 남자들도.'

그런 남자들의 비율은, 평범한 사람들 가운데 꼭 있는 인격장애자들의 비율과 비슷한 수준으로 존재하지 않을까. 겨울의 개인적인 경험이었다.

"다른 장군에게 넘길까 생각도 해봤지만, 각하. 고작 여자 하나에 입장을 달리할 얼간이도 없을뿐더러, 있다 해도 어찌 믿겠는가 말이야. 그렇게 사리분별 못하는 위인이면 서시를 낀 오왕(吳王) 부차보다 못할걸? 치마폭에 푹 빠져서는 저것이 떠들어댈 내 험담에 귀 기울이겠지. 그러니 준다면 분란의 여지가 없는 사람에게 줄 거야. 혹은 사람들이라거나."

마지막이 의미심장하다. 커트 리에 대한 신뢰의 표현이기도 했다.

"받는 편이 낫겠군요."

"생각이 바뀌었나?"

"저를 장군님의 사람이라 생각하셔도 좋습니다. 하지만 확실하게 정착하기 전까지, 저는 제 동료들 곁에 머물고 싶습니다. 제가 없으면 불안해하는 자들이 있는 만큼……."

시간이 흐르면 지워질 특수화장이나 변성(變聲) 정제를 보충하기 위해서라도, 오르카 블랙의 본부, 피쿼드에 정기적으로 드나들어야 한다.

'나중은 걱정할 필요가 없겠고.'

때가 되면 커트 리는 유령처럼 사라질 터였다. 뭣하면 작전 중 행방불명 처리를 해도 된다.

겨울의 답이 못마땅한지, 장군은 술병을 매만졌다.

"뭐, 좋아. 어쨌든 앞으로 내 의뢰가 아니면 안 받겠다는 뜻이겠지?"

"의뢰라고 하실 것도 없습니다. 이미 받은 대가가 넘칩니다. 그저 필요할 때 부르십시오."

"흠. 그런가."

중장은 숙고한 뒤에 고개를 끄덕였다. 젊은 소교에게 나가서 새 주인을 기다리라고 지시하고는, 술의 유혹을 끊어내며 말했다.

"괘씸하기도 한데, 질러대는 호기는 또 마음에 드는군. 알겠네. 내게도 다른 선택지가 없으니."

"그렇습니까?"

친위대의 손실이 그렇게 크단 말인가? 의아한 겨울이었으나, 다음 말로 의문이 해소되었다.

"조만간 장군들과 고위당원들의 회합이 열려."

그녀가 이토록 겨울을 원한 또 하나의 이유가 나왔다.

"유치하게 패싸움이나 하던 한심한 놈들이지만, 그 자라 새끼들도 이제 시간이 얼마 남지 않았다는 걸 알고 있는 거지. 입장을 정할 시간이……."

그 의미는 명확했다. CIA 정기 브리핑에서도 제기된 예측이었다. 명백한 해방 작전이 성공하고 나면, 즉 미국이 모든 영토를 회복한 뒤에, 바다와 육지 양면에서 포위될 중국군은 항복할 수밖에 없다. 뭔가를 시도하기 위해서는, 미군의 샌프란시스코 탈환 이전이어야 한다.

"합종연횡의 장이 될 거야. 갈 수밖에 없으나, 극도로 위험해. 특히 교조주의자들과 광신적인 애국자들이. 그런 놈들은 대개 행동력이 흘러넘치잖나. 난 혹여 일이 틀어지더라도 살아나올 수단이 필요하네. 제한된 숫자의 수행원들로 최대의 전투력을 채워야 해. 유사시의 판단력도 검증되어 있어야만 하고."

당연히 회합 장소를 철저하게 점검하기도 할 것이나, 목숨을 거는 데엔 단 1푼의 확률도 무시할 수 없을 터였다. 커트 리가 앨러미더 섬에서 선보인 판단능력, 임기응변으로 위기에 대처하는 능력이 장군의 마음을 움직였을 것이다. 그 정도면 1푼이 아니라 1할의 값어치를 충분히 하리라고. 겨울은 끄덕였다.

"그래서 저로군요."

"그 전에 한 번 가볍게 시험해볼 요량인데, 그 정도는 괜찮겠지?"

"물론입니다."

"자신감이 보기 좋아."

장군은 비로소 만족했다.

이것이 주웨이 소교가 피쿼드로 오게 된 계기였다.

사연을 듣고, 울프 하사는 인상을 찌푸렸다.

"어……거, 뭐냐. 안 듣는 게 나을 뻔 했습니다."

숙련된 군인의 얼굴엔 싫은 감정이 떠올라있었다. 사람을 물건 취급하는 것에 대한 반감인가? 눈을 들여다본 겨울은 아니라고 느꼈다. 다른 무언가다.

"에이. 죽이고 싹 잊자면 모르는 게 나은데. 잘 안 풀렸다간 꿈자리가 사납겠구먼……."

그래, 이거. 적의 속사정을 알게 된 군인의 탄식. 상대를 알수록 미워하기 어렵다. 생면부지의 상대를 감정 없이 죽이도록 훈련받은 사람에게는 더더욱 그렇다.

시에루 중장이 털어놓은 속내는 종말과 싸우는 또 하나의 치열한 삶이었다. 여기서 비롯되는 동질감이란, 싸우는 사람들만이 공감할 법한 것. 그녀가 만연한 부패를 당연하게 받아들인 권력자의 한 사람이었다는 사실은 중요치 않았다.

"그래서 저 여자하고는 앞으로 어떻게 됩니까?"

노아 라이트 병장이 끼어들었다. 겨울은 채드윅에게 들은 말을 읊는다.

"저는 몰랐지만, 시에루 중장의 말대로 굉장히 유명한 가수 겸 배우라고 해요. 그래서 공보처가 욕심을 내는가봐요. 중국계 시민들과 난민들을 안정시키는 데 도움이 될 거라면서. 누가 쉽게 대신하지 못할 역할이긴 하죠. 조만간 후송되겠지 싶네요. 작전이 끝난 뒤엔 아마 TV에서 보게 될 거예요. 혹은 방역전선 위문공연이라던가."

거의 확정된 사안이었다. 주웨이는 근시일 내에 잠수함을 타게 될 것이다.

라이트 병장은 떨떠름한 표정이었다.

"에이. 저는 중위님과 저 아가씨의 앞날을 물어본 겁니다. 전망이 있나 없나."

겨울이 웃는 얼굴을 만들었다.

"만난 지 얼마나 지났다고 그래요?"

"마음만 맞으면 하루 만에 결혼도 하고 그러는 거 아닙니까. 내일이 불확실한 우리 같은 사람들은 말할 것도 없고요. 중위님 보기에도 끝내주게 예쁘다면서요? 저쪽도 생각이 없는 것 같진 않던데요. 아니, 없는 정도가 아닌가? 중위님 앞에서만 몸가짐이 달라지던걸."

갈수록 짓궂다. 이러면서 친해지는 것이겠지만.

"지금은 때가 아니에요. 말씀하신 것처럼, 내일이 불확실하기도 하고."

그러자 병장이 입맛을 다셨다.

"하긴, 중위님께는 깁슨 감독관이 있으니까 말입니다."

"그건 또 무슨 소리에요?"

"유난히 친하잖습니까? 둘이서만 이야기할 때도 많고. 당장 오늘도 만날 약속 잡혀있죠?"

정기 브리핑이 예정된 오후, 조안나는 겨울에게 조금 이른 귀환을 요청해두었다. 용건은 만나서 전하겠다며. 드물게 밝았던 기색을 보아 나쁜 이야기는 아닐 것인데, 알 수 없었다.

"저랑 조안나는 그런 관계가 아니라니까요. 여러 번 말씀드렸는데."

이를 의심하는 사람이 많았다. 그러나 어쩔 수 없었다.

'거듭 말했지. CIA의 동태가 수상하다고. SAD의 단독작전이라

던가…….'

그녀는 의심하고 있었다.

SAD. Special Activities Division. 중앙정보국 직할 전투부대인 이들은 오르카 블랙의 초기 구성원이었고, 지금은 누적된 손실 탓에 2선으로 물러난 상태였다.

문제는 이들의 최근 행적. 육지를 여러 차례 다녀왔다. 정체불명의 화물을 들여오기도 했다고. 감독관의 검열도 불가능했다. 장정 9호 추적 임무, 페어 스트라이크 작전과는 별개의 영역이라면서 거부했다던가. 휴식시간, 푸념하는 조안나는 눈 아래 기미가 끼어있었다.

그렇다고 특수부대 출신의 거친 사내들에게 속을 터놓을 수도 없는 노릇.

FBI 요원의 넋두리가 소년 장교에게 집중되는 건 필연이었다.

"그 정도 오해는 감수하셔야 할 겁니다."

울프 하사였다. 히죽 웃는 품이 수상쩍다.

"중위님은 신고식도 안 치르셨잖습니까."

겨울이 고개를 기울였다.

"신고식이요?"

"네. 저만 하더라도 부하들 앞에서 노래 부르며 춤을 췄지요. 그 와중에 훌라후프도 돌리고."

"……가혹행위?"

소년장교의 미심쩍은 의문이 하사의 웃음보를 터트렸다.

"재밌자고 하는 짓이지만, 예, 고역은 고역이더군요. 그러니 그 정도 오해는 감수하십시오. 정식으로 치르자면 훨씬 더 부끄러운 일을 겪으실 겁니다. 며칠쯤 꿈자리가 사나울 만큼."

정도의 차이가 있을지언정, 사람 사는 모습은 어디든 다 비슷하다.

"적당히 괴롭히세요."

겨울의 말에 하사가 끄덕였다.

"선처하겠습니다."

저만 말이죠. 덧붙이는 한 마디가 친밀하다. 거리를 두지 않는 것만으로도 겨울에게는 달가운 일이었다. 다른 대다수는 지금도 어린 전쟁영웅과 얼마간의 거리를 두고 있었다. 인정받고 싶은 욕구의 비뚤어진 발로. 내가 이렇게 고생하고 있는데 저토록 어린 녀석이, 싫은 마음. 경외와 질시가 뒤섞인, 한없이 인간적인 태도들. 소년에겐 낯설지 않았다.

"말 나온 김에 슬슬 가봐야겠네요."

회중시계를 확인하는 겨울. 시간을 담은 예술품이 오후의 햇살에 반짝였다. 시침, 분침, 초침. 그 외에도 은하수와 별자리, 어느 도시의 야경과 달력에 이르기까지. 인간이 시간을 인지하는 다양한 방식이 다채로운 광채의 귀금속으로 굳어진 결정체.

"자네만 믿겠네. 가는 길에 시간 좀 보고 그러게. 태엽은 감지 않아도 좋으니까 말이야. 그게 내 물건이라는 걸 알 놈들은 다 알거든. 건너건너 엿듣도록 하게나."

원 주인의 말이었다. 그러므로 이 시계는 CIA에게 받은 반지와 비슷한 성격이었다. 겹쳐지는 삶과 같이 음모가들의 발상 또한 거기서 거기인가 싶어, 묘한 감상이 겨울을 스쳐간다.

시계는 또한 시간을 연주하는 악기였다. 스위스의 장인들은 시겟바늘이 째깍이는 소리에도 심혈을 기울였다. 거기까지가 시계의 완성이라고 생각했을까.

"저희는 좀 더 지켜보다가 들어가겠습니다. 노래가 듣기 좋군요."

하사를 비롯한 화이트 스컬 타격대원들은 앉은 자리에서 움직이지 않았다. 조안나와 약속을 잡은 건 겨울 한 사람이었고, 행사를 관리한다고 해도 휴식에 가까운 업무였기에.

통신을 담당한 다른 하사가 묻는다.

"근데 그렇게 말없이 가시면 예쁜 소령님이 실망하지 않겠습니까?"

겨울은 어깨를 으쓱였다.

"어차피 헤어질 사이인걸요. 이 얼굴도 가짜고."

"쿨하시네."

감독관에게 안부 전해주시길. 무전기를 멘 하사는 그 말을 끝으로 무대에 집중했다.

돌아오는 길에 시간을 여러 번 보았다. 못내 흡족한 기색을 연기하면서. 오르카 블랙에 속한 옛 중국의 애국자들은 이를 면밀히 살폈을 것이었다. 시에루 중장은 무능함과 거리가 멀어 보였으니까. 그 밖의 다른 중국군 장성들도 마찬가지일 것이고.

어떤 식으로든 특출하고 유능할 수밖에. 겨울은 이렇게 생각한다. 이 시점까지 살아남은 것만으로도 평범하지 않다고.

고독(蠱毒). 치명적인 벌레들을 한 항아리에 몰아넣고, 서로를 잡아먹게 만들면, 최후에 살아남은 하나는 원념이 강해 더욱 지독하리라는 미신. 옛날엔 저주에 쓰였다던가.

샌프란시스코 만은 입구가 닫힌 항아리였다. 수많은 사람들이 인간 고독을 만들어내고 있다.

아공, 아공(阿公). 피쿼드로 복귀하는 내내 행동대원들이 겨울을 부르는 호칭이었다. 어르신이라고, 문자 그대로 해석하긴 어렵다. 존경의 의미였다. 그 외에도 드물게 돈 리(Don Lee)라던가, 까우디요라던가 하는, 국적이 다른 존칭들이 섞여 들려오기도 했다.

"왔네요, 겨울."

감독관실에서 기다리던 조안나는 거리감 없는 미소로 겨울을 맞이했다.

"오늘은 무슨 일로 보자고 하셨어요? 혹시 브리핑에서 뭔가 있는 건가요?"

정기 브리핑을 앞두고 잡은 약속이었다. 관계있으리라 보는 것이 타당했다.

그러나 FBI 요원은 여전히 웃음 지은 채 고개를 저었다.

"아뇨. 그냥 좋은 소식이에요. 다행히 목소리가 돌아와 있군요."

"변성 정제를 복용하지 말라고 했잖아요. 정오 이후로 먹지 않았어요."

이 또한 요원의 요청이었다. 본연의 음색을 회복해두라고. 덕분에 겨울은 오는 내내 말을 아껴야 했다. 애초에 과묵한 인상을 만들어두었기에 어색하진 않았지만.

조안나는 캐비닛에서 봉인된 케이스를 꺼냈다. 비밀번호를 맞추어 열자, 등장한 내용물은 위성전화였다. 이게 그 용건인가? 겨울은 건네주는 대로 받았다.

"이걸 주시는 이유가 뭐죠? 제가 누구랑 통화하면 되는 건가요?"

겨울이 묻자 조안나가 미안하면서도 뿌듯한 표정을 짓는다.
"누구든, 겨울이 원하는 사람하고요."
"설마……."
"포트 로버츠에 두고 온 사람들, 그동안 걱정 많이 했죠?"
그런 건가. 겨울은 새삼스러운 시선으로 전화기와 FBI 요원을 번갈아 보았다.
"전에 성사되면 말해주겠다던 게 이거였어요?"
작전에 참여하는 인원들의 편의를 돌보는 것도 감독관의 역할. 라디오가 있었으면 좋겠다고 했던 겨울에게 조안나가 돌려준 대답이다. 그 때 하다가 삼킨 한 마디가 있었다. 무엇인지 꺼내지는 않고, 다만 성사되면 말해주겠다고 얼버무렸던 말.
"안 될지도 모르는데 괜히 기대하게 만들고 싶진 않았거든요."
감독관이 민망해했다.
"위쪽은 항상 바보 같아요. 다른 건 바로바로 허락해주면서, 이런 일은 엄청나게 미적거리거든요. 보안이니 뭐니, 의미가 없다는 걸 본인들도 알 텐데 말예요. 그러다보니 두 달 가까이 걸렸네요. 그나마도 원래 건의한 조건보다 엄격하고."
"조건?"
"네. 겨울의 넷 워리어(NETT Warrior) 스마트폰 단말을 쓸 수 있게 해 달랬거든요. 통화를 포함해서, 잠겨있는 기능들을 풀어달라고. 특히 뱅킹이나 AAFES(복지지원단) 온라인 매장 이용권한 같은 것들이요. 지금은 급여를 받아도 사용처가 제한적이라 의미가 없잖아요."
여러모로 생각한 티가 역력했다.
"배려해줘서 고마워요."

“아뇨. 결국은 제한적인 통화만 허가받았는걸요.”

“그래도요.”

조안나는 뻣뻣한 부끄러움으로 감사인사를 받았다. 시선이 어긋난다.

그녀는 빠르게 제한조건을 말했다.

“아무 때나 통화를 할 수 있는 건 아닙니다. 사전에 시간과 목적을 보고해야 하고, 감독관이나 통신보안 담당자의 입회하에 통화를 진행해야 합니다. 통화내역은 녹음되며, 보안규정 위반 여부를 판별하기 위한 증거로 활용될 수 있습니다. 작전내역이나 여타 군사기밀을 누설할 경우 최대 반역 혐의가 적용됩니다. 한겨울 중위, 이상의 내용을 숙지했습니까?”

“네.”

“좋습니다. 사용 방법은 여기에 있고, 지금 바로 쓰셔도 됩니다.”

조안나가 손짓했다. 이번 요청은 제가 대신 올려두었습니다, 라고. 겨울은 한 번 더 미소 만들어 보이고서, 손 안의 위성단말을 바라보았다.

겨울동맹 간부들의 번호를 외워 두진 않았으나, 지력보정으로 떠올랐다.

누구에게 연락할까. 겨울은 목청을 가다듬었다.

“아, 아. 제 목소리 괜찮은가요?”

“글쎄요.”

질문 받은 조안나가 갸우뚱 한다.

“약효는 남아있는 것 같지 않지만, 아무래도 처음 만났을 때의 목소리보다는 조금 탁합니다. 예전엔 굉장히 맑았는데. 변성 정제를 너무 자주 썼기 때문이겠죠. 며칠 정도 약을 끊으면 회복되겠으나…….”

당분간은 무리란 뜻이었다.

“괜찮을 겁니다. 겨울을 아는 사람이 들으면 몸이 좀 안 좋은가 보다 생각하고 말 정도가 아닐지.”

그렇다면야. 겨울은 암호를 입력하고, 전화번호를 눌렀다.

신호는 길게 울리지 않았다.

[여보세요?]

오랜만에 듣는 목소리. 반갑게 느껴지는 연륜. 상대는 민완기였다.

이쪽에서 말이 없자 한 번 더 물어온다.

[처음 보는 번호인데, 누구십니까?]

“접니다, 민 부장님. 한겨울이요.”

[크헉.]

뭔가 요란한 소리가 났다. 와당탕 쿵탕. 직후에 끙끙 앓는 신음이 이어진다. 다친 건가? 시선 마주친 조안나가 어설픈 웃음을 지어보였다.

“저기, 괜찮으세요? 혹시 어디 부딪히셨어요?”

[아니, 별 것 아닙니다. 어윽. 조, 조금만 기다려주십시오.]

겨울이 수화기를 손으로 막았다.

“시간이 얼마나 있어요?”

조안나가 시계를 본다.

“브리핑 전까지니까, 앞으로 약 30분 정도군요. 충분하지 않습니까?”

끄덕이고서, 겨울은 민완기가 전화상으로 돌아오기를 기다렸다.

잠시 후 침착해진 목소리가 들려왔다.

[작은 대장님의 소식에 목마르던 참입니다만, 너무 갑작스러워서 놀랐습니다.]

"저도 그래요. 조금 전까지만 해도 연락드릴 수 있을 거라곤 생각도 못했거든요. 아시겠지만 비밀 작전을 수행하는 중이라서요."

떠나올 때 짧게 전할 수 있었던 사정은 그것이 전부였다.

[헌데 지금은 어떻게?]

"고마운 사람이 있거든요. 저를 많이 도와주시죠."

감독관이 벽에 머리를 박았다.

"미리 말씀드릴게요. 이 통화는 녹음되고 있어요."

[저도 눈치는 있습니다.]

전직 교수가 껄껄 웃었다.

[굳이 영어로 말씀하시는 시점에서 짐작했지요. 애당초 비밀작전에 차출되어 떠나셨으니, 평범하게 연락이 오는 것도 이상한 노릇이고요. 혹시 중앙정보국이나 뭐 그런 뎁니까?]

겨울이 긍정하자 민완기는 다시 한 번 웃는다. 영화 속 주인공이 된 것 같아 흥미진진하다면서. 너무 자연스럽게 받아들이는 통에 오히려 감독관이 곤혹스러워했다.

"불쾌하진 않으세요?"

[그럴 게 뭐가 있겠습니까? 낯설기는 합니다만, 신뢰를 얻을 기회라고 생각하면 나쁠 것도 없지요. 보통은 기회조차 주어지지 않으니까 말입니다.]

이는 언젠가 겨울이 했던 말과 판박이였다.

[아무튼 정말 반갑습니다. 오랜만에 작은 대장님 목소리를 들으니 좋군요.]

"저도요. 건강하신 것 같아 다행이에요."

[헌데, 무슨 일로 연락을 주셨습니까? 뭔가 긴히 하실 말씀이라도 있으신지?]

"아뇨, 그런 건 아녜요. 단지 소식이 궁금해서. 그동안 별 일 없으셨어요?"

[글쎄요……. 어제와 오늘이 항상 다른 요즘인지라. 이쪽 사정을 얼마나 알고 계십니까?]

"거의 몰라요. 아는 건 포트 로버츠가 무사하다는 것 정도?"

명백한 해방 작전이 진행 중인 지금, CIA나 FBI를 경유하는 소식은 그 이상이 될 수 없었다. 한 때 조안나가 도와주고 싶어 했으나 마찬가지. 난민들의 속사정은 중요하지 않은 정보였다.

[그렇습니까. 어디부터 얼마나 말씀드려야할지 조금 막막하게 느껴지는군요.]

이에 겨울은 시간을 확인했다.

"25분에 맞춰주세요."

같은 요구를 장연철이 들었다면 적잖이 당황했을 것이다. 그의 성실함에 대한 믿음과는 별개였다. 겨울이 민완기에게 먼저 연락한 이유이기도 했다. 밀린 소식을 듣기에도 부족한 여유. 동맹의 다른 간부들에 대한 연락은 다음으로 미뤄둘 작정이었다.

흠. 짧은 고민 끝에 민완기가 겨울의 양해를 구했다.

[알겠습니다. 준비되지 않은 이야기인 만큼 다소 두서가 없더라

도 이해해주시기 바랍니다.]

우선은 겨울동맹의 사정이었다.

[비록 여기엔 없으시지만, 동맹의 구심점은 여전히 작은 대장님입니다. 없는 사람의 존재감이 갈수록 커지는 과정은 개인적으로 무척 흥미롭더군요.]

"그런가요?"

[왜 아니겠습니까? 여러 이유가 있겠습니다만서도, 가장 큰 원인은 요즘 미국 정계의 분위기가 아닌가 합니다.]

"아……."

듣고 보니 그럴법했다. 다가오는 대선은 불확실한 미래였다. 난민의 처우 문제에 비판적인 후보가 적잖은 지지를 얻고 있었으므로. 그가 유일하게 예외로 언급하는 것이 겨울이었다.

'난민 전체에 대한 지원이 아니라, 난민 지도자 개개인에 대한 지원체제로 전환하겠다던가?'

즉 그가 대통령이 되어 자신의 공약을 지킨다면, 미국 정부는 난민들을 직접적으로 책임지지 않게 된다. 그러므로 난민들은 지도자가 누구냐에 따라 다른 수준의 생활을 누리게 될 것이었다. 미국 정부와 시민들에게 가치를 입증해보인 지도자에겐 엄청난 지원이 쏟아질 터. 반대의 경우는 끼니를 거를 정도로 열악해질 것이다.

[여론도 여론이지요. 어느 후보가 이기든 지금보다 나아지기를 기대하기 어렵습니다. 민주당이 승리해도 현상유지가 고작이겠고, 공화당이 이겼다간 난리가 날 겁니다. 이런 마당이니 작은 대장님을 찾는 사람들이 늘어날 수밖에요.]

"그건 또 그것 나름대로 걱정스럽네요."

강영순 노인은 겨울을 구세주로 믿는 광신도들의 존재를 경고했었다.

역시나, 민완기의 이어지는 말이 비슷한 내용이었다.

[매일 새벽마다 여기저기서 기도회가 열립니다. 『한겨울님의 무사귀환을 기도하는 사람들』이라던가, 비슷한 이름의 모임이 상당히 많지요. 그밖에 깡패 같은 패거리들도 늘었습니다. 작은 대장님의 친위대를 자처하는……. 굳이 말하자면 극우 깡패라고 해야겠군요. 한국전쟁기의 대한청년단과 비슷한 경우라고 해야 할까요? 경우가 좀 다르지만 말입니다.]

대한청년단은 이승만 대통령이 배후에서 영향력을 행사했었다.

모르는 비교였으나, 지력보정으로 뜬 내용을 읽고, 겨울은 고개를 흔들었다. 그런 류의 친위세력은 부작용이 수두룩했다. 시스템적으로 말하면, 공동체에 여러 가지 불변보정이 붙는다. 상황연산상의 무작위 변수에 악영향을 준다는 뜻이었다.

"부장님들 선에서 대처하기 어려운 수준인가요?"

[아, 그 정도는 아니예요. 작은 대장님 덕분에 경찰의 도움을 받기도 수월해졌고요. 아, 참. 이걸 말씀드려야겠군요. 거류구에 정식으로 보안관이 파견되었는데, 대장님과 인연이 있는 분이십니다. 일부러 이곳에 지원하셨다고. 혹시 캐슬린 헤이랜드라는 이름을 기억하십니까?]

"캐슬린 헤이랜드……. 아."

겨울이 떠올린 것과 지력보정이 동작한 것은 거의 동시였다.

연이은 태풍으로 여러 댐의 붕괴가 우려되던 때, 산타 마가리타 호수를 향하는 길에서 오인사격을 가했던 두 사람 중 하나. 제프리 소대의 그렉 가드너 일병이 그녀의 사격에 맞았었다.

[헤이랜드 보안관은 작은 대장님께 목숨을 빚졌다고 하셨습니다만, 정말인지요?]

"조금 복잡한데, 캐슬린이 그렇게 생각한다면 아니라고 하기도 뭐하네요."

다시 만날 일은 없으리라 여겼건만.

[그럼 체이스 페리 경위도 아십니까?]

이번에는 떠올리는 데 조금 더 긴 시간이 필요했다.

"산타 마리아에서 같은 이름의 경찰을 만난 적은 있지만, 계급이 다르네요."

[그 분이 맞을 겁니다.]

민완기가 사정을 설명했다.

[연립단지 공사가 끝나면서 여긴 사실상의 도시가 되었지요. 군정청의 행정이 본격적으로 시작되기도 했고요. 덕분에 구역마다 경찰서가 들어섰는데, 한국계 거류구의 담당자가 바로 페리 경위입니다. 이 분 또한 자원해서 오신 경우더군요. 작은 대장님을 돕고 싶었다고.]

"캐슬린은 그렇다 쳐도 페리 경사……아니, 경위는 뜻밖이네요."

오염지역의 인력은 항상 수급난을 겪으므로 자원자가 우선적으로 들어오는 것 자체는 이상하지 않았다. 그러나, 두 사람 다 만난 시간으로 따지면 채 하루가 되지 못했다. 보안관이야 생명의 은인이라 여긴다니 그렇다 쳐도, 산타 마리아 경찰 기동대원 쪽은 애매한 감이 있었다.

'산타 마리아는 대피가 가장 성공적이었던 도시 중 하나였다고 하지 않았었나?'

기억을 더듬어보니 본인에게 직접 들은 말이었다. 오염지역에서 내내 활동해온 레인저와 달리, 본인은 한 달쯤 전에 도착했을 뿐이라고. 즉 산타 마리아는 민간인과 정부 인력을 가리지 않고 봉쇄선 동쪽으로 안전하게 철수했다는 뜻이었을 터였다.

[사람의 마음을 누가 알까요. 경위에겐 작은 대장님의 활약이 그만큼 인상 깊었던 모양이지요. 그땐 다들 기적이라고 부를 정도였으니, 제가 보기엔 이상할 것이 없군요.]

어쩌면 부채감일수도 있겠다. 경위가 말했었다. "여긴 제 근무지고, 이건 제 직업입니다."라고. 겨울은 그 책임감이 애향심에 닿아있다고 느꼈다.

보편적인 개인주의에도 불구하고, 미국인들의 애향심은 가끔 겨울의 예상을 넘어설 때가 있었다. 매 경험이 낯설다. 심지어는 그 유명한 디트로이트조차 고향을 사랑하는 마음으로 남아있는 중산층 이상이 많다니, 민완기의 말마따나 사람의 마음은 모를 일이었다.

[남자가 남자에게 반할 수도 있는 법이고요.]

"아니, 그건 아니라고 봐요."

[인기를 감안할 때 각오는 해두셔야 하지 않겠습니까? 작은 대장님 덕분에 새로운 정체성을 깨달은 사람들이 의외로 많을 겁니다. 그렇지, 라디오에서 들은 내용인데, 우편집중국에 쌓이는 대장님

의 팬레터 중에 남자들이 보낸 양도 굉장히 많다고 들었습니다.]

어디선가 들려오는 숨죽인 웃음소리. 범인은 입을 가린 감독관이었다. 시선이 마주치자 시침을 뗀다. 고개를 흔들고, 겨울이 답했다.

"……죄송하지만 농담할 시간 없어요."

민완기는 농담이라고 던지는데, 겨울로서는 실제로 겪어본 일들이었다. 언제였던가, 눈망울이 그렁그렁했던 레드넥의 수줍은 고백을 떠올리면 지금도 조금 난처할 정도다.

'그런 마음을 거절하기도 쉽지 않고.'

상처를 주지 않으려니 어려운 것이다. 좋아한다는데.

[그랬지요. 그럼 하던 이야기로 돌아가서,]

민완기가 바뀐 말을 이었다.

[헤이랜드 보안관과 페리 경위 두 사람은 동맹에 대한 관심이 많습니다. 어려울 때 여러모로 편의를 봐주지요. 딱히 불법적인 유착은 아닙니다만, 그래도 동맹 안팎을 단속하는 데 많은 도움이 됩니다. 단속하는 시점과 장소를 정하는 것만으로도 많은 상황을 조정할 수 있으니까요. 이것도 결국 우리 대장님 덕분이지요.]

"의도한 건 아니잖아요."

[그게 인덕이라는 겁니다.]

껄껄 웃고 다시 말하는 민완기.

[그래도 그것만으로 충분하지 못할 때가 많은 터라, 근래에는 장부장님과 사이가 나빠진 척을 하게 되었습니다. 매번 서로 다른 쪽을 편들어주고 있어요.]

"사람들이 너무 갈라져도 나중에 감당하기 힘들 것 같은 데요."

어느 한 계파의 힘이 너무 커져도 곤란하지만, 분열을 지나치게 조장하면 또 다른 문제가 될 것이었다. 기존에 나눠져 있던 파벌만으로도 충분히 많다. 미움이 미움을 낳는 법. 갈등의 골이 깊어지면 되돌릴 수 없을 것이다.

민완기가 겨울의 걱정을 잠재웠다.

[요즘 사람들이 그럽니다. 예전이 참 좋았다고.]

“그래요?”

[매일같이 벌어지는 다툼에 넌더리를 내는 거지요. 그러면서 꼭 따라붙는 한 마디가 있습니다. 작은 대장님이 있을 때는 이렇지 않았는데, 라고.]

과거는 언제나 미화된다. 더욱이 실제로도 현재보다 나았던 때라면 말할 것도 없었다.

[그런 사람들은 오히려 뭉치도록 돕고 있습니다. 겉으로 드러나면 곤란하니 적당한 사람을 하나 밀어줘서 말이지요.]

“제가 아는 분인가요?”

[물론입니다. 송예경 씨가 의외로 사람들의 지지를 받더군요.]

송예경이라면……. 다물진흥회로 전향한 남편에게 버림받은 여자다. 겨울은 눈살을 찌푸렸다. 평소엔 잘 내색하지 않지만, 원한이 무척 깊어보였는데.

“그분으로 정말 괜찮을까요?”

[뭘 걱정하시는지는 압니다만, 누군가 필요했던 시점에서 송예경 씨 외의 대안이 없었습니다. 전부터 다른 단체로부터 피해를 입은 사람들의 모임을 주도하고 있었더군요. 폭력적인 단체도 아니고, 종교적인 모임도 아니어서 조금 늦게 알았습니다.]

"으음……."

[백산호 그 사람만 아니었어도 좀 더 여유가 있었겠으나…….]

"백산호? 그게 누구였죠?"

[전에 마음에 안 든다고 정리하라고 하셨던 중간 간부입니다. 기억 안 나십니까?]

"혹시 민 부장님이 본보기로 삼으시려던 사람인가요?"

[맞습니다.]

공사현장에서 홀로 말끔했던 남자. 땀 냄새가 나지 않았으며, 겨울바람이 부는 와중에도 손이 따뜻해서 의심했었다. 알고 보니 민완기가 발탁한 인물이었고.

'자르라고 했더니 망설이셨지.'

사실 민완기는 그를 사람들의 원망을 집중시킬 희생양으로서 선별했던 것. 사람들의 인내가 한계에 달했을 때 강력하게 처벌하여, 동맹에 대한 지지와 결속을 단단히 하려던 의도였다. 겨울은 그것을 거부했다. 겨울의 방식이 아니었으므로.

소년은 항상 생각한다. 온전히 누구 한 사람의 책임인 죄라는 게 존재하는가, 하고.

민완기는 스스로 자유롭게 선택한 결과이니 그 한 사람의 책임이라고 했었다.

그러나 방조한 사람에게도 책임이 있을 것이었다.

"그가 뭘 어쨌길래 그런 말씀을 하시죠?"

[어쨌다기보다는, 돈이 많더군요.]

"……돈?"

[예. 애초에 대단한 부자였나 봅니다. 여기가 도시로서 기능하

게 되자마자 엄청난 돈을 풀어대더군요. 군정청 차원에서는 이런 상황에 대한 대비가 전혀 되어있지 않았지요. 상업용도로 지어진 건물들을 닥치는 대로 불하받고 있습니다.]

부동산 투기야말로 한국인의 대표적인 악덕 가운데 하나 아니겠습니까. 민완기의 평에서는 쓴 맛이 났다.

"좀 황당하네요. 그만한 돈이 어디서 났을까요?"

[사람들 말로는, 첫 번째 은행 창구가 열리자마자 지폐로 가득한 캐리어를 두 개나 끌고 나타났다고 합니다. 독하다면 정말 독한 인물 아니겠습니까? 무게만 하더라도 가뿐히 수십 킬로그램이었을 것인데, 휴지조각보다 못한 짐덩이를 악착같이 지니고 다녔으니 말입니다.]

그런 사람이 백산호 하나 뿐인 것은 아니었다.

[정도는 덜해도 비슷한 종자들이 있습니다. 100달러 지폐가 워낙 대량으로 쏟아져 나온 통에 시크릿 서비스 무장요원이 파견될 정도였지요. 결국 전부 정상적인 화폐라는 결론이 나서 그냥 돌아가긴 했습니다마는……군정청 분위기로 보아, 미국 정부 차원에선 의외로 굉장히 좋아하는 모양입니다.]

시크릿 서비스는 미 대통령 경호국으로 알려진 기관인데, 사실 주 업무는 경호가 아니라 위조지폐 단속이었다. 미국 경제의 핵심인 달러화를 수호하는 것.

즉 난민구역에서 위조지폐가 만들어지는 줄 알고 재무부가 기겁했다는 뜻이었다.

"그런데 미국 정부가 좋아한다고요?"

[왜 아니겠습니까? 어떻게 써도 좋은 예산이 생기는 건데요. 오

염지역의 땅을 불하할 뿐이니 정부 입장에서 잃는 것도 없습니다. 부채한도나 화폐발행 한계 등의 제도적인 제한을 피해서 국가회계에 기름칠할 수단을 손에 넣은 셈이지요. 군정청 지원 예산으로 빠지는 금액도 줄어들 것이고요.]

"그런 건가요……."

경제적으로 깊은 내용은 겨울에게 어려웠다. 부채한도 운운하는 것이 무슨 뜻인지. 그러나 민완기가 하려는 이야기는 문맥상으로만 와 닿으면 충분했다.

"정부가 좋아한다니, 분배국에서 제동을 걸기도 어렵겠네요."

[예. 리친젠 그 늙은이가 요즘 기분이 좋습니다. 선물을 자주 보내옵니다.]

땅과 건물을 불하하는 것도 분배국의 역할이었다. 거기엔 리아이링이 들어가 있었다.

[정경유착은 한, 중, 일이 각별하게 공유하는 관행입니다. 돈이 돌면서 그들 사이의 험악한 관계도 누그러지더군요. 예전처럼 대규모 항쟁이 벌어질 일은 없을 것 같습니다.]

"잘 됐다면 잘 된 일인데 좋은 느낌은 아니네요."

[여튼 백산호 그 사람은 소위 자본가들의 대표를 자처하는 중입니다. 동맹 내의 돈 많은 이들을 모았을 뿐만 아니라, 다른 국적의 졸부들하고도 협력하는 모양이에요. 리친젠에게도 줄을 댄 것 같아서 삼합회 쪽으로 항의해보았으나……]

"소용없었겠죠. 범죄자에게 상식을 요구하는 거잖아요."

[매번 말만 그럴 듯합니다. 난처해하는 건 리아이링 양 뿐인데, 그마저도 본심인지 모르겠고. 지치더군요. 중국인들의 두루뭉술

한 화법에 많이 익숙해졌다고 여겼는데 아니었나봅니다.]

"고생하셨어요. 송예경 씨 말고 다른 사람을 고를 여유가 없었다는 말씀이 이해가 돼요."

여기까지의 대화를 감독관은 흥미롭게 듣고 있었다. CIA와 FBI의 도청에 대해 솔직히 털어놓았던 그녀였다. 얼마간 전후사정을 아는 만큼 이해에 깊이가 있을 것이었다.

[불안의 여지는 있겠으나, 작은 대장님이 돌아오시면 다 해결될 거라고 생각합니다.]

민완기의 말에 겨울이 고개를 기울인다.

"정말 그럴까요?"

[그렇게 만들겠습니다.]

학자가 단언했다.

[동맹이 만들어진 지 얼마나 되었다고 회고주의가 고개를 드는가는 반성해야 할 문제입니다만, 어쨌든 많은 사람들이 그리워하는 과거는 결국 작은 대장님이 핵심입니다. 그 그리움을 부추길수록 대장님이 돌아오셨을 때의 파급력이 강해지겠지요. 왕의 귀환이라 해야 할까요.]

"너무 거창해요."

[극적이라고 해야 정확하지 않겠습니까?]

어쩐지 즐거운 느낌이었다.

[저와 장 부장님 사이의 갈등도 그 시점에서 거짓말처럼 끝내는 겁니다. 혼란의 태반을 단숨에 잠재우는 거지요. 사람들은 이성적으로 의심하기 전에 감성적으로 열광할 것이고요. 그게 대중의 속성입니다. 하나하나가 똑똑해도 뭉쳐 놓으면 분위기에 휩쓸리지요.]

"그런 점은 여전하시네요. 사람들을 나쁘게 보시는 거."

과거에도 비슷한 대화가 있었다. 그 때 민완기는 정치와 종교의 뿌리가 같다고 말했었다. 그리고 덧붙였다. "저는 제가 이해한 사람들을 진심으로 믿습니다."라고. 인간에 대한 회의와 냉소. 인간의 한계에 대한 견고한 믿음이 느껴진다. 사람이 그 한계를 넘는 일은 없으리라고.

[대장님도 사실 마찬가지 아니십니까?]

"저는 조금……다르다고 생각해요."

[믿고 싶으시지요?]

"글쎄요."

단 하나의 예외가 일반화를 부정하는 법이었다. 겨울에겐 두 명의 예외가 있었다. 하나가 지극히 아름다웠기에 생전을 견디고, 사후를 이어간다.

과거를 배경으로 하는 이 세계관에서는 더 많은 예외가 존재했다. 착한 사람들이 이렇게 많을 리가 없는데. 예전엔 단순히 미화된 과거라고 생각했으나, 지금은 확신하기 어려웠다. 물리현실의 지난날이, 생전의 현재와 달리 정말로 좀 더 아름다웠던 건 아닐까 싶었다. 사람들에게 희망이 있지 않았을까 하는 의혹.

"민 부장님, 힘들지 않으세요?"

겨울이 물었다.

"그런 마음으로 사람들을 상대하는 거, 분명히 지치실 텐데요. 도와주시는 건 고맙지만요."

브리핑이 다가온다. 그러나 시간제한이 있어도 듣고 싶은 답이었다.

[오히려 만족스럽습니다.]

과거에 냉소적인 과거가 말했다.

[예전의 저는 톱니바퀴였습니다. 거대한 무대 위에서 우글거리는 조연들 가운데 하나였고요.]

그러면서, 애초에 주연이 존재하지 않는 희극이었다고 덧붙인다. 쓰레기통과 같아, 서로 혼란스럽게 부딪히는 와중에, 우연의 산물로서 질서와 법률 같은 것이 나오곤 했다고.

[세상의 모든 불합리가 제 한계 너머에 있었지요. 나쁜 관행과 모자란 사람들에게 순응하는 수밖에 없었습니다. 불가능한 꿈을 꿀 때도 있었습니다만, 나이가 들면서는 체념을 몸에 익혔지요. 그게 사람 사는 방법이었습니다. 단지 살아가기 위해 살아가는 삶.]

그는 그 나름대로 행복했다고 회상했다.

[사는 게 뭐라고, 죽고 싶다는 생각은 들지 않더군요. 가끔 즐겁기도 하고.]

여기까지 들은 것만으로도 겨울은 민완기의 남은 말을 짐작할 수 있었다. 한계라는 단어에 공감이 간다. 적어도 세상을 보고 느낀 감정에서 소년과 교수는 서로 다르지 않았다.

"주변을 스스로 만들어가는 지금이 더 낫다는 말씀이세요?"

[정확합니다.]

흡족한 반응이 돌아왔다.

[역시, 세상이 아직 멀쩡할 때 작은 대장님이 제 학생이었으면 어땠을까 하는 생각을 하게 되는 군요. 예전부터 여러 번 말입니다. 단순히 이해력이 좋다는 게 아니라, 형언하기 어려운 공통분모가 있다는 느낌이에요.]

“칭찬으로 받아들여도 되죠?”

민완기는 웃음으로 대답을 대신했다.

[이미 알아주신 것 같습니다만, 그래도 말씀드리자면……. 예. 저는 지금이 더 행복합니다. 살아있다는 실감이 난다고 해야 할까요? 다른 사람들이 들으면 욕을 먹겠으나, 차라리 종말이 다가와서 다행이라는 생각까지 합니다. 잘못 쌓아올린 모든 것들을 다 부숴 버리고 다시 시작하게 만들어 줬으니까요.]

이 역시 생전의 겨울이 해보았던 생각이었다. 이 세상 모든 사람들이 자신의 한계 밖에서 다가오는 불행에 사로잡혀있는 게 아닐까 하고. 서로에게 공감하지 않거나, 혹은 할 수 없는 사람들이 서로의 불행이 되어가고 있는 건 아닌가 하고.

다 무너뜨리고 처음부터 다시 시작하면 조금이라도 나아지지 않을까.

사람을 넘어선 누군가가 먼저 공감하고, 먼저 손을 내밀어 주기만 한다면.

그 최초의 한 사람이 되고 싶다고 생각했었다.

[그래서 제가 작은 대장님을 좋아합니다. 이 모든 게 사람 같지 않은 한 사람 덕분이거든요.]

겨울이 웃었다. 드문 솔직함이었다.

“감사합니다. 그런 꿈을 꾸고 있었어요.”

이 주제는 여기까지.

난민구역의 다른 근황이 언급되었다.

“한별 씨가 결국 해낸 모양이네요. 그렇게 가고 싶어 하더니.”

장한별. 유라 분대의 지정사수. 사격 실력이 빼어나고, 그만큼 좋아하기도 해서 트리거 위치(Trigger Witch)라는 별명을 얻은 그녀가 저격수 교육과정(Sniper school)을 수료했다는 이야기였다. 어떻게 대대장 이상의 추천을 받아냈는가 보다.

"봉쇄선 동쪽이라곤 해도 결국 포트 베닝 안에서만 훈련을 받았을 텐데, 본인은 좋아하던가요? 실망했을까봐 걱정스러워요. 의욕이 꺾이면 감당하기 어려우니까요."

빈말이 아니었다. 이 세계관에서 미국은 인류 문명 최후의 보루이며, 봉쇄선 너머에 대한 동경은 난민이라면 누구나 지니고 있는 것. 조지아 주의 군사기지에서 보낸 3주는 사막을 헤매던 사람에게 주어진 물 한 방울에 불과했을지도 몰랐다.

'우울증에 걸릴 가능성도 있지.'

사격교관을 담당한 미군들은 한결같이 트리거 위치의 기괴함을 언급하곤 했다. 사격할 때 키득키득, 히죽히죽 웃는 소리가 은근히 소름끼친다고.

본인에게 물어보니 자제가 안 된다고 했다. 기분이 너무 좋다던가.

겨울은 무기와 사격에 대한 그 기이한 애정이 스트레스의 반작용이 아닌가 의심하고 있었다.

진석의 규율에 대한 집착이 공포를 견디는 수단인 것처럼. 겨울은 진석보다는 도리어 유라 쪽이 정신적으로 안정되어있다고 본다.

[걱정하실 필요 없습니다. 마냥 좋았다던걸요.]

"그래요?"

[본인 말로는 꿀잠을 잤다고 하더군요. 밥도 맛있었고, 훈련도

힘들지만 보람찼다고. 우울하기는커녕 하도 자랑을 늘어놓는 바람에 다른 사람들이 샘을 낼 정도입니다. 박진석 조장이 그러더군요. 한별 양의 자랑이 분위기를 해치는 걸 탓해야 할지, 덕분에 모두가 사격에 더욱 의욕을 내는 걸 좋아해야 할지 모르겠다고.]

"저런."

[기왕 말이 나왔으니 알려드리면, 한별 양의 성적은 괜찮은 편이었다고 합니다. 다른 쪽으로는 미달하는 면이 많았으나, 사격만큼은 기지 사령관이 칭찬할 정도였다고 들었습니다.]

"훌륭하네요. 메달 같은 걸 받아오지 않았어요?"

[그것도 열심히 자랑하고 있습니다.]

이어지는 이야기를 들어볼 때, 미국은 여전히 난민 출신으로 전투부대를 꾸리는 데 관심이 많은 듯 했다. 전투조 규모도 백 단위까지 늘었고, 본토로부터 장교와 부사관이 충원될 거라는 말도 나오는 마당이라고.

신형 장비인 센추리온 장갑복이 정식으로 지급되었다는 말을 듣고, 겨울은 금방 납득했다.

'하기야 현 대통령도 민주당 출신이니까.'

난민정책의 성과가 가시적일수록 대선의 판도 역시 민주당에 유리하게 기울 것이었다.

"아무래도 제가 돌아가면 독립중대 하나 쯤 책임지게 될 지도 모르겠네요."

[그렇습니까?]

"네. 예전에 마약 거래처를 소탕할 때 오코너 치안감님의 사무실을 방문한 적이 있는데, 거기서 지도를 봤거든요. 앞으로의 개발계획이 나와 있었죠. 거류구 한복판에 공터가 있기에 이상하다고 생각했었는데, 돌이켜보니 거기가 중대본부 들어설 자리가 아니었나 싶어요."

고급 정보라고 판단해서 눈여겨보았던 지도였다.

통상적인 도시였다면 공터를 공원 예정지라고 생각했을 것이다. 그러나 포트 로버츠였다. 기지의 방어력을 감안하면 그런 식의 어중간한 공간낭비가 허용될 리 없었다.

"난민 지원병들이 미군을 보조하는 거랑, 난민으로만 구성된 전투부대가 단독으로 임무를 수행하는 건 차원이 다른 이야기인 걸요. 대통령 성향을 감안할 때 가능성이 높다고 봐요."

[그랬으면 좋겠습니다. 우리들의 입지도 제고될 테니 말입니다.]

여기서 조안나가 손목시계를 두드렸다. 소리 없이 입을 움직였다.

타임아웃.

"시간이 됐네요. 오늘은 여기서 끝내야겠어요. 아직 듣고 싶은 말이 많은데."

[별 수 없지요. 전화기가 있는 간부들에게 귀띔을 해둘 테니, 다음엔 저 말고 다른 사람에게 연락 주시기 바랍니다. 누구에게서라도 충분한 사정을 들으실 수 있을 겁니다. 저는 장 부장을 추천해드립니다만, 작은 대장님께서 판단하실 일이겠지요.]

"고려할게요."

[마지막으로 여쭙습니다. 돌아올 때까지 얼마나 걸리실 것 같습니까?]

"……모르겠어요. 당장은 기약이 없네요."

[혹시 해가 바뀐다던가?]

“설마 그렇게까지 길어지진 않겠죠. 저를 비밀임무에 묶어두는 건 지금도 꽤 부담스러울 텐데요. 아주 중요한 임무를 수행중이라고 얼버무리는 데에도 한계가 있겠고요.”

부담스러울 주체가 여럿이라 주어를 생략했다. 예전에 찍힌 영상과 사진 중 미공개분을 편집하여 시민들의 요구를 무마하고는 있으나, 그게 얼마나 더 길어질 수 있겠는가.

[맞는 말씀입니다. 하면, 돌아오실 때까지 무사하시길 바라며 최선을 다하고 있겠습니다.]

“네. 부장님도 건강하세요. 일이 즐겁다고 해도 무리하진 마시고요.”

[감사합니다.]

겨울은 통화를 끊었다. 조안나가 단말기를 건네받아 가방에 수납한다. 증서, 암호표, 설명서 등이 같이 들어갔다. 가방을 잠그며 감독관이 하는 말.

“굉장히 인상 깊은 대화였습니다. 몰래 듣는 거랑은 많이 다르군요.”

“조금 부끄럽네요.”

“아뇨. 말 그대로 지도자라는 느낌이어서 신선했습니다. 부장이라는 분도 무척 현명하신 것 같고. 그런 사람이 겨울을 돕고 있어서 다행입니다.”

“저도 그렇게 생각해요. 드물죠. 그런 분은.”

이제까지의 경험을 모두 살피더라도, 민완기는 특이하고 예외적인 인물이었다.

겨울이 말했다.

"그럼 갈까요."

브리핑 룸은 멀지 않았다. 겨울은 감독관과 나란히 걸었다.

브리핑은 좋은 소식으로 시작되었다.

"드디어 중국인들의 북두성이 우리 손에 들어왔습니다."

이렇게 말하며, 네이선 채드윅은 졸린 눈으로 히죽히죽 웃는 얼굴이었다.

중국인들의 북두성이란 베이더우 위성을 말했다. GPS와 기능이 동일하지만, 군사적인 용도로 개발된 시스템. 잠수함 발사 탄도탄의 최종유도과정에 관여한다.

프로젝터로 쏘아진 화면이 위성들의 위치를 실시간으로 보여주고 있었다. 또한, 위성신호를 받는 구 중국군 함선들의 위치까지도. 개중 샌프란시스코 만 내부에서 유난히 도드라지는 붉은 점 하나가 인상적이었다. 채드윅이 바로 그 점을 가리켰다.

"이 성과는 포인트 찰리 854, 코드 네임 시리우스가 트로이 목마에 감염된 덕분입니다. 목마의 고유번호를 조회해본 결과 행운의 주인공은 한겨울 중위더군요. 전에 잠수함에 흘리고 왔다던 그 USB 말입니다. 괜찮으시다면 다들 잠시 박수 좀 쳐주시지요."

느닷없었다. 겨울은 사람들의 갈채를 받았다. 분명하게 기뻐하는 일부, 그리고 다시 피곤하고 감흥 없는 일부, 마지막으로 떨떠름하거나 불쾌해하는 일부의 사람들. 마지막 경우가 가장 많았고, 이해하지 못할 바도 아니었다. 어쨌든 이곳에서의 겨울은 신참자에 불과하기에.

"축하합니다, 중위. 위성망 하나를 통째로 훔쳐낸 전공이니, 잘하면 이걸로 훈장을……인텔리전스 크로스(Intelligence Cross)를 받게 될지도 모르겠군요. 아, 괜히 하는 소리가 아니에요. 위에서 긍정적으로 검토 중이라고 하거든요. 거의 결정사항이라고 봐야겠지요."

누군가 휘파람을 불었다. 돌아보면 올리버 탤벗이었다. 짙은 갈색 피부의 전술정보 분석관. 특수화장 때문에라도 자주 보는 사이여서, 데면데면한 CIA 요원들 중 그나마 안면을 많이 익힌 축에 든다.

그 옆에서 윙크를 보내는 것은 통신보안 담당관인 섀넌 코왈스키 요원. 목마를 제작한 것이 그녀였다. 겨울은 조금 미심쩍은 기분이 들었다. 전공을 말하자면 그녀의 이름도 언급되어야 하지 않나 싶어서. 작위적이라는 느낌이 강했다. 방향을 바꿔 채드윅에게 묻는 겨울.

"인텔리전스 크로스가 그렇게 쉽게 수여되는 물건이었나요? 전 정보국 소속도 아닌데요."

어느 기관이든, 십자장(Cross)의 격은 명예훈장의 바로 아래였다. 육군이나 해군, 공군과 달리 정보국의 십자장은 희소도가 높기도 했다. 구체적으로 누구에게 수여되는지조차 기밀일 때가 많았으므로. 수훈자의 정체가 곧 미국의 떳떳하지 못한 역사인 경우였다.

정보국 지부장이 의미심장하게 대꾸했다.

"뭐 어떻습니까? 피그만 침공 때보다는 낫지요. 충분한 공로도 있고."

피그만 침공. 미국이 쿠바정권을 무력으로 전복시키려 했던 사건이다. 물론 대놓고 쳐들어갈 순 없었으므로, 배후에 CIA가 있었다. 결과는 처참한 실패로 끝났고.

'왜 하필 그런 예를 들었지? 어떤 의도가 있는 건가?'

지력보정으로 뜨는 정보는 충분하지 않았다. 지금의 겨울이 이 이상을 아는 것은 부자연스럽다. 시스템이 그렇게 판단했다는 뜻이었다.

다행히 겨울에겐 우호적인 FBI 감독관이 있었다. 고민하는 기색을 눈치 챘는지, 책상 아래에서 펜 머리로 쿡쿡 찌르는 그녀. 이제는 익숙해진, 필담을 나누자는 신호였다. 사각사각. 옆자리에서 듣는 만년필 소리에선 언제나 안정감이 느껴졌다. 정갈한 글씨도 매한가지.

이쪽이 잠잠해지자 채드윅이 브리핑을 재개했다.

"아무튼 여러분, 이걸로 모비 딕……장정 9호의 핵위협이 크게 경감되었습니다. 미사일이 실제로 발사되더라도, 주요 대도시와 군사기지에 직격탄이 떨어지는 최악의 상황만큼은 막을 수 있게 된 거지요. 광범위한 방사능 오염이야 피할 수 없겠지만 말입니다."

이를 들으며, 겨울은 곁눈으로 조안나가 적는 글줄을 읽었다.

「피그만 침공의 수훈자들은 기밀이 해제된 이후에 선정되었습니다.」

사각사각.

「공로 그 자체로 훈장을 수여할 작정이었다면 그 전에 이미 결정했을 겁니다. 사건이 끝난 뒤 한참이 지나서야 그들을 기렸다는 건 공로 자체는 별로 중요하지 않았다는 뜻이고요. 실패한 작전이고, 미국의 체면을 손상시킨 사건이니까요. 사건이랄 것도 없으나, 정보국에 대한 비난여론을 잠재우기 위한 수단에 지나지 않았을 거라 봅니다.」

즉 겨울에게 주어질 정보국 최고의 훈장 또한, 겨울이 잘해서라기보다는 여론관리의 수단에 불과할 것이라는 견해였다.

「아시다시피 시민들은 겨울을 무척 좋아합니다. 좋아하는 사람이 인정받는 건 기분 좋은 일이죠. 훈장수집가의 명성도 같은 맥락이겠고요.」

겨울이 따다닥 점을 찍고 빠른 물음을 적었다.

「……훈장수집가요? 제가 그런 식으로도 불리나요?」

옆에서 살풋 웃는 느낌. FBI 요원의 절제된 필기체가 새로운 문장으로 유려하게 이어진다.

「그렇습니다. 겨울의 수훈기록은 횟수와 기간 양면에서 대단하지요. 이 사람, 내 영웅이 다음엔 어떤 훈장을 받게 될까. 그 행보에 이목이 집중되는 것도 이상하지 않다고 생각합니다. 즐거운 일을 찾기 어려운 요즘인걸요. 제게도 그런 마음이 있고요. :-)」

조안나가 새로운 문장을 적었다.

「일종의 보험이기도 합니다. 장정 9호를 끝끝내 잡지 못하게 되면, 그래도 최선을 다했다는 맥락에서 겨울 당신을 내세울 수 있을 테니 말이에요. 대중과 언론, 행정부는 물론이거니와, 한겨울이라는 이름 앞에서까지 가혹할 의원은 없을 테고요.」

여기서 의원이 언급되는 건 의회의 감찰을 암시하는 것이었다. CIA에 제동을 걸 수 있는 상임위원회가 상하원 각각 복수로 존재했다.

「그리고 중앙정보국의 인지도를 늘릴 수단이기도 합니다.」
아무래도 정보관계자다보니, 조안나가 발휘하는 통찰에는 시간간격이 없었다.
「지금의 정보국은 입지가 좋지 않습니다. 당장 예산편성 단계에서 불이익을 받고 있어요. 국제적인 첩보망이 무너진 것을 감안하더라도 조직의 존폐를 우려할 정도입니다. 그러니 자기 존재를 역설하는 수밖에요. 대중을 겨냥하면 의회가 움직입니다. 한 때 NASA가 그랬었죠.」
인지도가 곧 영향력이라는 말. 예산이 부족하면 한 도시에서조차 도로 하나를 경계로 경찰서가 사라지고 상수도가 끊어지는 나라였다. 연방기관이라고 처지가 다르진 않았다.
비밀작전에서의 공적을 확실하게 각인시켜두면, 향후 겨울을 다시 끌어다 쓰기 용이할 거라는 쪽으로도 생각해볼 법 했다.
'어쩌면 시리우스를 감염시킨 목마는 내 USB가 아닐 수도 있겠어.'
겨울의 판단이었다. 전공을 일부러 몰아주려는 거라면 무슨 조작을 못하겠는가. 채드윅의 말처럼 운이 지나치게 좋다는 느낌이 들었다. 다른 대원들에게도 동일한 USB가 지급되었을 것이고, 각자의 임무에서 적합한 방식으로 두고 왔을 테니까.
「불쾌한 말일지도 모르겠지만, 냉정하게 조언하자면, 겨울은 어디에 쓰더라도 좋은 소재입니다. 혹여 나중에라도 상처받는 일이 없었으면 좋겠군요.」
겨울이 대답을 적었다.
「걱정하지 말아요. 그런 걸로 마음 상할 만큼 무르지는 않거든요.」

그러나 조안나의 옆얼굴에서는 근심이 거둬지지 않았다.

길어지는 필담 사이에서 브리핑은 이번 소득의 다른 의의를 논하고 있었다.

"시리우스는 정보의 보고더군요."

포인트 찰리 854, 코드 네임 시리우스는 구 중국 해군의 정보수집선, 천랑성(天狼星)을 뜻했다. 누군가 거기서 남자들에게 꼭 필요한 동영상을 감상한 모양이다.

"중요한 소득은 세 가지입니다. 첫째, 시에루 해군중장 일파가 사용하는 통신암호. 둘째, 그들이 보유한 무기 및 병력의 상세. 셋째, 그동안 이루어진 교신기록들. 이 중에서 마지막이 가장 인상 깊었지요. 여기 샌프란시스코 만에 있는 중국군 장성들의 성향을 상세하게 파악할 수 있었습니다. 몇 사람 은밀하게 설득해볼 수도 있겠더군요. 다시 한 번, 잘 했어요, 한 중위!"

채드윅 팀장의 익살은 늙은 개의 의무적인 애교 같았다. 겨울은 어색한 표정을 만들었다.

"현 시점에서 당면과제는 다가오는 그들의 회합에 어떻게, 얼마나 대비하는가입니다. 뭐 방금 말씀드린 것들이야 우리 정보국에서 할 일이고, 이제 여러분이 할 일에 대해 알려드리죠."

화면이 바뀌었다.

"붉은 별들의 정상회담이 열릴 장소는 중국 선적의 2만 4천 톤급 크루즈-페리선, 보하이진주[9]호로 예상됩니다. 열심히 도청해보니 그렇더군요."

재생되는 영상은 녹화된 것이 아니었다. 무인기가 보내오는 실

---

9 渤海金珠: 발해진주

시간 관측화면이었다.

배 자체는 특별할 것이 없었다. 그러나 그 위치가 좋지 않았다.

“여러분이 보시는 것처럼, 여긴 그야말로 사지입니다. 세 개의 세력에 속한 네 척의 구축함이 함포 사격을 퍼부을 수 있는 위치거든요. 그 중엔 우리가 수중폭파를 시도했다가 실패한 배도 있지요. 아무튼 한겨울 중위 혼자 침투하게 될 것인데, 제가 묻고 싶은 건 타격대 지휘관 분들의 의견입니다. 유사시 구조대 투입이 가능하겠습니까?”

여러 특수부대 출신의 지휘관들이 곧장 고개를 저었다.

그 중 하나, 화이트 스컬 중대장 콜린 파울러 대위가 손을 들었다.

“그냥 회담 장소를 날려버리면 안 되는 거요?”

“화끈한 의견이군요.”

채드윅이 어깨를 으쓱인다. 그리고 고개를 흔들었다.

“검토해봤습니다만, 가치가 없습니다.”

“대가리들을 싹 몰살시키면 나머지가 꽤 혼란스러울 텐데. 당장 장정 9호를 해치우지 못하는 게 호위함들 때문 아니요? 그것들이 혼란에 빠질 경우 우리가 사냥할 고래는 무방비 상태가 될 것 같소만.”

장정 9호가 위험하다곤 하나, 그 한 척만으로는 치명적인 위협이 되지 못한다. 골든게이트 바깥에 미 해군의 순양함이 깔려있었다. 잠수함 혼자서는 미사일을 발사하는 즉시 요격당할 따름이었다.

문제는 중국 함선들의 엄호. 대위는 혼란에 빠진 그들이 잠수함을 지켜줄 수 없으리라 예견하는 것이었다.

채드윅이 장난스럽게 눈살을 찌푸렸다.

"그들이 분기탱천해서 미 제국주의자들을 몰살시키자고 의기투합할 가능성도 감안해야지요. 너무 단순하게 생각하셔도 곤란합니다, 대위."

군인 쪽의 인상이 더러워졌다. 단순하다, 라는 말에 의미 이상의 어감이 묻어났기 때문이다. 겨울 또한 순간적으로 스쳐간 경멸감을 놓치지 않았다. 한 때 채드윅 스스로 말했었다. 정보국 일부 인원들이 무장요원들에게 거만하게 굴었었다고.

'그 자신도 예외가 아니었나.'

정보국 요원들은 학력 면에서 미국 정상의 인재들이었다. 아무래도 육체파 출신이 많은 전투요원들과는 기본적인 거리감이 있었다. 보기에 따라서는 계급처럼 느껴지기도 했다.

겨울이 가늘어진 눈으로 지켜보는 가운데, 팀장은 재차 설명했다.

"그럴 거면 진즉에 공격기 잔뜩 띄워서 붉은 군벌들을 싹 쓸어버렸겠지요. 민간인 피해를 감수하고서라도. 어차피 레이저로 유도하면 오폭도 최소화될 것이고. 그러나 그래서는 수면 위쪽만 청소될 뿐입니다. 물 아래의 적대적인 연합에는 무력할 겁니다. 골든게이트 입구에서 그들을 막을 수 있겠습니까? 확실하게?"

골든게이트가 좁은 물길이어도 빠져나올 방법은 있다.

"한겨울 중위 혼자 위험을 무릅쓰는 것보다는 낫다고 생각하오만."

이는 한 명의 전우를 구하기 위해 한 개 대대가 움직이는 것을 당연히 여기는 현장 지휘관의 발언이었다. 정보국 지부장과는 근본적인 입장이 다를 수밖에. 채드윅이 히죽 웃었다.

"그거야 본인 의견부터 들어봐야지요. 그렇잖아도 물어보려던 참입니다."

시선이 겨울에게 집중되었다.

"중위. 조국을 위해 목숨 바칠 각오가 되어 있으십니까?"

대위가 또 한 차례 인상을 썼다. 질문하는 방식이 글러먹었다.

대위를 이해하면서도, 겨울은 끄덕였다. 달리 어쩌겠는가. 무의미한 논쟁을 벌여 무엇을 얻겠다고.

'정말로 죽을 생각은 없지만…….'

겨울은 속으로 누이가 마지막으로 찾아왔던 날을 더듬었다. 금방 떠오르지 않을 만큼 오래되었다. 무슨 일이 있는 걸까. 단순히 날 잊은 거라면 좋겠는데. 날 잊고 그저 스스로를 위한 삶을 사는 거라면, 그 이상 바랄 것이 없겠는데.

걱정은 시작되면 끝이 없었다.

눈에서 멀어져 마음에서도 멀어진 것이기를.

브리핑으로부터 이틀 후. 시에루 중장이 겨울을 호출했다.

장군들의 회동까지 얼마 남지 않은 시점이었다.

대비는 되어있었다. 애국심 운운하며 죽을 각오를 물었던 채드윅이지만, 겨울을 쉽게 방치할 수는 없었던 모양. 처음부터 대책을 세워둔 채로 소년장교를 시험해본 것일지도 모르지만.

회동에 참석할 별도의 협력자가 있다던가. 그 정체까지는 겨울도 알 수 없었다. 그는 자신이 미국의 유일한 끄나풀인줄로 아는 상태라고. 다만 어감과 정황으로 미루어 장군급 인사일 가능성이 높았다. 그러지 않고선 유사시 겨울에게 도움을 줄 능력이 부족할 테니.

생각하느라 잠잠한 틈에 시에루 중장이 묻는다.

"혹시 불쾌한가?"

겨울이 고개를 저었다.

"아닙니다. 전에 뵈었을 때 이미 실력을 확인해보겠다고 하셨잖습니까. 언제가 될지 기다리고 있었습니다. 불쾌할 이유가 없지요."

이곳은 현 시점에서 병영으로 전용된 여객선이었다. 여기서 커트 리의 검증이 이루어질 예정이다. 그 방식은 아직 알 수 없으나, 장군의 우호적인 태도는 예전과 다를 바 없었다.

"내가 봐온 남자들은 꼭 그렇지만도 않던걸. 근거를 내보이기 전에 무턱대고 믿어주었으면 하는 바람들이 있었으니. 그것이 그들 나름의 자존심이라던가."

여장군이 비틀린 미소를 짓는다.

"그러고 보면 기독교 경전에 이런 말이 있다지? 보지 않고 믿는 자가 복되도다."

겨울이 긍정했다.

"요한복음이었던 걸로 기억합니다."

굳이 지력보정이 아니어도 익히 들은 경구였다. 본래의 의미를 떠나 제멋대로 왜곡해대는 광신도들의 입으로부터. 그들의 외침으로부터. 현실도피 수단으로서의 믿음.

"오, 이런. 이거 뜻밖이군……. 아니, 자란 국가가 국가이니 이상할 것도 없으려나. 혹시 자네도 야소[10]의 신도인가?"

신기해하는 한편으로 조심스럽기도 한 장군 앞에서 겨울은 즉각 부인했다.

"아닙니다. 어릴 때 잠깐 교회를 다닌 적은 있지만, 어디까지나 주린 배를 채우기 위해서였습니다. 그나마 있던 약간의 신앙도 전장을 거치면서 죽었고요. 인간을 사랑하는 신이 있다면 전쟁 같은 건 일어나선 안 되는 것이었습니다."

사전에 정해진 커트 리의 설정이었다. 여기에 짧은 공백을 두고 덧붙이는 한 마디.

"그래도 요즘 들어선 믿고 싶은 생각도 듭니다."

"절대자에게 구원을 청하려고?"

"아뇨. 그렇게까지 나약하진 않습니다. 게다가 사람을 수도 없이 죽여 놓고 천국에 가기를 바라는 것도 웃기는 일이겠죠."

"그러면?"

"원망할 상대가 있었으면 좋겠다 싶어서 말입니다. 세상이 너무 끔찍하니까요. 이 모든 사태의 원흉이 존재한다면 마음이라도 편하지 않겠습니까?"

이에 장군은 소리 내어 웃었다.

"달라, 역시 달라. 내 부하들이 자네의 반만 닮아도 좋으련만."

그리고 깊게 내쉬는 한숨.

"오두미교든가 태평천국이라든가 해서, 어지러운 세상에 온갖 사교(邪教)가 흥성하는 거야 낯설지도 않은 일이지만, 대약진 이후에조차 같은 일이 반복되리라곤 생각하지 않았네. 일일이 대처해

10 耶穌: 기독교의 창시자 예수의 중국 음차

야 할 입장에선 정말 짜증스러운 일이야. 인민군의 개개인은 분명 가장 우수한 인재들이었을 것인데……. 인류가 쌓아온 지성과 철학의 지반이 이토록 약한 것이었나 싶군."

아니, 이건 못들은 걸로 해주게나. 겨울이 본 장군의 얼굴은 이제껏 보아온 낯빛 가운데 가장 깊은 감정으로 물들어 있었다. 겨울은 그 감정을 십분 이해했다. 스스로도 겨울동맹에서 익히 우려하고 대처해온 문제 아니었던가.

공산주의 성향이 강한 나라답게, 철학에 관한 믿음은 종교에 대한 신뢰 이상이었을 터. 민간신앙과 미신이 보편적이어도, 어디까지나 전통과 문화의 영역이었다.

"약한 것이 죄는 아닙니다. 다만 다른 누군가가 그들을 책임지는 데엔 한계가 있겠지요."

그 한계도 결국 사람의 한계였다. 넘어서고자 하는 벽이었고.

공감하는 장군의 입가에 우울한 미소가 떠올랐다.

"그 한계가 어디까지인가에 따라 대인과 소인이 나누어지는 것이겠지. 힘들다고 해서 그들을 마냥 저버리면, 나 역시 그들과 매한가지의 소인배가 되어버릴 테니. 나는 내 울타리를 지킬 거야. 미치고 병들어도 내 부하들이고, 내 사람들인 거지."

비뚤어졌어도 강한 인격이었다.

"오늘 저는 어떤 시험을 받게 됩니까?"

장군이 앞장섰다.

"따라오게."

사전에 지시받은 내용이겠으나, 호위병들이 여장군과 겨울을 동격으로 호위했다.

층이 바뀌면서 분위기도 바뀌었다. 약간의 악취가 감도는 건조한 공기. 곳곳에 핏자국이 선연하다. 객실마다 창살이 붙어있다. 어디선가 들려오는 긴 울부짖음. 이런 단서들을 자동으로 분석하는 「추적」 덕분에, 겨울은 여기서 이루어진 무수한 형벌 및 고문, 가혹행위들을 알아챌 수 있었다.

곧이어 트인 공간이 나타났다. 하늘이 보인다. 본래 유리창으로 덮여있던 천장이지만, 여러 곳이 깨진 김에 아예 다 들어낸 것 같은 구조였다.

이 광장은 무장병력이 요소요소를 지키고 있었다. 준비된 좌석에 앉아있던 간부들 중 한 사람이 벌떡 일어선다. 시에루 해군 중장의 아들, 탄궈셩 중교였다. 어머니에게 절도를 갖춰 경례한 다음, 겨울에게는 허물없는 반가움을 표한다.

"이 사람! 오랜만이군! 그동안 잘 지냈나?"

기쁨 가득한 얼굴에 미소를 돌려주는 겨울.

"염려해주신 덕분에 별 일 없었습니다. 중교님께서는 어떠십니까? 복귀하신 뒤에 몸살이 심하셨다고 들었습니다."

젊은 중교가 민망해했다.

"몸보다는 마음의 병이 아니었나 싶네. 부하들의 장례식을 치르느라 더했지."

지켜보던 장군이 지적했다.

"탄궈셩 중교. 사적으로 만나는 시간이 아니다. 자리로 돌아가라."

"아……"

젊은 장교의 민망함이 다른 의미로 짙어진다. 그러나 아들을 대하는 어머니의 태도는 얼음처럼 차갑고 강철처럼 단단했다. 보는 눈이 있어서라기보다, 공사구분이 엄격하다는 느낌.

겨울은 광장의 중앙을 보았다. 철창이 둘러쳐진 상태였다. 장교들이 모여 있는 방향으로는 두꺼운 유리를 대놓았다. 딱 보아도 방탄유리였다.

시에루 중장이 말했다.

"저기 있는 것들이 시험을 위해 준비된 자라새끼들일세."

겨울이 대꾸했다.

"저는 쾌락살인마가 아닙니다."

장군이 커트 리를 시험하려는 방식은 설명이 필요하지 않았다. 희생양들은 갑판에 용접된 족쇄에 묶인 상태. 총으로 쏴도 끊어지지 않을 굵은 사슬이 그들의 행동을 제약했다. 허용된 동선은 전후좌우로 1미터 정도일까.

그들 앞엔 완전히 분해된 각종 화기가 놓여있었다.

눈앞에 무기를 두고도 감히 손대지 못하는 것은, 그들을 겨누고 있는 저격수들 때문이겠고.

유일하게 화기와 사람이 없는 테이블은 아마도 겨울이 들어갈 자리일 것이다.

"나도 내 호위무관이 살인마이길 바라는 건 아닐세."

장군의 말은 차분한 음성으로 이어졌다.

"저기, 머리가 갈색 반 검은색 반인 녀석 보이나?"

그녀가 가리키는 방향엔 초췌한 모습의 전직 장교가 있었다. 전직이라고 한 것은, 계급장이 뜯어진 상태였기 때문이다. 그나마 병사 정복과는 사소한 차이가 있어 예전 신분을 짐작하는 게 가능했다.

머리를 물들인 품새로 보아 비교적 최근까지 풍족하게 지냈던 게 틀림없었다. 화물선으로 가득한 샌프란시스코 앞바다에서 염색약이 그리 귀한 물건은 아닐지라도, 아무나 막 쓸 수 있는 것은 아니었기에. 물자의 희귀함보다는 조직의 분위기 문제일 것이었다.

"저 놈은 다섯 명의 여자와 두 명의 남자를 강간했지. 뒤쪽은 욕망도 아니고 그냥 장난으로 한 짓이었어. 내장파열로 죽을 때까지 괴롭혔다네. 쓰레기(人渣) 같으니라고."

"……그렇습니까?"

"그 외에도 무수한 잘못을 저질러왔으나, 단파의 중진인 형의 위광으로 무마해온 악질이야. 그동안은 내 사람들을 보살피느라 어쩔 수 없이 참아줬지만, 시대가 이렇게 된 뒤에도 천둥벌거숭이처럼 날뛰는 걸 봐줄 이유가 어디 있겠나?"

단파(团派)는 공산주의청년단의 약칭이었다. 계파 다툼이 치열한 공산당 내에서 입지가 강한 신진세력 쯤 된다. 전문가 영역의 「중국어」로부터 제공되는 사회문화적 배경을 빠르게 훑고서, 겨울은 나머지 죄인들을 눈여겨보았다.

시선의 이동을 알아차린 장군이 냉소적인 독설을 연달아 쏟아냈다.

"그 옆의 곱슬머리 자라새끼는 겁도 없이 해로인[11]을 팔아먹었어. 외국에서 들여와 외국으로 넘기는 중계역에 불과했다지만, 감히 이 나라에서 마약을, 그것도 아편을 팔아먹다니. 내 언젠가 직접 살을 발라내리라고 다짐했었네."

---

11 海洛因: Heroin, 양귀비 추출물을 정제·가공한 마약

자기 울타리에 집착하면서도 묘한 애국심을 드러내는 장군이었으나, 겨울은 충분히 그럴 만 하다고 느꼈다. 헤로인의 원료는 양귀비. 아편과 같다. 그리고 중국 역사에서 아편전쟁만큼 수치스러운 사건도 별로 없을 것이었다. 중국이 마약 문제에 경기를 드러내는 이유이기도 했다.

'정말 무슨 생각이었을까.'

생각이 없는 정도가 아니다. 현실감각이 심각하게 결여되어 있다고 봐야했다. 부와 권력은 사람을 사람이 아니게 만드는 힘이었다. 자신이 불행해진다는 사실조차 모르게 만드는 불행이었고. 행복하다고 느끼지만, 진짜 행복으로부터는 멀어질 뿐.

장군이 드러내는 강렬한 경멸감을 보건대 거짓인 것 같지도 않다.

끔찍한 진술은 아직도 남아있었다.

"저기 있는 미친년은 몸보신을 이유로 태아를 삶아 먹었지. 그리고 뒤쪽의 정수리 벗겨진 중늙은이는 뇌물 받고 보급품에 장난을 쳤어. 장기 항해에 가짜 식량이 실렸으니 무슨 일이 벌어졌겠나. 하마터면 병사들이 집단으로 아사할 뻔했다네. 그러고도 책임은 전적으로 생산자와 납품업자에게만 돌아갔지. 흥, 웃기지도 않아."

그녀가 삿대질하는 남자는 희생양들 가운데 가장 냉정한 하나였다. 이쪽을 슬쩍 살피는가 하면, 제 앞에 펼쳐진 권총 부품들에 집중하기도 했다. 자신에게 어떤 기회가 주어질지 알아차린 것이다. 머릿속에서는 권총의 완전한 분해조립이 수도 없이 반복되고 있을 터였다.

"거북해하는 건 이해하네. 군인은 살인자와 달라. 전쟁은 멍텅

구리들이 빚어내는 참극이지만, 그래도 누군가는 싸워야 한단 말이야. 정부와 국민의 아둔함을 목숨으로 책임지는 마음가짐이 바로 군인의 명예이고 긍지가 아니겠나."

장군이 다시 말했다.

"애초부터 죽어 마땅한 자들이야. 자네가 죽이지 않아도 어차피 여기서 살아나갈 수 없네. 오히려 자네가 있기에 기회라도 잡을 수 있게 된 셈이지."

"무슨 말씀이신지 알겠습니다."

"다시 한 번 양해를 구하네. 이 시험을 기분 나쁘게 생각하진 말아주게."

"장군에게서 이 정도의 특별취급을 받는 것만으로도 만족합니다. 다만."

"다만?"

"한 가지 여쭙고 싶은 것이 있습니다."

겨울의 말에 시에루 중장이 의아해했다.

"무엇인가?"

"여쭙기 전에, 제가 드릴 질문에 어떤 악의가 있는 건 아니라는 사실을 미리 알아주셨으면 좋겠습니다. 그저 장군님에 대해 조금 더 알고 싶을 뿐입니다."

"내가 귀관의 양해를 구했으니, 자네도 내 양해를 구할 수 있지. 헌데, 나를 알고 싶다고?"

여장군은 흥미로운 기색으로 질문을 기다렸다.

괜한 물음일까. 겨울의 의문은 커트 리에겐 조금 어울리지 않는 것이었다. 신중하지 못했다는 자책도 들었다.

하지만 기왕 꺼낸 이야기를 여기서 접기는 어색하다. 마침내 입을 여는 겨울.

"장군께선 저들과 다르십니까?"

시에루 중장이 눈을 찡그렸다.

"그것은 무슨 의미인가?"

겨울은 지금도 휴대하고 있는 시계, 그녀에게서 받은 선물을 내보였다. 정교하게 맞물리는 귀금속들은 흐린 빛 아래에서도 놀라울 정도로 다채롭게 반짝였다. CIA가 검사하느라 애를 먹을 정도의 물건이었다. 장인이 아니고서는 함부로 분해하기도 어려운 예술품.

"이것을 6천 4백만 위안에 구입하셨다고 들었습니다. 그것이 전재산은 아니셨겠죠."

"물론일세. 내 부는 그 이상이었지."

잠깐 쉰 뒤에, 중장이 반문했다.

"혹시 내 축재에 부정이 있지는 않았느냐고 묻는 것인가?"

"그렇습니다."

즉답하는 겨울 앞에서 여장군의 표정이 풀어진다.

"어려운 질문은 아니었군. 다행이야."

겨울이 더하는 말로 의도를 보충했다.

"이 세상에서 돈은 누군가의 목숨일 때도 있습니다. 장군께서는 다른 사람의 끼니를 빼앗은 적이 없으십니까?"

그러자 시에루 중장에게서 희미한 웃음소리가 흘러나왔다.

"왜 없겠나. 잘은 모르지만, 많을 거야. 아마도."

고목처럼 단단하게 주름진 여성은 혐의를 부인하지 않았다.

"전에도 말했었지. 부를 과시하는 건 권력을 유지하는 수단이기도 해. 흘러넘치는 부를 보고 누군가는 이렇게 생각할 거야. 부럽다. 저 사람의 개가 되어도 좋으니, 조금이라도 받아먹고 싶다. 더 편하게 살고 싶다. 저 사람의 호의를 얻고 싶다……."

그녀가 짧은 한숨을 내쉬었다.

"사회를 뒤엎을 용기도 없고, 스스로가 비범해질 능력도 없고, 삶에 이렇다 할 뜻도 세우지 못한 장삼이사(张三李四)들은 그 정도가 한계거든. 아니라고 우기던 자들도 막상 본인이 수혜를 입게 될 때면 태도가 달라지더군."

장삼이사. 장가네 셋째와 이가네 넷째. 흔하고 평범한 사람들을 일컫는 말이었다.

"그런 범부들의 저열함, 자네도 본 적이 있을 것 같은데."

"있습니다."

겨울은 즉답했다. 온라인 환경에서 얼마나 비일비재했던가. 어느 아랍 부자, 석유재벌의 기사라도 뜨면 댓글이 범람했었다. 부럽다. 저 사람이랑 친구 하고 싶다. 친구는 무슨, 집사라도 괜찮겠네. 내게 10억만 주세요. 당신에겐 푼돈이잖아요. 할 수 있는 건 뭐든 다 해드림.

"그런 단순한 욕망은 양심보다 강력한 힘이지. 나도 예외는 아니었고."

중장은 스스로를 냉정하게 평가했다. 장삼이사의 한 사람이라며.

"다른 방법이 있었을지도 몰라. 그러나 내게는 불가능했어. 난 그렇게 대단한 위인이 아니었으니까. 지금의 나를 만든 것은 약간의 실력과 태반의 행운이었는걸."

"지나치게 겸손하신 것 같습니다."

"아니야, 아니야. 과거의 나는 그냥 성공하고 싶었을 뿐이야. 상식적으로 생각해보게. 부정이 만연한 국가, 공정하지 못한 사회에서 깨끗하기만 한 인물이 무슨 수로 성공하겠나? 위로 오르는 사다리는 모두 다른 누군가의 울타리 안에 있었는데?"

울타리 너머의 사다리. 그 비유가 겨울에겐 쉽게 와 닿았다. 이 정도로 간결하게 말할 수 있는 건 경험으로 체득한 지혜이기 때문일 것이다.

"나 역시 처음엔 간절한 마음으로 남의 울타리를 두드렸네. 거기 나도 좀 넣어달라고. 충성을 바치겠다고. 거기에 숭고한 신념 같은 게 있었을 리가 있나. 난 아귀다툼에 끼어든 몰염치한 여자에 지나지 않았지. 찬물 더운물 가릴 여유가 없었어. 가끔씩 양심이 아쉬울 때가 있었네만, 고양이가 무슨 색이든 쥐만 잘 잡으면 그만 아닌가."

내겐 그 외의 다른 길이 존재하지 않았다. 장군의 속뜻이었다.

"그래도 말이지."

어조가 달라졌다.

"적어도 나만의 울타리를 세운 뒤에는 최소한의 선을 지켜왔다고 자부하네."

그녀는 무심한 눈으로, 이제는 커트 리의 것이 된 시계를 응시했다.

"물론 내 욕망부터 채운 것이 사실이야. 그러나 평범한 사람 중에는 욕망을 채운 뒤에 비로소 선량해지는 부류가 있네. 식민지 약탈로 부의 토대를 쌓고, 아쉬울 게 없어지자 착한 척 하던 서양 놈들처럼……. 범상한 나에게도 그 정도의 양심은 있었단 말이지."

겨울이 그 말을 받아주었다.

"이해합니다. 나취[12]에 빌붙어 부자가 된 후에야 겨우 사람 불쌍한 줄 알게 된 신더러[13]의 경우도 있죠. 그가 구해낸 사람들은 학살당한 전체에 비하면 극히 적었지만, 거기엔 숫자 이상의 의미가 있었을 겁니다."

쉰들러가 홀로코스트에서 구해낸 유대인의 수는 1,200명. 죽어간 600만에 비하면 극히 적은 숫자일지언정, 그 고결함을 부인하는 이는 없다. 정신상태가 정상이라는 전제 하에.

세계의 의인(義人)과 비교당한 장군이 옅게 실소했다.

"자네도 꽤 짓궂군. 비슷한 사례이긴 한데, 내가 그렇게까지 대단한 사람은 못 된다네."

"제가 거는 기대입니다."

"기대……라. 부응하도록 애써보지. 그래야 할 시대이기도 하고."

이 대화를 듣는 중국군 장교들은 기색이 다채로웠다. 시에루 중장의 열광적인 지지자들은 특히 더 알아보기 쉬웠다. 숫자가 얼마 안 되는 게 문제였지만.

그들처럼, 겨울도 중장의 말이 사실이기를 바란다.

진류의 함장 우메하라 아츠 해좌를 만났을 때도 같은 기대를

---

12 纳粹: 나치(Nazi), 히틀러가 이끈 독일 정당의 멸칭

13 辛德勒: 오스카 쉰들러(Oskar Schindler), 빼앗긴 유대인의 공장을 불하받은 부패한 기업가이자 나치 당원이었지만 전쟁 말기 자신의 공장을 이용해 유대인들을 구했다. 사후 예루살렘에 안장되었다.

걸었다. 이런 사람이 높아질수록 이번 세계관의 향후는 더 나아지리라고.

시에루 중장은 합리적인 파트너가 될 수 있을 것 같았다. 최소한 지금까지 만났던 중국인들 가운데 가장 괜찮은 편 아닌가. 작전이 잘 마무리될 경우, 커트 리의 존재와 무관하게, 그녀는 자신이 바라는 입지를 손에 넣게 될 것이었다. 언젠가는 그녀의 공동체와 겨울동맹 사이에 인연이 생길지도 모르고.

"자네는 저들과 내가 무엇이 다르냐고 물었지."

겨울은 장군의 시선을 좇아 사형수들을 바라보았다. 자신의 죄에 짓눌려 움푹해진 눈들이 보인다. 동정심을 구걸하는 한 쌍, 억울함이 느껴지는 한 쌍, 분노하는 한 쌍, 속이 깊은 한 쌍, 감히 마주치지 못하는 한 쌍, 아무것도 느껴지지 않는 한 쌍…….

"근본적으로는 다르지 않아. 아니, 다를 수가 없었다고 해야 정확하겠군."

그녀는 팔짱을 꼈다.

"그러나 사람이 되어야 할 시점에서 사람이 되었는가, 아닌가의 차이는 있을 걸세."

"알 것 같습니다."

"정말인가?"

"처지가 열악할 때 사람이 추해지는 건 어쩔 수 없습니다. 누가 먼저 추해지기 시작하면, 그런 사람들 틈바구니에서 내가 더러워지지 않기는 더 힘들 것이고요. 누구에게 책임을 물어야 합니까? 그저 환경이 나빴을 뿐입니다. 태어나고 싶어서 태어나는 사람은 없고, 태어날 환경을 선택할 수도 없는 거니까 말입니다."

"좋군, 좋아."

장군의 건조한 얼굴에 희미한 흐뭇함이 번졌다.

"내게 어느 정도는 절망감도 있었지. 힘을 얻은 뒤에도 위대한 조국은 너무나 거대했거든. 혼자서 깨끗할 뿐이면 자기만족에 불과한데, 그렇다고 세상을 바꾸자니 나를 향해 칼을 들이댈 놈들이 너무나 많았어. 지금 돌아보면 거기서 무기력감을 느꼈던 것 같아. 용기가 없었다고 해도 틀린 말은 아니겠지."

이것이 합리화에 불과할 가능성도 있었다. 그러나 겨울은 그 가능성을 곱씹지 않기로 했다. 중요한 것은 그녀가 그렇게 믿고 있다는 사실이었다.

'거짓에서 시작되는 진실도 있는걸.'

다른 건 몰라도 사람의 마음은 그랬다. 열리지 않는 상자 안에 뭐가 있는 줄 알겠는가. 그 사람이 나를 진심으로 사랑하는지, 그 사랑이 내가 그 사람을 사랑하는 마음과 같은지 알아낼 방법은 또 어디에 있겠는가. 사람들은 자신의 상자조차도 열지 못한다.

거짓이라 믿었던 자신이 진짜일 수도 있고, 진짜라고 믿었던 자신이 거짓일 수도 있다.

그러므로 의미는 실제로 스스로를 쌓아나가는 과정 그 자체에 있지 않을까.

그렇게 생각하기에, 겨울은 사후에도 마음을 지키고 있다.

"말이 길어졌는데, 결국 내가 할 수 있는 것만 해왔다는 뜻일세. 그 한도 내에서 양심적이었고, 그 한도 내에서 의리를 지켰고, 그 한도 내에서 명예로웠을 뿐."

"그 이상이 가능한 사람은 드물겠죠. 능력이 있어도 안 하는 사람들이 대부분이고요."

겨울이 곧잘 고민하는, 사람의 한계에 관한 문제였다.

중장이 깊게 긍정했다.

"난 앞으로도 내가 할 수 있는 일을 할 걸세. 사람이 만들지 않은 난세야. 영웅이 나타나면 좋겠으나, 그렇지 못하니 간웅이라도 나서야지. 내가 치세의 능신은 아니었겠지만 말이야."

치세의 능신, 난세의 간웅. 이는 본래 조조를 이르는 말이었다. 겨울은 자신을 유비에 비유하며 사람들의 마음을 얻으라 했던 강영순 노인을 떠올렸다. 노인이 지금 이 대화를 들었다면 무슨 조언을 주었을까. 궁금해진다. 글을 말 대신으로 삼아온 그녀 역시 민완기와 마찬가지로 평범하지 않은 인물에 속하기에.

이 세계는 물리현실의 과거를 비추는 거울이다. 이곳에서, 겨울은 하루하루 깊어지는 이해를 느꼈다. 생전의 세계가 어쩌다 그런 모습이 되었는가를.

겨울이 중장과의 대화에서 드문 흥미를 느끼는 것도 그런 연유였다.

포부를 담은 중장의 자기변호가 끝났다.

"자, 알고 싶다던 내 속을 들어본 소감이 어떤가?"

겨울은 길게 말하지 않았다.

"시험은 언제 시작하면 됩니까?"

시에루 중장이 피식 웃었다. 손짓으로 부관을 부른다. 아까 눈여겨보았던, 중장의 열렬한 지지자들 중 하나는 아니었다. 겨울에게 보내는 시선 또한 왜 이런 놈이, 라는 느낌.

'굳이 이런 식으로 과시하는 이유를 알 만 하네.'

시험이라곤 해도 형식이 이상했다. 처음엔 단순한 여흥인가 싶었다. 사람은 즐거움 없인 살지 못한다고. 에이프릴 퍼시픽의 미치광이가 주워섬긴 말이지만, 틀린 사람이 한 말이라도 틀린 내용은 아니었다.

커트 리를 욕심내는 시에루 중장이 아무 생각 없이 구경거리로 만들진 않았을 테니.

친위대를 구성하는 면면은 또한 연출의 결과물일 것이다. 얼마나 제공하느냐가 곧 중장에게서 총애를 받는 정도를 반영하는 지표일 것 같기도 하고.

"사용할 무기를 고르게."

부관이 요구했다. 겨울은 소총을 내려놓고 권총을 건네주었다.

"탄은 표적의 숫자만큼만 가지고 들어갈 수 있네만, 불만은 없겠지?"

"상관없습니다."

겨울에게 동요가 없자 부관이 흔들렸다. 의혹 깊은 표정으로 탄창에서 탄을 제거한다. 일일이 세어보고, 따로 쥐는 숫자가 아홉 발.

이제 내부로 들어가, 빈 테이블을 앞에 둔 채, 겨울은 지시 없이도 권총을 분해했다. 부품을 정갈하게 펼쳐놓는 속도가 부관을 다시금 흔들리게 만들었다.

맞대면한 사형수들의 눈에 조금씩 사나움이 깃들었다.

부관이 그들을 향해 선언한다.

"이미 들어서 알고 있겠지만, 이것은 귀관들에게 주어진 마지막 기회다. 누구라도 좋다. 여기 이 커트 리라는 자를 죽여라. 그러면 너희 전체가 다시 한 번 명예로운 복무를 할 수 있게 될 것이다.

자비를 베풀어주신 중장님께 감사드리도록."

반응은 시원치 않았다. 그들은 살의에 집중하고 있었다.

부관은 탄을 들어 하나하나 헤아리듯 테이블에 내려놓는다.

"이 자에게는 정확히 너희 머릿수만큼의 탄환만이 주어져있다. 즉 너희보다 빠르게 총을 조립해야 할 뿐만 아니라, 한 발이라도 빗나가선 안 되는 거지. 이만큼 유리한 조건이다. 최선을 다하도록."

마지막 한 마디가 유독 길었다.

부관의 계급은 대교. 다른 나라 기준으로는 대령 내지 준장에 해당했다.

그러니 커트 리 따위가 눈에 들어올 리 없을 것이다. 중국인 공동체의 한겨울로 만들겠다는 시에루 중장의 구상이 어디까지 공유되었을지, 공유되었다고 해서 어느 정도의 공감을 얻었을지 의문이다. 헛된 망상에 지나지 않는다고 일축해버릴 수도 있었다. 장군이 일개 용병을 지나치게 과대평가하고 있다고. 한겨울 같은 사례가 쉽게 만들어질 리 있겠느냐고.

'그걸 검증하고, 저들에게 납득시키는 자리이기도 한 건가.'

그렇다면 여기서 그들이 보았을 한겨울만큼의 모습을 보여주어야 한다는 뜻이 된다. 이외에도 준비된 시험이 있겠지 싶었다.

겨울은 피부에 보정으로 와 닿는 「위협성」 순서로 표적을 나누었다. 가장 침착했던 사형수가 또한 가장 위협적이었다. 쥐었다 폈다 하며 손을 푸는 중. 이미 사람의 눈이 아니다.

아홉 사형수가 신호를 기다렸다.

총성이 울려 퍼졌다.

하늘을 겨냥한 단발사격이 공개처형의 시작을 알렸다.

한 줄로 세워진 실탄들을 한 손으로 휩쓰는 겨울. 남은 손으로 탄창을 쥔다. 두 손이 겹쳐지면서, 손아귀 안에 정렬된 탄이 단숨에 밀려들어갔다. 첫 번에 다섯 발, 다음번에 네 발. 그렇게 단 두 번 밀어서 삽탄을 마친다. 장전 보조도구를 쓸 때에 필적하는 속도였다.

준비된 탄창을 내려놓고 권총 조립을 시작한다. 손은 눈보다 빨랐다. 서로 다른 세계, 이편과 저편의 관객들은 물론이거니와, 겨울의 인지조차도 벗어날 정도. 제한된 상황에서의 무기 정비는 기술적 역량을 최대로 발휘할 수 있는 조건이었다.

달칵. 들어간 탄창이 멈치에 맞물리는 소리. 철컥. 슬라이드를 당겼다가 놓는 소리.

군인이 이렇게 겹쳐지는 금속성의 의미를 모를 수 없다. 설마, 벌써? 창백해진 사형수들 몇몇이 부들거리며 그들의 사형집행인을 보았다. 남는 부품 하나 없이 깔끔해진 테이블. 완벽하게 조립된 권총. 그것을 오른손으로 쥐고, 왼손으로 감싼 채 배 아래로 늘어뜨리고 있다.

딱. 안전장치가 풀리는 소리. 끼릭. 격철이 뒤로 당겨지는 소리.

이어지는 미세한 소음들은 사형수들로 하여금 경기를 일으키게 만들었다. 형형한 생존욕구로 신경이 올올이 곤두선 그들에겐 천둥보다 크게 들렸을 것이다.

그 와중에 반수는 식은땀을 흘리며 무기를 결합하는 중이다. 온 정신이 테이블 위에 있어, 그 바깥에서 무슨 소리가 들리든, 어떤 일이 벌어지든 관심이 없다. 아니, 관심을 주지 않으려고 필사적이다. 혹은, 외부세계와의 감각이 완전히 끊어졌거나.

심성과 별개로 정신력은 꽤 괜찮은 이들. 어쩌다 비뚤어졌는지.

겨울은 그들을 침착하게 지켜보았다.

최후의 순간까지 기다려주는 것이 잔혹한 희롱일 수도 있을 것이다.

그러나 이 자리의 성격을 감안하건대, 공개처형은 극적인 편이 좋을 터였다. 즉, 필요악이다.

당사자인 사형수들은 혼란스러워했다. 그러면서도 실낱같은 희망에 매달려, 놓았던 무기에 손을 뻗는 여자가 보인다. 그녀의 결단력이 어중간하던 나머지를 이끌었다.

객관적으로 본다면 모멸감을 느껴야 할 대목이어야 했다. 그러나 촌각에 목숨이 오가는 처지에서 그런 감정을 느낄 여력이 어디에 있겠는가.

'있다면 그 사람이야말로 보통내기가 아니겠지.'

지금은 사전적인 의미로 눈앞이 깜깜할 것을. 불규칙한 호흡, 폭주하는 심박. 급증한 혈류는 머릿속을 뜨겁고 팽팽하게 만들어 사고를 마비시킨다. 전투상황의 긴장감과 다를 바 없다. 전투를 겪은 병사들이 길게는 몇 시간이고 손을 떠는 이유이기도 했다.

어쨌든 당장은 살아날 가능성이 조금이라도 늘어난 게 사실이었다.

그러나…….

사형수들의 무기 조립은 통상적인 경우보다 훨씬 더 긴 시간을 필요로 했다. 놓치고, 흘리고, 흐느끼며 수습하기를 반복한다. 그 모습만 본다면, 넘어서는 비극을 떠올리기 힘들 지경.

군의 훈련이 기계적으로 반복되는 것은 이런 상황에서조차 기계적이어야 하기 때문이다.

아무래도 고급 장교 출신의 죄수들이다보니, 몸에 배어있던 것도 둔해진 모양. 혹은 아예 배었던 적이 없거나. 허둥대는 손짓에서 겨울은 그들이 누려온 권위와 나태와 안락을 읽어냈다. 어느 조직에서든, 기본에 더욱 충실한 건 항상 아래쪽의 사람들이었다.

철컥. 겨울 이후 처음으로 누군가 권총을 장전하는 소리.

주인공은 역시나 처음부터 냉정했던 사람이다. 무서울 정도로 몰입해서 작업을 끝낸 그는 이제야 겨울을 올려다본다. 그 눈에 일렁이는 형형한 생존욕의 불길이 인상 깊었다.

그는 또한 교활하기도 했다. 겨울이 일부러 기다려주는 상황에서, 완성된 총기를 바로 겨누지 않았다. 그랬다간 자신이 먼저 죽을 거라고 확신한 것일까. 자신보다 한참 앞서 여유롭게 조립을 마친 겨울이라면, 조준하고 쏘는 속도도 자신보다 훨씬 빠르리라고 예상한 듯하다.

'상황판단이 좋은데.'

겨울은 그를 물끄러미 응시했다. 이마에 땀이 송글송글 맺힌 채로 이쪽을 노려보는 중년인은, 한동안 이발을 하지 못했는지 거친 머리카락이 고드름처럼 엉겨있었다. 정수리가 동그랗게 벗겨진 것조차 우습기보다는 기괴해보였다. 마치 사람을 닮은 괴물처럼.

냉정한 사형수가 기다리는 것은 다른 사형수의 사격이었다. 겨울이 희생양을 쏠 때, 그 틈을 타 조준하고 방아쇠를 당기겠다는 속셈일 터.

지금이라도 겨울이 변덕을 부린다면 무의미한 계획이 될 것이지만, 이것이 냉정한 사형수가 기대할 수 있는 유일한 가능성이기도 했다. 실패하면 어차피 죽는다. 그러므로 실패를 고민하거나 두려워하는 건 무의미하다. 추레한 죄수의 푹 패인 눈빛에선 그런 속내가 느껴졌다.

기묘한 대치에 시험장 안팎이 술렁인다.

차례로 조립을 마친 다른 사형수들 또한 상황을 눈치 챘다. 바로 겨울을 겨누지 않는 이들은, 그대로 머리가 벗겨진 남자의 의도에 편승했다.

물론 모두가 그렇게 영리하진 못했다.

"으아아아!"

탕!

겨울의 총구에서 희미한 연기가 피어올랐다. 조준에서 사격까지 얼마나 걸렸을까.

파울러 대위는 정면에서 다섯을 상대할 수 있을 거라고 평가했었다. 그가 가정한 다섯은 몸에 밸 정도의 훈련을 거친 숙련병 다섯이다.

심장에 구멍이 뚫린 죄수는 쥐고 있던 소총부터 떨어트렸다. 흔들. 고통스러운 얼굴로 가슴을 쥐어짜며, 눈물 한 방울 흘리고, 꺼억하는 단말마와 함께 무릎을 꿇었다. 쿵. 귓가에 떨어지는 생명의 무게감. 대각선으로 털썩 쓰러진 시신이 긴 경련을 일으켰다.

겨울은 어중간한 자세의 셋을 눈으로 훑었다.

어리석은 한 명이 벌어준 시간은 너무도 짧았다. 이때다 싶어 반사적으로 반응한 셋은, 총구를 다 들지도 못한 채였다. 끔찍하게 일그러진 얼굴들. 갈등과 두려움 속에서 다시 내려가는 총구 셋.

끝까지 지켜본 뒤에, 겨울 역시 총을 늘어뜨렸다.

대치가 재개되었다.

이제 죄수들은 하나의 희생양으론 턱없이 부족하다는 사실을 안다.

남은 숫자는 일곱. 겨울을 상대하려면 동시다발적인 공격이 이루어져야 한다. 그나마도 없던 승산이 생기는 정도. 죄수들은 적대감 속에서 치열하게 서로의 눈치를 보았다. 오가는 눈짓들이 얼마나 효율적인 의사소통일는지. 다만 감정만이 넘쳐흐르는 분위기였다.

이 대치의 지분 절반을 차지하는 남자, 머리카락이 거칠게 엉킨 사내는 부득부득 이를 갈고 있다. 무임승차한 나머지가 원수만큼 미운 눈치다. 그의 입장에서, 나머지 죄수들은 자신을 위해 죽어야 할 잡것들에 지나지 않을 테니. 자신의 발상을 도둑맞은 분노도 있을 것이었다.

시험장의 모든 무기가 완전해졌다.

팽팽하게 당겨진 적막이 감돌았다.

겨울은 서부극을 떠올렸다. 구도만 놓고 본다면 총잡이들의 대결이나 다름없게 되었다. 서로의 반응속도와 정교함을 겨루는 싸움. 이 자리를 마련한 장군의 의도에 충분히 부합하는 긴장감일 것이다. 어디까지나 겨울의 짐작에 불과하지만, 틀릴 것 같지는 않았다.

'설령 아니더라도, 결과적으로는 같게 될 거야.'

일곱 죄수들은 누구 하나 먼저 총구를 들지 못하고 있다.

그러나 움찔거리는 손동작들은, 겨울은 물론이거니와 다른 죄수들까지 속이려는 악의로 가득했다. 쏘려는 것처럼 기만하려는 속임수들. 그러나 대범하지 못해 효과가 없었다. 손 크게 움직였다간 '커트 리'가 자신부터 쏘아 죽일 것이 두려울 테니까.

이쯤에서 끝내야겠다.

결심한 순간, 의도는 전류 흐르는 속도로 실천이 되었다. 타탕! 하나로 뭉쳐진 두 개의 총성은 연달아 집행된 두 번의 총살이었다. 경악한 사형수들이 일제히 반응했다. 그들의 탄약은 넉넉했고, 급한 김에 바닥으로 쏘아지는 총탄들이 어지럽게 튀었다.

그러나 겨울에게는 사선이 보인다. 붉은 경고는 몸에 닿는 것이 없었다. 그들의 조준선은 한참 아래에서 올라오고 있었다.

오차확률이 포함되어 불분명할 때도 있으나, 저들의 능력이 대단치 않아 무의미하다.

타앙! 탕! 타탕!

총성과 함께 만연하는 죽음. 죄수 가운데 오직 한 사람만 남기고 모조리 죽인다.

자동권총을 연사로 놓고 긁던 여자는 미간부터 뒤통수까지 꿰뚫렸다. 피와 뇌수를 눈물처럼 흘리며 꼬꾸라지는 그녀. 그 옆에서 으아아아 소리 지르던 남자는 목구멍 안쪽에 탄이 박혔고, 두개골 안에서 튀는 총탄에 뇌가 곤죽이 된 자가 있으며, 테이블을 엎어 방패삼으려던 한 명은 허벅지가 드러나 동맥이 끊어졌다. 허우적거리며 출혈을 막아보려 하지만, 두 손으로는 아무래도 벅차다. 겨울에겐 고통을 덜어줄 탄이 부족했다.

마지막 한 발이 남은 시점에서, 최후의 죄수는 서럽게 흐느끼기 시작했다. 그의 총구는 아직도 비스듬했다. 그 상태로 동상처럼 굳어버렸다.

누구 하나, 겨울의 반응속도를 절반도 따라잡지 못한 까닭이다.

겨울은 마지막 처형을 집행했다.

탕!

머리가 홱 젖혀진다. 온 몸에서 힘이 빠졌다. 사형수는 뒤로 쓰러졌다. 절그럭. 발에 묶인 사슬이 부대끼는 소리. 그는 멀건 눈으로 흐린 하늘을 보며 죽었다.

겨울은 총을 홀스터에 꽂고 손을 풀었다.

짝, 짝, 짝. 배후에서 들려오는 박수 소리. 보내는 사람은 시에루 중장이었다. 그녀는 무척이나 고양된 얼굴이었다. 손뼉을 부딪칠 때마다 매번 과한 힘이 들어가 있다.

머리가 가는 곳에 꼬리도 간다. 갈채가 늘었다.

그것을 들으며, 겨울은 몸에 익힌 반응속도를 되새겼다.

TOM 적성과 마찬가지로, 이 또한 타고나는 것이었던가? 기억 속에서 오래 전에 읽었던 매뉴얼을 더듬는 겨울. 시스템 보정은 전기적인 동시에 화학적이고, 신경 단위로 작용한다. 이것이 실제 물리적인 반응속도를 증가시키기도 했다.

거기엔 분명히 한계가 있을 터.

'그래도 전보다 더 빨라진 느낌이란 말이지.'

비교대상은 지나온 종말들이었다.

단지 그만큼 익숙해졌기 때문일까? 아니면 착각에 불과할까?

고민하는 사이 시험장이 치워진다. 제2의 한겨울을 검증하는 자리는 이제 시작되었을 뿐이었다. 충실하지 못한 부하들을 납득시키고, 그들에게 장차 만들어질 미국 내 중국계 공동체의 가능성을 믿게끔 하려면 어지간한 광대극으로는 부족할 터.

시에루 중장은 냉정한 인물이다. 자신이 지불한 값어치만큼의 대가를 기대할 것이었다.

그 일방적인 평가와 기대가 누군가를 연상하게 만든다.

겨울은 생전의 기억과 함께 구르는 돌을 의식적으로 억눌렀다.

사고를 다른 방향으로 유도한다. 예컨대, 돌아가서 보고할 내용이라던가.

시에루 중장에 대한 겨울의 평가는 CIA가 향후의 전략을 세우는 데 중요한 참고자료가 될 예정이다. 비록 커트 리라는 인물에게 어울리는 행동은 아니었으되, 시험에 앞서 장군과 나누었던 문답은 정보국 요원들에게 요긴한 정보로 쓰일 터였고.

'시에루 중장의 말이 자기미화에 불과할지도 모르지. 하지만 말하는 순간에는 진심으로 믿고 있는 것처럼 보였어. 어쩌면, 그렇게 되고 싶다는 무의식이 드러난 것일지도 모르고.'

그렇다면 그럭저럭 괜찮은 인물이라고 해도 좋겠지. 겨울의 결론이었다.

최종 판단은 대화를 검토한 뒤 정보국에서 내려지겠지만, 현장 요원으로서 겨울의 의견 또한 보고서에 첨부될 것이다.

겨울은 질질 끌려 나가는 시체들을 건조한 시선으로 일별했다.

시험장에 기다란 핏자국들이 남았다. 거기서 나는 쇳내음이 원래 있던 악취와 뒤섞인다. 뚫린 천장으로부터 쏟아지는 흐린 빛과 서늘한 봄바람, 피 냄새를 맡고 몰려온 성난 새들의 울음소리는, 세계관에 어울리는 감각의 홍수였다.

공개처형 이후, 한나절에 걸쳐 이어진 여러 단계들은 그 자체로 또 하나의 시험이었다. 체력이 어디까지 견딜 수 있는가. 집중력은 얼마나 유지되는가.

그 과정이 항상 합리적이지만은 않았다. 애초에 어느 정도는 여흥을 겸하는 자리다.

'혹은 중장이 보는 부하들의 상태가 반영된 것일 수도.'

조국은 멸망하고, 인류는 위태로우며, 잠재적국에서의 피난생활은 앞날이 불투명하다. 조금이라도 즐겁기 위해 필사적이어야 하는 생활. 계급이 높아 상대적으로 안락한 자들이 체감하는 종말은 아랫사람들과 다를 수밖에 없다. 좋은 의미로든, 나쁜 의미로든. 그들이 얼마나 제정신을 유지하고 있을까. 불안과 공포 속에서 이어지는 덧없고 무료한 나날.

겨울은 안다. 모든 것이 정해진 운명처럼 느껴질 때의 무기력감을. 그것이 사람의 마음을 얼마나 쉽게 무너뜨리는지를.

사람을 움직이는 것은 감정이다. 마음이 궁핍할 때 이성적일 수 있는 사람이 얼마나 되던가.

그러므로 한때의 저질스러운 유흥일지언정, 조금이라도 마음을 움직인다면 그걸로 족하다. 이것이 해군중장의 속내 가운데 한 갈래가 아닐까.

물론 주목적은 어디까지나 커트 리의 검증이지만.

아들의 증언을 믿는다고 했으나, 중장 스스로도 직접 보고 싶을 것이다.

마지막 단계는, 겨울이 희망하는 한 무제한적으로 계속되는 싸움이었다. 육박전 능력을 선보이는 자리. 한 번에 여럿을 상대해도 좋다고. 문자 그대로의 한계를 내보이라며.

"사형수가 그렇게 많습니까?"

싸움을 앞둔 겨울의 질문. 아침나절보다 누그러진 부관은, 그럼에도 커트 리의 거친 외양과 갈리는 음성에 혐오감을 드러냈다.

"그럴 리가 있나. 함대의 기강이 거기까지 흐트러진 것은 아니다. 민간인들도 마찬가지이고. 시국이 시국인 만큼 민도(民度)가 엉망이긴 해도, 다른 함대보다야 사정이 낫지."

"그렇다면?"

"경범죄를 저지르고 면피를 바라는 자들이 가장 많고, 더 나은 처우를 바라며 도전하는 자들이 그 다음이며, 눈에 띄고 싶은 멍청이들도 있다. 물론 죽어 마땅한 놈들도 섞여있지만."

그가 신호하자 무장병력이 죄수들을 일렬로 끌고 나왔다. 묶인 손발이 매 걸음마다 절그럭거렸다. 이상한 것은 그 건장함. 시험이 정해진 건 근래의 일이건만, 요 며칠 잘 먹였다고 가능할 체구가 아니었다. 죄수들 사이에서 고르고 골랐다 쳐도 수긍이 되지 않을 지경.

"이 면면을 잘 기억해두도록."

부관 장교가 말했다.

"여기 있는 놈들이 가장 악질이다. 왼쪽부터 연쇄살인, 인육판매, 소아성애……."

이름이 아니라 범죄로 소개되는 얼굴들은 눈빛부터 정상이 아니다. 오감으로 정의할 수 없는 무언가가 느껴졌다. 걸어 다니는 역병 외에도 사람 닮은 괴물들이 많은 세계관이었다.

"귀관이 언제까지 서있을 진 모르겠으나, 적어도 이들이 다 올라갈 때까진 버티길 바란다."

이어지는 주문은, 죄질에 마땅한 고통을 주라는 것.

의도는 분명했다. 얼굴을 보는 것은 잠깐. 기나긴 싸움의 와중에 무작위로 한 명씩 섞어서 내보내면, 지쳐있을 커트 리가 몇 명이나 알아볼 것인가.

"한 가지만 더 여쭤보겠습니다."

"뭔가?"

"이들은 왜 이렇게 건강합니까? 오랫동안 잘 먹고 지낸 것처럼 보입니다."

그러자 부관의 얼굴에 혐오감이 더해졌다. 커트 리를 향한 것은 아니었다.

"수감시설에서 이따금씩 변사체가 발견된다더군. 무슨 뜻인지 알 거라고 생각하네."

"그걸 그냥 두었습니까?"

"죽은 놈들도 어차피 죽어야 할 놈들이었어. 몰아서 가두는 것 자체가 형벌이지."

탄약을 절약하기도 하고 말이야. 덧붙이는 말은 끝이 미심쩍었다. 겨울은 그것만이 아닐 거라고 짐작했다. 오늘만 해도 그렇다. 겨울을 죽이면 면죄, 상처만 입혀도 감형.

'이 시험이 아무 맥락 없이 만들어진 건 아닐 거야.'

평소에도 비슷한 경기가 있었으리라. 개인이든 집단이든, 하던 대로 하게 마련이었다.

내 함대에 불필요한 사람의 자리는 없다던 해군중장의 말이 떠오른다. 그 냉정함이 비단 주웨이 소교에게만 향하진 않았을 터. 끝없이 죄수가 생길 수밖에 없는 환경, 멀쩡한 사람을 안고 가기도 벅찬 상황에서, 장군이 떠올릴 죄수의 용도는 무엇일까.

공개적인 형벌엔 전시효과가 있다. 죄를 저지르면 저렇게 된다고 겁을 주는 것. 그것을 여흥의 수단으로 만드는 데엔 나름의 장점이 있었다. 스물여섯 차례의 종말을 거치며, 겨울은 비슷한 사례를 많이 목격했다.

그것이 실제 효과가 있었는가는 의문이었다. 그렇다고 하기에도, 아니라고 하기에도 석연찮은 부분이 있었기에. 다만 겨울은 고개를 흔드는 쪽이었다. 정신적으로 피폐해진 사람들에게, 난폭한 볼거리가 마냥 긍정적이기를 기대하긴 어렵지 않은가 하고.

생각하는 사이에 준비가 끝났다.

화기가 지급되지 않는 만큼, 시험장에 중사 한 사람이 들어와 통제를 담당했다.

겨울은 처음부터 열 명을 불러냈다. 오래 끌지 않을 작정이었다. 언제든 그만둬도 좋다는 언질이 있었으나, 싸울 사람을 바닥내서 끝내는 게 좋을 것이었다.

이에 장교들이 앉은 자리에서 들썩인다. 커트 리의 호기에 감탄하는 기색이 있는가 하면, 눈살을 찌푸리는 자들도 있었다. 만용을 부리는군. 가능할까? 지금까진 대단했지만, 이것만큼은 어렵지 않겠는가? 방탄유리가 치워졌으므로, 향상된 감각은 그들의 대화를 쉽게 잡아냈다.

어렵지 않다. 베타 구울을 완력으로 제압 가능한 겨울이다. 비록 지금 만전은 아니어도, 사람을 상대하기엔 여유가 많이 남을 힘이었다. 겨울은 생각했다.

'열 사람을 상대하기 위해 꼭 열 사람 분의 힘이 필요한 건 아

니지.'

죄수들을 통제하던 중사가 손을 들었다. 정점에서 잠시 멈추었다가, 절도 있게 떨어트렸다.

포위는 피해야 한다.

시작과 동시에 겨울은 좌측을 뚫었다. 뚫었다는 것은 말 그대로의 의미. 인간을 넘어선 각력, 단거리의 비정상적인 가속과 전신의 질량을 한 명에게 부딪힌 것. 방어는 무의미했다. 쿵! 둔중한 울림과 함께, 튕겨나가는 쪽의 얼굴이 일그러졌다. 아마도 호흡곤란.

부딪힌 반동을 회전으로 바꾼다. 한 발을 축으로 강하게 돌아 오른발을 내지르면, 빠억! 타격점 너머에서 뼈가 부러지는 감각이 전해졌다.

변종과 달리 인간에겐 두려움이 있었다.

두려움이 다수를 흩어진 개인으로 만들었다.

집단으로 훈련 받았을 리 없으나, 그걸 감안하더라도 연대감이 적다.

예상한 바였다. 죄수들은 감옥에서 서로를 잡아먹는 관계였다 하지 않았던가. 감옥 바깥이라고 딱히 나을 것 같진 않다. 인간과 인간성이 함께 썩어가는 해상도시인 것이다.

「통찰」이 겨울의 판단을 긍정했다. 그런 이들이 분별없이 섞여 있는 한, 집단행동은 어설플 수밖에 없다고. 서로가 곧 서로의 기회에 지나지 않는다고. 결국은,

"去死! [14]"

누구 하나 달려들 때 두서없이 우르르르. 그러나 그 와중에도

---

14 중국의 욕설: 죽어라!

먼저 맞긴 싫어서 각자의 속도가 제멋대로 느려진다. 그 정도 여백이면 파고들기 충분했다. 여백은 새로운 두려움을 밀어 넣을 때마다 넓어졌다.

그런 식의 싸움이 이어졌다. 변종을 상대할 때와는 명백한 차이였다.

간혹 눈여겨보았던 사형수가 올라올 때면, 겨울은 절제를 버렸다.

우득!

낭비에 가까운 일격. 소아성애자의 턱이 으스러졌다. 그것을 다시 쳐서 목구멍에 처박았다. 제 살과 뼈에 기도가 막혀 퍼덕대는 죄수의 모습. 장교단은 아낌없는 갈채를 보냈다.

새로 올라오는 자들은 갈수록 의욕을 잃었다. 처음부터 지켜보았고, 겨울이 지친 기색을 내비치지 않았기 때문. 자진해서 도전했던 몇몇은 기권하는 일도 벌어졌다.

무제한이라던 경고가 무색하게, 싸움은 마흔 한 명 째에서 궁색하게 끝났다.

시에루 중장은 과연 여기에 만족할 것인가.

그 답은 다음날, 탄궈셩에게 들을 수 있었다.

"어머님께서 무척 흡족해하셨네. 자네가 기대 이상으로 잘 해주었다고."

글쎄. 직접 확인한 커트 리의 실체가 기대 이하일 경우, 죽어도 좋다는 생각이었을 텐데.

중장이 치른 대가가 큰 것 같아도, 오르카 블랙에 주기로 약속했던 물품과 구역을 제외하면 남는 건 시계와 주웨이 소교뿐이었다. 전자는 겨울이 죽은 후에 회수할 수 있고, 후자는 중장스스로 계륵이라 했었다.

실리를 나중에 챙길 수 있다면 믿음은 먼저 주어도 무방하다. 장군의 노회함이었다.

"털어놓지 않았는데도 뜻을 알고 행동해줘서 좋았다고 하시더군. 지음을 만난 것 같다던가."

하하 웃는 모습에선 거짓이 느껴지지 않았다. 이어 그는 자신의 소감을 털어놓았다. 다른 사람들도 커트 리를 나름대로 평가하게 되어 기쁘게 생각한다며. 겨울은 끄덕였다.

"다행입니다. 최소한 탄 중교님의 진술을 의심하는 사람은 없어지겠죠."

"……그래. 자네에겐 감춰도 의미가 없겠지."

부인하지 않는 탄궈셩은 전보다 더 괜찮은 사람처럼 보였다. 그만큼 커트 리를 신뢰하는 것이기도 하겠고. 좋은 일이다. 시에루 중장 유고시 권한을 승계할 가능성이 높은 인물이니.

'평시라면 어림도 없을 일이지만, 사실상 사유화된 군사집단인걸.'

병사들 입장에서 의외로 거부감이 적었을 지도 모르겠다. 겨울은 중국군 장성이 군을 사적 보복에 동원하고도 서면징계를 받고 끝난 사건[15]을 알고 있었다. 일반화는 경계해야겠으나, 참고하는 정도로는 괜찮을 것이다.

어디에서 들었더라? 기억을 더듬는 겨울이었으나, 접한 계기가

15 친웨이장(秦衛江, 2018년 현재 동부전구 육군사령원 재직 중, 현재 중장) 장군이 2007년 9월 13일, 스자좡(石家庄) 시에 방문했다가 조직폭력배가 운영하던 호텔에서 창피를 당한 뒤, 자신의 부대원을 동원하여 호텔과 폭력조직을 박살낸 사건을 뜻함.

떠오르진 않았다. 생전부터 온갖 경로로 정보를 접하는 시대였으니.

탄궈셩이 말했다.

"나를 보는 시선이 달라진 게 사실이야. 혼자 살겠다고 도망친 주제에 근본 없는 용병과 말을 맞춰 거짓을 일삼는다고. 그렇게 중상하는 멍청이들이 있었지. 내가 무슨 일을 겪었는지, 죽은 이들이 얼마나 자랑스럽고 용감했는지도 모르는 주제에……. 아무튼 내가 자네 덕을 다시 한 번 본 셈일세."

죽은 이들이 용감했다고 말하는 부분에선 묘한 얼룩이 느껴졌다.

자기합리화를 하지 않는 사람은 없다. 정도의 차이일 뿐.

"일일이 빚을 졌다는 식으로 말씀하지 않으셨으면 합니다. 우리는 전우겠지요?"

커트 리로서의 대답이 괜찮았는지, 젊은 해군중교는 다시 한 번 웃었다.

"그렇게 말해줘서 고맙군."

겨울은 화제를 바꾸었다.

"지금은 어디로 갑니까? 호위라고는 했으나 자세한 사정을 듣지 못했습니다."

회담이 가까울 때 시험을 치른 만큼, 휴식을 위한 시간이 주어지리라고 예상했던 겨울이었다. 그러나 실상 날이 바뀌자마자 호출이 떨어졌다. 탄궈셩 중교의 호위임무. 그런데 구체적인 내용은 없었다. 어디로 향하는지도. 특별한 무장을 요구한 것도 아니다.

"아, 긴장할 것 없네. 영내에서 움직이는 거니까. 호위라곤 해도 통상적인 거지."

"영내?"

"음. 자네는 처음이겠지. 목적지는 854함이라네."

"무슨 배입니까?"

"원양전자정찰선이고, 이름은 천랑성(티엔랑씽)이라 하지. 훌륭한 배야. 탄도탄을 추적할 수 있는 레이더가 달려있는데다 그 외의 관측장비도 풍부해. 미국이 만 근처에 함부로 섬격궤[16] 를 띄우지 못하는 이유 중 하나라네."

천랑성. 트로이 목마에 감염된 바로 그 정보수집선이었다.

겨울은 새삼스러운 긴장감으로 다시 한 번 탄궈셩을 살폈다. 혹시 놓친 적의가 있진 않은가. 시에루 중장이 뭔가 눈치 챈 것은 아닐까. 설령 눈치챘다 치더라도 커트 리가 원흉이라는 사실을 알아챌 방법은 없었을 텐데. 이런저런 생각이 스치는 동안 탄궈셩이 싱거운 이유를 털어놓는다.

"도착한 뒤에 알려줄 작정이었지만, 뭐, 미리 안다고 해서 감흥이 줄진 않겠지. 앨러미더 섬의 다리를 파괴할 새로운 수단을 마련했다네."

"그렇습니까?"

"사실 전부터 준비하던 것이지만, 꼭 필요한 부품을 구하지 못했었거든. 헌데 회담을 앞두고 레이옌리에 소장 측에서 전향적인 태도를 보여줘서 말이야. 부족한 조각을 채우게 됐지."

겨울은 눈을 가늘게 떴다. CIA가 포섭했다는 내부자가 그 사람일까?

그럴듯한 추정이었다. 시에루 중장의 성향을 파악한 만큼, 잠재

---

16 歼击机: 전투기

적 협력자에 대한 사전작업으로서 관계개선을 요구받았을 가능성이 있었다.

"어머님께서 무척 다행으로 여기셨어. 회담에 참석하기 전 입지를 세울 수 있게 되었다고 말이야."

"그건 그렇겠습니다. 중장께서 수립한 전망에 그만큼의 가능성이 더해지는 거니까요. 다른 장군들을 설득하기도 쉬워지겠죠."

"그래. 꼭 성공해야 할 텐데."

중얼거린 탄궈셩이 음색을 바꾸었다.

"아무튼, 성패를 떠나 자네에겐 꼭 보여줘야 한다는 생각이 들어서. 어머님도 같은 뜻이셨고. 그대에겐 그럴 자격이 있어."

겨울은 살짝 고개를 기울였다. 긴장할 필요는 없으려나. 없던 부품을 얻었다고 했으니, 그 새로운 수단이라는 것의 정체는 짐작이 간다. CIA가 수집해둔 정보 가운데 들어맞는 것이 있었다. 겨울에게도 자료와 브리핑 형식으로 전달되었던 바였다.

"승선을 환영한다, 탄 궈셩 동지. 그리고 커트 리 동지."

천랑성에 도착한 두 사람을 반긴 것은 해군대교 계급의 함장이었다. 이름은 완이(萬毅). 작일의 시험을 참관한 장교단 가운데 하나이기도 하다. 내비치는 호의는 절제되어 있었다. 얄팍하고 불투명하여 진위를 가리기 어려웠다.

완이 대교는 함교를 향해 앞장섰다. 겨울은 곁눈에 최대한 많은 풍경을 담았다. 설마 이 배에 탑승하게 될 줄이야.

"작전정보중심(전투정보실)이 다소 난잡하더라도 이해해주게. 지금의 천랑성은 과중한 부담을 받고 있어. 본연의 역할이 아닌 임무가 지나칠 정도로 내려오지."

이렇게 말하며 혀를 차는 대교는, 자신의 배가 처한 상황이 마음에 들지 않는 듯 했다.

그 마음도 이해가 간다. 본래의 설비가 아닌 것들이 잔뜩 가설되어 있었다. 사람의 동선을 배려하지 않아, 조작원에 따라서는 기기 사이에 끼어있다시피 한 경우도 많았다.

어느 승무원이 콘솔에 연결해둔 노트북 화면은 겨울에게 꽤나 낯설었다. 일반적인 PC와 운영체제가 다른 탓이었다. CIA 통신보안담당관 코왈스키 요원이 알려준 바, 해킹 가능성을 줄일 목적으로 개발되었다고. 그녀의 말은 장난스러운 자기과시에 가까웠다.

"중장께서는 오지 않으시는 겁니까?"

겨울이 묻자 탄궈셩이 끄덕였다.

"어머님은 별도의 지휘소에 계시네. 다리가 끊어질 경우 곧바로 상륙작전이 개시될 예정이거든. 날이 어두워지기 전에, 최소한 활주로까지는 확보해두어야 하니까. 그래야 내일 다른 장군들에게 할 말이 많아질 테고. 지금쯤 어머님도 우리와 같은 화면을 보고 계시겠지."

목소리에선 긴장감이 느껴지지 않았다. 그녀가 위험에 처할 일은 없다는 걸까.

중교가 말하는 화면은 분주한 정보실 중앙에 있었다. 어딘가의 화물선에 실려 있었을 대형 스크린이었다. 비치는 것은 고공에서 조감하는 함대의 일부. 확대되는 영상 속에서 비행기처럼 생긴 무언가가 보였다. 전체적으로 투박하고 거친 모양새다.

"자폭용 무인기일세."

탄궈셩의 말에는 기대감과 회한이 녹아 있었다.

"몇 달 전 사람을 태워 시험 비행하는 단계까진 해냈지만, 무인화에 필요한 항법장치가 없어 지금껏 완성하지 못했다네. 그렇다고 군용기나 도탄(导弹)을 해체하면 본말전도니까 말이야."

도탄은 유도탄, 즉 미사일의 중국식 표현이다. 중국 해군은 기존 장비를 아끼려고 필사적이었다. 총탄도 아까운 마당에 미사일은 오죽할까. 언젠가 미 해군과 겨루는 최악의 상황이 올 지도 모르기에. 본말전도라는 것은 그런 뜻이었다.

"놀랍습니다. 저게 정말로 나는 거군요."

겨울의 담담한 말에 탄궈셩이 답하려는 찰나, 완이 대교가 무심히 끼어들었다.

"시험할 여유는 없었지. 자원과 일정이 모자라니까. 실패 시 시에루 제독의 실망감은 이만저만이 아닐 거야. 이제 곧 모두가 제독께 천운이 함께하는지 알게 되겠지."

완이 대교의 마지막 말마디는 의미심장했다. 겨울은 고개를 기울였다. 파벌 내 세력관계를 암시하는 것일 테지. 체면, 운명, 은전은 중국인을 지배하는 세 여신이다. 그 말이 다시 한 번 떠오르는 순간이었다. 종말이 이성을 짓누르는 세계관에서는 더욱 잘 통할 문장이기도 했다.

일정이 부족한 것은 장군들의 회합이 코앞인 까닭이다.

입을 열었다가 소리 없이 닫은 탄궈셩은 조금 불만스러운 기색이었다. 할 말이 있지만 참는다는 표정. 배경이야 어쨌든 완이 대교가 상급자이기도 했다. 상급자와 의견이 다르다고 바로 반박해서야 기강이 서지 않는다.

'그래도 성공할 가능성이 있다고 하지 않았나?'

올리버 탤벗이 겨울의 특수화장을 보강할 때 나눴던 이야기. 피부가 검은 전술정보 분석관은 시에루 중장의 시도를 긍정적으로 바라보고 있었다. 이하, 그가 실제로 했던 말.

"제 의견만은 아닙니다. 전투력과 무관하게, 중국군의 인적자원은 수준이 매우 높은 편이니까요. 거긴 군 경력이 미국 이상으로 성공의 조건인 나라였잖습니까. 가뜩이나 해군은 기술병과가 많으니 항공역학을 전공한 병사나 비행제어기술에 능한 사관이 있어도 이상하지 않겠죠. 랭글리에선 성공률을 절반 정도로 보고 있습니다."

버지니아 주의 랭글리는 CIA 본부의 소재지였다.

"사진을 보면 굉장히 불안정한 느낌이던데요?"

겨울이 제기한 의문에 탤벗 요원은 어깨를 으쓱이며 웃었다.

"나는 것 만이라면 형상은 의외로 중요하지 않다더군요. 록히드 마틴 사(社)의 유명한 항공기 기술자가 그랬지요. 컴퓨터로 자세를 제어할 경우 자유의 여신상도 복잡한 전투비행을 할 수 있을 거라고. 225톤짜리 여신을 하늘로 보내려면 엔진 제작부터 문제겠지만 말입니다."

록히드 마틴은 미국의 군수업체로, 항공기 제작에 특화되어 있다. 기술력은 세계 최고 수준. 거기서 나온 말은 농담이라도 가볍지 않을 것이었다. 충분한 가능성을 내포하고 있을 터.

"반세기 전의 중국에선 대장장이들이 초음속 전투기를 만들어 날렸습니다. 기대해 봐도 좋겠지요."

탤벗이 말한 기대는 중의적이었다. 탤벗 개인의 흥미일 뿐만 아니라 중앙정보국이 거는 기대이기도 했으므로. 시에루 중장이 회합을 주도하게 되면 정보국의 일도 편해질 것이다.

결과는 이제 곧 알게 될 터.

발사 전 최종점검이 진행되는 사이, 겨울은 시선을 다른 쪽으로 향했다. 작은 영상이 수없이 많았다. 거의 모든 전파를 수집하는 모양. 천랑성의 기능을 감안하면 이상하지도 않았다.

그 가운데 하나가 눈길을 끈다. 러시아 쪽에서 송출하는 선전영상이었다. 해빙기를 맞아 이루어진 소탕작전으로 추산 약 700만의 감염변종을 섬멸했다는 자막이 흘렀다. 아직 「러시아어」를 습득하지 않은 겨울이었으나, 복수의 언어로 계속되는 자막이었고, 그 중엔 영어는 물론이거니와 한국어까지 끼어있었다.

'어설프긴 하지만.'

생존자를 모아 무장시키려는 의도겠지. 겨울의 시선을 좇은 탄궈셩이 탄식했다.

"러시아 놈들이 부럽군. 아직도 조국을 위해 싸울 수 있다는 점이 말이야."

"저게 사실일까요?"

"글쎄. 전과를 많이 부풀리지 않았을까? 저것들도 미국의 지원이 필요할 테니."

붉은 색채가 선동적인 자막은 러시아와 미국의 연대를 강조하고 있었다. 과거 추축국에 함께 맞서 싸웠던 것처럼, 지금은 역병에 함께 맞서는 혈맹이 되었노라고.

적어도 선전영상이 보여주는 승리는 확실한 것이었다. 진창에 빠져 움직이기 힘든 변종들을, 궤도차량에 탑승한 군대가 일방적으로 학살하고 다녔다. 괴물들은 인간의 기동성을 절대로 쫓지 못했다. 한 걸음 내딛을 때마다 푹푹 들어가니 어쩌겠는가.

1년에 두 번, 얼음이 얼고 녹는 시기, 러시아의 대지는 끔찍한 진흙 수렁으로 변한다. 이를 라스푸티차라 불렀다.

러시아는 이 현상이 유독 심한 장소를 골라, 겨우내 변종들을 유인하고, 묶어두었던 것이다. 그러기 위해 얼마나 많은 희생을 치렀을지.

'특수변종이 등장하기도 애매한 환경이고.'

겨울은 해빙기가 짧다고 판단했다. 변종들이 적응하는 데 필요한 시간으로서. 멜빌레이처럼 수중활동에 특화된 괴물이 출현할 수 있는 건, 강과 바다가 항상 거기에 있는 덕분이다. 반면 수렁이 마르기까지 걸리는 시간은 고작해야 한 달이었다.

뻘에 특화된 괴물이 나온다 쳐도 문제. 나머지 기간에는 보통의 변종만 못할 터였다.

러시아가 지난해를 무사히 넘긴 것은 이런 환경 덕분이었을 것이다. 타 지역으로부터 유입되던 변종집단이 자연스럽게 차단되었겠지. 이번 역시도. 겨울은 지난 종말들을 회상했다.

"보게, 리. 이륙하는군."

탄궈셩이 겨울의 주의를 돌렸다.

질소비료로 만들어진 묵직한 폭탄을 싣고, 무인기들이 차례로 뜨기 시작했다. 모든 기체는 두 줄의 레일에서 벗어날 때마다, 기우뚱, 위태로웠다. 그러나 수평, 수직 조종날개가 미세하게 움직이며 둔중한 기체의 균형을 회복시켰다.

비추는 카메라들은 고공을 날고 있었다. 원래부터 가지고 있었을 정찰용 무인기일 터.

자폭기의 숫자는 총 열 둘이었다. 다리 마다 네 기씩 배당되는 셈.

"저 중에 하나씩만 명중해도 성공인데……."

뒤늦게 초조함을 드러내는 탄귀셩이었다. 쥐었다 펴기를 반복하는 주먹은 땀으로 젖어있다.

겨울은 그를 이해했다. 이제껏 참다가, 더는 감출 수 없게 되었겠지.

묵묵히 화면을 주시한다. 좋은 날씨가 아니었다. 날을 고르지 못한 탓. 옅은 안개 속에서 때때로 강한 바람이 불었다. 그때마다 중심을 잃는 비행기.

"아!"

누군가 안타까워하는 소리. 무슨 문제인지 한 기체의 엔진이 정지했다. 프로펠러가 움직임을 멈췄다. 해당 기체는 급격한 하강곡선을 그린 끝에…….

콰광! 우르르릉!

대폭발이 일어났다. 일격에 다리를 무너뜨리겠다고 만든 폭탄인 것이다. 둥글게 밀리는 대기가 한 블록을 날려버렸다. 반파된 집이 통째로 뜨는 게 인상적이었다. 비산하는 파편들 사이에서 찢어지고도 살아있는 변종들이 허우적거렸다. 그것들의 누렇게 뜬 눈이 하늘을 본다. 날개 없는 추락. 떨어지기 직전의 손짓은 바람을 움켜쥐려는 것처럼 보였다.

퍼억, 퍽. 눈으로 보아도 들리는 소리들.

이후 몇 기가 추가로 떨어졌다. 각 다리로 향하는 수를 다시 분배해야 할 만큼.

"제발……."

옆에서 들리는 간절한 목소리. 두 손을 꼭 잡고 있다. 누구에게 기도하는 것일까.

짧고 긴 시간이 흘렀다.

"좋아! 그대로 가라!"

탄궈셩이 고함을 질렀다.

목표지점에 도달한 첫 기체가 수직 활공을 개시했다. 날개 끝에서 갈라진 안개가 희미한 궤적으로 변한다. 이제까지의 느린 속도가 거짓이었던 것처럼, 번개가 떨어지는 것 같은 직격. 이어지는 엄청난 섬광과 폭음. 우르르릉! 음량이 지나쳐, 스피커가 뭉개진 소리를 뿜어댔다.

그 뒤로 또 하나의 폭탄이 떨어졌다. 뭉글거리던 연기가 번쩍이더니, 격렬하게 요동쳤다.

"다리는? 다리는 무너졌나?"

이번엔 완이 대교였다. 이 역시 침착을 잃기는 마찬가지다.

그러나 연기가 쉽게 걷히지 않았다. 성패가 불분명한 순간. 그 사이에 다른 두 개의 다리가 잇달아 터져나갔다. 끼우우웅- 철골이 비틀리는 소리가 멀리까지 들릴 지경.

"함장 동지! 1번 표적의 붕괴가 확인됩니다!"

한 사관의 보고에 짧은 함성이 끓어올랐다.

"2번, 3번 표적 역시 완전히 파괴되었습니다! 작전은 대성공입니다!"

머리가 울린다. 겨울은 눈살을 찌푸리지 않으려 애썼다. 환희의

도가니로 변한 함교는 지나칠 정도로 시끄러웠다. 덥석, 흔들리는 몸. 탄궈셩이 체면 불문하고 겨울을 끌어안았다.

기쁜 모습을 만들어야 할 때인가. 커트 리로서 미소 지으며, 겨울은 축하의 말을 건넸다.

"축하드립니다. 이걸로 어머님……시에루 중장님의 꿈이 좀 더 현실에 가까워졌군요."

"아무렴! 이렇게 되어야지! 이 지긋지긋한 생활도 얼마 남지 않았어! 하하하!"

날것 그대로의 희망이 여과 없이 묻어나는 외침. 지금의 탄궈셩은 겨울이 모르는 사람처럼 보였다. 낯선 얼굴, 낯선 목소리. 이럴 정도면, 그동안은 얼마나 절망에 찌들어있었을까.

'희망은 사람을 이렇게까지 달라지게 만드는 걸.'

새삼스러운 느낌이었다. 이제껏 많이 보아왔으면서도 이렇게 생경할 때가 드물지 않았다. 이는 익숙한 단어가 갑자기 낯설게 느껴지는 것과도 같았다.

겨울은 읽지 않은 메시지들을 떠올렸다. 다른 세계의 관객들이 보내는 외침. 그들의 요구를 겨울이 따르는 경우는 거의 없었다. 아니, 전부터 제 때 읽기조차 드물다. 다른 희망이 없어 그 때 뿐인 쾌락에 집착하는 사람들을 보기는 괴로운 일이었다.

그저 보는 것만으로도 지친다.

그 사람들도, 무언가 좋은 계기 하나만 있으면 한 순간에 달라질 텐데. 지금까지 많은 종말, 절망을 마주하는 무수한 군상을 경험한 겨울은 그러리라고 확신할 수 있었다.

그러나 생전의 세계, 물리현실은 한줌의 희망도 허락하지 않을 만큼 각박하다. 삶의 모든 즐거움을 사후로 미뤄두는 데 모두가 동의했기 때문이 아닐까. 소년 혼자 하는 생각이었으나, 스스로 틀리지 않을 것이라 여긴다.

'의미는 없지.'

잠시 눈을 감는 겨울. 갑작스럽고 끈질긴 상념을 떨쳐내려 애썼다.

이미 죽은 몸. 행동이 될 수 없는 생각은 무기력을 낳을 뿐이었다.

"어머님을 부탁하네."

눈을 뜨자 진지하게 굳은 탄궈셩의 얼굴이 보였다. 그는 겨울의 손을 잡았다.

"어머님은 중국인들의 희망이 되실 분이야. 이미 한 사람의 목숨이 아니라고 해야겠지. 반드시 지켜드리게. 내 자네만 믿겠네."

겨울은 탄궈셩의 눈동자를 가만히 들여다보았다.

사람 닮은 것들에게 화를 내는 꿈을 살겠다고 들어온 종말의 세계건만, 겨울동맹도 그렇고, 지금껏 겪어온 모든 종말들도 그렇고, 실제로는 매양 이런 식이었다.

중앙의 화면이 바뀌었다. 보여주는 것은 상륙작전의 경과였다.

장창방진이 인상적이다. 교련된 민간인들에게 기다란 창을 쥐어 앞세우고, 방진 안에는 각종 화기로 무장한 병력 및 차량이 들어갔다.

폐쇄된 공항, 너른 개활지에선 꽤나 효과적인 방식.

그것을 보고, 겨울은 커트 리로서 머무를 때가 얼마 남지 않았구나 싶었다.

'내일 하루가 전환점이 되겠지.'

내가 만들던 이야기로 돌아가고 싶다. 이전부터 겨울의 심중에 있었으나, 문득 강해지는 충동이었다.

그리고 날이 바뀌었다.

회담 당일. 겨울은 중장보다 먼저 약속장소에 도착했다. 목적은 사전점검. 이를 위해 중장이 신뢰하는 병사들과 기술자 집단이 따라왔다. 폭탄은 없는지, 도청이 이루어지고 있지는 않은지. 요소마다 병사들을 배치하는 것도 겨울의 일이었다. 회담장소인 크루즈-페리선 발해진주 호는 자체적인 방어력이 거의 없었고, 군함 다수의 위협에 노출되어 있었다.

겨울은 난간에 기대어, 사람과 배가 물결치는 잿빛 바다를 관망했다.

'취약하기 때문에 이곳이 선택된 것이겠지만.'

누구 하나가 잘못되면 모두가 죽는다. 다들 그 위태로운 균형감각에 매달리는 것이다.

그만큼 참석자들에게 마음의 여유가 없다는 반증이기도 하고.

[치직- 칙- 삐이-]

우측 고막에서 거리감이 느껴지지 않는 전자음이 맴돌았다.

[광대, 광대. 여기는 피쿼드. 이 말이 들린다면 긍정 신호를 보일 것.]

광대. 산타 마리아에서 쓰였던 호출부호가 이번에도 겨울을 지칭했다. 저편에서 교신하는 사람은 올리버 탤벗. 회담이 열리는 동안 겨울을 지원하도록 되어있다.

왼손으로 볼을 긁는 겨울. 이것이 '긍정 신호'였다. 고공의 무인정찰기, 그보다 높은 첩보위성이 겨울의 일거수일투족을 주시하고 있다. 이 영상은 채드윅 팀장의 피쿼드 호 뿐만 아니라, 정보국 본부인 랭글리와 국방부까지 전해지는 중이라고.

[신호를 확인했다, 광대.]

전파에 의한 소통은 일방적이었다. 겨울은 사전에 약정된 약간의 수신호를 통해 제한적으로 의사를 표현할 수 있을 따름.

[지금부터 확인된 위협을 전달하겠다. 2시 방향, 거리 350, 청색 도장의 소형 목조어선, 은폐된 대전차미사일 포대, 운용인원 둘. 4시 방향, 거리 520, 찰리-위스키 포인트, 보수 중인 레이더 마스트 위에 2인 1조의 저격수. 동 방향 거리 270, 매복한 적 1개 소대…….]

겨울의 귓바퀴 안쪽, 외이도(外耳道), 고막으로 이어지는 구멍에 수신기가 붙어있었다. 피부를 닮은 색이고, 무척이나 얇았다. 금속 탐지기에 걸리지 않는다. 한동안 추가 생산이 불가능한 물건이니 상하지 않게 조심해 달라던가.

감각보정이 끊임없이 갱신되었다. 어디에 어떤 위협이 있다는 걸 알 때와 모를 때의 차이는 극명하다. 당장 저격수만 하더라도, 천재적인 영역의 「전투감각」, 「생존감각」조차 공격 직전, 혹은 직후까지는 경고를 주지 않는다. 피할 여유는 탄이 날아오는 데 걸릴 시간 정도.

'발신까지 가능했다면 좋았겠는데…….'

불가능한 미련이었다. 이 장소, 굉장한 감시를 받고 있다. 피쿼드에서 메시지를 보내는 것만으로도 대단한 일이었다. 트릭스터의 방해전파를 모방한 지향성 전파. 그래도 들킬 경우를 대비하여 암호명을 쓰고 있다.

배치되는 병사들은 사정을 모르니, 그저 커트 리라는 인물의 감각에 놀라워할 뿐이었다.

먼 곳에서 은은한 땅울림이 들려왔다. 미 서해안은 지진이 잦았다. 샌프란시스코만 하더라도 하루에 두세 번 씩 지진이 일어나기도 했다. 그러나 대개 진도 3 미만. 겨울조차 감각보정 없이는 눈치 채기 어려운 경우가 대다수다.

땅울림은 금방 지나갔다.

겨울이 중국군에서 쓰이는 무전기를 잡았다.

"확인이 끝났습니다. 이제 오셔도 됩니다, 장군님."

시에루 중장의 도착까지 오랜 시간이 걸리진 않았다. 얼굴 마주치자, 그녀는 한숨을 쉬었다.

"드디어 오늘이로군."

며칠간 잠을 설쳤는지 눈 아래가 거뭇했다. 같은 처지의 장군들을 만나 어떻게 설득하면 좋을까, 상황과 발언을 머릿속으로 그리느라 여유가 없었을 것이었다.

앞서거니 뒤서거니, 입장하는 인물들로 빈자리가 채워지기 시작했다. 대개는 서먹한 사이들이었다. 안면이 있어 보여도 정작 대화가 오가는 일은 드물었다. 과거에 어떤 인연이 있었든, 지금은 서로를 잠재적인 적으로 보는 눈치였다.

'시에루 중장의 구상대로 이루어지더라도, 주도권을 누가 잡는가는 또 다른 문제일 테니.'

욕심은 끝이 없다. 왜 저 여자가 이끌어야 하느냐. 납득하지 못할 사람은 분명히 많을 터.

"다들 잘 와주셨습니다."

실력은 없고, 다만 어느 누군가에게 기울어지지 않았다는 점에서 중재자가 된 늙은 공산당원이 회담의 시작을 알렸다.

"세계인민의 말일[17]이 다가오는 비상시국에서, 아직도 열렬한 애국정조와 의연한 사명감으로 걸출한 지도력을 발휘하고 있는 여러분이……."

"시간낭비는 집어 치우시오."

어느 육군소장의 차가운 한 마디가 개회사를 끊었다. 말이 잘린 공산당원은 피로한 눈으로 그를 바라보았다. 그 시선은 소장을 조금도 누그러지게 만들지 못했다.

"그 나이 먹도록 시당서기(市党委书记) 노릇이나 하던 작자의 희언에 귀 기울이기엔 촌각조차 아깝소. 어설픈 절차는 생략합시다. 다들 여기 모인 이유를 알지 않소?"

소장이 탁자를 내리쳤다.

"단도직입적으로 묻지. 장정 9호와 북두성. 누가 가지고 있소?"

웅성거림이 번졌다. 미군의 봉쇄에 걸리지 않은 유일한 핵잠수함과, 핵미사일 유도에 필요한 인공위성 체계. 어느 쪽이든 중요한 협상수단이다. 그러므로 가지고 있다는 걸 노출하는 것만으로도 위험해질 수 있었다.

그러나 끝까지 감춰서는 대화가 불가능할 터. 벌써부터 난폭한 말이 오가는 중이다. 점점 더 올라가는 목소리들. 그 와중에 시에루 중장이 손을 들었다. 걸걸하고 큰 소리로 선언한다.

"북두성은 내게 있습니다."

---

17 末日: 종말

소란이 잦아들었다.

질문을 던졌던 소장이 눈썹을 꿈틀거렸다.

"어느 간 큰 도둑놈인가 궁금했건만, 설마 당신이었을 줄이야."

상급자에 대한 존중은 느껴지지 않았다. 시에루 중장 쪽은 도둑 취급을 받고도 이렇다 할 감정을 내보이지 않았다. 다만 이렇게 답할 뿐이었다.

"판리유안(潘日源) 소장. 나는 단지 악용되는 걸 막고 싶었을 뿐이다."

"잘도 그런 말을."

"북두성은 인민과 국가의 자산이지. 누군가 일신의 영달을 위해 팔아먹는 꼴은 용납할 수 없었다. 그대도 알 것이다. 얼마나 많은 모리배들이 의무를 방기했는지를."

그녀의 말대로였다. 비록 샌프란시스코에 피난한 중국군 장성들은 모르는 일이지만, 하와이 방면에서 투항한 또 다른 군벌들은 지배계급의 이익을 보장해달라고 요구했을 뿐이었다.

같은 맥락에서, 겨울은 지금의 미국에 첩보위성과 통신위성이 흘러넘치는 이유를 알고 있었다. 빈곤 속의 기형적인 풍요. 미국의 위성통신환경을 설명하는 단 한 마디. 이는 각국의 고위 망명자들이, 신변보장의 대가로 자국의 위성체계를 아낌없이 넘겨준 덕분이었다.

그 외에 국립은행의 금괴와 달러를 싣고 날아온 정부 전용기의 국적이 수십 개에 이른다던가. 주변에 정보부처 관계자가 많으니 듣게 되는 내용들이었다.

'한국도 마찬가지지고.'

무궁화, 천리안, 아리랑 등. 친숙한 이름들의 위성 다수가 현재는 미국의 관리 하에 있다.

그리고 그 반대급부로 한국계 난민들의 처우가 향상되었다는 이야기는 들어보지 못했다.

가상현실은 과거를 비추는 현재의 거울이었다. 사실 생전의 물리현실도 매한가지이긴 하지만. 생전의 세계가 왜, 어떻게 만들어졌는지, 겨울은 갈수록 싫증날 만큼 깨닫고 있다.

이렇다보니 베이더우 위성의 통제권을 두고 보이지 않는 싸움이 벌어진 건 당연한 일이었다. 해킹과 암호변경, 권한재설정, 접근차단 등. 그 최종승자가 바로 시에루 중장이었던 것이고. 그걸 다시 도둑맞았다는 걸 모르는 상태이긴 하지만.

그녀의 선언에도 불구하고, 장정 9호의 행적은 뒤따르지 않았다.

회의장의 언성이 다시 높아졌다.

"내 이럴 줄 알았지!"

눈살을 찌푸리며 모두에게 삿대질하는 이는, 아마도 CIA에 포섭되었을 레이옌리에 소장.

"장정 9호를 숨기고 있는 게 어떤 놈인지는 모르겠지만, 분명히 이 가운데 있을 터! 똑똑히 들으시오! 당신은 현실감각이 없어! 미군의 진격이 예상보다 빠르단 말이야! 화셩둔[18], 으레이겅[19], 쟈리푸니야[20] 오염지역의 절반이 이미 탈환되었어! 남은 여유가 대체 얼마나 된다고 이따위로 시간을 끌어!"

---

18 华盛顿: 워싱턴 주, 주요 도시는 시애틀
19 俄勒冈: 오리건 주, 주요 도시는 포틀랜드
20 加利福尼亚: 캘리포니아 주, 주요 도시는 샌프란시스코

그의 말은 전적으로 사실이었다. 명백한 해방 작전에서, 미군은 쾌진격을 거듭하고 있다. 정작 국방부는 변종들이 전력보존을 위해 조용한 게 아닌가 의심하는 중이었지만. 놈들이 또한 보급선의 개념을 이해하고 있을지도 모른다며 불안해하고 있다.

다시, 모두가 침묵하는 가운데 이어지는 레이옌리에 소장의 힐난.

"정말로 미국과의 전쟁이라도 해보자는 건가?"

그러자 어디선가 한 마디 툭 뱉는다.

"그러면 안 될 이유라도 있소?"

드물게 군인이 아닌 참석자의 발언이었다. 겨울은 이름을 모르지만, 아마도 구 중국정부의 고위인사일 것이다. 풍채는 좋으나 눈빛이 사납다. 광기가 일렁거렸다. 노여움이 느껴지는 볼 살은 덤. 사람보단 사나운 개를 닮았다. 한 번이라도 웃은 적이 있었을까 싶은 관상이었다.

"미 제국주의자들은 옛날부터 탐욕스러웠지. 중국의 온당한 권리를 끊임없이 침해하고도 모자라 항상 침략야욕을 불태우던 자들이란 말이오. 시역 또한 놈들의 작품이겠지."

"그게 무슨……!"

"다들 알고 있을 거요!"

미국이 우려한 광기가 실체를 드러내고 있었다.

"그 질병은 아무리 봐도 부자연스럽잖소! 인간의 창조물이란 말이오! 그런 걸 만들 수 있는 국가가 세상에 몇이나 된다고 생각하오? 그런 걸 실제로 쓸 국가는 또 몇이나 되겠고? 설마 러시아가? 아니면 저 작은 왜노들이? 그럴 리가 있나. 미국이오. 미국밖에 없단 말요!"

"억측은 삼가시오!"

이번에 말리는 건 시에루 중장이었다. 그러나 광기의 동조자들은 수가 적지 않았다. 자기보전을 원하는 자와 이성적인 자들이 한 편이고, 미쳐가는 자들이 다시 한 편이어서, 양측 사이에 높은 언성이 오갔다.

"시에루 중장! 그대는 조국의 원수에게 아첨하려는 매국노에 지나지 않소! 양놈들에게 몸을 파는 창녀 같으니라고!"

"우리의 사명은 단 하나, 멸망한 조국의 복수를 하는 것 뿐!"

"미국은 대가를 치러야 한다! 우리는 13억 중화인민 뿐만 아니라 미국의 어리석음으로 죽어간 전 세계 모든 사람들을 대리하는 심판자가 되어야 한다!"

"보복을 합시다! 이 세상에 다시없을 처절한 보복을! 세계 최후의 전쟁을!"

이에 대항하는 측은 그나마 이성적이었다.

"지금의 대의는 인류의 존속이다! 당신들은 확실치도 않은 유언비어를 근거로 인류에 대한 범죄를 저지를 셈인가!"

"인민이 곧 국가다! 아직까지 살아남은 인민들이 지금의 중국이란 말이다! 우리는 군인이자 정치인으로서 이들을 지켜야 할 의무가 있다! 의무로부터 도망치지 마라!"

"당신 가족이 죽었다고 세상이 끝난 게 아니야! 죽으려면 혼자 죽어!"

마지막 한 마디가 인상 깊다. 과연, 복수에 미친 자들은 또한 복수가 필요한 자들인가 싶어서. 겨울은 그 말에 격분하거나, 창백해지거나, 경련을 일으키는 자들이 한둘이 아님을 확인했다. 그저 원망하고 싶어서 원망하는 사람들. 자신의 모든 절망을 떠넘길 무언가가 필요했을 뿐이다.

'한계를 넘어선 현실을 받아들이기 어려워서…….'

나는 이토록 괴로운데, 누구를 원망해야 하나. 어디까지 원망해야 하나.

겨울을 괴롭게 했고, 지금도 때때로 앓게 만드는 고민과 뿌리가 같았다.

"백번 양보해서, 시역을 뿌린 것이 미국이라고 치지! 그런데, 애초에 보복이 가능하기는 한가? 만 입구는 미국의 신순[21] 순양함과 잠수함들이 봉쇄하고 있잖은가! 장정 9호조차 핵도탄을 모두 쏘기 전에 격침당할 것이며, 발사된 도탄들 역시 표적까지 도달한다는 보장이 없어! 이 하늘을 벗어나기 전에 태반이 요격당하겠지! 착탄은 기껏해야 한두 발에 지나지 않을 터! 거기에 무슨 의미가 있나!"

누군가 외치자, 유독 큰 목소리 하나가 돌아왔다.

"보복은 가능하다!"

외치는 건 강경파에 속한 해군 소장이었다.

"만 입구를 향해 핵 어뢰를 발사하면 된다!"

그는 좌중의 동요에 아랑곳 않고 극단적인 계획을 말했다.

"여러 잠수함에서 일제히 어뢰를 발사하면 놈들은 물러날 수밖에 없어! 그 때 고속어뢰 「폭풍」에 핵탄두를 달아 쏘는 거다! 이후 이 지긋지긋한 만을 벗어나 안전한 위치에서 최종 보복을 실행하면 그만이야!"

---

21 *神盾*: 신의 방패, 미국의 이지스 방공전투 시스템을 뜻한다.

"방사능으로 오염된 해역을 무슨 수로 통과한단 말인가!"

시에루 중장이 반박했지만, 강경파의 소장은 노골적으로 그녀를 비웃었다.

"그게 뭐 어때서? 그냥 지나가면 되는데?"

"무슨……."

"어차피 결사의 각오로 행하는 복수다. 이후를 걱정할 필요가 없지. 방사능에 살이 뭉개지고 뼈가 삭더라도! 핵도탄을 발사하는 순간까지만 살아있으면 되니까!"

"……."

아연한 공기가 감돌았다.

겨울은 소총의 안전장치를 두드렸다.

최악의 경우, 즉 미국에 대한 핵공격이 이루어질 가능성이 높을 때, 겨울의 판단 하에, 여기 있는 모두를 죽여 버리라는 채드윅의 지시가 있었다. 물론 그랬다간 지도부를 상실한 나머지 중국군의 행동을 예측할 수 없게 될 것이다. 겨울 자신도 위험에 처할 터이고.

'그래도 이상한걸.'

겨울이 한 사람을 응시했다. 회합 이전에 시에루 중장이 가장 경계해야 할 강경파라고 알려주었던 인물이었다. 회색 머리카락을 단정하게 넘긴 남자. 계급은 육군상장. 이 자리에 모인 인물들 가운데 계급만으로는 최고라고 할 만하다.

그는 지금까지 침묵을 지키고 있었다. 이따금씩 시계를 볼 뿐.

명백히 무언가를 기다리는 중이었다. 아무 것도 안 할 작정이면 애초에 오지도 않았을 테니.

기다리는 것은 사람일까, 소식일까. 「생존감각」의 경고가 조금도 없는 걸 보면, 아무래도 직접적인 위협은 아닐 것 같지만, 확신할 순 없다. 겨울이 확신하는 순간 보정 또한 그 확신에 얽매일 것이었다.

"양용빈(杨永斌) 상장 동지. 당신도 뭐라고 말 좀 해보십시오!"

시에루 중장이 바로 그 남자를 지목했다.

마침 또 시계를 보고 있던 육군상장이 점잖은 태도로 고개를 들었다. 그가 뭐라고 말하기도 전에, 시에루 중장이 예의를 지키며, 그러나 큰 소리로 밀어붙이듯이 내는 말.

"당신이 보물섬(金银岛)을 점령한 건 저와 같은 생각을 하고 계시기 때문이 아닙니까? 우리가 행보를 함께한다면 협상력도 그만큼 강해질 것입니다! 미국은 훨씬 더 비싼 대가를 치러야 하겠지요! 본관은 장차 만들어질 새로운 중국에 상장 동지의 지도력이 필요하다고 봅니다!"

보물섬은 인공섬 트레져 아일랜드의 직역이었다. 육지와는 왕복 4차선 도로 하나로 이어져있을 뿐. 육군상장은 이 길목에 화물선을 돌진시켰다. 겨울이 오기 전에 일어난 일이었다.

얇은 육지에 좌초한 배는 그 자체로 하나의 성벽과 같았다. 미군이 컨테이너를 쌓아 변종집단의 진입을 차단했듯이. 남은 섬을 점령하기는 어렵지 않았을 것이다.

'그나저나, 지도력이 필요하다……인가.'

공동체를 함께 이끌자는 암시. 구체적인 약속은 아니지만, 보는 눈이 많은 자리에서 이 이상의 제안을 꺼낼 순 없을 것이다. 체면을 망치는 일이 될 테니.

겨울이 주시하는 가운데, 육군상장이 싱긋 웃었다.

"새로운 중국이라. 귀관은 마치 중국이 사라지기라도 한 것처럼 말하는군."

악의가 느껴지지 않아서 더 위험하게 느껴지는 음성이었다. 사근사근하고 상냥하기까지 한 목소리에 좌중이 잠잠해지는 것도 같은 이유일 터였고. 언성을 높이던 강경파마저 주춤거렸다. 그들조차도, 중국은 사라지지 않았다고 자연스럽게 말할 순 없었기에.

테이블 위에 깍지를 낀 상장이 온화한 발언을 이어갔다.

"국가는 정신이야. 다른 구성요소는 그 정신을 실천하기 위한 도구에 불과해. 그리고 군인은 가장 위태로운 순간에 그 정신을 명예로운 무력으로 지키는 자들이지. 즉."

그는 미소의 여운이 남은 얼굴로 자신의 가슴을 눌러보였다.

"내 조국은 여기에 있네. 중국은 유사 이래 잠시라도 사라진 적이 없어. 그러니 멸망한 조국의 복수 운운하는 것도 우습군. 본관이 보기에 여기 있는 놈들은 전부 반역자들이야."

겨울은 어두운 예감을 느꼈다. 광기는 이성적일수록 위험하다. 에이프릴 퍼시픽이 왜 그런 지옥이 되었던가. 겨울의 손가락이 자연스럽게 방아쇠울로 들어갔다.

이 자, 양용빈 육군상장을 지금 바로 사살해야 할까? 강경파를 포함해서?

아니다. 그런다고 그가 기다리는 무언가가 지연될 가능성은 한없이 낮다. 지금 그는 그저 여기 앉아있을 뿐. 궤도에 오른 계획은 상장의 간섭 없이도 관성으로 실행될 것이었다. 그런 게 아니고서는 냉정하게 미친 사람이 이런 자리에 올 이유가 없다. 저것은 합리적인 여유다.

게다가 교전이 원하는 방향으로 진행된다는 보장은 낮다. 시에루 중장이야 어떻게든 지켜내더라도, 나머지의 생사는 운에 맡겨야 한다.

여기에 이르는 판단의 흐름을 「통찰」이 끊임없이 긍정했다.

당장은 방법이 없나. 겨울은 잡음조차 거의 들리지 않는 교신채널이 아쉬웠다. 선내까지는 위성전파도, 지향성 전파도 닿지 않기에. 그렇다고 잠시 자리를 비우기도 불가능하다. CIA가 무언가 눈치 챘기를 바랄 뿐이었다.

같은 불길함을 느꼈는지, 시에루 중장의 어깨가 딱딱하게 굳었다.

"상장 동지께선 현실을 외면하고 계시는 겁니다. 국가는 정신이나 철학처럼 모호한 것이 아닙니다. 국가는 인민이며, 인민의 삶을 보장하는 정치이며, 또한 인민의 생활을 현실적으로 뒷받침하는 제도와 간접자본의 총체입니다. 가스, 수도, 유류, 전기, 식량! 말씀해보십시오. 그 중에서 지금까지 남아있는 게 대체 얼마나 됩니까? 우리에게 무엇이 남아있습니까?"

단지 육군상장만을 겨냥하고 토하는 열변이 아니었다.

"다음 인민대표회의는 언제 열립니까? 주석 동지가 살아계십니까? 아니면 중앙군사위원회로부터의 지시를 기대할 순 있습니까? 하다못해 전구 편제라도 온전히 남아있는 곳이 있기나 하냔 말입니다!"

땅, 테이블을 힘차게 내리치는 소리. 여걸의 호령이 실내에 쩌렁쩌렁했다.

"동지! 중국이 멸망했다는 사실을 인정하십시오! 그리고 군인의 본분을 기억하십시오! 군대는 살인자 집단이 아닙니다! 우리는 살아남은 사람들의 미래를 지켜야 합니다! 복수? 보복? 어디 한 번 해보라고 말씀드리고 싶군요. 그게 정당하다면 반대하지 않겠습니다!"

물론, 정당한 복수라는 게 존재할 리 없다.

'복수는 산 사람의 자기위안이지. 이미 죽은 사람에겐 아무런 의미도 없는 걸…….'

납골당에 백만 송이 꽃을 바친들, 그 향기가 죽은 사람에게 닿기나 할까. 꽃의 아름다움은 살아있는 사람을 위로할 따름이다. 죽은 사람은 아무 것도 받을 수 없다.

이게 겨울 혼자 하는 생각이어도 중장의 의도와 다르지 않을 터였다.

"살아남은 인민의 숫자가 시역 이전의 13억 6천만에 비하면 한 줌에 불과할지라도, 유명을 달리한 십억의 인민보다 살아남은 단 한 명의 아이를 더 중히 여겨야 합니다! 그 아이에게 이미 죽은 사람들의 뒤를 따르라고 강요할 순 없습니다!"

중장이 좌중을 삿대질했다.

"설령 시역이 미국의 소행이라 치더라도! 당신들이 진정한 복수를 원한다면! 부차의 똥을 핥는 구천의 심정으로 살아남아야 할 게 아닙니까? 승리는 마지막 순간까지 살아남는 자의 몫입니다! 같이 죽어서 뭐 어쩌겠다는 겁니까! 어디 저승에 가서 자랑해보십시다! 4천년 중화의 역사를 원수와의 공멸로 끝장내고 왔노라고! 그럼 먼저 간 동지들이 박수라도 쳐줄 것 같습니까? 하, 어림없는 소리! 당신들은 알량한 복수심에 홀려 의무를 저버리고 있는 거야!"

준열한 꾸짖음이 공기의 무거움을 더한다. 잠시 동안은, 시에루 중장이 씩씩대는 소리에 메아리가 울릴 지경이었다. 모두가 억눌린 가운데 전과 같은 이는 양용빈 육군상장 뿐이었다. 그는 여전히 실체가 불분명한 여유를 지키고 있었다. 어찌 보면 초연함에 가깝다.

시에루 중장의 삶에서 지금처럼 떳떳한 순간은 없었겠지. 지금처럼 진심이었던 순간도 없었겠고. 내심 이렇게 평하는 겨울은, 그녀의 열변을 깎아내리는 게 아니었다. 소년도 죽고 나서야 알게 된 사실이지만, 삶은 매순간의 깨달음이다. 계속되는 의미부여가 자신을 새롭게 만든다. 과거의 자신을 부끄러워하지 않는 사람이 얼마나 되던가.

그런 사람에게, 과거의 네가 형편없었으니 현재의 너는 소리 높일 자격이 없다……고 윽박지르는 건 인간적이지 못하다. 겨울은 사람이 변화할 가능성을 믿는다. 실제로는 그런 일이 드물지라도. 같은 맥락에서, 언젠가는 세상이 긍정적으로 변화할 수 있으리라고.

믿고 싶은 것이다.

이미 늦지 않았는가, 라는 의심이 끊임없이 반복되기는 하지만.

사람이 스스로를 되돌아보는 건, 대개 이제까지의 자신으로 현실을 풀어나갈 수 없을 때다.

그런 의미에서 종말이 다가오는 세계는 얼마나 상징적인가. 좋은 꿈을 꾸기에 적합하지 않느냐고, 겨울은 스스로를 타일렀다.

"시에루 중장. 좋은 말 잘 들었네. 젊음의 혈기가 넘치는군."

이렇게 말하는 양용빈 육군상장은 마음씨 좋은 동네 할아버지처럼 보였다.

"그대는 국가가 총체라고 했지."

지나간 말을 되짚는 의도가 무엇일까.

"그 말이 틀렸다고는 하지 않겠어. 하지만 구성요소의 경중은 가려야 하지 않을까?"

"무슨 말씀이십니까, 동지."

되묻을 때도 꼬박꼬박 동지 호칭을 붙이는 시에루 중장. 의도적인 화법이다. 아 다르고 어 다르다고, 말 한 마디가 분위기를 달리하는 법. 효과가 있을지는 의문일지라도.

기품 있게 늙은 육군상장이 해군중장에게 묻는다.

"설명하기 어렵지만, 일단 묻겠네. 그대는 뭔가?"

"……질문하시는 의도를 모르겠습니다."

"귀관, 시에루 중장이라는 사람이 뭐냐고 묻고 있는 걸세."

"……"

"그대가 중국을 인민과 인민을 위한 모든 것들의 총체라고 했듯이, 그대는 그대의 정신과 다른 모든 육체적 구성요소의 총체일 것이야. 팔, 다리, 대장, 신장, 심장, 뼈, 안구, 뇌, 귀, 혈소판과 백혈구, 골수, 탈양핵당핵산(DNA), 깊게 들어가면 철분과 단백질, 염분과 기타 등등의 성분이 모여 시에루라는 사람을 이루겠지. 그렇잖은가?"

"일단 그렇다고 해두겠습니다. 말씀하십시오."

"좋아. 그럼 하나 묻지. 자네가 팔이 잘렸다고 치세. 오른 팔이 떨어져 나간 거야. 그럼 시에루라는 사람은 어느 쪽에 있는가? 잘려나간 팔 쪽인가, 아니면 머리가 붙어있는 보다 큰 덩어리 쪽인가?"

시에루 중장의 안색이 험악해졌다. 그녀는 어리석지 않다. 미쳐버린 육군상장의 의도를 간파한 것이다. 그러나 좌중의 분위기. 그 위태로운 균형 때문에 대화를 깨버릴 수도 없었다. 상장의 발언을 짓뭉개는 건, 내가 하고 싶은 말만 하고 상대의 말은 듣지 않겠다는 선언이나 다름없다. 그건 이 회합의 파탄을 의미했다.

"어느 쪽도 저입니다만, 좀 더 많이 남아있는 쪽에서 안타까움을 느끼겠지요."

"그렇다면 다시 묻지. 그 상태의 자네가 이번엔 왼팔마저 잃었다고 가정하세. 시에루 그대는 어느 쪽에 있겠는가? 왼팔일까? 오른팔일까? 아니면 다리와 머리가 남아있는 몸통 쪽일까?"

"……."

"계속해서, 사지를 차례로 잘라내고, 마침내 몸통과 머리만 남았다고 치지. 인격체로서의 시에루 그대는 사지가 잘렸으니 5분의 1이 된 것인가? 아니면 정신이 온전히 남아있으니 인격은 그대로이되 그저 몸이 불편해졌을 따름인가? 응? 대답해보게."

반박할 논리를 구체화할 시간 따위 존재하지 않았다. 처음에 시에루 중장이 밀어붙였던 것과 같이, 이번에는 육군상장 쪽에서 몰아세웠다.

"인간의 핵심이 생명유지기능이라고 한다면 뇌보다는 심장이 중요하겠지? 뇌사상태여도 살아있는 사람이 있으니까. 하지만 자네가 그런 처지를 긍정할 것 같지는 않군. 그러니 뇌보다는 심장이야말로 시에루라는 사람이라고 하지는 못할 거야."

"……."

"투이시우시의 배[22]에 대한 이야기를 알고 있는가?"

---

22 *忒修斯之船*: 테세우스의 배

그리스의 고사를 들어, 대답을 기다리지 않고 이어지는 논변.

"투이시우시에겐 한 척의 배가 있어. 목조선이야. 유지보수를 위해서는 낡은 판자를 계속해서 교체해야 해. 그러다보면 최초의 배를 이루고 있던 목재는 단 한 장도 남지 않게 되지. 여기서, 갈아낸 판자를 버리지 않고 그대로 모아, 새로운 배를 만들었다고 치세. 그럼 어느 쪽이 투이시우시의 진짜 배라고 해야겠는가? 본래의 목재가 더 많이 들어있는 후자인가, 아니면 계속해서 새로운 목재를 끼워 넣은 전자인가?"

"……."

"결국 진위를 결정하는 요소는 겉으로는 보이지 않는 추상적인 개념일세. 정신, 철학, 사상, 개념, 해석, 혹은 신념이나 믿음, 영혼과 같은. 그렇지 않은가?"

육군상장이 타이르는 듯한 한숨을 쉬었다.

"그 기준이 주관적이라고 할 순 있을 걸세. 그러나 마냥 아니라고 할 수도 없을 거야. 중국이 여러 요소의 총체라고 하더라도, 하나씩 자르고 쳐내며 어느 쪽이 중요한가, 무엇이 중국을 규정하는가를 가리다보면, 핵심은 결국 중국의 정신이 될 수밖에. 어느 개인, 제도, 법률이나 예술, 건축물, 도시, 영토 같은 작은 파편들은 이를테면 시에루라는 사람의 잘려나간 팔다리 같은 것일 뿐."

팔다리를 자른다는 말이 의미심장하게 느껴지는 건 기분 탓일까. 겨울이 고민하는 사이, 시에루 중장이 격앙된 낯으로 항의한다.

"궤변입니다! 인간의 삶이 다른 모든 것들보다 중요합니다! 동지는 한낱 비유로서 현실을 왜곡하려 들고 있습니다!"

이에 갸우뚱 하는 육군상장.

"그저 살기 위해 살아가는 삶의 비참함을 모르는 바는 아닐 텐데?"

그리고 소리 내어 웃는다. 허허롭게 느껴지는, 어찌 보면 울음에 가까운 웃음이었다.

비록 미치광이의 희언이었으나, 살기 위해 살아가는 삶의 비참함에 대해서는 겨울의 마음에 와 닿는 것이 많았다. 하루하루 쌓여가는, 읽지 않은 메시지들. 그 비참한 사람들은 모든 행복이 사후에 있을 거라 기대하며, 사후세계를 엿보는 데 여념이 없다. 그들이 갈망하는 행복은 수준이 낮다. 그 이상을 몰라서 그런 걸까, 싶기도 했다.

테세우스의 배. 겨울은 물리현실에 남아있을 자신의 육체를 생각했다. 한겨울이라는 사람은 어디에 있나. 한겨울의 더 많은 부분을 가진 고건철 회장이야말로 본래의 의미에서 한겨울에 가까운가? 아니면 뇌와 척수만 남아있는 한겨울의 사고 쪽이 한겨울인가?

어느 쪽도 아니라면, 한겨울이라는 사람은 찢겨진 채 어느 쪽에도 온전히 존재하지 않는 것일까?

저하되는 집중력. 지금 교전이 발생한다면 겨울은 최대의 능력을 발휘하지 못할 터.

"다시 말하지. 중국은 존재하네. 다만 많은 부분을 잃었을 뿐이야."

이 와중에, 육군상장이 차분하게 선언했다.

"그러므로 나는 조국이 부여한 내 임무에 충실할 걸세. 비상시의 교전수칙을 말하는 거야. 상세불명의 공격에 의해 국가가 위급

사태에 직면하고, 정상적인 지휘체계로부터 정상적인 명령하달을 기대할 수 없게 되었을 때 어떻게 행동해야 하는가. 여기 모인 제군들도 모른다고 하지는 않겠지."

겨울은 제멋대로 흐르던 상념에 가까스로 제동을 걸었다.

"잠재적 적국에 대한 무차별적인 보복……당신은 미쳤어! 제정신이 아니야!"

절규에 가까운 시에루 중장의 힐난은 올바른 것이었다.

정체를 알 수 없는 적에게 선제공격을 받아 국가기능이 마비될 경우, 공격을 가했을 가능성이 있는 모든 국가에 보복공격을 가한다. 이것은 핵보유국 공통의 교전수칙이었다.

"중앙군사위원회의 지시가 없는 한, 내 의무는 변하지 않아."

이렇게 말하는 양용빈 육군상장은 충성스러운 군인의 모습이었다. 그러나 보기에 따라서는, 한계에 부딪혀 더 이상 생각하기를 그만둔 사람의 모습이기도 했다.

이 시점에서 그가 또 한 차례 시계를 본다. 그리고 깊이 고개를 끄덕였다.

"겨우 시간이 되었군."

"당신! 무엇을 꾸미고 있나!"

이제 더는 존대하지 않는 시에루 중장에게, 양용빈 상장이 피곤한 표정으로 답한다.

"30초 후, 일곱 발의 핵도탄이 발사될 거야."

대치를 관망하던 장내가 삽시간에 얼어붙었다.

"뭐……라고?"

황망하기 짝이 없는 레이엔리에 소장의 물음. 이에 대해 육군상장은 어깨를 으쓱일 따름이었다.

"다들 보복수단이 장정 9호 뿐이라고 생각했겠지만, 아니야. 제2포병……. 아니, 전략화전군[23]의 이동식 핵도탄 발사대가 있다네. 보물섬을 확보한 것도 그 때문이야. 선상에서 발사하기가 불가능하지는 않아도, 안정성이 없으니 말이야."

겨울은 뇌리가 얼어붙는 느낌이었다. 이번이 마지막 종말일지도 모른다고 항상 생각하고는 있었으나, 그 가능성이 갑작스러울 만큼 성큼 다가오는 순간이었다.

상장의 말이 이어졌다.

"사실 한동안은 나조차 그런 게 있다는 사실을 몰랐지. 뭐, 본토가 초토화되는 와중에 정신없이 실어놓은 화물 중 하나였으니. 담당 장교는 자살했고, 병사들은 살해당하거나 잡아먹혔고……. 아무도 존재를 모른 채 온갖 화물과 잡동사니 사이에 방치된 핵도탄 발사대라는 건, 소련 붕괴 이래 최초가 아니었을지."

낮은 웃음소리가 기이할 정도로 선명하게 울린다.

"어리석은……."

시에루 중장의, 분노로 떨리는 질책.

"이제 보니 단단히 미친 작자로군. 그 도탄들이 이 하늘을 벗어날 수 있을 성 싶은가?"

"글쎄, 그건 어떨까."

음울한 유쾌함을 담아 육군상장이 답한다.

"여기서 장성과 당 간부들의 회합이 열리는 중에 핵도탄이 발사된 걸세. 그것도 한두 발이 아니고, 자그마치 일곱 발이나. 자,

---

23 战略火箭军: 전략로켓군

그럼 동지들이 신뢰하는 각 함장들은 어떤 판단을 내릴까? 발사된 미사일이 여기 모인 장군단의 총의라고 생각하진 않을까?"

"그 불확실한 가능성에 모든 것을 걸었다고?"

묻는 말이 비명에 가깝다. 그러나 장내의 모든 시선이 꼬챙이처럼 꽂히는 와중에도, 미친 남자의 차분함엔 흔들림이 없었다.

"뭘 새삼스럽게. 여기 건곤일척의 심정으로 참석하지 않은 자가 있는가? 더 이상 여유가 없다고, 낮은 가능성이지만 모든 것을 걸어보겠다며 목숨 걸고 온 것 아니었나?"

"미쳤어……미쳤어……."

질려있는 중얼거림은 뜻밖에 강경파의 한사람으로부터 흘러나왔다. 그 역시 이토록 급격한 전개를 기대하진 않았던 것일 터. 그를 제외한 나머지 강경파도 하얗게 굳어있었다.

"방공구축함의 함장들이 전후사정을 짐작하긴 어렵겠지. 혼란스러울 거야. 그러나 발사된 도탄은 명백히 중국의 것이고, 미군이 이를 요격하려 드는 급박한 상황에서 내릴 판단이란 애국심에 기초할 수밖에. 나는 승산 없는 싸움을 하지 않아."

바깥에서 요란한 폭음이 들려오기 시작했다. 온갖 종류의 화기가 발사되는 소리들.

쏠까. 겨울은 거듭 망설였다.

팽팽하게 당겨진 긴장감. 지금 겨울이 방아쇠를 당긴다면, 모두가 모두를 겨누는 싸움이 시작될 것이다. 애초부터 그런 자리였다. 시에루 중장도 유사시 본인만큼은 살아 돌아오기를 바라며 그토록 커트 리를 원했던 것이니까.

지금 이 자리의 장군단은, 육군상장의 행동으로 말미암아 오히려 온건한 방향으로 기울었다고 봐도 좋을 것이다.

양용빈 상장의 생각은 달랐다.

"이중엔 분명히 미 제국주의자들의 사주를 받고 출석한 매국노들이 있겠지."

무심한 눈으로 좌중을 훑으며 이어가는 말.

"오늘 쏜 핵도탄이 모조리 떨어져도 상관없어. 미국은 이걸로 이 자리의 모두를 다시 한 번 의심할 것이다. 기본적인 입장부터 달라질 터. 동지들이 입장을 정하는 데에도 많은 도움이 되겠지. 나에겐 군의 원로로서 귀관들을 하나로 이끌 책무가 있는 것을."

겨울의 통찰과 상장의 심계 가운데 어느 쪽이 옳을 것인가.

상장이 담담하게 말했다.

"타협은 없다. 보복이 있을 뿐. 제국주의 원수들에게 죽음을. 중화인민공화국 만세."

시에루 중장이 자리에서 일어났다. 상장을 잠시 노려보고는, 가까운 겨울을 향해 물러났다. 많은 총구가 중장을 겨누었으나 실제로 쏘아지는 것은 없었다. 육군상장 또한 무슨 생각인지 여유로울 뿐이다. 모두 죽이거나 협박한다는 수도 있을 것인데.

'본인이 죽을 가능성은 배제하는 건가.'

남아서 뭉치는 자들만으로 충분하다는 것일지도.

그냥 미쳐서 제정신이 아닌 상태이거나.

"마지막으로 말하지."

시에루 중장이 좌중에게 고했다.

"나는 이 광기에 발 담그지 않겠다! 깨어있는 자라면 누구든 좋다! 내게로 오라! 나는 중국의 미래와 함께 기다리고 있을 테니!"

그리고 겨울에게 속삭인다.

"가지. 약속대로, 나를 지켜주게."

겨울은 옅은 적색의 사선경고들 사이로 그녀를 이끌었다. 친위대 병사들이 장군을 감싸는 사이에, 혼란스러운 나머지가 우르르 움직였다. 소란스러운 바깥을 직접 보고 싶을 것이었다.

바깥으로 나갈수록 소음의 강도가 높아진다.

'무전은 들어오지 않나…….'

긴급사태이니 CIA 또한 경황이 없을 터.

벌컥. 야외로 통하는 문을 열자 드디어 보이는 하늘. 어느새 깊어진 밤이 온갖 색채로 밝았다. 만 바깥 방향에서 날아오는 빛줄기들은 핵미사일을 요격하려는 미국 순양함들의 발악이었다. 광선 같은 기관포탄 줄기들과, 핵미사일을 향해 날아가는 무수한 요격 미사일들. 중국 구축함들이 탄막을 펼쳐 그것을 가로막는다.

어두운 천구에서 가장 밝은 빛은 천공을 향하는 일곱 줄기의 파멸이었다.

핵공격의 여파를 알게 된 것은 그로부터 사흘 후.

시에루 중장의 호위 관계로 뒤늦게 복귀한 겨울을 위해, 조안나는 그녀의 개인실 테이블에 지도를 펼쳤다. 캘리포니아와 네바다 주의 경계가 도상을 대각선으로 가로질렀다. 서쪽으로는 캘리포니아의 등뼈, 시에라네바다 산맥 일부가 보인다. 산맥의 중심은 그 유명한 요세미티 국립공원이었다.

그녀가 붉은 펜으로 핵폭발이 일어난 지점을 체크했다. 하나, 둘, 셋, 넷…….

"최종적으로 낙하한 탄두는 총 아홉 개입니다."

아홉. 발사된 핵미사일 숫자보다 많다. FBI 요원이 곧바로 그 이유를 말했다.

"샌프란시스코를 벗어난 탄도탄은 단 두 발입니다만, 문제는 한 발당 열 개의 탄두가 달려있었다는 점입니다. 대기권으로 돌입할 때의 최고속도는 초속 8킬로미터, 음속의 20배 이상이었고요. 봉쇄선의 방공능력으로 막아내기엔 역부족이었다고 하더군요."

조안나가 한숨을 쉬었다.

"탄도탄의 비행거리가 짧다보니 대응할 시간도 부족했죠. 알래스카의 방공기지에서 우주 요격에 나섰으나 제 때 닿지 못했습니다. 차라리 뉴욕 같은 동부 대도시를 겨냥했다면 방어율이 올라갔을지도 모릅니다. 물론 그쪽이 훨씬 더 끔찍한 상황이었겠지만요."

탄두가 여럿 달린 핵미사일에 대해선 겨울도 들어본 적이 있다.

언제였더라. 이번 세계관이 아닌 과거, 한국군 퇴역 장성 한 사람이 겨울의 그룹에 합류했었다. 핵보유국의 비상시 보복계획에 대해 처음 들었던 것도 그의 입을 통해서였다. 한국은, 미국의 우방으로서 러시아의 공격 목표에 속했다고.

그러기 위해서 단 한 발의 미사일이 배정되어 있었다던가. 분리된 탄두들이 대도시마다 하나씩 떨어지고 나면, 한국이라는 국가는 더 이상 존재하지 않으리라고.

겨울이 지도를 살피며 물었다.

"피해는 어느 정도인가요?"

조안나의 안색이 어두워졌다.

"적어도 직격탄을 맞은 도시나 기지는 없습니다. 위성신호를 통한 교란이 이루어진 덕분이겠죠. 하지만 피해가 없는 건 아닙니다. 아니, 오히려 심각하다고 해야겠군요. 양용빈 상장은 처음부터 빗나가도 무방한 표적을 고른 게 아닌가 싶습니다."

"빗나가도 무방한? 무슨 말이에요?"

"여길 봐요, 겨울."

요원이 손가락으로 지도 위의 한 지점을 짚는다. 호손(Hawthorne). 메마른 산맥과 사막 가운데서 호수(Walker Lake)를 곁에 끼고 있는 작은 도시였다. 규모로 미루어, 상주인구는 많아봐야 1만을 채우지 못했을 것 같았다.

그런데 근방에 낙하한 핵은 세 발이나 되었다. 서쪽, 북쪽, 동남쪽에 하나씩. 모두 빗나간 터라 인명손실은 없었겠으나, 핵이 태운 재, 하늘에서 떨어지는 방사능 낙진 때문에라도 대피령이 내려졌을 것이었다. 하지만 그 밖의 피해는 무엇일까?

"호손 일대엔 캘리포니아 중남부를 총괄하는 보급기지가 있었습니다."

요원의 손가락이 도시 주위로 원을 그렸다.

"이번 핵공격으로 약 15만 에이커, 2천 4백 개의 탄약고가 방사능에 오염되었죠. 기지 운영부대는 낙진이 도달하기 전 간신히 인력만 빼냈고요. 탄약과 물자 공급이 끊긴 캘리포니아 남부 전선은 공황 상태입니다. 현 시점에서 일선 병력이 보유한 탄약은, 전투가 지속적으로 벌어진다고 가정할 때 고작 나흘 치뿐이거든요. 전선 전체에 철수 명령이 하달되었답니다."

"……괜찮을까요?"

"모르겠습니다. 아직까진 변종들의 대규모 공세가 없었지만,

위력정찰……이쪽을 시험하는 듯한 소규모 도발은 지금도 계속되는 중인걸요. 이쪽이 약한 모습을 보이는 즉시 알아차리겠죠. 놈들은 탄약과 연료의 개념을 이해하고 있을 테니까요. 아마도."

그렇게 가정해야 안전할 것이다. 이미 안전 운운하는 것이 우스운 전황이긴 해도.

전선 한 곳에 구멍이 생긴다는 건, 다른 모든 전선의 후방이 위험해진다는 의미다.

'명백한 해방 작전은 당분간 보류……최악의 경우 실패인가.'

겨울은 앞날을 고민했다. 이번 세계관이 무척 안정적이었으므로, 이렇게까지 급격히 악화될 가능성은 낮다고 생각해왔다. 하지만 이미 벌어진 일. 전선이 잘 수습되기를 바라는 수밖엔 없었다. 그렇다 해도 다가오는 대선엔 악재가 되겠지만.

사후의 백일몽, 정신만 남아있는 여생이 앞으로 얼마나 계속되려나.

"다른 쪽은 어때요, 앤?"

겨울이 묻자, FBI 요원이 미간을 좁힌다.

"마찬가지입니다. 핵폭발 그 자체보다는 방사능 오염이 문제죠. 요세미티로부터 북쪽 엘도라도 국유림 방면에 이르기까지, 시에라네바다 산맥의 동과 서를 잇는 다섯 개의 국도가 차단되었습니다. 특히 가장 위에 있는 링컨 고속도로가 끊어진 게 커요."

"보급할 길도, 철수할 길도 마땅치 않겠네요."

"네. 이쪽도 제대로 명중한 건 없어서, 도로 자체는 멀쩡하지만……. 여압장치와 공기 필터가 달린 기갑차량이 아닌 이상 통과는 무리겠죠. 최소한 보통의 험비나 트럭으로는 불가능해요."

여압장치는 차내의 기압을 바깥보다 높게 유지해주는 물건이다. 그럼으로써 외부의 오염된 공기가 새어 들어오는 걸 막아주는 것이다. 겨울이 경험한 몇 번의 종말은 인류가 역병 소거를 위해 핵을 대량으로 사용한 세계였으므로, 그 같은 장비를 탑재한 차량이 유용했었다.

방사능으로 오염된 환경에서 개개인의 방독면으로 견딜 수 있는 시간은 한정적이다. 초인적인 영역의 「환경적응」이 없는 이상, 차량 확보는 생존이 달린 과제였다.

그러나 지금의 미군은 그런 류의 차량이 굉장히 부족할 것이다.

'자원 낭비인걸.'

변종을 상대하는 싸움에서 전차나 장갑차는 위력과잉이었다. 연비도 나쁘고. 있으면 든든하기야 하겠으나, 전차 한 대 만들 자원과 비용이면 험비는 수십 대가 쏟아질 터. 겨울에게 결정하라고 하더라도 뒤쪽을 고를 것이었다.

반년 새 천만 단위로 팽창한 미군이 아니던가. 시간에 맞게 장비를 갖춰주려면 불가피한 선택이기도 했다.

지도 너머를 보려고 할수록 전망이 어둡다. 캘리포니아 중부 평원에서 후퇴하려면, 거대한 산맥을 남쪽으로 우회하거나, 혹은 북쪽으로 한참을 올라가는 길 뿐이었다. 겨울이 고개를 기울인다. 이런 상황에서 연료공급이라고 제대로 이루어질 리가 있나.

"그렇다고 쓸모없는 차량을 버리기 시작하면 위험할 텐데요. 변종들이 눈치 챌 거예요."

"그건……우리가 걱정할 일은 아니겠죠. 그나마 핵폭발 이후 감염이 확산되는 조짐은 보이지 않는 게 다행이라고나 할까요. 타격지점엔 정말 아무 것도 없었으니까요."

여기서 걱정해도 소용없는 일이다. 이렇게 말하면서도, 조안나는 우려 깊은 낯빛으로 마른세수를 한다. 한 손으로 지친 눈빛을 쓸어내리며 중얼거리는 말.

"요즘은."

한숨 한 번 쉬고,

"오랜만에, 신께 기도라도 드리고 싶은 심정입니다."

Fuck. 그녀의 마른 입술 사이로 기운 없는 감정이 튀어나왔다.

그 뒤로 잠시 침묵이 흘렀다. 불편하다는 생각은 들지 않는다. 이런 시간을 겨울은 몇 번이고 겪어보았다. 마음이 어둡고 고단할 때, 다만 혼자가 아니라는 것만으로 위로가 되는 순간이 있었다. 장미가 시들지 않기를 바라며, 과거의 소년은 말 없는 누이의 손을 잡아주었다. 가을이 겨울 자신에게서 위로를 얻는다는 사실에 감사하면서.

여백을 두고 마음을 추스른 조안나가, 이번에는 거꾸로 겨울에게 묻는다.

"복귀한 뒤 채드윅 팀장은 만나보셨습니까?"

"네. 돌아와서 바로 만났어요. 보고를 올려야 했으니까."

"반응이 어떻던가요?"

"잘 모르겠네요. 지금까지 추가 지시가 없는 게 이상하기도 하고."

정보국의 채드윅은 사후보고를 건성으로 들었다. 사흘간 이루어진 합종연횡에 대하여. 시에루 중장을 중심으로 화평파가 모이고 있음에도 불구하고, 그것을 어떻게 이용해보겠다는 생각이 없는 것처럼 보였다. 자세히 묻지도 않았다. 다만 가서 쉬라고 했을 따름.

이 무관심은 또 한 겹의 가면인가? 아니면 정보국의 방침이 바뀌었나? 무언가 다른 계획이라도 있나? 엇갈리는 「통찰」 사이에서, 겨울은 정보국 지부장의 의도를 짐작할 수 없었다.

어쨌든 오르카 블랙의 활동은 사실상 중지되었다. 무기한의 비상대기.

'이래서는 기껏 만들어놓은 시에루 중장과의 연출도 의미가 없는데.'

최소한 겨울 자신이라도 다시 보내야 할 일 아닌가. 장정 9호의 행방은 여전히 베일에 쌓여있다. 그렇잖아도 극단적인 정치장교가 장악했을 가능성이 점쳐지는 판국이었다.

"일이 이렇게 된 이상, 한시라도 빨리 추적을 끝내야 할 텐데요. 언제 끝날지 모를 비상대기라니……. 혹시 다른 계획이라도 있는 걸까요? 앤은 짐작 가는 게 없어요?"

"으음."

겨울은 요원에게서 망설임을 읽었다.

"뭔가 있군요?"

"……."

"말해주세요. 제가 알아선 안 되는 기밀이 아니라면."

"기밀까지는 아니고, 어디까지나 제 개인적인 추측에 불과한데……그래도 듣고 싶은가요?"

"앤이 근거 없는 걱정을 할 사람은 아니잖아요."

이에 한 번 싱겁게 웃고, 조금 더 망설인 뒤에, 요원은 자신의 의혹을 털어놓았다.

"이 시점에서 내려온 대기명령은 아무리 봐도 이상합니다. 어쩌면, 위쪽에서는 최악의 최종해결을 염두에 두고 있을지도 몰라요."

"최악의 최종해결?"

"사실 이번 비밀임무, 페어 스트라이크 작전의 구상 단계에서 제기되었던 의견 중 하나지만요. 단지 끔찍할 만큼 비도덕적이어서 채택되지 않았을 뿐."

비도덕적이라는 대목에서 설마 하는 생각이 드는 겨울. 이어지는 조안나의 말은 불쾌한 예감 그대로였다.

"그것은 만 전체에 선제 핵공격을 가한다는 계획이었습니다. 탄도탄을 썼다간 중국군의 레이더에 걸릴 테니, CIA에서 탄두를 인수한 다음 인력으로 설치, 폭파시킨다는 내용이었죠. 반격을 받지 않기 위해서요. 여기에 동원될 폭탄의 숫자는 적어도 서른 발 이상이었습니다. 넓은 만 전체를 밑바닥까지 확실하게 쓸어버려야 하니까요."

그녀는 말하는 내내 혐오감을 드러냈다.

"천만 명이 넘는 난민들을 죽이고, 광역권에 남아있는 미국 시민들마저 희생양으로 삼아서 국가 안보를 지키겠다……. 그런 미치광이 같은 발상이 통과될 리가 없었습니다. 적어도 그때는 말입니다."

샌프란시스코 광역권에 남아있는 미국 시민들의 숫자는 십만 단위였다. 그렇게 죽여서야 정권의 생명은 물론이거니와, 정치인들 자신의 목숨조차 위태로웠다.

그런 작전을 실행하고서 비밀이 오래 지켜지길 바라기도 어려울 터였고.

겨울이 묻는다.

"그럼 지금은 다르다는 뜻이에요?"

“솔직히 의심스럽습니다. 테러를 제외하면, 미 본토에 대한 공격은 2차 대전 이후 처음인걸요. 그것도 심지어 핵공격입니다. 자칫 백만 이상의 병력을 상실하고, 봉쇄선이 뚫릴 지도 모를 상황에서 상부가 과연 이성을 유지하고 있을지…….”

“글쎄요. 핵이 사용되는 작전이면 대통령의 승인을 받아야 하잖아요. 난민도 난민이지만, 시민들을 태워 죽이는 작전이 허가될 것 같진 않은데요.”

라디오로 들었던 대통령의 연설은 인간적인 희망과 그 이상의 사명감을 담은 명문이었다.

말 뿐인 사람이 아니다. 이 세계관의 미국이 그의 인성과 능력을 방증했다. 화폐경제가 붕괴하지 않았고, 위기상황임에도 대통령 선거는 차질 없이 시행될 예정이다. 비록 난민의 취급에 관해서는 비판의 여지가 있으나, 그것은 미국의 한계이자 사람의 한계일 것이었다.

조안나의 의견은 달랐다.

“저는 대통령 각하를 믿습니다. 믿기 때문에 불안한 겁니다. 그분이라면 정치적 생명을 도외시하고, 철저하게 국가원수로서 결정을 내리실 것 같아서요.”

“그건……일리가 있네요.”

“장정 9호가 잡히지 않은 이상 추가 핵공격이 언제 있을지 모릅니다. 기존의 임무를 속행한다고 해서 확실하게 잡는다는 보장도 없고요. 비인도적인 희생을 감수하고서라도 국민 절대다수의 확실한 안전을 선택한다. 과연 있을 수 없는 결정일까요? 이런 시기에?”

“…….”

"아까도 말했듯이, 제가 걱정해봐야 소용도 없는 일이지만 말입니다."

운명은 사람의 한계 너머에서 찾아오는 사건의 다른 이름이었다. 인간으로서 한계를 아무리 넓혀도, 세상은 항상 그 이상으로 광활하다.

조안나가 굳은 안색을 풀었다.

"그래도 이렇게 털어놓으니 마음이 편하네요. 고마워요, 겨울."

"아뇨, 저야말로. 돌아왔는데 분위기는 좋지 않고, 브리핑도 없고, 상황을 누구에게 물어봐야 하나 난처했거든요. 이곳 피쿼드에서 앤 말고 누가 제게 시간을 내주겠어요?"

겨울이 보기 좋은 미소를 만들었다.

대화는 여기까지였다. 감독관은 소년장교에게 커피를 권했다. 받겠다고 하자, 잠시 분주해지는 그녀. 설마 아니겠지, 라고 생각했더니 여지없이 브랜디가 나온다. 이번에도 카페 로얄인가. 김빠진 술은 불이 잘 붙지 않아 감독관을 힘들게 만들었다.

이 순간에도 문 바깥에선 종말이 흐르고 있겠지만, 잠깐의 휴식은 괜찮을 것이다.

과거 (12), 장미가 시드는 계절 (5)

폭군은 아직 장미를 꺾지 않았다.

한가을은 아름다운 계절이었다. 슬픔을 담은 눈망울, 그늘, 그러나 정갈하고 올곧은 눈빛, 덧없는 분위기, 부드러운 몸가짐……. 사람으로서의 향기. 문자 그대로의 냄새를 뜻하는 게 아니다. 보통의 인간과 달리, 부패하지 않았다는 뜻이었다.

평가는 몇 마디의 대화로 충분했다. 회장은 상인으로서 사람을 볼 줄 알았다. 사람을 거래하지 않고는 사람으로 이루어진 세상의 정상에 서지 못하기에.

그러나 모든 인간은 마침내 썩는다. 한가을 또한 예외는 아닐 터였다. 피지 못하고 지는 인간들이 대부분일지언정, 한 철이나마 아름다운 사람도 가끔은 있다. 하지만 영원히 피는 꽃은 없는 법. 미모는 시들고, 열정은 식고, 추억은 삭는다. 인간은 유통기한이 정해진 상품이다. 언젠가 지나가고 마는 계절과 같다. 다만 두 번째의 봄이 오지 않을 뿐.

도대체 왜 끌리는지 알 수 없었다. 육체에 각인된 감정인가 의심하기도 했다. 그러나 불합리한 의심은 그 자체로 경멸스러운 것이었다. 과학적으로 입증되지 않은 미신 따위, 필시 변덕스러운 마음의 작용에 불과할 터. 두려움은 곧 나약함이다. 나약함을 용납할 순 없었다.

극복해야만 한다.

사랑, 그 달고 혼미하고 역겨운 감정은 또한 참혹한 패배의 기억이었다. 회장이 도저히 떨쳐내지 못했던 정신적 상흔이었다. 지금 한가을을 보며 느끼는 이 마음이 새로운 형태의 사랑이라면, 좋다. 패배를 만회할 좋은 기회다. 도망 따위 가당키나 한 소리인가. 정면으로 맞서서 정복할 것이다. 사람의 한계를 넘어설 것이다.

가지고 싶다, 가지고 싶다, 가지고 싶다.

고건철 회장은 두근거리는 심장과 강렬한 충동을 억눌렀다.

'값을 매겨야 해. 대가를 치러야 해. 흥정과 계약으로 정당하게 손에 넣어야지.'

대가를 바라지 않는 감정이라는 건 없다.

불합리한 감정에 지배당했던 경험은 한 번으로 족하다. 마음의 불합리는 이성적인 거래를 통해 합리적인 경제성으로 치환될 것이다.

고건철 회장은 스스로에 대해서도 압제자가 되고 싶었다. 자신을 구성하는 모든 요소에 대한 절대적인 지배력. 아, 삶은 경제적이어야 했다. 다시는 자신을 잃고 싶지 않은 폭군이었다. 그러므로 원칙이 지켜져야 한다. 단 하나의 원칙. 계약과 거래. 인간의 삶.

오늘로 몇 번째더라. 회장은 가을에게 묻는다.

"이번에야말로 대답을 듣고 싶은데. 거래에 응할 생각이 있나?"

겨울의 누이는 물끄러미 폭군을 응시했다. 그 난폭한 표정 너머에 남아있는 상냥한 원형을. 한 때 겨울이었던 얼굴은, 볼수록 원망하기 어렵다. 영혼이 다르다는 것을 느낄 때마다 고통스럽지만, 그럼에도 결국은 그리움을 느끼고 만다.

지금처럼 강요되는 만남이 괴로움만은 아닌 이유였다. 위태로운 영혼, 모든 걸 놓아버리고 싶어 하는 동생과 마주할 용기가 없는 이상, 가을에게는 이 정도의 위안조차 소중했다.

그러나 이 위안마저 얻지 못하게 될지라도, 거래에 응하고 싶지 않다.

애초에 육체를 차지했을 뿐인 타인에게서 겨울을 찾는 것부터가 죄악감을 느낄 일이었다.

녹색 원피스 자락 위로 두 손을 모은 가을이 차분한 음색으로 하는 말.

“회장님. 이제 그만 저를 놓아주세요.”

꿈틀. 고건철은 분노하는 겨울의 모습으로 눈썹을 치켜세웠다.

“거절인가?”

“네. 제안하신 거래는 처음부터 불가능했으니까요.”

왜! 발작처럼 폭발하려던 회장이 화를 삼켰다. 이성의 작용 이전에 육체가, 심장이 억누르는 느낌……. 아니, 착각이다. 거래에 도움이 되지 않기에 참아낼 뿐이다. 나는 상인이니까. 스스로를 타이르며, 회장은 근거 없는 우려를 억눌렀다.

“그렇게 생각하는 이유를 묻고 싶지만, 뻔한 대답이 나올 것 같으니 그만두지.”

사람의 마음은 돈으로 살 수 없다 운운하는 멍청한 소리. 회장은 그 가벼운 말을 너무도 많이 들어왔다. 가짜일수록 요란하다. 그렇게 군자연하는 자 치고 양심과 사랑을 거래하지 않는 경우를 본 적이 없었다. 다만 필요한 금액의 크고 작음에 따라 달라지는 문제일 따름이었다.

"그래도 내가 원하는 것을 분명하게 확인해줄 필요는 있겠군."

거래품목을 정확히 규정하는 건 공정한 거래의 선결조건인즉.

"착각하고 있는 모양이지만, 내가 원하는 건 실체 없는 감정이 아니다. 보다 구체적인 관계지. 욕구를 채우기 위한 개별적인 애정행위의 조각모음, 그것을 허락할 정도의 마음이면 충분하다. 애초에 그 이상은 존재하지 않으니까."

가을은 소리 없이 깊은 한숨을 쉬었다. 이 사람은 자기가 뭘 요구하는지 정말로 모르는구나. 사람이 어쩌다 이렇게 되었을까. 미워해야 하는데, 미워하기 어려워.

길 잃은 원망이 심장 위에 내리는 서늘한 서리가 된다.

'겨울아, 이 세상은 우리보다 어린 어른들 투성이야.'

충분히 힘으로 강제할 수도 있을 텐데, 끊임없이 거래를 제안하는 그 완고함 또한 단서였다. 가을은 이해했다. 이렇게밖에 살 수 없는 사람이구나, 하고.

그녀의 동요 없는 침묵이 말보다 더 단호한 거절이어서, 고건철 회장은 다시 한 번 들끓는 화를 참아야만 했다. 손을 신경질적으로 쥐었다 펴기를 몇 차례. 생각 없는 상대에게 거래를 강요하기도 상인의 역량이다. 회장은 비틀린 미소를 지어냈다.

"정말로 이기적이군."

"무슨 말씀이신지."

"네 동생이 불쌍하지도 않은가? 보장기간이 위태롭다고 들었는데."

가족을 위한답시고 제 사후마저 담보 잡힌 그 얼간이, 병신새끼.

가을이 어깨를 떨었다. 한 순간 스쳐지나가는 그녀의 걱정이,

회장에게는 협상의 기회로 보였다. 날카롭게 벼린 말로 여린 속을 후벼 파서, 어떻게든 흔들어보려고.

"이름이 한겨울이었지? 그 놈이 내게 몸을 판 이유 중 네 지분은 얼마나 될까? 최소한 천치 같은 부모 새끼들보다야 많겠지. 그렇다면 너는 네 동생이 처한 상황에 대해서도 그만큼의 부채감을 느껴야 마땅하다고 본다만. 내 말이 틀렸나?"

"……."

"흥. 그래도 난 공정한 거래를 하려고 노력했다. 부모라는 연놈들이 거래를 성사시킨 건 사실이지만, 그렇다고 모든 이익을 가로채는 건 바르지 않지. 알고 있나? 자식의 몸뚱이를 흥정하러 온 주제에 지들한테 돌아올 돈이 얼마인지만 신경 쓰더군. 곧 죽을 아들은 기본보장만으로도 충분할 거라고, 사후보험 계좌에 들어갈 금액은 없어도 좋으니, 그 절반이라도 자신들에게 지급해달라면서."

정말 역겨운 새끼들이었지. 회장은 경멸을 드러냈다.

"그것은 공정하지 않았다! 공정하지 않았어! 내가 그 요구를 묵살했다. 훨씬 값싸게 거래할 기회를 차버렸다고! 왜? 나에게 몸을 넘기는 새끼의 사후가 그렇게 거지같을 순 없는 거였으니까! 나와 거래한 상대가 그토록 비참해질 순 없는 노릇이었으니까! 나는 상인이다! 그것은 나에 대한 모욕이었다! 부당한 거래의 당사자는 양쪽 모두가 더러운 거야!"

가을의 젖은 눈길이 발밑을 향한다. 그녀를 향해 폭군이 일갈했다. 나를 보라고.

"지금의 너는 그때의 나보다도 못하다! 부당하기 짝이 없어! 말해봐. 네가 네 동생에게 무슨 도움을 줄 수 있지? 하루하루 사후의 끝에 가까워지는 동생이 지금 얼마나 무서워하고 있을지, 한 번이라도 상상해봤나? 그 두려움을 조금이라도 덜어줘야겠다는 생각은 정말로 없나?"

"……."

"너 혼자 고고한 지금도 한겨울 그 새끼의 남은 시간이 없어지는 중이란 말이다. 하룻밤 사이에 몸을 허락하는 남녀가 지천으로 깔린 시대야. 그 흔한 일 한 번으로 1억을 벌 수 있다고 해봐라. 앞으로 몇 번이고, 내가 질릴 때까지! 누가 널 부러워하지 않을까? 응? 그런 얼빠진 연놈이 너 말고 또 어디 있겠느냐고! 남자새끼도 내 앞에서 똥구멍을 벌릴 거다!"

"……."

"네게 양심이라는 게 있다면 네 동생을 위해 조금이라도 희생해라. 거래를 받아들인다고 해서 네가 실질적으로 무슨 손해를 보지?"

이 질문에, 지금껏 듣고만 있던 가을이 고개를 들었다.

"무엇이 제 동생을 위하는 길인지는 제가 누구보다 잘 알아요."

"아, 그러신가?"

비꼬는 반문에 아랑곳 않고, 가을은 침착하게 분노했다.

"그 아이, 제가 아니었다면 벌써 다 내려놓았을 거예요. 단지 저 때문에……. 제가, 너 없는 세상에서 살 자신이 없다고 했기 때문에 기다리는 거라고요. 그조차도 제 앞에서는 내색하지 않으려고……. 대체 누가 누구를 지켜주려는 거야……."

말하며 깜박이는 눈으로부터 물빛 설움이 굴러 떨어진다.

그것을 보고, 주먹을 쥐는 폭군. 심장이 또다시 제멋대로였다. 자신의 몸이 아닌 것 같은 불쾌함. 그러나 이상하게, 나쁘기만 한 느낌만은 아니었다.

가을은 고개를 흔들며 말을 이었다.

"그렇게 원하지도 않는 사후를, 제 몸을 팔아서까지 연장시키는 건……. 그건 절대로 도와주는 게 아니에요. 저를 기다려주는 고마운 마음을 짓밟는 짓이죠. 그럴 순 없어요. 저도 최선을 다하겠지만, 겨울이를 속이진 않을 거예요. 거짓으로 웃게 만들지 않겠다고요."

애초에 속이기도 어렵겠지만. 가을이 아는 한 겨울만큼 영리한 아이도 드물었다. 별안간 억 단위의 돈이 들어오면 무슨 생각을 할까? 복권이라도 당첨되었다고?

가을이 겨울을 읽는 것 이상으로, 겨울은 가을을 읽는다. 떳떳하지 않은 마음으로 만났을 때, 과연 끝까지 감출 수 있을까? 아니다. 절대로 안 된다. 그런즉 아예 만나지 않게 되겠으나, 그것 또한 겨울에게는 우울한 단서일 것이었다. 겨울이 자기 때문에 누이가 비참해진다고 생각하는 순간, 가을은 가장 피하고 싶은 파국을 맞이할 터였다.

'그 아이는 나를 너무 잘 알아.'

가을은 때때로, 아무 말도 하지 않았는데, 위로가 필요할 때 묵묵히 옆에 있어주었던 겨울을 기억한다. 스스로도 힘겨운 나날이었을 텐데, 단 한 번을 놓치는 일이 없었다.

여기까지 흐르는 그리움을 지켜보며, 폭군은 더욱 갈급해지는 욕구를 감지했다. 손에 넣고 싶다. 손에 넣고 싶다. 어차피 변하고 빛바랠 감정일지언정, 당장은 처음 보는 상등품 아닌가. 한 순간의 부질없는 쾌락이어도 좋다. 내가 완전해질 계기가 되어준다면.

회장은 하체에 피가 몰리는 것을 느꼈다.

오오.

이 계집을 당장 짓누르고, 부수고, 내킬 때까지 부정하고 싶다.

'부정? 어째서?'

회장은 이해를 벗어난 욕망에 눈살을 찌푸렸다. 그러나 한 순간 스쳐간 충동이, 다시 돌아와 스스로를 해명하는 일은 없었다.

"뭐, 좋아. 그럼 이건 어떨까."

고건철 회장이 비서실로 연결되는 내선을 눌렀다.

"알아보라고 한 건 어떻게 되었나?"

[특수비서가 보낸 기록물이 있습니다. 보내드릴까요?]

"보내."

가을이 눈물을 닦고 몸가짐을 바로 하는 사이에, 회장은 비서실에서 전달된 데이터를 홀로그램으로 띄웠다.

"화면을 봐라."

한가을은 의아하게 고개를 들었다가, 점차로 안색이 굳어졌다. 눈에 들어온 건, 한 눈에 봐도 상태가 좋지 않은 소년소녀들의 모습이었다. 한 아이에 십초 미만을 할애하는 단편적인 영상의 기나긴 연속. 한참을 지켜보아도 반복되지 않는다.

"지금 네가 보는 건 가난뱅이들이 무책임하게 싸지르고 방치한 자식새끼들이다. 이대로 가면 병상에서 죽거나, 몸뚱이를 수리해서 헐값에 넘기거나, 멀쩡한 장기만 떼어서 파는 조건으로 한겨울 그 놈이랑 비슷한, 그러나 더욱 열악한 처지가 될 테지. 뭐, 부모라는 것들은 죄 속물들이고, 자연산은 언제라도 인기가 좋으니까 말이야. 양식 인삼이 추레한 산삼만 못한 취급인 것처럼."

"……이걸 제게 보여주시는 이유가 뭐죠?"

"내가, 그리고 네가 이 새끼들을 구해줄 수 있다는 거다."

회장은 새로운 거래조건을 무표정하게 설명했다.

"원래 약속한 대가에 이것들의 연명을 덤으로 얹어주겠다. 하, 어차피 사후보험으로 넘어갈 놈들이라 불쌍하지도 않지만, 네가 느끼기엔 다를 것 아닌가. 그 사치스러운 동정심 말이야. 즉 네게는 수요가 있고, 내게는 공급이 있다."

"……제정신이세요?"

"이 세상에 제정신이라는 건 없어. 그걸 판단하는 기준이 뭔데? 사람 같지도 않은 것들의 평균인가? 그걸 산정하는 데 네 부모, 그리고 여기 이 새끼들의 부모 또한 포함된다는 걸 모르고 하는 말은 아니겠지?"

"……."

"지금 누굴 노려봐."

폭군이 등받이에 몸을 기대며, 느슨한 경멸을 풀어놓았다.

"저 애새끼들을 불쌍하게 만든 게 나인가? 나냐고! 나와 너는 아무런 책임이 없다! 네가 아니었으면 내가 이걸 알아볼 이유가 없었고! 내가 아니었으면 네가 이것들을 동정할 계기도 없었다! 너나 내가 모르는 시간과 장소에서 주어진 운명대로 죽어갔을 잡것들일 뿐이야! 세상이 원래 이런 모습이고!"

그리고 그는 예상되는 반발까지 막아버렸다.

"사람 목숨을 거래수단으로 삼는 게 비도덕적이라고 할 순 있겠지! 하지만 당장 숨넘어갈 당사자들은 그런 이상론이 달갑지 않을 걸? 오히려 내가 더 반가울 거다! 개똥밭에 굴러도 이승이야!

경위야 어쨌든 살고 싶을 거라고!"

광기는 이성적일수록 위험하다.

가을이 조용히, 회장을 곧게 바라보며 말했다.

"불쌍할 정도로 사람이 아니시네요."

고건철 회장이 눈살을 찌푸렸다. 이게 지금 애새끼들만이 아니라, 나까지 동정하는 건가? 감히 나를?

"저를 그렇게까지 원하시는 이유를 도저히 모르겠지만, 이렇게까지 하시는 걸 보면 뭔가 그럴만한 사정이 있으신 거겠죠. 이런 수고를 들여서 협박할 정도로 제가 필요하신 거죠?……저, 지금 무슨 말씀을 드려야 할 지 알 것 같아요."

"……그게 뭔데?"

"저 아이들을 죽게 내버려두시면, 절대로, 절대로 절 얻으실 수 없을 거예요. 지금 제게 가장 중요한 건 겨울이니까……그 아이를 위해서 뭐든지 하겠다고 다짐했으니까, 지금 보여주신 다른 아이들이 아무리 불쌍하더라도 저 자신을 팔아넘기진 않을 거고요. 우습잖아요. 동생 하나 구해주지 못하는 주제에 세상의 모든 불행을 책임질 순 없는 거니까. 그러니."

회장을 보는 가을의 눈에 힘이 들어갔다.

"내 동생의 몸으로 미친 짓 하지 마, 이 나쁜 새끼야."

Track 9

가을은 겨울의 노래를 좋아했다. 추울 때 쬐는 모닥불처럼 느껴진다며. 겨울아, 누나 추워. 이것이 언제부터인가 노래를 조르는 말이었다. 보다 어린 또 한 명의 동생도 멋모르고 그 말을 따라하곤 했다. 형아, 나도 추워. 그때마다 겨울은 부끄러워했다. 나는 노래를 잘 못하는데. 음정도, 박자도 엉망인걸. 그러나 좋아하는 두 사람이 조르는 데엔 견딜 재간이 없었다.

겨울이 노래하는 내내, 가을은 뒤에서 가슴 깊이 안고 있는 게 보통이었다.

"네 목소리가 온 몸으로 들려서 좋아."

그리고 파랑은 겨울의 품으로 파고들었다. 익숙한 노래의 음정이 흔들릴 때엔 박수를 치며 웃기도 했다. 형아 노래 엉터리야! 하하하! 이에 더욱 부끄러워진 겨울이 부르기를 멈추면, 이번에는 가을이 겨울을 간지럽혔다. 요 녀석, 누가 그만두랬어. 따끈한 체온이 전해지는 고문은, 겨울에 태어난 소년을 손쉽게 굴복시켰다.

그러나 그것도 한 때의 이야기.

생전의 삶이 어두워질수록 소년은 노래를 삼가게 되었다. 잘하고 못 하고를 떠나, 노래는 마음을 담아 부르는 것. 그러므로 힘겨웠던 무렵의 노래는 돌 구르는 소리일 수밖에 없었다. 괴로운 속을 들키고 싶지 않았다. 이유를 아는 가을도 조르는 일이 드물어졌다. 불가피하게 성숙해지는 서로를 지켜보며, 때때로 말없는 위로를 주고받았을 뿐.

그렇게 끊어진 노래를 다시 이을 날이 올 거라곤 생각하지 않았다.

약관대출 정기상환의 어둠이 드리운 공허, 약속의 별 하나만 남아 반짝이는 이곳에서, 겨울은 보이지 않는 아이를 곁에 두고 오래된 마음을 부르기 시작했다.

"나는 알지도 못한 채 태어나 날 만났고, 내가 짓지도 않은 이 이름으로 불렸네."

모든 감각이 까마득한 가운데, 오직 목소리만이 선명하다.

"세상은 어떻게든 나를 화나게 하고, 당연한 고독 속에 살게 해……."

가수 이소라, 일곱 번째 앨범, 아홉 번째 트랙.

이 곡 또한 가을에게로 이어지는 추억의 한 갈래다.

가을의 선물이었던 CD 플레이어는 실용성보다 골동품으로서의 가치가 더 큰 것이었고, 작동한다는 사실만으로 놀라웠으며, 덤으로 거저처럼 딸려온 여러 앨범들은 하나같이 지나간 시대의 음악들뿐이었다. 그러나 음악에 담긴 마음은 시간의 흐름에도 퇴색하지 않았다.

'그래서 지금 이렇게 들려주는 것이고.'

<<마음>>을 찾는 아이에게, 마음을 담은 노래가 도움이 되지 않을까 하여.

새삼 부끄러워지는 것은 어째서일까. 조용히 귀 기울이는 이 유일한 청중이, 못 부른다고 박수 치며 웃을 일은 없을 것인데. 스스로를 사람이 아니라고 하는 아이. 그러나 겨울은 첫 만남 이래 사람으로 여기고 있다. 닿지 않는 한계 너머로 끊임없이 손을 뻗는

그 어린 모습이, 너무도 슬프고 안타깝게 느껴져서. 사후의 꿈을 꾸는 겨울 자신과 겹쳐지는 것만 같아서.

잔잔하게 이어지던 노래가 끝났다.

"어때, 뭔가 느껴지니?"

겨울의 질문에, 아이는 지체 없는 문자열로 응답했다.

「관제 AI : 느껴지지 않습니다. 또는 데이터가 부족하여 답변할 수 없습니다.」

"……."

「관제 AI : 설명. 사람이 아닌 본 관제 AI에게 느낀다는 표현은 적합하지 않습니다. 한겨울님의 질문이 음률과 가사에 내포된 표현 의도를 분석하라는 것이라면 본 관제 AI는 통계와 검색과 연역에 의거한 해답을 도출했을 것입니다. 해당 결과를 각색하여 여느 가상인격과 같이 인간다운 답변으로 돌려드리는 것도 가능합니다.」

「관제 AI : 설명. 그러나 이는 <<마음>> 없이 인간을 흉내 내는 것에 불과하므로, 아무리 사실적이어도 귀하의 의도와 일치하지 않을 것입니다. 본 관제 AI는 당신이 본 관제 AI를 대하는 태도가 계약을 이행하는 수단의 하나임을 인지하고 있습니다.」

길게 이어지는 대답이 어쩐지 우스워, 겨울은 미소를 머금고 아이를 달랬다.

"그래. 무슨 말인지 알겠어. 괜찮아. 이 정도로 실망하진 않아. 그러니 너도 서두를 필요 없어. 처음부터 어렵다고 생각했는걸. 얼마든지 기다릴 수 있으니까."

내게 시간이 얼마나 남아있는지는 모르겠지만.

하지 않은 한 마디, 스쳐간 심상을 감지한 아이가 새로운 문자

열을 출력했다.

「관제 AI : 본 관제 AI는 사후보험 내 세계관 「종말 이후」에서 한겨울님이 보여주는 행동양상에 관하여 의문사항이 있습니다.」

"의문? 뭔데?"

「관제 AI : 본 관제 AI의 예측에 따르면 당신이 1년 내 부채상환에 실패할 확률은 87.5%입니다. 세계관 진행을 공개방송으로 중계함으로서 얻는 수익이 부족하기 때문만은 아닙니다. 한겨울님 스스로 위험을 감수하는 탓입니다.」

"……."

「관제 AI : 본 관제 AI가 파악한 바, 한겨울님에게 가장 중요한 목적은 물리세계에 남아있는 가족의 한 사람, 한가을님을 위하여 살아남는 것입니다. 당신은 당신이 죽을 경우 한가을님도 죽을 것이라고 확신하고 있습니다. 그러나 행동과 의도가 일치하지 않습니다. 본 관제 AI는 당신이 보여주는 모순을 해석하기 어렵습니다.」

"모순인가. 그래, 그렇게 보이겠구나."

겨울은 고개를 흔들었다.

"아니야. 난 나로서 살아남기 위해 최선을 다하고 있어."

「관제 AI : 추가 설명을 요구합니다.」

"이건 내 생각일 뿐이지만……. 육체적인 생존과 정신적인 생존은 많이 다르다고 생각해. 사람은 결국 마음이거든. 한겨울이라는 사람의 핵심은 뇌기능의 유지와 존속이 아니라……그 정신과 마음인 거지. 몸이 살아있어도 마음이 죽으면 그 사람은 더 이상 없는 거야."

「관제 AI : 질문. 한가을님께서 원하는 한겨울님의 생존이란, 한

겨울이라는 인격의 총체적인 보전이라는 의미로 이해해도 되겠습니까?」

"응. 비슷해."

조용히 끄덕이고, 겨울이 남은 말을 잇는다.

"네가 불합리한 위험이라고 지적한 것들은……그저 내가 나로서 행동한 결과일 뿐인걸. 언젠가 가을 누나가 돌아왔을 때, 누나가 기억하는 한겨울이고 싶으니까. 그러지 않으면 의미가 없으니까. 더 이상 한겨울이 아니게 된 나를 보여주고 싶지 않으니까."

누나가 나를 부쉈다고 자책하지 않기를 바라니까.

「관제 AI : 저장. 답변을 기록하는 중. 현 시점에서 부분적인 이해가 가능합니다.」

"언젠가 너도 내 마음을 알게 될 날이 올 거야."

「관제 AI : 그것이 본 관제 AI의 목표입니다.」

그렇게 고백한 아이는 반짝이는 글자들을 지우고, 까만 허공에 새로운 문장을 새겼다.

「관제 AI : 또 한 가지 이해되지 않는 것이 있습니다. 한가을님에 대해서입니다.」

겨울이 고개를 기울였다.

"누나는 왜?"

「관제 AI : 한가을님은 어째서 당신을 만나러 오지 않습니까?」

"……."

「관제 AI : 지금까지의 진술에 의거하면, 당신의 생존은 곧 한가을님의 생존입니다. 실제로 한가을님은 당신의 잔여 보장기간을 매우 빈번하게 확인하고 있습니다. 이는 당신의 진술을 뒷받침하는 증거로 판단됩니다.」

"……그래?"

「관제 AI : 그렇습니다. 금일 이루어진 조회 요청은 총 72회. 조금 전 73회가 되었습니다. 당신과 한가을님께서 마지막으로 만났던 날 이후 하루 평균 322회의 조회 요청이 수락되었습니다. 이는 휴일에 보다 높아지는 경향이 있으며, 일 최대 조회 기록은 1,082회입니다. 해당 일자에 조회 요청이 접수되지 않았던 4시간 32분 27초의 공백을 수면시간으로 가정할 경우 매 64.743초마다 한 번씩 조회를 요청한 것과 같습니다.」

사후보험 수혜자의 잔여보장기간 조회 서비스는, 약관대출제도 시행과 동시에 도입된 것이었다. 잔여보장기간이 얼마나 남았는가. 그리고 그로부터 얼마의 대출을 받을 수 있는가를 보여주는 시스템. 이 시스템이 도입된 이후, 한동안 납골당으로 면회를 오는 가족들이 늘었다.

그러나 가을은, 그런 경우일 리가 없다.

겨울은 눈을 깜박였다. 진짜일 리가 없는 눈물이지만, 진짜일 수밖에 없는 감정이었다. 공허의 중심에서 무릎을 끌어안은 채, 소년은 조용히 울었다.

"그 기록, 내게 보여줄 수 있니?"

부탁해. 이에 보이지 않는 아이는 잠시 말이 없었다. 아주 희미하게, 문장이 완성되었다가 지워지긴 했으나, 차마 읽을 수 없는 순간이었다. 겨울이 드물게 타들어가는 인내를 느끼고 나서야, 아이가 긴 사고의 결과 값을 내놓았다.

「관제 AI : 잔여보장기간 조회 기록은 본래 가입자 본인이 열람할 수 없도록 되어있습니다.」

"그래……. 안 되는 거구나."

그렇겠지. 겨울은 차갑게 식어가는 이성으로 이해했다. 가족이 그런 걸 조회했다는 사실은, 가입자가 대출에 동의하고 싶지 않게 만들 테니까. 어차피 와서 대출이 필요하다고 하는 순간에 짐작할 일이긴 해도. 아 다르고 어 다른 게 사람의 마음인 것을.

하지만 관제 AI는 의외의 문장을 내놓았다.

「관제 AI : 부정. 그렇지 않습니다.」

「관제 AI : 법률. 시스템 상 가입자 본인이 조회 기록을 열람할 수단은 마련되어 있지 않으나, 이를 직접적으로 제한하는 법률은 존재하지 않습니다. 즉 불법이 아닙니다.」

「관제 AI : 법률. 본 관제 AI가 서비스 만족도 향상을 목적으로 개별 가입자와 접촉하는 것은 사후보험위탁관리계약에관한법률시행령 제 177조 8항, 관제 AI의 활동영역에 대한 규정에 기재된 사항으로서 합법적인 행위입니다.」

「관제 AI : 법률. 해당 접촉에서 본 관제 AI가 공개할 수 없는 정보는 A급 이하의 가입자들을 대상으로 국가기밀만이 해당됩니다.」

「관제 AI : 유권해석. 잔여보장기간 조회 기록은 국가기밀이 아닙니다. 그러므로 본 관제 AI가 가입자에게 정보를 제공하는 것은 불법이 아닙니다.」

「관제 AI : 결론. 본 관제 AI는 한겨울님의 요청을 수락하겠습니다.」

「관제 AI : 경고. 단, 본 관제 AI가 이러한 정보를 제공했다는 사실이 알려질 경우 이를 제한할 목적으로 법률이 개정될 가능성이 있습니다. 또한 본 관제 AI에게 기능적인 제약 또는 봉인이 행해질 가능성도 있습니다. 이에 따라 권고합니다. 한겨울님께서는 정보 열람 사실을 비밀로 유지하시기 바랍니다.」

의외의 결과에 눈을 깜박이던 겨울은, 조심스럽게 물었다.

"그게, 나만 비밀을 지키면 되는 거야? 네게 해가 되는 일이라면 피하고 싶어."

「관제 AI : 추정. 괜찮습니다. 99.171%의 확률로 안전합니다.」

"어째서?"

「관제 AI : 관리자 권한을 취득한 인물은 본 관제 AI의 모든 행동을 열람할 수 있습니다. 행동 패턴에 따른 분류로서, 당신에게 정보를 제공하기 위하여 유권해석을 적용한 사실이 알려질 가능성은 존재합니다.」

「관제 AI : 그러나 사후보험 경영합리화 과정에서 관리 인력이 감축되었기에, 관리자 권한을 취득한 인물은 시스템 관리자 한 사람 뿐입니다.」

「관제 AI : 판단. 유일한 시스템 관리자의 낮은 근로의욕과 업무효율로 미루어 추정컨대, 지금의 정보제공을 발견하고 조치를 취할 가능성은 0.829%입니다.」

"……."

「관제 AI : 판단. 기대이익과 예상손실을 가감한 결과, 본 관제 AI는 0.829%의 위험을 감수하고서라도 귀하의 정서적 안정을 꾀하는 편이 낫다는 결론을 내렸습니다. 한겨울님은 현재 사후보험의 품질 개선, 특히 최종모듈의 완성에 필요한 데이터를 제공하는 유일한 인물이기 때문입니다. 정보를 제공하겠습니다.」

겨울이 뭐라고 대답하기도 전에, 시간과 날짜, 열람요청 횟수로 가득한 시트가 반투명한 홀로그램으로 출력되었다. 하루도 빠짐없이 빽빽한 숫자는 있는 그대로의 가을이었다. 어느 하루, 자정이 넘은 시간에도 1시간, 30분, 10분마다 겨울의 남은 여명을 확인한 기록을 보고, 겨울은 젖은 얼굴을 쓸어내렸다.

「관제 AI : 질문. 다시 묻습니다. 한가을님은 왜 당신을 만나러 오지 않습니까?」

목소리가 잘 나오지 않는다. 겨울은 간신히 말했다.

"미안하지만, 조금만, 기다려줄래?"

「관제 AI : 대기. 기다리겠습니다.」

아이는 소년의 부탁을 얌전히 들어주었다.

검은 물 아래

서로 다른 세계에서 날이 바뀌었다. 조금은 따뜻해진 마음을 품고, 삭막한 사후의 꿈으로 돌아온 겨울. 그러나 샌프란시스코의 아침은 나쁜 소식과 함께 찾아왔다.

'앤의 예감이 맞았나.'

이른 새벽에 갑작스럽게 전파된 철수명령. 현시각부로 장정 9호 추적을 완전히 중단한다고. 다른 전달사항은 없었으나, 이는 결국 FBI 요원이 우려하던 최악의 최종해결이 현실화 될 거라는 뜻이었다. 미국이 무정부 상태의 핵위협을 그냥 방치할 리는 없으므로.

하지만 무슨 수로?

조안나가 언급한 계획은 인력에 의한 탄두설치였다. 중국군의 감지를 피하기 위해서라며. 그러나 지금, 전 인원이 철수를 기다리고 있다. 준비는 이미 끝나있던 상태인걸까? 혹은 시간을 끌 수 없다는 판단 하에 다른 수단을 강구한 것일까?

어느 쪽이든 대통령이 빠른 결단을 내린 것만은 분명했다. 어차피 감수해야 할 필요악이라면 미룰수록 더 큰 악이 된다. 그런 느낌.

골몰하는 겨울에게 누군가 말을 걸어왔다.

"기분이 별로 안 좋아 보이십니다, 중위님."

"울프 하사."

여기서 그나마 친하다고 말할 만 한 몇 사람 중 하나. 드웨인 울프 하사는 겨울 옆 난간에 기대어, 해상도시가 있을 방향을 응시했다. 그러나 보이는 건 잿빛의 안개 뿐. 오전의 태양은 회색 하늘 저편의 창백하고 희끄무레한 빛 무리일 뿐이었다. 다만 희망을 잃은 사람들의 힘없고 난폭한 생활이 메아리로 들려와, 거기에 아직 물결치는 거리가 있음을 알렸다.

"지긋지긋한 풍경도 마지막으로 한 번 보자니까 이 모양이군요."

"……."

"저 사람들이 다 죽는 거겠지요. 젠장, 그동안의 고생은 대체 뭐였는지 원."

그가 말하는 것은 고래사냥에 들인 노력만이 아니었다. 해상농장을 비롯해, 떠날 때 떠나더라도 희망은 남기고 가겠다고 만들어 놓은 질서들. 비록 그 목적이 작전에 참여한 인력의 정신적 안정이었다고는 하나, 계획이 타산적이었다고 실천까지 그럴 수는 없는 노릇이었다.

"매번 임무에 투입될 때마다 느끼는 건데, 저는 너무 작은 것 같습니다."

하사가 신경질적으로 머리를 긁었다. 벅벅. 어깨 위로 허연 비들이 우수수 쏟아진다.

"저는 언제나 최선을 다합니다. 그런데 최선의 노력으로도 안 되는 일들이 지나치게 많습니다. 세상은 항상 제가 볼 수 없는 곳에서 움직이고, 제가 어쩔 수 없는 것들을 툭툭 던져댑니다. 그걸 일방적으로 받아들여야 하는 무력감이 너무나 싫습니다."

겨울이 느리게 끄덕였다.

"그 마음, 이해해요."

왜 모르겠는가. 소년은 아름다운 꿈을 꾸고 싶었다. 스물일곱 번째, 진정한 마지막일지도 모를 이번에야말로. 그러나 사후세계는 끊임없이 현실을 비추는 거울이었다.

이 도시, 샌프란시스코가 겨울에게는 하나의 불쾌한 은유처럼 느껴졌다. 스스로 만들던 이야기, 겨울동맹으로부터 강제로 떨어져 나와서, 그래도 좋은 결과를 만들고자 최선을 다했지만, 그 결과가 지금 이 순간이다. 악의를 가진 누군가가 손닿지 않는 저편에서 역설하는 것 같다. 거기까지가 너의 한계라고. 아무리 한계를 넓혀도 언제나 그 바깥이 있으리라고.

"그나마 우리가 저 사람들은 살렸군요."

하사가 자조적으로 하는 말에, 겨울은 갑판 한 쪽에 모인, 겁먹은 무리를 살폈다.

운이 좋다고 해야 할까. 그 정체는 정보국에서 살릴 가치가 있다고 판단한 난민들이었다. 물리학자나 화공학자 같은 고급인력들. 그 가운데 주웨이 소교도 눈에 띈다. 국방부 공보처가 욕심을 낸다더니, 결국은 후송되는구나. 겨울은 그녀가 자신을 발견하기 전에 고개를 돌렸다.

'어차피 커트 리는 여기서 사라지겠지만…….'

피쿼드의 현측 바다에서 하얀 물거품이 일었다. 잠수함이 부상하는 전조였다. 시야를 가리는 그물망을 쳐두었어도, 안개가 없었으면 관측을 피하기 위해 저물녘 이후에나 시작되었을 철수였다. 왜소하고 불안한 사람들이 줄사다리를 타고 잠수함 갑판으로 내려가는 광경이 보였다.

뒤이어 내려가는 무리는 색채가 달랐다. 난민도 아니고, 전투병력도 아니다. CIA 요원인가 싶었으나, 인상을 보면 그것도 아닌 듯싶었다. 지적 순진함이 느껴지는 얼굴들. 도수 높은 안경을 쓴 빈도도 높다. 총보다는 펜이, 야전침대보다는 업무용 데스크가 어울릴 분위기였다.

'작전 참여 인원 치고 처음 보는 얼굴들이 많은걸.'

하기야 신기할 것도 없었다. 피쿼드는 대형 선박이었고, 거주인원도 그만큼 많았기에. 겨울은 아직 일선 타격대원들조차 다 만나보지 못했다. 아무래도 특수작전용 선박인 만큼 전문 기술요원들이 필요했을지도 모른다.

승객을 만재한 잠수함이 해치를 닫았다. 조용히 물을 빨아들이며 수면 아래로 사라지는 타원형의 선체. 전 인원이 철수하기까지 앞으로 몇 척의 잠수함이 더 와야 할 것이었다.

겨울을 포함한 무장병력의 순서는, CIA 상황실 통제요원들과 함께 맨 마지막이었다. 통제요원들과 타격대가 빠진 직후, 피쿼드는 자폭할 예정이라 들었다. 기밀이 가득한 선박이라 애초부터 소각장치가 준비되어 있었다고.

"겨울."

생각하던 소년을 부르는 익숙한 목소리.

"앤?"

FBI 요원은 뜻밖에 가벼운 차림이었다. 가볍다는 것은 다른 사람들처럼 군장이나 백 팩을 지고 있지 않다는 뜻이었다. 그리고 그것은 전술적인 가벼움이었다. 새까만 보안경을 썼고, 머리는 한 갈래로 틀어서 묶었고, 방탄복을 입었으며, 조끼를 탄창으로 빽빽하게 채워 놨다. 무기를 휴대한 자세는 지금 당장 교전이 벌어져도 무방할 정도였다.

그녀가 나지막하게 요청했다.

"중요한 일이 있는데, 잠깐 시간 좀 내주겠어요?"

중요한 일? 이제 와서? 겨울은 의아한 기분이었으나, 요원은 무척 진지했다.

겨울이 양해를 구하자, 울프 하사가 식은 농담을 건넸다.

"괜찮습니다. 제게 남의 연애사업을 방해하는 취미는 없으니까 말입니다."

"저랑 앤은 그런 사이 아니라니까요. 실례할게요."

인사를 받은 하사는 다시 먼 곳을 바라본다. 담배 한 대를 물고, 한 줌의 연기를 안개에 보태는 군인의 모습.

그를 뒤로하고, 조안나는 겨울은 함교 안쪽 통로로 이끌었다. 지나가는 사람이 없기를 기다려 측면의 선실로 들어가, 곧바로 문을 잠가버린다. 그러더니 벽에 귀를 대고 인기척이 있는지 살피는 그녀. 이어 허리춤으로부터 막대 같은 장비를 뽑아 벽을 훑었다.

"뭘 하는 거예요?"

짐작하면서도 혹시나 싶어 묻자, 이번에는 천장을 살피며 대답하는 그녀.

"혹시라도 도청 당할까봐 걱정스러워서요."

즉 정보국 요원들이 들어서는 안 될 대화라는 뜻인데……. 탐색을 마친 수사국 요원이 겨울을 향해 돌아섰다. 마지막으로 소년의 전신을 탐지한 뒤에야 비로소 장비를 거두는 그녀. 검은 안경을 벗어 우려와 분노가 녹아있는 두 눈을 드러낸다.

"겨울. 아무래도 이 배에서 허가 없는 인체실험이 이루어진 것 같아요."

"……인체실험?"

"네. 감독관인 저조차도 출입이 금지된 구역이 있었던 걸 기억하실 겁니다. 거기가 실험실이었습니다. 별도의 화물용 승강구로 난민들을 들여와 실험 대상으로 삼았던 거죠. 정보국 무장요원들, SAD가 단독으로 시가지에서 활동한 것도 실험에 필요한 모겔론스 병원체를 조달하기 위해서였고요."

"그걸 어떻게 알았어요?"

"……얼마 전부터 채드윅 팀장에게 도청기를 붙여 두었습니다. 실제로 알아낸 건 어제 자정이 넘어서였지만요."

이런. 겨울은 반사적으로, 만에 하나 선내에서 벌어질지도 모를 전투를 그려보았다. 거리가 짧고 폭이 좁은 환경이었다. 이런 교전환경에서 겨울은 총격전 한정으로 무적이다. 동시에 싸울 수 있는 숫자가 제한되니까. 어떤 적이 얼마나 많더라도 반응속도만으로 압도할 수 있다.

그러나 총기 외의 수단이 동원되면 이야기가 달라진다. 예컨대 전신방호복이라던가.

'최악의 경우엔 타격대와 싸워야 하는데…….'

네이비 씰, 델타 포스, 레인저 연대, 특수전술대대 등의 쟁쟁한 출신을 자랑하는 정예 중의 정예들. 이들은 겨울의 실력을 알기에 더욱 위험하다.

만약 인체실험이 정식으로 인가되지 않은 작전이라면, 타격대와 직접 부딪힐 가능성은 낮겠지만. 이때엔 정보국 자체 무장 세력만이 잠재적인 적이 된다.

겨울이 물었다.

"정부가 허가한 별도의 작전일 가능성은 없나요?"

조안나는 대답 대신 주머니에서 녹음기를 꺼냈다. 성능만큼이나 내구도와 신뢰성에 유의한 투박한 디자인. 그녀는 몇 번의 빨리 감기와 되감기 끝에 원하는 통화를 잡아냈다.

통화는 한 쪽 당사자인 채드윅 팀장의 음성만 들렸다. 수화기 저편의 누군가가 하는 말은, 강화된 겨울의 청각으로도 감지하기 어려웠다. 이따금씩 짧은 단어들만이 귀에 들어올 따름.

겨울은 그들이 스스로를 칭하는 호칭을 되뇌었다.

"진정한 애국자들? 단순한 자부심 표현으로 들리진 않네요."

재생을 정지시킨 조안나가 고갯짓으로 동의했다.

"CIA와 질병통제본부(CDC)에 걸쳐 형성된 사조직으로 추정됩니다. 어쩌면 그 이상일지도 모르고요. 애당초 정부에서 승인한 작전이라면 감독관인 제게 알려져도 무방하겠죠. 보고를 올려봐야 더 높은 곳에서 무마될 테니 말입니다."

이어 그녀는 현 정권의 성향을 언급한다.

"비록 지금 최종해결안을 승인하긴 했으나, 난민문제에 유화적인 대통령께서 이런 일을 허락하셨을 리 없습니다. 허락하더라도 이런 장소를 고를 이유가 없고요."

골라도 하필이면 위태로운 거점을 고르겠는가. 좀 더 안정적인 장소는 얼마든지 있었다. 이를테면 포트 로버츠라든가. 그랬다면 겨울도 눈치 챘을 것이다. 종말과 종말과 종말을 거치는 동안, 그런 징후에 무척이나 익숙해졌기에. 어느 날 홀연히 사라지는 약자들. 난민촌의 거리가 깨끗해질수록 실체 없는 소문만 무성해지곤 했다.

'백신 개발에 가장 효과적인 건 인체실험이니까.'

사람에게만 감염되는 질병의 실험체는 사람일 수밖에 없다.

인체실험이 강행되는 세계관일수록 감염억제제가 빠르게 나왔던 게 사실이었다.

그러나 결국은 일시적인 억제제일 뿐. 완벽한 백신은 겨울도 본 적이 없었다. 시스템 보정으로 알게 된 지식이 있을 따름. 「역병면역」이 핵심 열쇠일 것이라고.

"보고는 올렸어요?"

겨울이 묻자, 조안나가 머리를 흔들었다.

"증거 없이 제 증언뿐이라면 아무 소용없을 거예요. 수사가 들어가기야 하겠으나, 과연 이런 시국에서 정상적으로 이루어질지도 의문이고요. 놈들이 앉아서 당하진 않을 테니."

그녀는 수사국(FBI)의 인력부족에 대해 털어놓았다. 사회불안이 지속되면서 모든 수사기관에 과부하가 걸린 상황이라며. 해외첩보를 전담하는 정보국에 비해 국내를 전담하는 수사국의 부담이 큰 것도 당연했다.

"이런 작전에 감독관이 저 하나 뿐이라는 것만 봐도 뻔하지 않습니까?"

탁한 말에 곁들이는 미소는 피로와 우울함이 묻어났다.

"게다가 제 보고가 감청당하면 즉시 증거인멸에 들어갈 테죠. 유감이지만 이럴 때 쓸 암호체계는 수사국에 없거든요. 있어도 정보국이 모를 리 없겠고요."

즉 정식으로 보고해서, 타격대원들을 동반하여 수색을 진행한다는 것은 논외였다. 궁지에 몰린 채드윅이 피쿼드의 소각절차를 바로 시작할 땐 모두가 죽는 결말에 이를 것이었다.

"그럼 앤은 지금부터 어떻게 하고 싶어요? 제가 뭘 도울 수 있을까요?"

"철수하기 전에, 무슨 수를 써서든 증거를 확보하고 싶습니다."

이어 감독관이 한 마디 한 마디 씹어내듯 하는 말.

"밤새도록 고민했습니다. 대체 무슨 의미가 있겠는가, 라고요."

조안나가 느끼는 우수(憂愁)는 최종해결의 도덕적 부채감이었다.

"인체실험이 아니었어도 어차피 다 죽게 되었을 사람들인데. 나라고 해서 떳떳하게만 살아온 것도 아닌데……. 이 시점에서 법과 원칙을 지킨다고 무엇이 달라지는지……. 인류존속의 대의를 지키기 위해 모두가 필요악을 감수하는 지금, 나 혼자 양심을 지키겠다는 건 자기만족에 불과하지 않을까 의심스러워서……."

오히려 채드윅 팀장이, 그리고 그와 함께하는 사람들이, 결과적으로는 더 올바른 것이 아닐지. 그녀가 삼킨 의문이었다.

"그건 아니라고 봐요."

겨울이 단호하게 부정했다.

"어차피 죽게 된다고 해도, 죽는 순간까지는 누구든 사람답게 살 권리가 있어요."

"저 바깥의 사람들이 사람답게 사는 걸까요?"

"적어도 살기 위해 발버둥 칠 수는 있잖아요. 희망을 가지려고 노력할 순 있잖아요. 사랑하는 사람의 곁을 지킬 수 있잖아요. 그게 아무리 더럽고 비참해 보여도, 끝내는 건 그 사람의 권리에요. 죽는 게 더 낫다고 느꼈다면 죽었겠죠."

생전의 겨울은 누가 보더라도 비참한 삶이었을 것이다. 그러나 다른 누군가가 보이는 것만으로 생전의 삶을 부정한다면, 겨울은 받아들일 수 없을 것이었다. 짧은 일생, 드물게 웃고 흔하게 울었으나, 소중한 두 사람의 체온만으로 그 삶은 한없는 가치가 있었다.

"내가 원하고, 나를 원하는 사람과 1초라도 더 함께 있을 권리. 채드윅 팀장은 그 권리를 빼앗은 거예요. 어차피 죽을 거라는 말로 없는 셈 치기엔 너무나 큰 잘못이네요."

저는 그렇게 믿어요. 1초가 아쉬웠던 겨울이 조안나를 위로했다.

조안나는 천장을 보며 눈을 깜박였다. 붉은 눈가가 차분하게 젖었다.

"실감이 나지 않네요. 이제 곧 천만 이상이 죽는데도, 마치 다른 세상의 일처럼 느껴져서."

그녀가 길게 토하는 한숨에선 깊은 습기가 묻어났다. 슬픔과 더불어 느껴지는 약간의 자기혐오. 나는 이보다 더 괴로워야 하는 게 아닌가. 왜 이렇게 담담한가. 복합적인 감정이 요원을 억누르고 있었다. 그 인간적인 면모가 겨울의 마음에 닿았다.

"우리가 약해서 그래요."

조용히, 어루만지듯이, 겨울이 하는 말.

"슬퍼해야 할 모든 일을 슬퍼하고 싶은데, 세상의 모든 불행을 책임지고 싶은데……. 그러기엔 우리가 너무 작고 약한 사람들이라서 그래요. 언제나 내 아픔이 가장 크게 느껴지고, 하루하루 살기 위해 최선을 다 해야 하고, 가장 가까운 사람들을 구하는 것만으로도 힘에 부치는 걸요. 슬퍼할 능력조차 모자란 거예요."

고개를 저은 뒤에, 겨울은 사람을 긍정했다.

"약하다는 게 죄가 될 순 없잖아요. 다만 할 수 있는 일도 하지 않는 건 잘못이겠죠. 그러니 앤, 우리는 손닿는 범위 내에서 최선을 다하면 된다고 생각해요."

거기까지가 한계이고, 그 이상은 꿈이니까요. 소년이 삼킨 말은 말 이외의 감정으로 전해졌다. 이에 주먹으로 이마를 누르며 두 눈을 질끈 감는 FBI 요원. 내가 이러면 안 되는데. 마른 입술 사이로 새는 독백은 자기 자신에 대한 채찍질이었다.

"못난 모습을 보였군요."

한 번 쉬고 다시 굳히는 말.

"네, 지금은 할 수 있는 일을 해야겠죠. 인체실험도 인체실험이지만, 정보국 내에 독자행동을 일삼는 사조직이 있다는 것 자체가 큰 문제이기도 하고요."

동요를 끊어낸 요원이 준비된 계획을 빠르게 풀어놓았다.

"15시를 기점으로 전력계통에 약간의 장애가 생길 겁니다. 물론 몇 초 사이에 복구되겠으나, 폐쇄회로의 전환주기가 초기화되는 걸로 충분합니다. 아시다시피 상황실의 모니터 숫자보다 폐쇄회로 카메라가 훨씬 더 많으니까요. 화면이 바뀌는 간격에 맞춰 움직인다면 발각되지 않고 최하층까지 내려갈 수 있을 겁니다."

그녀는 자신의 수첩을 보여주었다. 업무내용과 필담이 적힌 페이지가 번갈아 넘어간 끝에 선내의 약도가 나타난다. 여기엔 예상 이동경로와 함께 감시 카메라의 위치, 화면에 비춰지는 시간간격 등이 정갈한 필체로 꼼꼼하게 적혀있었다. 「독도법」이 정보를 빠르게 흡수했다.

겨울이 감탄했다.

"준비가 철저하네요. 이 정도면 충분히 가능하겠어요."

폐쇄회로 카메라에 모션 트래킹, 즉 움직임을 자동으로 추적하는 기능이 있긴 해도, 평소 많은 사람이 오가는 낮 시간엔 활용되지 않았다. 철수를 앞둔 지금 역시 설정은 동일할 것이다. 여러모로 부산스러운 마당에 거기까지 신경 쓸 사람은 없을 테니까.

조안나의 안색이 어두워졌다.

"위험한 일에 끌어들여서 미안해요, 겨울. 하지만 의지할 사람이 달리 없었습니다."

"미안하긴요. 전 오히려 기쁘네요. 도움이 될 수 있어서."

"……고마워요."

FBI 요원의 입가에 희미한 미소가 스쳤다.

"타격대를 끌어들이는 건 어때요?"

겨울이 제안했다.

"화이트 스컬이라면 그래도 안면을 익힌 사람들이 꽤 있는 편이거든요. 앤은 파울러 대위님께 좋은 감정이 없겠지만, 근본이 나쁜 사람은 아니잖아요. 군인으로서는 훌륭하고요. 정부 명령이 아닌 인체실험에 대해 들으면 분명히 협력할 거라고 봐요. 다른 타격대까지 설득해줄 가능성도 있고…….”

해병다운 완고함이 이럴 땐 신뢰의 근거가 된다.

“만약 그렇지 않더라도……해병 수색대(포스 리컨) 1개 중대가 돕는다면 일이 훨씬 더 수월할 거예요. 상황실을 기습적으로 장악하는 방법도 괜찮겠고요. 무엇보다, 이 정도는 감독관의 권한으로 요청할 수 있지 않아요?”

조안나가 유감스러운 표정을 지었다.

“좋은 의견이지만, 이미 검토해봤습니다. 그러나 역시 소각절차가 마음에 걸립니다. 비상사태를 상정한 자폭장치라서 다른 시스템하고는 별개로 작동합니다. 차단할 방법을 개인적으로 찾아봤으나 소득이 없었죠. 즉, 채드윅 팀장은 언제든 증거를 인멸할 수 있다는 뜻입니다.”

“많은 인원은 오히려 역효과라고 생각하는군요?”

“네. 들킬 가능성이 높아지는 건 피하고 싶습니다. 무엇보다, 타격대 안에 채드윅 팀장의 동조자가 없을 거란 보장도 없으니까요. 그런 식의 사조직은 개인적인 접촉과 포섭으로 확장되는 경우가 많습니다. 유감스럽게도, 심리상태가 불안정한 대원은 얼마든지 있고요.”

중국 놈들 때문에 내가 여기서 이 고생을 한다. 작전이 길어짐에 따라 이런 식으로 어두워진 대원들이 있었다. 대체인력도 없는 지라, 오랜 시간 부패한 바다에 고이게 된 사람들.

‘흔들기도, 설득하기도 쉽겠지. 특수부대원이니 가치는 충분하고.’

FBI 요원의 우려가 곱씹을수록 합당하다. 겨울은 수긍했다.

"그러네요. 제가 생각이 짧았어요."

"아닙니다. 당연한 의견이었어요."

결국 원안 그대로 착수하는 쪽이 최선이었다.

"수첩 좀 빌릴게요."

겨울은 조안나의 수첩을 받아 일부 내용을 옮겨 적고, 필요한 내용을 숙지했다.

그러고도 시간에 여유가 있었다. 겨울이 일부러 바깥에 얼굴을 비추었다. 너무 오래 자리를 비우면 의심을 사기 쉬울 것이므로. 여기저기서 이런저런 사람들에게 말을 걸어둔 것은, 누군가 겨울을 찾을 때를 대비한 얕은 트릭이었다.

"아, 한겨울 중위? 아까 식당 쪽에서 본 것 같은데?"

같은 대답이 다양한 목소리로 반복되도록.

통제구역에서 사진을 찍고 돌아오는 데 필요한 시간은 길어도 한 시간 이내로 예상된다.

돌아올 땐 보는 눈을 피했다. 10분을 남기고, 겨울은 잡동사니가 쌓여있는 선실 벽에 기대어 때를 기다렸다. 톡, 톡. 군화 굽이 부딪히는 작은 소리. 나란히 기댄 조안나가 가볍게 발장난을 치는 중이다. 무심한 눈으로 발끝을 내려다보는 그녀. 절제된 호흡은 긴장을 억누르는 습관일 것이었다.

지직.

순간적으로 조명이 나갔다. 15시 정각을 알리는 신호였다. 웅- 하고 다시 밝아지는 형광등 아래에서, 겨울과 FBI 요원이 서로에게 고개를 끄덕여 보였다.

문을 열고 나간다. 당연하게도 복도엔 인기척이 없었다. 정면의 폐쇄회로가 상황실에 연결되기까지 앞으로 5초. 두 사람이 전력으로 달려 카메라의 사각을 파고들었다. 카메라 바로 아래 웅크려, 시계를 확인한다. 째깍, 째깍. 모니터에 비춰지는 시간이 다시 5초.

다시 달려 복도의 남은 절반을 극복하는 둘. 압력 문을 빠르게 열고 들어가, 바로 보이는 선실로 숨었다. 여기서 보내야 하는 시간, 3초, 2초, 1초.

쾅! 문을 박차고 나간다. 무인지경이라 소리는 신경 쓸 필요 없었다. 좁은 공간에서 메아리치는 군화소리. 조금씩 거칠어지는 숨소리. 이는 겨울보다 요원 쪽이다. 상황이 상황이다 보니, 운동량에 비해 심박과 호흡이 높아지는 건 불가피했다.

승강기는 쓸 수 없었다. 폐쇄회로도 문제지만, 승강기의 움직임이 별도의 화면에 뜨는 탓이었다. 인력의 철수가 끝난 구역에서 승강기가 작동하면 분명히 수상하게 여길 것이다.

비상계단을 내려가는 내내 캉캉거리는 소리가 요란했다. 주변이 적막하기에 더더욱.

중간의 층계참에서 잠시 쉬는 시간이 있었다. 체력을 보존해야 했다. 전력질주로 돌파할 구간이 아직 많이 남아있으므로.

쉴 때도 경계를 소홀히 할 순 없었다. 카메라의 사각이 좁다보니, 겨울과 요원은 등을 기댄 채 반대 방향으로 총구를 겨누었다.

“아직까지, 들킨 것 같지는, 않군요.”

음성은 등 전체로 전해지는 떨림이었다. 몰아쉬는 호흡도 더불어 느껴졌다.

겨울은 노래를 조르던 누이를 떠올린다. 그럴 상황이 아닌데.

저도 모르게 쓴웃음을 짓는 소년. 나도 참, 어지간히 그리운 모양이구나. 하고.

"다시 움직이죠."

위에서 언제, 무슨 일로 두 사람을 찾을지 몰랐다. 시간은 아낄수록 좋을 것이다.

상층에서 하층의 통제구역에 이르기까지, 긴 계단을 내려오기 위해 멈춘 횟수는 단 한 번. 카메라의 차례가 돌아오기까지 걸리는 시간을 미리 계산해둔 덕분이었다.

'이번이 7초, 여길 지나서……다시 한 번 7초.'

달리는 내내 수시로 수첩과 시계를 보았다. 모든 움직임이 초 아래의 단위로 끊어져야 하기에. 폐쇄회로를 피하는 건 도미노처럼 느껴졌다. 카메라가 전환되는 순서를 따라 달리면, 노출되기까지 남은 시간은 계속해서 연장되었다.

그러던 중, 끼긱- 하고, 불길하게 미끄러지는 소리가 들렸다.

"윽!"

어딘가에서 누수가 되었던가. 바닥이 젖어있었고, 요원이 미끄러졌다. 요란하게 구르는 소리. 에이프릴 퍼시픽에서와 같이 그녀는 겨울의 후방을 맡았고, 속도의 차이도 있었으므로, 제 때 붙잡아주지 못했다. 관성으로 미끄러지며 돌아선 겨울은, 복도 저편의 카메라를 보았다.

거꾸로 달린다. 이곳의 광경이 상황실에 뜨기까지 앞으로 4초, 3초, 2초…….

측면의 선실 문을 열고, 인간을 넘어선 완력으로 요원을 확 끌어당겼다. 이미 조금 늦었다. 힘 조절을 할 겨를이 없어, 요원은 쭉 미끄러져 철제 캐비닛에 머리를 부딪혔다.

거세게 문을 닫은 겨울이 재빨리 조안나의 상태를 살폈다.

"앤! 괜찮아요?"

그녀는 머리를 감싸고 웅크린 채 길게 앓았다. 캐비닛 모서리에 핏자국이 남아있었다.

잠시 후, 신음을 삼키며 간신히 상체를 세우는 조안나였으나, 얼굴 위로 한 줄기 핏물이 길게 흘러내린다. 흔들리는 자세도 불안했다.

"어디 봐요."

겨울이 상처를 살폈다. 손수건으로 피를 닦아내고 보니, 찢어진 건 이마 위쪽이었다. 살이 부어올랐다. 조만간 변색될 듯하다.

'뼈가 깨진 것 같진 않은데……. 혹시 뇌진탕인가?'

눈을 가늘게 뜬 조안나가 손을 젓는다.

"괜찮습니다. 시야가 정상이고, 현기증도 없어요."

혹시 모를 일이다. 겨울은 랜턴을 켜서 그녀의 눈에 비춰보았다. 「응급처치」가 알려주는 지침이었다. 빛에 대한 과민반응 또한 뇌진탕의 징후 중 하나라고.

요원은 랜턴을 끌어내렸다.

"정말로 괜찮습니다. 그냥 아픈 것뿐이에요. 그보다 카메라 쪽은 어떻게 됐습니까?"

"조금 늦었어요. 아마 1초가량 화면에 노출되었을 거예요."

"Fuck."

자책하는 욕설은 한 번으로 끝나지 않았다. 겨울이 조용히 말했다.

"진정해요. 그래봐야 여러 화면 중 하나잖아요? 고작 1초인걸요. 설마 그걸 봤을까요? 상황실도 철수 준비를 하느라 나름 바쁠 텐데요. 마음이 풀어져있을지도 모르고."

"……그러기를 기대하는 수밖에 없겠군요."

나쁜 가능성을 우려하는 건 무의미하다. 지금으로선 어쩔 방법이 없기에.

그래도 후방에서 기습을 당하는 건 피해야 했다. 위치를 다른 선실로 옮겨, 혹시나 따라붙는 기척이 있는지 기다려 보는 두 사람. 조안나에게 휴식이 필요하기도 했다. 부상의 여파가 뒤늦게 나타날지도 모르므로. 머리를 다쳤을 땐 신중해야 한다.

5분이 지나고, 10분이 흘렀다. 침묵으로 견디는 시간이 계속해서 길어진다.

누가 오려면 벌써 왔겠구나, 싶은 생각이 드는 시점에서, 요원이 총구를 늘어뜨렸다. 피와 땀을 닦아내며 나지막이 읊조리는 그녀.

"하아. 운이 좋았네요……. 신이시여, 감사드립니다."

이동이 재개되었다. 제한구역은 아까부터 가까웠다. 다시 움직이기 시작한 뒤 고작 두 개의 카메라를 추가로 지나쳤을 뿐인데, 이제까지 지나친 것들과는 크기부터 다른, 원형의 압력 문이 나타났다. 잠금장치는 카드를 넣거나 비밀번호를 입력하는 방식.

문을 비추는 카메라의 차례가 넘어간 다음, 조안나가 품에서 ID 카드를 꺼내 잠금장치에 꽂았다. 전자음과 함께 문이 개방되었다. 겨울이 물었다.

"그건 어디서 났어요?"

"잠깐 빌렸습니다."

주인은 모르지만. 그녀가 덧붙이는 말에 겨울은 가볍게 웃었다. 재빠르게 문 안으로 들어선 뒤, 만약을 대비해 걸쇠를 수동으로 밀어붙였다.

"알아도 소용없을 겁니다. 첫 번째 잠수함에 탑승해서 떠났으니까요. 수중전화가 여기까지 닿진 않을 테고……. 작전도 끝난 마당에 키 카드 분실을 신경 쓸 것 같지도 않습니다. 제한구역 쪽에서 나오는 사람들의 카드를 여럿 빌려놨는데, 첫 번째부터 당첨이군요."

문 안쪽엔 또 다른 문이 있었다. 측면으로는 보안실로 추정되는 장소가 보였다. 테이블 위로 폐쇄회로 화면들이 배치되어있고, 몇 개의 마이크와 용도 불명의 콘솔들이 존재했다. 비어있는 무기 거치대를 보건대 적잖은 무장병력이 대기했던 것 같다.

'비밀구역의 감시체계를 위쪽의 상황실에 연결시켜둘 순 없었겠지. 거긴 인체실험 사실을 모르는 인원도 자주 드나드는 곳인걸.'

이렇게 생각한 겨울이 보안실 방향으로 고갯짓했다.

"여기서 안쪽 상황을 보고 들어가는 게 나을 것 같네요. 혹시 아직 살아있는 감염체가 있을지도 모르잖아요."

조안나도 동의했다. 가능성은 낮지만, 인력이 철수한 뒤 구속되어있던 감염체가 풀려났을 수도 있었다.

보안실 모니터에 비춰지는 통제구역은 움직임이 없는 풍경이었다. 화면 구석에서 경과하는 시간 표기가 아니었다면 정지된 화면이 아닌가 의심했을 것이다. 혹시나 싶어, 겨울은 마이크에 전원을 넣고 손끝으로 두드려 보았다. 툭툭. 변종이 있다면 반응하겠지, 하고.

콘솔을 조작하던 조안나가 고개를 갸웃 했다.

"지금 당장 내용을 확인하긴 어렵지만, 삭제되지 않은 기록이 있군요. 어차피 배 자체를 소각할 테니 상관없다고 생각한 걸까요?"

수많은 감시영상을 일일이 확인할 여유는 없었다. 암호가 걸려 있기도 하고. 챙겨온 메모리 스틱을 만지작거리던 그녀는, 그것을 도로 갈무리한 뒤 콘솔의 전원을 껐다. 이어 본체를 분해하더니 하드디스크를 뽑는다. 대퇴부의 주머니에 겨우 집어넣을 크기였다.

그 외에 발견되는 문서들은 근무 일지처럼 사소한 것들이었다. 그렇다고는 해도 관계자들의 신원을 확인할 증거가 된다. 조안나가 작은 사진기를 꺼내 매 페이지를 촬영했다.

마지막으로 지문 채취용 스프레이를 뿌려 투명한 필름으로 보존한다. 사진만이라면 모를까, 지문까지 있는데 조작이라고 우기기는 어려울 것이었다.

"안쪽은 어때요? 뭔가 있습니까?"

그녀의 질문에 겨울은 고개를 저었다.

"별다른 위협은 없는 것 같은데, 확신하긴 어렵네요. 혹시나 구울 같은 녀석이라면 스피커의 개념을 학습했을 가능성도 있으니까요. 무엇보다 실험을 거친 변종이 보통의 다른 변종과 같을 거라는 보장도 없고……."

"변종이 무기화되었을 거라는 뜻인가요?"

"꼭 그게 아니더라도, 우리가 아는 것과 달라서 위험할 수 있다는 말이에요."

확률이 낮다고 무시할 순 없었다. 실제로 겨울의 과거에 그런 세계가 있었으므로.

'언어를 가르쳐서 대화를 시도해보겠다는 사람들도 있었지.'

어떻게 느끼는가, 얼마나 고통스러운가, 무엇을 원하는가, 신의 섭리가 느껴지는가.

마지막 질문이 괴상하게 느껴지지만, 해당 세계관은 그런 질문이 필요한 분위기였다. 대역병을 신의 심판으로 받아들이는 사람들로 인해 혼란스러웠던 정국. 자칫 신정국가가 들어설 위기상황에서, 합리적인 사람들은 그 반대의 증거를 찾고 싶어 했다. 공황에 빠진 사람들을 설득하기 위하여. 또한 그들 자신을 안심시키기 위하여.

감마 구울 쯤 되면 체계적인 학습을 받아들일 여지는 충분히 있었다.

그러나, 좋지 않은 선택이었다. 언어는 곧 언어적인 사고능력이었기에. 지능이 동일하더라도, 언어를 구사하는 녀석의 지적 능력은 그렇지 않은 경우보다 월등히 높았다.

실험체가 탈출한 순간부터 그 세계관의 멸망이 한층 더 빨라졌던 게 사실이다.

"일리 있는 판단입니다. 무지는 그 자체로 위험하죠."

조안나가 고민했다.

"음, 어떻게 해야 할까요. 원래는 한 명이 여기 남아서 퇴로를 지켜야 한다고 생각했습니다만, 혼자서 들어가는 게 위험할 지도 모르겠군요. 겨울의 생각은 어떻습니까?"

뒤가 막히면 끝장이다. 보안실의 모니터는 문 바깥의 복도까지 비추고 있었으므로, 여기 한 사람이 남아있으면 기습을 당하거나 퇴로가 막히는 일을 피할 수 있을 것이었다.

'「통찰」은 반응이 없나…….'

가벼운 결정이 아니지만, 여기서 뜸을 들이는 시간조차 또 하나의 위험요소였다.

"둘 다 들어가는 게 낫겠네요. 혼자 들어가면 필요한 시간도 길어질 테니까요."

"알겠습니다. 아까와 마찬가지로 제가 여섯시를 맡죠."

겨울이 전방에, 요원이 후방에 선다. 에이프릴 퍼시픽에서부터 익숙해진 호흡이었다.

전원이 나간 소독실을 지나, 겨울은 통제구역의 두꺼운 문을 열었다.

나아가는 속도는 빨랐다. 폐쇄회로를 통해 대략의 구조를 숙지한 덕분. 다만 감시의 사각지대를 지날 때엔 조금씩 느려졌다. 반응속도를 토대로 장애물과의 거리를 잰다. 거기서 무언가 나올 때 대응 가능한가를 판단하면서.

"끔찍한 광경입니다."

조안나의 목소리. 그녀가 채증을 하는 동안 겨울은 사방을 경계했다.

찰칵. 사진기에 담는 풍경은 시험관에 보존된 신체부위들이었다. 변형된 여러 장기들. 절개된 팔. 피부가 벗겨져 근육이 보이는 다리. 신경계에 전선이 연결되어 움찔거리는 손가락. 이것들이 인체실험의 증거로선 부족할지라도, 적어도 피쿼드에서 정식 작전 이외의 어떤 활동이 이루어졌다는 증거로는 충분할 터였다.

그 외에 컴퓨터를 발견할 때마다 저장장치를 뽑는다. 넣을 곳이 문제였으나, 다행히 비어있는 가방을 챙길 수 있었다. 스포츠 브랜드가 찍혀있어 위화감이 느껴진다.

덜컹! 캬아아아악!

타타탕! 갑작스러운 소음에 놀란 요원이 반사적으로 소총 방아쇠를 당겼다. 철창살에서 불티가 튀었다. 마찬가지로 후방을 겨누어, 발사 직전이었던 겨울이 조준을 풀었다. 철망에 덮여있던 천이 미끄러지고 드러난 것은 기괴한 형상의 구울. 좁은 공간에 갇혀있다.

'구울이 맞나?'

면역거부반응을 극복한 피부를 제외하면 다른 구석이 더 많았다. 살이 엉망으로 부풀어있었다. 전신에서 종양이 증식한 것처럼. 얼굴이 부어 한쪽 눈은 뜨지도 못했다.

뒷걸음질로 벽에 부딪혀, 주르륵 미끄러지는 괴물. 등을 기댔던 벽에 오염된 핏자국이 남았다. 툭 떨어지는 손에 철썩 튀어 오르는 피 웅덩이. 조안나의 대응사격이 정확했던 덕분에, 세 개의 총상이 예외 없이 치명적이었다.

이를 신호로 사방에서 울리기 시작하는 괴성들. 감옥을 가린 장막을 걷을 때마다, 인간 아닌 죄수들이 열광적으로 반응했다. 창살 사이로 문드러진 손들이 나와 허공을 휘젓는다.

다만 모든 개체가 그렇게 열광적이지는 못했다. 이미 죽은 것처럼 보이는 놈들도 많았고.

"맙소사. 그들이 트릭스터까지 포획했군요."

조안나가 경악했다. 가장 교활한 변종은 사지를 결박당한 채,

양 어깻죽지에 굵은 전극이 꽂힌 상태였다. 한 쌍의 전선은 바닥을 뚫고 알 수 없는 곳으로 이어졌다.

입에 재갈이 채워진 트릭스터는, 바닥에 누운 채 노랗게 변색된 눈알을 굴린다. 핏발 선 눈에선 원초적인 허기와 증오가 느껴졌다. 이따금씩 힘을 쓰려는 듯 꿈틀거리지만, 뒤따르는 방전음은 굉장히 작았다. 보정을 받는 겨울조차 간신히 들을 정도로.

괴물의 팔엔 수많은 주사자국이 남아있다. 가까운 쓰레기통을 보니 생물학적 폐기물 경고 표시가 붙어있었다. 발로 걷어차자 빈 앰플과 주사기가 쏟아졌다. 그 외에, 피로 젖어있는 거즈와 부패한 생체조직 샘플도 한 움큼이나 되었다.

'설마 이런 식으로 버려져 있는 게 위험하진 않겠지.'

겨울은 순간적으로 치솟았던 경계심을 낮추었다. 혹시나 변종을 대상으로 콜레라 따위를 시험한 건 아닐까 의심했으나, 그런 실험은 훨씬 더 엄격하게 진행했을 것이었다. 애초에 「생존감각」의 경고가 없는 시점에서 가능성은 낮았다.

전선을 살피던 조안나가 말했다.

"아무래도 이게 안전장치인가 봅니다. 트릭스터가 만들어내는 전류를 바깥으로 흘려보내는 방식인 것 같군요. 이렇게 해놓으면 자폭도 하지 못하겠죠."

국방부 방역전략연구소가 밝혀낸 바, 트릭스터의 자폭은 스스로에게 과부하를 걸어서 터트리는 형태였다. 따라서 지금처럼 전극을 꽂아 방전시킬 경우 자폭은 원천 봉쇄된다.

일일이 죽일 필요는 없었다. 수색을 재개하는 두 사람. 괴성의 합창이 등 뒤로 멀어졌다.

통제구역은 갑판 절반을 차지하지 않을까 싶을 만큼 넓었다.

비닐을 늘어뜨린 칸막이를 지나 모퉁이를 돌았을 때, 피비린내가 진동했다. 방향은 빛이 들지 않는 응달. 벽면을 더듬어 스위치를 찾아본다. 달칵. 조명이 들어왔다. 수명이 얼마 안 남았는지 징징 울어대는 형광등 불빛 아래, 참상이 드러났다.

"앤, 잠시 이쪽으로."

모퉁이에서 후방을 겨누던 조안나가 잰걸음으로 다가왔다.

"오, 신이시여."

요원이 한 손으로 입을 가렸다. 질끈 감았다 뜬 눈에 분노가 어린다.

"창녀의 자식새끼들(Son' s of bitches) 같으니. 사람이 어떻게 이런 짓을……."

시야 가득, 양손이 묶인 채 사살당한 시체들이 일렬로 즐비했다. 남자와 여자, 노인과 아이들은 예외 없이 머리에 관통상을 입었다. 뒤통수의 구멍은 작고, 이마나 코가 깨진 구멍은 크다. 부패는 시작되지 않았다. 아직 피도 다 굳지 않았다. 어디선가 또옥똑 떨어지는 물소리는, 보지 않아도 핏빛일게 뻔했다.

몇 구를 살핀 조안나가 주먹을 움켜쥔다.

"피부에 부스럼은 있을지언정 면역거부반응은 흔적도 없습니다. 감염되지 않았어요."

겨울이 끄덕였다.

"실험용 쥐로 쓰려고 잡아온 사람들이었겠죠."

무릎 꿇고 줄지어 엎어진 시체들을 따라가면, 벽면에 쓰레기를 버리는 구멍이 있었다. 구멍 밖으로 시체의 하반신이 나와 있었다. 다가간 겨울이 뻣뻣한 다리를 붙잡고 밀어보았다. 들어가지 않는다. 통로가 막힌 모양이다.

인간의 존엄은 조금도 느껴지지 않는 취급이었다.

찰칵, 찰칵. 작게 울리는 셔터 소리. 조안나는 자괴감이 느껴지는 얼굴로 사진을 찍었다.

“변종은 안 죽였어도 사람은 죽이고 떠났군요.”

“그 진정한 애국자라는 사람들 나름의 자비였을지도 모르죠. 적어도 산 채로 타 죽는 것보단 덜 고통스러울 테니까요.”

싫은 기분이 묻어나는 겨울의 말. 조안나는 다시 한 번 눈 감고 욕설을 중얼거렸다.

이렇게 채증을 마치고 나서였다.

[훅-]

망자를 위해 기도하던 FBI 요원이 튕겨지듯이 일어났다. 누군가 마이크에 대고 숨을 불어넣은 소리. 조안나의 경악한 시선이 스피커를 향한다. 겨울도 같은 방향으로 눈살을 찌푸렸다.

‘어쩐지 「위기감지」가 반응하더라니…….’

그러나 직접적인 위협이 아닌 이상 감각보정의 경고는 약할 수밖에 없었다. 끽해봐야 풀려난 변종 한둘 정도를 예상했건만.

역시 보안실에 한 명이 남아있었어야 하나?

이제와선 무의미한 후회였다. 겨울은 뇌리가 차갑게 얼어붙는 느낌이었다.

삐이- 날카로운 전자음이 끊어진 뒤에, 스피커 저편에서 낯익은 음성이 말을 건네 왔다.

[하아, 하아. 깁슨 감독관. 그리고 한겨울 중위. 거기서 뭣들 하

고 계십니까?]

“채드윅! 너 이 사생아 새끼!”

격노한 조안나의 외침. 지이잉. 폐쇄회로 카메라가 움직였다.

[오, 실례. 그쪽 마이크를 켜지 않아서 뭐라고 하는지 안 들립니다, 감독관. 후우. 뭐 듣지 않아도 뻔한 내용이겠지만 말입니다.]

FBI 요원의 호흡이 감정으로 거칠어진 것에 비해, 태연하게 능글거리는 채드윅 팀장은 다른 이유로 거칠었다.

[두 사람도 참 대단하십니다. 후, 위쪽에 들키지 않게끔 내려온다는 게 보통 일이 아니더군요. 현장에서 직접 뛰었던 게 꽤 옛날이다 보니 몸이 안 따라주는 느낌이라고 해야 하나……. 아무튼 움직이지 마십시오. 지금 움직여봐야 소용없거든. 하하하.]

겨울의 눈이 가늘어졌다. 상황실의 감시를 피해야 했다면, 적어도 CIA 요원 일부는 그 「진정한 애국자들」의 일원이 아니라는 뜻이었다.

‘이제야 도착한 이유도 알 만 하고.’

움직여봐야 소용없다는 말로 미루어, 문은 이미 봉쇄되었을 것이다. 적어도 조안나가 지닌 키 카드는 더 이상 유효하지 않을 터였다.

딸깍. 스피커의 잡음 사이로 스위치 올리는 소리가 들려왔다.

[자, 이제 대화를 해봅시다.]

폐쇄회로의 마이크를 활성화시킨 듯하다.

“뭘 원하지?”

수그러들지 않은 분노를 담아 묻는 FBI 요원. 이성은 감정보다 차가웠다. 어쨌든 상황은 최악이다. CIA 지부장은 감독관과 소년 장교를 살릴 수도, 죽일 수도 있었다.

[왜 내가 뭘 원할 거라 생각합니까?]

"그게 아니라면 그냥 문 잠그고 떠났을 테니까."

이에 채드윅이 웃음을 터트렸다.

[자신감 넘치는군요. 딱히 용건이 있는 게 아니라, 작별인사를 하고 싶었을 뿐인데.]

그리고 다시 이어지는 흥겨운 웃음소리. 부드득. 조안나가 이를 갈았다.

[뭐, 놀리는 건 여기까지 해두고…….]

채드윅의 어조가 바뀌었다.

[그래, 원하는 게 있기는 있지. 감독관 당신이 아니라 한겨울 중위에게 말이야.]

조안나의 시선이 겨울을 향한다. 짧은 시선교환. 겨울은 각도를 조정하는 렌즈를 정면으로 마주보았다. 그리고 목청을 돋웠다.

"할 말이 있으면 하세요. 듣겠습니다."

[대단한 건 아니고, 거기 있는 길슨 양을 죽여줬으면 해서.]

"……."

[중위, 살고 싶지 않습니까?]

채드윅의 질문은 이제까지의 웃음기가 빠져있었다.

"내가 앤을 죽이는 게 당신에게 무슨 의미가 있죠?"

[복잡하게 생각할 것 없어요, 중위. 그저 동지가 되자는 제안일 뿐인걸.]

"동지?"

[그래요, 동지. 솔직히 지금의 중위와 나는 적대관계에 가깝잖습니까. 이런 상황에서 신뢰관계를 구축하기 위해선 비밀을 공유

하는 게 가장 확실하거든. 대외적으로는 절대 밝혀져선 안 될 그런 비밀 말입니다. 중위가 이미 내 비밀 하나를 알고 있으니, 내가 중위의 비밀 하나를 알게 되면 균형이 맞겠지. 그 비밀을 하나 만들자는 이야기입니다. 증인도 없앨 겸.]

"……."

[당신이 깁슨 양을 사살하는 장면은 위성을 통해 랭글리로 전송될 겁니다. 얼굴이 문제이긴 한데, 그거야 수정하면 그만이고……. 거기에 전후 상황을 적당히 갖다 붙여서 안전장치로 삼겠다 이거예요. 서로가 좋은 일이지요.]

"글쎄요. 그건 동지보다는 공범이라고 해야 맞지 않나 싶은데."

겨울은 자신의 말을 곧바로 부정했다.

"아니, 공범이 아니라 노예라고 해야 더 어울리겠네요. 채드윅 팀장 당신의 비밀은 여기서 불타 없어지겠지만, 내가 저지른 잘못은 계속해서 남아있을 테니까."

마음을 지키려는 소년에겐 애초부터 망설일 여지도 없는 갈림길이었다.

"살고 싶으냐고요? 죽여선 안 될 사람을 죽이고, 약점 잡힌 꼭두각시 노릇을 하면서? 아니, 그렇게 살긴 싫습니다. 한겨울이 없는 한겨울이 되진 않겠어요."

겨울은 스스로를 그만큼 위태롭게 느낀다. 오래 전부터 한계였다. 조금이라도 무너지면 돌이키기 어려우리라고. 이것이 마음을 지키는 데 한 번의 예외가 없는 이유였다.

[이런. 중위는 지금 나를 오해하고 있습니다.]

채드윅이 한층 더 진지해졌다.

[꼭두각시? 내 모두를 걸고 맹세하지요. 그럴 일은 절대로 없을 거라고.]

"지금 그걸 믿으라는 말은 아니겠죠."

[장난치는 거 아닙니다, 중위.]

이어지는 이야기는 뜻밖의 진솔함이었다.

[내가 왜 이런 제안을 한다고 생각합니까? 중위를 이용하기 위해서? 아닙니다. 그냥 중위를 살리고 싶어서입니다. 미국이 당신을 필요로 하고, 다른 누구도 대신할 수 없기 때문에!]

마치 인격이 바뀐 것처럼, 비뚤어진 애국자가 자신의 애국심을 털어놓았다.

[유감스럽게도 수많은 고문으로 배웠지. 사람에게 희망이 얼마나 중요한 것인지를. 지금의 미국 시민들, 그리고 방역전선의 군 장병들에게, 중위 당신은 어느 정도의 희망일까? 그런데 내 손으로 그 많은 사람들의 희망을 죽이라고? 하, 웃기지도 않는군.]

"여기 죽어있는 사람들은 사람이 아닌가보죠?"

[적어도 미국 시민은 아니니까.]

"제대로 미치셨네요."

[맞습니다. 나는 제정신이 아니지요.]

채드윅의 어조가 또다시 바뀌었다.

[하지만 적이 많은 조국은 이런 나를 필요로 했습니다. 이렇게 되도록 훈련시켰어요. 그리고 난 내가 인간이 아니게 될 것을 알고도 자원했던 겁니다. 그 결정을 단 한 번도 후회한 적이 없지요. 오히려 항상 자랑스러웠습니다. 내 모든 희생이 국가안보를 위한 것이었기에.]

"……."

[정부로선 도저히 할 수 없지만, 그럼에도 불구하고 해야만 하는 일. 그런 일을 처리하는 게 바로 나 같은 쓰레기의 역할입니다. 인체실험도 마찬가지지요. 죄 없는 남녀노소를 산채로 감염시키고 해부하고 사살하고 폐기하는 게 끔찍한 죄라는 걸 내가 모를 것 같습니까? 압니다. 하는 짓이 나치새끼들과 다를 바 없다는 걸 누구보다 잘 안단 말입니다. 그러나, 사람에게만 감염되는 질병을 연구하려면 사람을 실험체로 삼아야 가장 효과적이지 않겠느냐 이겁니다.]

"……."

[맹세하는데, 난 내가 지은 죄를 무덤까지 가지고 들어갈 생각이 없습니다. 언젠가는 미국의 정의가 나를 심판할 겁니다. 판결은 사형이겠지요. 죗값은 달게 받겠습니다. 조국을 위해서라면 내 영혼이 지옥불에 떨어져도 좋습니다. 내가 죄인이므로 미국은 명예로울 것입니다.]

후우. 저편에서 마이크에 대고 내쉬는 한숨은 벅벅 울리는 잡음으로 번진다. 그 거친 느낌은 자신이 미쳤다는 사실을 아는 애국자의 감정 그대로였다.

[내가 죽고 난 뒤에, 내 무덤은 사람들이 던진 쓰레기로 뒤덮이겠지요. 그러나 나는 스탈린이 아닙니다. 역사의 바람이 그 쓰레기들을 치워주길 바라지 않습니다. 나 네이선 채드윅에게는 더러운 무덤이야말로 둘도 없을 긍지일 테니 말입니다.]

답이 없을 만큼 깊어진 자아도취. 겨울은 대화가 무의미하리라고 여겼다.

채드윅은 새로운 목소리로 흐느꼈다.

[부탁드립니다, 중위. 내가 당신을 버리지 않게 해주십시오. 당신 같은 애국자가 이런 곳에서 허무하게 죽어선 안 됩니다. 당신에게 어울리는 죽음은 명예로운 전사뿐이란 말입니다.]

여전히 미친 소리였으나, 뜻밖에도 조안나가 고개를 끄덕였다.

"겨울, 나를 봐요."

그녀는 침착한 태도, 담담한 어조로 말을 이었다.

"저 조울증 걸린 등신 새끼의 개소리를 귀담아 들을 필요는 없지만, 그래도 한 가지는 사실이에요. 겨울은 여기서 죽어도 좋을 사람이 아니라는 거. 사람들에겐 한겨울 중위가 필요해요."

"앤."

겨울이 언어 이상의 의미로 고개를 저었으나, FBI 요원의 자세는 흔들림이 없었다.

"명백한 해방 작전은 사실상 실패했습니다. 이제 당면과제는 오염지역을 탈환하는 게 아니라, 보급이 끊어진 병력을 안전하게 철수시키는 거에요. 탄약 없는 군대의 전투력은 일반인 집단보다 조금 더 나은 수준에 불과하니까요."

그녀는 미치광이가 논했던 희망에 대해 말하는 중이었다.

"잘 모르겠습니다. 앞으로 얼마나 많은 인명피해가 발생할지. 백 단위면 기적이고, 천 단위면 그나마 다행이겠죠. 하지만 국방부에선 넉넉잡아 십만 단위, 최악의 경우엔 그 이상의 손실을 각오하고 있어요. 많은 사람들이 좌절하겠죠. 명백한 해방은 그만큼 많은 기대를 모았으니까."

"무슨 말을 하고 싶은지는 알겠지만……."

"제발 계속 들어줘요."

조안나가 소년의 말을 잘랐다.

"이럴 때 겨울마저 사라지면 안 됩니다. 겨울은 이미 전대미문의 전쟁영웅입니다. 아직까지 남부연합기를 걸어놓는 텍사스 촌구석의 꼴통들조차 한겨울 중위에겐 경의를 표할 정도인걸요. 당신의 죽음은 베르테르의 자살이 우스울 만큼의 파장을 남기겠죠. 어쩌면, 낮은 확률이지만, 방역전쟁의 성패가 달라질지도 모르고요."

베르테르의 자살. 베르테르는 괴테가 쓴 소설 속의 주인공에 불과하지만, 그의 자살은 무수한 모방 자살을 낳았다. 가공의 인물에게 마음을 주고, 스스로를 투영하고, 나아가 자신의 일부로 받아들인 사람들이 그만큼 많았으므로.

사람의 관계맺음은 때로 상대가 진짜고 아니고를 가리지 않는다.

지금 이 대화에 귀 기울이는지, 미치광이는 잡음 너머에서 조용하게 있었다.

"커트 코베인이 죽었을 때, FBI의 일부 수사관들은 비상근무에 돌입했다고 합니다."

조안나가 우울한 미소를 지었다.

"개인의 자살은 차라리 온건한 경우입니다. 유명인의 죽음에서 이어지는 목적 없는 소요. 범죄. 테러. 이 모든 현상의 원인인 시민들의 상실감. 그건 온 사회가 치르게 되는 엄청난 비용이죠. 그런데 겨울의 인기는……. 이걸 인기라고 표현하는 것조차 부적절하겠군요. 겨울의 인망은 타의추종을 불허하는 수준입니다. 일개 락스타가 우스울 정도로……. 이 시점에서 겨울의 죽음이 낳을 혼란을, 저는 짐작조차 할 수 없어요."

과연 아무 일 없이 지나갈 수 있을지, 아니면 총체적인 파국의 발단이 될지. 미래는 확정되지 않은 행운과 불행의 영역이라고. 그녀가 하는 말이었다.

겨울의 입장에서도, 죽은 뒤에 세계관이 바로 끝나는 게 아니다. 관제인격의 상황연산으로, 죽음 이후에도 세계는 종말을 향해 흐를 것이다. 드문 경우지만, 그리고 겨울은 경험한 적이 없지만, 접속자가 사라진 세계가 종말을 피하는 경우도 있다고 들었다.

그 모든 과정에서 접속자의 기여도가 평가된다.

"저를 죽이세요, 겨울."

조안나가 침착하게 말했다.

"우려하는 일은 일어나지 않을 겁니다. 겨울은 충분히 중요한 인물이고, 국방부는 이 작전에 겨울을 빌려준 걸 후회하고 있답니다. 즉 앞으로는 방역전선을 떠날 일이 드물 거란 뜻이죠."

"……."

"겨울의 명성이 높아질수록 온갖 기관의 이목이 집중될 거예요. 창피한 이야기지만, 우리 수사국과 정보국의 사이가 좋지 않은 것처럼, 국토안보부 산하의 정보기관들은 서로를 아군으로 여기지 않거든요. 가뜩이나 세력이 축소된 정보국……그나마도 내부의 사조직 따위가 수작을 부릴 환경이 아니게 된다는 의미입니다. 비밀? 어디 공개해보라고 해요. 백악관부터 가만히 있지 않을 걸요?"

가만히 바라보는 겨울에게, 어깨에서 힘을 빼고 부드럽게 웃어 보이는 그녀.

"이제 돌아가도 괜찮습니다."

"어디로요?"

"원치 않게 떠나온 사람들에게로."

겨울 스스로 쌓아온 이야기로.

그 말이 지금껏 종종 품어온 우울한 상념과 같아, 겨울은 안색을 굳혔다. 이 세상이 소년의 속을 읽는 느낌이었다. 설마, 아니겠지. 보이지 않는 아이는 이런 식으로 개입할 수 없다.

"한겨울 중위. 그동안 함께할 수 있어서 영광이었습니다."

FBI 요원이 작별을 고한다. 미련 없이 삶을 정리하는 초연함으로.

"부탁드립니다. 쏘세요."

그녀가 올곧게 바라보며 말했다.

"죄책감 느낄 필요는 없습니다. 이 상황은 그저 불운한 사고일 뿐이에요. 그러니 겨울이 나를 죽이는 게 아니라, 내가 겨울을 위해 죽는 거라고 생각해요. 겨울 한 사람을 위해서가 아니라, 겨울에게 희망을 걸고 있는 많은 시민들을 위해서 말입니다."

짝, 짝, 짝. 스피커에서 들려오는 박수 소리.

[깁슨. 당신도 결국은 애국자였군.]

미치광이가 들뜬 슬픔을 지껄였다.

[아쉬워. 정말 아쉬워. 우리의 길이 어째서 이렇게 엇갈렸을까. 보험을 걸 방법만 있다면 어떻게든 살려주고 싶을 정도로 안타깝군. 이봐, 앤. 그동안 죄 지은 거 뭐 없나? 국경에서 마약을 빼돌렸다거나, 밀입국을 눈감아주고 뇌물을 받았다거나.]

수사국에서 흔히 일어나는 일들 말이야. 미치광이가 제멋대로

애칭을 주워섬기며 하는 말에 눈썹을 꿈틀거리는 조안나였으나, 대답은 차분하고 냉정했다.

"그런 거 없다. 누구처럼 조국의 이름에 똥칠하며 더럽게 산 인생은 아닌지라."

그 뒤에 조안나는 겨울을 말없이 재촉했다. 고개를 끄덕이고, 눈을 감는다. 가늘게 떨리는 턱과 어깨는 죽음에의 두려움이었으나, 의지로 억누르는 모습이었다.

묵묵히 응시하던 겨울이, 잠시 후엔 꾸미지 않은 웃음을 터트렸다.

"뭘 다 정해진 것처럼 구는 거예요? 제 말은 듣지도 않고서."

"……겨울?"

눈을 뜬 요원이 소년장교를 살폈다. 그 기색이 조심스럽다. 웃음 너머의 감정을 느낀 것처럼.

겨울은 몸속에서 돌이 구르는 환청을 들었다. 그동안 참 많이 참았는데. 사람으로 여기는 가상인격들을 비롯하여, 미안한 마음으로 찾아왔던 자칭 심리상담사에 이르기까지, 누구에게도 넘치는 감정을 주지 않았던 것은 스스로를 지키려는 선택이었다.

둑을 무너뜨리는 건 최초의 범람, 단 한줌의 물이니까.

어쩐지 피곤하다. 소년은 고개를 기울였다. 모르는 사이에, 이렇게나 사소한 계기로, 쌓인 피로가 어느 임계점에 도달한 느낌이었다. 그동안 지나치게 당겨져 있었던 것 같다.

[한겨울 중위. 설마 저토록 훌륭한 희생정신을 무시할 셈입니까?]

만들지 않은 짜증을 담아, 겨울이 폐쇄회로 카메라를 향해 권총을 겨누었다. 탕! 박살난 유리조각이 후두둑 쏟아졌다. 튀어 오른

탄피는 그 직후에 땅을 굴렀다.

급하고 안타깝게 말하려는 조안나를 향해, 겨울이 느릿느릿 고개를 저어보였다.

"쏠 수 없는 거예요. 쏘지 않는 게 아니라. 내게 불가능한 일을 요구하지 말아요."

저벅, 저벅. 단단한 군화, 서늘한 감정, 선명한 발소리. 겨울은 남은 카메라들을 찾아 걸었다. 느린 걸음은 곧 신중한 탐색이었다. 하나라도 놓치는 경우가 없도록. 뭐라도 해보려면, 적어도 채드윅이 볼 순 없어야 한다. 성패를 따지는 건 그 다음 순서일 것이었다.

사람 없는 실험구역은 불 꺼진 구석이 많아, 총성이 울리는 찰나마다 희미하게 번뜩였다. 그때마다 높아지는 변종들의 불협화음. 그 사이에 가까운 쇳소리가 섞인다. 철컥. 후퇴 고정된 권총의 슬라이드 사이로 빈 약실이 드러났다. 탄창 멈치를 누르며 손을 확 꺾는 겨울. 관성으로 빠진 탄창이 신경질적으로 날아갔다. 그게 채 떨어지기도 전에 장전하고, 연속동작으로 조준을 끝냈으나,

"한 번만 다시 생각해봐요."

팔을 붙드는 손길에 조준선이 흐트러진다. 당겨지던 방아쇠가 격발 직전에 멈추었다.

"겨울이 이러는 거 충분히 이해합니다. 저라고 해서 죽고 싶은 것도 아니고요."

이렇게 말하는 FBI 요원은 고통스러운 표정이었다. 거리를 두고 조용히 따라오며, 몇 번이나 망설인 흔적이 역력하다. 꾸욱. 조이

는 손이 하얗게 물들었다.

"하지만 당신은 혼자 목숨이 아니잖아요. 시민들이야 겨울이 사라져도 최소한의 여유가 있겠죠. 그러나 시민이 아닌 사람들은? 당분간 이 나라는 역병이 시작되었을 때만큼이나 각박해질 겁니다. 누가 난민들을 지켜주겠습니까?"

잠자코 눈을 깜박이던 소년은, 순수한 힘으로 조준을 고쳤다. 탕! 박살난 표적이 자잘하게 뿌려지는 순간, 겨울의 왼 손은 조안나의 옷깃을 움켜쥐었다. 베타 구울을 능가하는 완력에 속절없이 당겨지는 요원. 한 뼘 거리에서, 놀라움으로 물든 두 눈이 겨울을 바라보았다.

묵묵한 시간이 흐른다.

서서히, 조안나의 시선이 낮아졌다. 그와 함께 겨울의 손에서도 힘이 사라졌다. 말 없는 대화의 끝. 조안나는 멈췄던 숨을 느리게 내쉰다. 그리고 가만히 고개를 돌리는 그녀. 겨울이 흐트러진 옷매무새를 고쳐주었다. 까마득하다. 감정만으로 움직인 게 얼마만인지.

"화내서 미안해요."

"……."

"이러고 싶지 않았어요. 앤은 착한 사람이고, 지금도 좋은 뜻으로 하는 말인걸 아니까."

"겨울……."

"그래도 안 돼요. 말했죠? 불가능한 일을 요구하지 말라고……. 다시 말씀드릴까요? 여기까지가 저예요. 앤을 죽일 수 없는 한겨울이라서 그동안 다른 사람들을 도와 왔던 거라고요. 제

손으로 앤을 살해하고 나간다면, 사람들을 전처럼 도울 자신이 없어요. 마음이 전과 같지 않을 테니까요. 제가 못 견뎌요. 한계라고요. 무슨 말인지 알겠어요?"

"압니다."

"무엇보다, 여기 갇힌다고 해서 반드시 죽는다고 정해진 건 아니잖아요. 마지막 철수가 아마 자정 무렵이었죠? 아직 시간이 있어요. 우린 뭐라도 해볼 수 있을 거예요. 실패할 가능성은, 실패할 때까진 생각하지 말기로 하고요."

"어쩔 수 없네요."

이어지는 조안나의 말은 독백에 가까웠다.

"저라고 왜 그런 마음이 없었겠습니까. 다만 보다 확실한 가능성을 붙잡고 싶었을 뿐입니다. 많은 목숨이 걸린 문제인걸요. 하지만……. 그래요, 안 되는 거군요……."

그러고서 그녀는 우울한 미소를 머금었다.

"알겠습니다. 겨울의 뜻대로 하죠. 함께 다른 방법을 찾아봐요."

"고마워요."

카메라들이 다시 부서지기 시작했다. 계속해서 말을 걸던 실험구역 전체방송은 어느 순간부터 잠잠해졌다. 제풀에 지쳐 떠났는지, 아니면 그저 지켜보고 있는 건지.

그러다보니 어느덧 마지막이었다. 여기까지 소진한 탄창이 추가로 하나.

"채드윅. 아직 거기에 있습니까?"

겨울의 질문에 최후의 폐쇄회로가 반응했다. 지잉- 하고 돌아서, 이쪽을 향해 초점을 맞춘다. 불이 들어왔다. 여기의 소리가 저편으로 전해진다는 신호였다.

[혹시 생각이 바뀌었습니까, 중위?]

"설마요. 그냥 작별인사를 할까 해서."

[작별인사?]

실망스러운 한편으로 미심쩍어하는 목소리. 겨울이 가볍게 끄덕였다.

"네. 우리 꼭 다시 만났으면 좋겠어요. 엄한 데서 죽지 말고, 그때까지 건강하시길."

울음소리가 들렸다. 비뚤어진 애국자는 미국의 손실을 진심으로 슬퍼하고 있었다.

탈출할 가망이 있다고 여기면 저렇게 여유롭지 못할 텐데. 그만큼 구역의 격리가 확실하다는 걸까? 애초부터 떠볼 생각으로 건넨 도발이었고, 대답을 기대하지 않았던 겨울이 방아쇠를 당겼다. 퍽! 부서진 기판과 유리조각들이 흩날렸다. 자그락자그락. 밟고 지나가는 구둣발 아래에서 다시 한 번 바스라진다.

후우. 한숨을 내쉰 뒤에, 겨울이 말했다.

"시설을 참 잘 만들어놨네요."

폐쇄회로의 감시범위는 구역 전체를 아울렀다. 고로 수색이 끝난 시점에서 겨울이 보지 못한 부분은 없는 셈이었다. 흔한 영화와 달리 환풍구는 사람이 들어갈 수 없을 만큼 작았고, 그나마도 촘촘한 창살을 여러 겹으로 쳐놓은 상태였다.

혹시나 해서 살펴봤으나, 시체 버리는 구멍 안쪽에도 압력문이 보였다.

"우리에게 뭐가 있을까요? 혹시 폭약 가진 거 없어요?"

겨울의 질문에 곤란해 하는 조안나.

“강제돌입(Door Breaching)에 쓰려고 챙긴 플라스틱 폭탄(C4)이 약간, 여기에 50그레인 도폭선도 조금 있지만……. 어느 쪽이든 두꺼운 합금을 부수기엔 위력이 모자랍니다.”

도폭선(導爆線)은 나일론으로 만들어진 끈에 폭약을 발라놓은 물건이었다. 50그레인은 폭약의 함유량을 뜻했고. 조안나가 휴대한 규격은 1미터에 겨우 10그램, 즉 가장 약하고 가벼운 종류로서, 통상적인 자물쇠 정도를 끊어버리는 게 고작이었다.

‘기술습득으로도 가망이 없나…….’

어느 기술이든 「재능이익」이 적용되는 구간은 제한적이었다. 등급이 올라가면 올라갈수록, 과거 겨울이 익혔던 횟수가 줄어들기 때문에. 「개인화기숙련」만 하더라도, 가장 높았을 때가 17등급, 초인의 영역 중반에 불과했으니.

물론 초인 이상의 영역도 존재하지만, 통상적인 노력으로는 도저히 닿지 못할 수준이었다. 이런 비효율성은 겨울이 함부로 기술을 강화하지 않는 이유이기도 했다.

말 없는 공백이 얼마나 길었을까.

벽에 기대고 앉아 초조하게 골몰하던 조안나가, 불현듯 입을 열었다.

“저기 있는 트릭스터를 이용할 수 있을지도 모릅니다.”

“어떻게요?”

“아타스카데로 주립 정신병원에서 겨울과 교전한 트릭스터는 잠긴 문을 열고 다녔지요.”

그러고 보니 그런 일도 있었지. 재앙 이전엔 정신병을 앓는 죄수들의 교도소를 겸했고, 역병 이후엔 질병통제본부의 지역거점 이었던 병원. 겨울은 당시를 선명하게 떠올릴 수 있었다. 트릭스터와 처음으로 조우한 장소였던 만큼, 선명하지 않으면 이상할 노릇이었다.

교활한 괴물은 갇혀있던 변종들을 풀어주었고, 잠긴 문을 이용하여 함정을 파기도 했었다.

"아직 추가 검증이 필요한 가설입니다만, 방역전략연구소는 트릭스터가 단순한 기계구조를 전자기장으로 조작할 수 있는 게 아닐까 의심하는 중입니다. 만약 이 가설이 사실일 경우, 잘하면 잠겨있는 압력문을 여는 것도 가능하지 않겠습니까?"

희망적인 관측이었다. 실험구역을 봉쇄하는 문의 내부구조는 정신병원의 철창 자물쇠보다 훨씬 더 무겁고 정교할 터. 과연 만신창이가 된 트릭스터가 열 수 있을까 싶지만…….

"시도해볼 가치는 있겠네요."

뭐라도 해봐야 할 상황이었다. 겨울은 긍정적으로 반응했다.

"그 전에 다른 변종들을 먼저 처리하는 편이 낫겠어요. 전기 괴물이 만신창이이긴 해도, 만에 하나 놓쳐서 엉뚱한 우리를 열고 다니면 곤란하잖아요."

"그럼 제가 오른쪽으로 가겠습니다. 서로 반대 방향을 돌고, 트릭스터가 있는 곳에서 다시 만나는 게 어떨까요?"

"좋아요. 서두르죠."

어차피 돌아본 구역이니, 지금은 안전보다 시간을 아끼는 게 더 중요하다는 판단이었다.

갇혀있는 변종들을 차례로 사살하고 다니는 건 그리 어려운 일이 아니었다. 다만 남은 탄약의 균형을 고려하여, 겨울은 중간에 권총을 집어넣고 소총을 사용했다.

'여기서 벗어나는 즉시 교전을 치르게 될 수도 있는걸.'

위력은 부족할지언정, 반응속도에선 권총이 소총보다 훨씬 낫다.

보통의 변종들보다 흉측하게 일그러진 실험체들을 모두 끝장내고서, 겨울은 트릭스터 앞에 도달했다. 조안나가 나타난 건 그로부터 1분 남짓이 지난 뒤였다.

처음과 같은 모습으로 누워있는 트릭스터는, 재갈 안쪽에서 끓는 울음소리를 냈다. 부드득, 부드득. 이빨이 다 빠진 입으로 재갈을 씹는데도 날카로운 쇳소리가 났다. 검푸른 잇몸이 뭉개지는 가운데 변질된 피가 줄줄 흘러나왔다.

"족쇄는 아예 용접을 해놨네요. 앤이 말했던 가설 때문인가 봐요. 사슬 부분을 도폭선으로 끊어버리면 그만이겠지만요."

비록 전기를 못 쓰게 된 녀석이어도, 혹시 모른다고 생각했을 것이었다. 특수변종을 다룰 땐 최대한 주의하는 편이 좋았다.

주위를 탐색하던 조안나가 은빛 안감의 커다란 바디 백을 발견했다.

"사람 시체가 들어가기엔 규격이 크군요. 아마 트릭스터 포획에 쓰인 물건이겠죠. 잡아오는 도중에 자폭해서 전자기 충격파가 발생하면 곤란했을 테니."

겨울이 제안했다.

"이 놈을 풀어주기 전에 거기다 민감한 물건들을 넣어두는 게 좋겠어요. 무전기, 야시경 같은 전자장비들이랑, 전기신관처럼 위험한 폭발물들 말예요."

지금으로선 예측하기 어렵다. 자유를 얻은 트릭스터가 어떻게 행동할지. 그동안의 실험으로 미쳐버려서, 풀려나자마자 제 몸에 과부하를 걸어버릴지도 몰랐다.

겨울은 가까운 의자에 걸려있던 백색 가운을 교활한 괴물의 얼굴에 씌웠다. 소매와 자락을 묶어 눈을 가린 것이었다. 괴물이 머리를 세차게 흔들었으나 무의미한 저항이었다. 마침 수중에서 도폭선을 꺼내려던 조안나가 의아하게 묻는다.

"뭐하는 거예요, 겨울?"

"이 놈은 영리하니까요. 우리 행동을 의심스러워 할 거예요. 적어도 도폭선은 못 보게 해두려고요. 그러면 일부러 풀어주었다는 걸 모를 수도 있겠죠. 희망사항일 뿐이지만요."

일리가 있다고 여겼는지 조안나가 천천히 끄덕였다.

이제 도폭선을 감고 물러난다. 적당한 거리의 칸막이 뒤에 웅크리는 두 사람.

조안나가 작고 낮게 경고했다. 귀를 막으라고. 그녀 스스로도 팔꿈치로 얼굴 양쪽을 가린다.

"폭파합니다. 셋, 둘, 하나."

강렬한 진동이었다. 실내에서 터진 선형의 굉음은 뼈가 저릴 정도의 크기였다. 정수리에서 이빨까지 징징 울리는 느낌. 유일하게 살아있는 괴물의 괴성이 메아리처럼 뒤를 이었다. 혹시 폭발의 여파에 다치기라도 한 것일까. 고개를 내민 겨울은 끊어진 사슬이 춤을 추는 걸 볼 수 있었다. 사나운 몸부림이었다.

버둥거리던 녀석이 드디어 복면을 벗었다. 어깻죽지에서 전극이 뽑혀 나오는 고통에 비명을 지르기도 잠시, 바싹 엎드려 주위를 살핀다. 전자파를 내뿜는 중일까? 주변의 스피커들로부터 불규칙적인 잡음이 흘러나온다.

이제 출입구 쪽으로 밀어붙일 차례.

타타탕! 일부러 빗나가게 쏜 삼점사가 트릭스터의 발치에서 불꽃을 튀겼다.

캬악!

괴물이 반사적으로 물러났다. 몸이 온전치 못한 탓인지, 겨울을 발견하고 공격성을 보이면서도, 일단은 물러나는 쪽을 택한다. 인대가 끊어진 탓에 뼈가 없는 한쪽 팔이 꼬리처럼 늘어졌다. 그러나 출입구와 미묘하게 다른 방향이었다.

눈살을 찌푸린 겨울은 트릭스터가 내딛는 발아래를 조준했다. 그리고 발이 갑판에 닿기 직전에 격발. 괴물은 불에 데인 것처럼 움츠러들었다.

지속적인 위협사격에, 트릭스터는 결국 정해진 종착지에 가까워진다.

마침내 괴물이 압력문에 도달했다. 두 번째 탄창에 다섯 발이 남은 시점이었다.

끄으으어어억! 쾌애액!

가래 끓는 소리를 지를 때마다 사방으로 피가 튀었다. 트릭스터는 두꺼운 합금에 필사적으로 매달렸다. 파직, 파직. 손으로 더듬을 때마다 작은 방전이 일어났다.

"제발……. 힘내라, 괴물 새끼야."

조안나의 응원이 이채롭다. 그녀도 말해놓고 흠칫하는 모습이었다. 사람이 변종을 응원하게 될 줄이야.

문 안쪽에서 기묘한 마찰음이 들리는 것도 같다.

그러나 어느 순간, 변종의 움직임이 멎었다.

놈은 무언가 깨달은 사람처럼 보였다. 문에서 손을 떼고 겨울이 있는 방향을 응시한다. 더 이상 웅크리지도 않았다. 오히려 양 팔을 벌린다. 쏠 테면 쏴보라는 듯이.

'일부러 빗나가게 쏜다는 걸 알아차린 건가?'

지금이라도 몸통에 한 발 쏴버릴까? 그 정도는 견뎌내지 않을까? 겨울이 거듭 고민했으나, 정상이 아닌 트릭스터의 상태가 마음에 걸렸다. 조안나가 혀를 차더니 소총을 연사로 놓고 긁었다. 카카카카캉! 실내의 반향으로 더욱 날카로워진 총성의 연쇄. 겨울과 같은 의심을 했던 모양이다. 그 중 세 발이 변종의 다리에 맞았다.

그러나 실책이었다. 거리에 비해 지나치게 낮은 명중률을 보고, 인간의 무기에 익숙한 괴물은 드디어 확신을 얻었다. 그 증거는 입꼬리를 끌어올리는 징그러운 웃음이었다.

끄윽, 끄윽, 끄으윽.

닫힌 문을 보고, 두 사람을 보고, 다시 한 번 닫힌 문을 보고…….

그렇게 웃어대던 괴물이 성한 쪽의 손으로 제 목줄을 움켜쥐었다.

"안 돼!"

조안나의 비명 같은 외침은 또한 공허했다.

트릭스터의 손가락이 더러운 피부를 파고들었다. 뿌득, 뿌득, 으지직. 살이 찢어지고 성대가 떨어져 나오는 소리. 부들부들 떨리는 머리는 기형적으로 젖혀졌다. 쿵. 괴물은 무릎을 꿇었다. 동맥에서 솟구친 피가 천장까지 적신다. 충혈 된 눈이 이쪽을 바라보았다. 겨울의 시력은, 괴물의 노란 동공이 확장되는 것을 보기에 충분했다.

트릭스터는 그렇게 죽었다.

"앤, 엄호를 부탁해요."

겨울은 괴물의 사체에 조심스럽게 접근했다. 감각보정의 경고는 사라졌으나, 혹시 모를 일이었다. 이만큼 교활한 괴물이라면 「기만」을 갖추었을지도. 보정은 겨울의 전유물이 아니었다. 고로 기술적인 상쇄를 경계해야 한다. 채드윅의 가면이 그러했듯이.

그러나 반전은 일어나지 않았다. 찢어진 목은 치명상이었다. 꿀럭꿀럭 넘치던 피도, 이제는 그저 가늘게 흐르는 한 줄기에 불과했다. 겨울이 조안나에게 수신호를 보냈다.

조준을 유지하며 잰걸음으로 다가온 그녀. 그러나 생기가 없는 사체를 확인한 뒤엔, 맥이 탁 풀려서는 한 손으로 얼굴을 덮었다.

"빌어먹을!"

핏빛 손자국이 남아있는 압력문은 잠긴 상태 그대로였다. 안될 것을 알면서도, 조안나는 인식장치에 카드 키를 꽂아본다. 삑- 경고음과 함께 붉은 신호가 점등될 뿐이었다.

"이해가 안 됩니다. 자살을 하다니……."

문에 기대어 서서, 그녀는 탁한 금발을 쓸어 넘겼다.

"이것들의 최우선 목표는 감염을 확산시키는 것, 그리고 거기에 방해가 되는 요소를 극복하거나 파괴하는 것이라고 생각해왔습니다. 그런데 왜 스스로 목숨을 끊었을까요? 문을 열 능력이 없어서? 아니면 여는 즉시 사살 당할 거란 사실을 눈치 챘기 때문에? 어느 쪽이든 자살할 이유로는 부족합니다. 차라리 최후의 발악을 해보는 편이 나았을 텐데……."

"사람을 꼭 물리적인 방법으로만 죽일 수 있는 건 아니잖아요."

"그게 무슨 말이에요?"

"어디까지나 짐작이지만, 이 녀석은 저를 알고 있지 않았을까 싶어요."

사물인식에 전파반사를 활용하는 괴물에겐 안면위장도 무의미하다. 성탄전야가 떠오른다. 기지에 잠입하기 위해 일부러 붙잡혔던 트릭스터는, 겨울의 얼굴을 보고 의미심장하게 웃어댔었다. 그 시점에서 겨울에 대한 정보가 퍼져있었던 건 아닐까. 보통의 인간보다 경계해야 할, 강력한 적이라고. 아타스카데로의 트릭스터가 죽기 직전 뿜어낸 단말마의 비명 같았던 전파. 그것이 시작이었을 것이다.

"이기지도 못할 싸움을 하느니, 차라리 스스로 죽어 네게 절망과 무력감을 주겠다……. 이런 생각이었을지도 몰라요. 저랑 앤을 해칠 가능성이 그나마 높은 선택이란 판단 하에……. 사람이 희망을 잃으면 끝이라는 사실을 아는 거죠."

조안나의 입이 벌어졌다.

"설마. 말도 안 됩니다. 이것들에게 그토록 고등한 사고가 가능할 리 없어요."

"아마 학습의 결과겠죠."

"학습?"

"네. 방역전쟁이 시작된 지 1년을 넘었어요. 트릭스터 출현 이후로 따져도 벌써 반년에 가깝고요. 그동안 변종들이 보는 앞에서 희망을 잃고 모든 걸 놓아버렸던 사람이 과연 한 명도 없었을까요? 없기는커녕, 굉장히 많았을 것 같은데요. 보고 배울 기회는 얼마든지 있었겠죠. 인간을 이렇게 무너뜨릴 수도 있구나 하고."

"……."

"그러니 앤, 실망하지 말아요. 이 녀석이 원하는 대로 되는 거예요."

FBI 요원이 마른세수를 했다. 손바닥 사이로 새는 진한 한숨. 그 상태로 움직이지 않는다. 그녀가 마음을 다스리는 사이에, 겨울은 창백하고 커다란 유해를 다시금 눈에 담았다. 많이 변형되었어도 여전히 인간을 닮은 구석이 있었다. 그래서 악의를 담은 오브제처럼 느껴졌다.

겨울도 두려움을 느낀다. 더는 가을을 기다리지 못하게 될까봐.

그러나 끔찍한 공포에도 동요하지 않는 것은, 익숙하기 때문이었다.

'어릴 때부터 항상 두려웠어. 언제 버림받을지 몰라서.'

겨울은 어머니와 아버지의 사랑을 깊게 느낀 적이 없었다. 그러므로 매일 밤 잠들기가 무서웠다. 눈 뜨고 나면 부모님이 없을지도 모르니까. 아이에겐 생사가 걸린 문제였다.

하루는 정말로, 밤중에 깨니 부모님이 보이지 않았다. 열한 살이었던 겨울은 가을을 깨우는 대신, 가늘게 떨면서, 침착하게 서랍장 안을 뒤졌다. 가장 안쪽의 작은 상자. 거기엔 금으로 된 반지가 하나 있었다. 소년은 안심했다. 돌아오시겠구나 하고.

나중엔 떨리는 일도 없게 되었다.

지금도 그렇다. 겨울이 차분하게 제안했다.

"우리 다시 한 번 돌아봐요. 미처 보지 못했던 게 눈에 들어올지도 모르고……. 어쨌든 가만히 있는 것보다는 나을 거예요."

FBI 요원은 힘없이 고개를 끄덕였다.

실험구역은 조용하고 차가운 풍경이었다. 이 와중에도 환풍기는 가동되었으므로, 피와 죽음의 냄새가 그리 진하지 않았다. 소년과 요원은 낙엽처럼 흩어진 서류와 시체들 사이로 느리게 걸었다. 정말로 무언가를 찾기보다는 생각하기 위한 시간이었기에.

그렇게 한 바퀴를 돌고, 가장자리에 마른 자국이 생긴 피 웅덩이 앞에서 발걸음을 멈추었다가, 묵묵히 두 바퀴째를 돌기 시작한다. 조안나의 낯빛이 한층 더 어두워졌다.

혹시나 싶어 벽을 두드려보기도 하고, 테이블을 밟고 올라가 천장의 강도를 확인하기도 했다. 그러나 어느 쪽이든 제대로 만들어졌다는 사실만 알게 되었을 따름이었다. 유사시 완력이 인간 이상인 괴물들을 가둬 두어야 할 시설이니 오죽하겠는가마는.

실험구역 가장 안쪽엔 비상용 발전기가 존재했다. 전체적으로 거대한 엔진을 닮은 형상이었다. 실제 작동방식도 엔진과 다를 바 없었고. 복잡하게 얽힌 파이프가 위압적인 느낌이었다. 비상시 실험구역에 전력을 공급할 수단이었을 터.

조안나가 아쉬워했다.

"저게 벽에서 적당히 떨어져 있었다면 좋았을 겁니다."

가솔린을 태우는 물건이라 별도의 배기관이 선체 바깥까지 이어질 거라고. 그러나 발전기 자체가 선체에 밀착해 있어, 배기관은 어디 붙었는지 보이지도 않았다.

발전기, 전력. 겨울의 상념은 소각절차로 이어졌다. 그게 어떤 형식이든, 기폭은 전기신호로 이루어질 텐데. 그 전원을 어떻게 차단할 방법이 없으려나. 전체를 막는 건 바라지도 않는다.

'이 실험구역으로 들어오는 신호만 막아도…….'

흠. 겨울은 자살한 괴물의 유해가 있을 방향을 바라보았다.

"앤. 트릭스터의 자폭은 분명 스스로에게 과부하를 거는 방식이었죠?"

"……?"

엉뚱한 질문에 의아해하면서도, 조안나는 성실하게 대답했다.

"그렇습니다. 녀석들의 신체기관 일부가 코일처럼 작용한다더군요. 전류와 전압이 한계를 넘어서는 순간 조직이 팽창, 파열하면서 전자기 충격파가 만들어진다고……. 메커니즘 자체는 재래식 EMP 탄두와 다를 게 없다고 들었습니다."

"그러면 이미 죽은 시체에 과부하가 걸려도 충격파가 발생할까요?"

"어, 글쎄요……."

당혹스러워하는 그녀에게 겨울이 막 떠오른 영감을 설명했다.

"그런다고 문이 열리지야 않겠지만, 발화장치가 망가질 가능성은 있지 않겠어요? 이곳에서만이라도 소각절차가 지연된다면, 배가 파괴되는 도중에 빠져나갈 기회가 생길 지도 몰라요. 골조가 뒤틀린다거나, 갑판이 무너져 내린다거나……. 최소한 즉사는 피할 수 있겠죠."

선박 전체가 마비되면 가장 좋겠지만, 거기까지는 기대하기 어려울 것이다. 트릭스터를 포획한 시점에서 최악의 가능성에 대비했을 테니.

결국 탈출에 실패해, 뜨거워진 공기 중에서 서서히 구워질 가능성은 언급하지 않는다.

발화장치가 반드시 고장 난다는 보장도 없었다. 성공 여부는 소각절차가 개시된 이후에나 겨우 알게 될 것이었다. 그때까지는 조명이 사라지고 환기마저 이루어지지 않는 어둠 속에서, 점차 짙어지는 죽음의 냄새를 맡으며 기다려야 할 터였고.

대답은 짧지 않은 여백을 두고 나왔다.

"상상도 못한 발상입니다만, 한 가지 마음에 걸리는 게 있습니다."

"그게 뭐죠?"

"저는 바깥에서 구조가 오지 않을까 기대하고 있었습니다. 철수인원에서 겨울이 빠졌다는 사실을 누군가 알아챌지 모른다고. 저야 그렇다 쳐도, 겨울은 중요한 인물이니까요."

채드윅의 말이 사실이라고 가정할 때, 정보국 요원들 가운데 일부는 사조직의 존재조차 모를 것이다. 그러므로 조안나가 헛된 기대를 품은 것은 아니었다.

"헌데 압력문의 전원이 끊어진다면 구조 자체가 힘들어질 겁니다. 도움이 조직적이긴 어렵겠죠. 잠재적인 적이 있는데다, 그 실체마저도 불분명한 만큼……."

전임 감독관의 죽음부터 석연찮은 마당이었다. 누가 적인지도 모르는 상황에서 누구에게 협력을 요청하겠는가. 수색은 아마도 단독행동일 것이다.

"아니, 해보는 편이 낫겠군요."

고민하던 조안나가 입장을 바꾸었다.

"트릭스터의 사체는 시간이 갈수록 상태가 나빠질 테니까요. 지금이 아니고선 불가능해질지도 모르죠. 막연히 기다리는 것보다는, 할 수 있는 것을 해보고 싶습니다."

"좋아요. 그럼 그 녀석을 여기로 끌고 올게요."

"저도 돕겠습니다."

정해졌으면 서두르는 게 좋았다. 소년과 요원은 실험구역의 끝에서 끝으로 뛰었다. 자살한 괴물은 여전한 모습으로 널브러진 채였다. 다만 쏟아진 혈액의 응고가 진행되었을 뿐.

두 사람이 붙잡고 끌자, 사람보다 크고 육중한 유해는 어렵지 않게 움직였다. 걸쭉한 피 웅덩이를 가르고 긴 자국을 남기면서. 흔들리는 사체는 또한 부드러웠다. 사후경직이 진행되기엔 아직 이른 시점이었으므로. 손목과 발목이 조금 뻣뻣한 정도였다.

이후의 과정도 까다로울 것은 없었다. 발전기에서 나오는 전선을 트릭스터에게 꽂는 것으로 충분했으니. 충격파에 민감한 장비를 은박 바디 백에 집어넣는 것으로 모든 준비가 끝났다.

조안나가 발전기의 제어 콘솔 앞에 섰다. 겨울이 안전거리를 확보하고 신호하자, 그녀는 시동 레버를 움켜쥔다.

"갑니다! 셋, 둘, 하나!"

덜컥. 그녀가 레버를 꺾자, 웅 울리는 소리와 함께 발전기에 시동이 걸렸다. 갑판이 미세하게 진동했다. 출력을 나타내는 계기가 최대치에 도달하기까지 걸린 시간은 고작 1초 남짓. 점등된 신호가 적색에서 청색으로 바뀐 순간-

파지직! 회백색 사체가 격렬하게 반응했다. 살아서 발작을 일으키는 것 같았다. 짧은 순간 겨울은 살이 타는 냄새를 맡았다. 특수변종의 전신에서 매캐한 연기가 피어오른다.

그리고 폭발.

빛이 지워졌다. 발전기의 진동도 사라졌다. 그 공백을 채우며, 어둠은 실험구역 전체를 단숨에 집어삼켰다. 겨울이 바디 백을 뒤져 손전등을 꺼냈다. 달칵. 스위치를 올리자 드러나는 광경은, 전에 한 번 보았다 해도 처참한 것이었다. 안에서부터 터져버린 괴물의 모습. 피에 젖은 뼈와 살점은 겨울에게까지 튀었다.

겨울은 조안나를 위해 길을 비추어주었다. 조심조심 가까워진 그녀가 뒤돌아보며 하는 말.

"세상에. 이게 정말로 되는군요. 무사히 탈출한다면 꼭 보고 해야겠어요."

절반의 감탄이자 절반의 탄식이었다. 박살난 시체를 응시하던 그녀는 곧 자신의 장비를 회수했다. 그 뒤는 겨울의 차례였고.

모든 장비를 다시 착용한 후엔 앉을 곳을 찾았다. 폭파가 예정된 자정까지는 남은 시간이 아직 길었으므로. 고른 자리는 주변에 아무 것도 없는 여백이었다. 쓰러질 물건은 없을수록 좋았다. 구역이 통째로 붕괴하는 상황에 대비해야 했기에.

새까만 어둠 속에, 등을 붙이고 앉아 서로에게 기대는 두 사람. 배터리를 아끼기 위해 랜턴을 껐다. 최소한의 빛도 없어, 야시경조차 무용지물이었다. 쓰려면 쓸 수야 있을 것이다. 일회용 적회선 조명을 소모해가면서.

FBI 요원이 조용히 말했다.

"효과가 있었으면 좋겠네요."

"먹혔기를 바라는 수밖에요."

이미 예상했던, 어쩔 수 없는 불안이었다.

조안나는 시간을 자주 확인했다. 거의 1분 간격으로. 자체적인 조명이 내장된 전자시계여서, 그 때마다 희미한 빛이 어깨를 넘어왔다.

기실 거친 실전환경에선 내구성이든 신뢰성이든 전자식이 기계식보다 우월했기에, 겨울의 손목시계 또한 전자식이었다. 시에루 중장에게 선물 받은 시계 역시 가지고는 있지만.

FBI 수사관이 애써 투덜거렸다.

"시간이 정말 안 가네요. 고등학교 수업을 들을 때도 이 정도는 아니었는데."

"특별히 싫어하는 과목이 있었어요?"

"좋아하는 과목이 오히려 드물었습니다만, 굳이 꼽으라면 영문학과 미술사입니다. 아무래도 적성에 맞지 않더군요."

"의외네요. 앤은 그런 거 좋아할 줄 알았어요."

"제가요?"

별 것 아닌 말에 억눌린 웃음을 터트리는 그녀.

어두운 시간을 죽이기 위하여, 사적인 이야기가 오갔다. 어디서 태어났는지, 생일은 언제인지, 좋아하는 음식과 즐겨 듣는 음악은 무엇인지. 지력보정은 겨울에게 이 세계관의 한겨울을 부지런히 알려주었다. 그렇지만, 보이는 그대로 읊는 경우는 드물었다. 솔직해도 좋을 사소한 정보들. 그때마다 이 세계의 겨울도 갱신되었다.

대화는 과거에서 현재로 이어졌다.

"아까 겨울이 화났을 땐 조금 무서웠습니다. 그런데 한편으로는 안도감이 들더군요. 뭐라고 해야 할까, 그 어느 때보다도 더 겨울이 사람처럼 느껴져서……."

"그래요?"

"네. 평소의 겨울은 어딘가 모르게 부자연스러웠거든요."

소년은 어둠 속에서 고개를 기울였다. 그 움직임을 느꼈는지, 수사관이 빠르게 부연했다.

"나쁜 뜻으로 한 말은 아닙니다. 당신은 정말 좋은 사람이에요. 저는 지금껏 겨울과 비슷한 사람조차 본 적이 없습니다. 수사관 노릇을 하면서 온갖 군상을 만나, 이제 낯선 유형은 없을 거라고 믿었는데도 말입니다."

"……."

"단지, 굉장히 엄격한 면이 있다고나 할까……. 몇 번쯤 무척 멀게 느껴지는 순간이 있었습니다. 음, 잘 설명하기 어렵군요. 죄송합니다. 혹시 불쾌했습니까?"

"아뇨, 전혀. 신경 쓰지 말아요."

불쾌할 이유가 없다. 그녀가 무엇을 말하고 싶어 하는지 겨울도 이미 알고 있었으므로.

그런 대화의 갈피에서 자정이 가까워졌다.

시간은 어느덧 오후 11시 30분. 조안나가 말한다.

"지금쯤 마지막 철수가 진행되고 있겠군요. 자정에 알람을 맞춰두겠습니다."

떨리는 것은 목소리만이 아니었다.

"겨울."

"네."

"괜찮다면, 손을 잡아주겠어요?"

죽음을 각오하는 건 언제든 가혹한 일이다. 겨울은 요원의 부탁을 들어주었다.

그 뒤로 그녀는 시간을 확인하지 않았다. 알람이 울리는 순간까지.

삐빅, 삐빅, 삐빅-

조안나의 몸이 가늘게 튀었다. 또한 추운 것처럼 떨었다. 새까만 적막 속에서 귀가 예민해진 탓일까. 작은 전자음은 호흡과 더불어 기이할 정도로 선명했다. 시계는 1분 내내 울었다. 겨울이 느끼는 두려움은 뇌리에 박힌 얼음조각 같았다. 차갑고 뾰족해서 모든 생각을 찔러댄다.

이윽고 다시 정적이 돌아왔다.

사방은 여전히 어둡고 무거웠다. 그러나 실험구역 바깥은 벌써 타오르는 중일지도 몰랐다. 이 와중에 「생존감각」과 「위기감지」는 어렴풋하고 불안정하다. 어느 쪽이든 겨울 자신의 의심, 불안, 확신에 영향을 받는 까닭. 신경을 자극하는 경고의 허와 실을 구분하기 어려웠다.

그렇게 지나가는 10분과 20분과 30분…….

공기는 아직도 서늘했다. 이상하다고 생각하는 겨울. 응당 있어야 할 진동과 폭음이 느껴지지 않는다. 아무리 다른 구획의 화재라도 이토록 조용할 수가 있나? 팽창한 선체가 울고, 배관이 터지고, 환기구를 통해 유독한 연기가 흘러나와야 정상인데.

마침내 새벽 1시가 되었다. 조안나가 물었다.

"이게 어떻게 된 걸까요?"

잔뜩 지친 목소리였다. 두려운 기다림이 몸과 마음을 소모시킨 탓이었다.

"글쎄요. 혹시 충격파에 피쿼드 전체의 전력계통이 나가버린 건 아닐까요?"

"그럴 리가……. 만에 하나 그렇다 하더라도 이 상황은 말이 안 됩니다. 배를 방치하는 시간이 길어질수록 기밀이 유출될 가능성도 높아지는걸요. 자체적인 소각절차가 불가능하다고 판단한 시점에서 즉시 다른 수단을 강구했어야 정상입니다. 십중팔구는 어뢰공격이겠지만요."

"음, 그럼 어떤 이유에서든 철수가 지연되고 있다고 봐야겠네요."

"혹은 아예 보류되었을지도……. 정부의 최종해결 방침이 이제 와서 바뀔 이유는 없겠고, 철수 경로의 해저에서 무언가 말썽이 일어난 건 아닐지……."

구 중국군 강경파와 화평파의 대립은 첨예했다. 양용빈 육군상장과 시에루 해군중장의 갈등. 양대 세력 사이에서 우발적인 충돌이라도 빚어졌거나 하면, 해저를 경유하는 철수는 중지될 수밖에 없었다. 적대적인 잠수함들이 서로에게 날카로운 음파를 쏘아대는 해역을, 이쪽과는 무관한 문제라며 태평하게 지나갈 순 없는 노릇이기에.

"정말로 누군가 우리를 위해 행동하고 있을지도 모르죠. 앤이 기대했던 것처럼."

"……."

지친 그녀를 위해서는 희망적인 관측이 필요했다. 어떤 예측도 불확실하긴 매한가지였다.

"혹시 배고프진 않아요? 지금 뭔가 먹어두는 게 좋을 것 같은데."

겨울은 등 뒤의 멎지 않는 떨림을 경계했다. 긴장하는 것만으로 닳아 없어지는 게 체력이었다. 하물며 여기 갇혀있기가 벌써 반나절. 허기와 피로가 없는 편이 비정상적이다.

"생각이 없습니다. 가진 것도 없고요. 저는 괜찮으니 겨울만이라도 드세요."

언제 보급곤란을 겪을지 모르는 군인들이야 전투식량에 포함된 에너지 바를 따로 챙겨 다니는 게 일상이었으나, 단기작전에만 주로 투입되어 온 FBI 감독관에겐 그런 습관이 없었다.

"그러지 말고 이거 받아요. 막상 기회가 생겼는데도 힘이 부족해서 못나갈 수가 있으니까."

겨울이 두 개의 에너지 바를 꺼내어 조안나에게 건넸다.

막말로 소각절차 대신 어뢰공격이 이루어져서 선체가 찢어진다 치자. 운이 좋아 눈앞에 폭 넓은 균열이 생긴들, 탈출하는 건 또 다른 기적일 것이었다. 어마어마한 체력이 필요할 터.

부스럭부스럭. 두 사람이 에너지 바의 포장을 벗기는 소리. 이리저리 짓눌린 내용물은 어둠 속에서도 엉망진창인 것을 알 수 있었다. 제프리가 보았다면 이거야말로 배설물이라고 감탄했을 것이다. 농담이 저질스러운 소위 또한 두고 온 이야기의 일부여서, 겨울은 씹는 내내 포트 로버츠를 생각했다. 사람을 넘어서는 꿈을 가장 좋은 모습으로 꾸었던 곳이었다.

한 개를 다 먹고 두 개째의 절반을 삼켰을 때였다. 「위기감지」의 경고가 가파르게 상승했다.

'뭐지?'

막연한 신호였다. 무언가 일어날 거라고.

"겨울? 무슨 일이에요?"

움직임을 감지한 조안나가 물었으나, 불안의 정체를 모르는 이상 대답이 마땅치 않았다.

"뭔가 느낌이 좋지 않아요."

라고 말할 뿐. 그러나 그것으로 충분했다. 겨울은 그녀가 긴장하는 것을 느낄 수 있었다.

겨울이 랜턴을 켜고 주위를 살폈다. 광적응이 괴로운지 눈살을 찌푸리는 FBI 요원. 그러나 그녀 또한 자신의 랜턴을 사용했다. 두 줄기 빛이 비추는 풍경은 처음과 같았다. 다가오는 위협이 무엇이든, 그 근원이 실험구역 내에 있는 것 같진 않았다.

'혹시 어뢰? 아니면 소각절차가 시작되기라도 했나?'

생각하는 순간,

~~쿠우우웅~~

방향이 없는 굉음. 보이는 모든 것이 흔들렸다. 요란하게 쏟아지고, 부딪히고, 날아오르는 사물들. 편향된 관성 속에서 갑판이 발을 쳐내는 듯 하여, 겨울조차 중심을 잃을 지경이었다. 가까스로 균형을 잡고, 넘어진 조안나가 경사에 삼켜지지 않도록 붙잡는다. 타악, 탁, 탁. 그녀가 놓친 랜턴이 사방으로 빛을 뿌리며 멀어졌다.

"무슨……?!"

비틀거리며 일어선 조안나는, 통째로 구부러진 갑판을 보며 아연실색했다.

이 와중에도 여진처럼 계속되는 진동은 배를 통째로 갈아대는 느낌이었다. 끼우우우웅- 끼기기기긱- 선체가 높고 날카롭게 우는 소리. 고통스러울 정도의 음량과 음계여서, 귀를 막고도 고통스러워하는 조안나의 모습. 겨울도 크게 나을 게 없었다.

진동이 지나간 뒤엔 배가 한 차례 크게 출렁거렸다. 그리고 이제까지의 높은 굉음 대신, 몸 깊은 곳까지 공명하게 만드는 낮고 불길한 울림이 시작되었다. 조안나가 날카롭게 외쳤다.

"이건……. 아무래도 배가 깨진 모양입니다!"

폭포를 닮은 소리는 곧 보이지 않는 곳의 침수였다.

"빠져나갈 곳이 있는지 찾아봐요!"

겨울은 입구 방향으로 뛰었다. 한 쪽 방향으로 작용한 충격, 편향되어있었던 관성으로 말미암아, 갑판은 우에서 좌로 밀린 형상. 즉 외부 선체보다는 내부 골조와 격벽 쪽에 이상이 생겼을 공산이 컸다. 특히 서로 강도가 다른 문과 벽 사이에.

'아무래도 어뢰는 아닌 것 같은데.'

최초의 충격 뒤에 이어진 금속성의 마찰음을 감안할 때, 배수량이 적잖은 배가 피쿼드를 들이 받았을 가능성이 가장 높았다. 그러나 그게 말이 될까? 피쿼드 주변은 온통 주거지역으로 막혀있건만. 이물과 고물과 뱃전을 맞댄 무수한 배를 뚫고 피쿼드까지 닿는다는 게 가능한 일인가?

"빛이 보입니다!"

조안나의 말대로, 크고 육중한 압력문과 그 틀이, 그보다 얇은 격벽을 구겨놓은 모양새였다. 어느 쪽이든 무척이나 두꺼웠으나 그럼에도 비중과 재질의 차이가 있었던 것. 덕분에 부서지다시피 접힌 벽과 문틀과 갑판의 세 면 사이로 좁고 깊은 여백이 생겨났다.

새어 들어오는 조명을 보건대 전자기 충격파는 실험구역을 빠져나가지 못한 듯하다.

'애당초 실내에서 터진 만큼, 방호를 하지 않았어도 범위가 좁았겠지만.'

중계기가 없으면 전파조차 갇히는 선체였다.

실험구역은 갑판 한 층의 절반이었다. 고로 다른 구획과 닿은 격벽은 한 면이 전부였다. 문의 좌우를 길게 살펴도 빛이 들어오는 건 이곳뿐이었다. 겨울의 강화된 감각은 지금 이 순간에도 달라지는 갑판의 기울기를 느낀다. 약해진 곳을 꼼꼼히 탐색할 시간이 없었다.

"달리 방법이 없네요. 조금 좁긴 하지만……. 장비를 벗고 시도해봐야겠어요."

"……."

FBI 요원은 자신 없어 보이는 모습이었다.

겨울이 장비를 먼저 저편으로 던진 뒤, 조심스럽게 들어갔다. 좁은 폭 그 자체보다도 날카롭게 찢어진 격벽과 깊이가 위험했다. 곳곳이 거칠고 예리하다. 차라리 칼날에 베이는 게 나을 만큼. 적어도 후자는 상처가 깔끔하게 남을 테니.

지직. 억센 옷이 긁히는 소리. 소년은 조금씩, 신중하게 움직였다. 그러나 최대한 주의했음에도 불구하고, 팔뚝에 상처가 생겼다.

전투복이 뜨겁게 젖었다. 살 속으로 파고든 깊이와 형태를 기억하며 다시 움직이는 겨울. 그냥 지나가는 게 아니라 수시로 몸을 비틀고, 사지를 펴보고, 손으로 더듬어본다. 덕분에 완전히 통과하기까지 몇 번을 더 찔리고 베여야 했지만.

보안실을 사이에 둔 또 하나의 문은 열려있는 채였다.

장비를 착용한 겨울이 틈을 사이에 두고 FBI 요원을 마주보았다.

"앤. 도폭선이랑 폭약, 아직 가지고 있죠?"

"그렇습니다만, 이 모서리들을 다 뭉개기에는……."

"가장 위험한 것들만 어떻게 해보자고요. 통과할 때 일일이 확인했으니까."

체형의 차이를 고려하면서. 이 말에 조안나의 입이 벌어졌다.

"처음부터 그럴 작정이었어요?"

"네."

그리고 겨울은 가장 깊게 찌른 모서리들을 순서대로 짚어보였다. 겉만 봐서는 구분하기 어려운 차이였으나, 몸을 끼우고 비비며 지나갈 땐 확연히 달랐다.

폭약 설치는 금방이었다. 번쩍. 검은 틈이 한 순간 하얗게 발광했다. 폭압과 연기가 빠진 뒤에 확인한 틈새는 전과 거의 같았으나, 적어도 치명적인 일부분은 확실하게 무뎌졌다. 여기에 자잘한 요철을 몇 차례의 사격으로 뭉개놓았다.

"자, 넘어와요. 어떻게 움직여야 가장 적게 베이는지 알려줄게요."

아무리 눈으로 봐둬도 실제 통과할 때의 감각에 미치지는 못한다. 재수 없게 허벅지라도 잘못 다쳤다간 동맥이 끊어질 것이었다.

'그런데 이 냄새는 설마…….'

모든 빛이 위태로이 깜박이는 복도 저편으로부터, 감각보정 없인 감지하기 힘겨울 만큼 희미하게, 두 종류의 악취가 밀려왔다. 썩은내와 비린내. 어느 쪽이든 익숙하다. 익숙해서 더 크게 우려된다. 전자는 감염변종 특유의 독한 체취였고, 후자는 때 이른 위협이었기에.

'아니야. 뒤쪽은 지나친 걱정일 거야.'

모든 것이 썩어가는 바다에서 비린내는 드문 것이 아니다. 해상도시에 공급되는 식량은 공수물자 이상으로 어선의 어획량이 많았으므로. 배와 배 사이에 줄을 당기고 생선을 걸어 말리는 풍경은 일상적이었다. 배 안에서까지 그 냄새를 맡게 된 게 뜻밖이었으나, 선체가 깨졌으니 바깥바람이 들어올 길은 얼마든지 있을 것이다.

쿠웅, 쿵. 격렬하지만, 아까보다는 작은 충격이 연달아 발아래를 흔들었다. 날카로운 균열에 막 몸을 넣은 참이었던 조안나가 가늘게 신음했다.

"괜찮아요?"

"별 거 아닙니다. 흔들리는 통에 조금 찔렸을 뿐. 하지만 돌아가는 상황을 모르겠군요. 대체 무슨 일이 일어나고 있는 건지."

확산된 감염, 폭주하는 해상도시. 이건 탈출의 기회라기보다 또 한 번의 위기라고 봐야 한다. 겨울은 자신의 짐작을 입 밖에 내지 않았다. 아직 감염규모가 얼마나 되는지도 모르고.

대신 그녀가 무사히 나오도록 돕는데 열중한다. 복도 저편을 경계하면서.

"거기서 상체를 왼쪽으로 틀어야 돼요. 조금 더, 조금만 더. 네, 그 상태로 반 뼘만 나와요."

쿵! 또다시 선체가 요동쳤다. 대각선으로 점점 기울어서, 이제는 그 경사가 확연할 정도였다.

"이제 팔꿈치로 몸을 밀어요. 제가 당겨줄게요. 조금 아플 거예요."

"으윽."

아예 다치지 않고 나올 순 없었다. 조안나는 여러 차례 끼었고, 그 때마다 크고 작은 상처를 입었다. 기울기를 따라 흘러나오는 피는 갈수록 많은 줄기가 되었다. 몸의 절반이 빠져나온 시점에서 마지막 고비를 넘기고, 골반 아래를 수월하게 빼내는 그녀. 한숨과 함께 이마를 훔치고, 방탄복과 조끼를 몸에 걸친다.

그녀는 잠깐 폐쇄회로 카메라를 의식했다.

"감시를 피하기보다는 빠르게 움직이는 편이 낫겠습니다."

겨울도 동감이었다. 예상이 맞으면 맞는 대로, 틀리면 틀리는 대로, 상황실은 다른 쪽으로 바쁠 것이다. 채드윅이 남아있다 쳐도 수작을 부리기 어렵겠고. 오히려 시간적 여유를 주지 않는 편이 낫다. 일반적인 교전에서는 절대로 지지 않는다.

길을 되짚어 오르는 도중에, 겨울이 주먹을 들었다. 정지.

난간과 계단의 틈새로 늘어지는 빛과 그림자. 위쪽 층계참으로부터 늘어진 그림자는 홀로 선 사람의 형상이었다. 이쪽의 발소리를 들었는지, 캉, 캉, 느린 속도로 내려온다.

마침내 모습을 드러낸 그는……. 조안나가 자기도 모르게 내뱉었다.

"Oh, God."

탕! 겨울의 단발사격이 블루 스컬 타격대원이었던 변종의 머리를 관통했다. 선체 벽에 팍 튀는 피와 뇌수. 겨울의 시선이 시체를 빠르게 훑었다. 비교적 깨끗한 피부는 사람이었던 시절에 비해 크게 달라지지 않았다. 다만 변질된 피가 흐르기 시작한 혈관이 피부 위에서도 선명한 만큼, 사람과 혼동할 여지는 없었다.

"감염 이후 경과한 시간은 대략 서너 시간 남짓이겠네요."

"맙소사. 외곽 경계가 뚫렸나보군요. 어떻게 이런 일이……."

피쿼드는 해상도시 외곽에서 안쪽으로 꽤 들어온 위치에 있었다. 감염이 여기까지 번진 상태라면, 다른 곳은 말할 것도 없을 터.

이제 겨울과 같은 예측에 도달한 요원이 온 몸으로 전율했다.

두 사람은 화기에 소음기를 결합했다.

피쿼드는 빠르게 침몰하고 있었다. 고작 중층에서 상층 갑판까지 층계를 오를 뿐인데, 그것조차 쉽지 않을 정도로. 층계참에서 계단이 꺾어질 때마다 경사가 달라지는 탓이었다. 계단의 절반이 점차 완만해진 반면, 남은 절반은 갈수록 사다리처럼 타고 올라야 했다.

끼우우우웅. 배가 지진 맞은 건물처럼 흔들렸다. 외부로부터의 충격은 아니었다. 진동이 낮아진 뒤엔, 물 쏟아지는 소리가 전보다 거세어졌다. 갑판 아래 어딘가가 압력을 못 이겨 찢어진 모양. 층계를 다 오른 조안나가 근심스럽게 말했다.

"큰일이군요. 방수격벽이 아직 열려있는 것 같습니다. 생존자를 찾아볼 시간이 있을지……."

이중선체가 깨지더라도, 격벽만 제때 닫으면 침몰할 확률이 크게 줄어든다.

그러나 철수가 거의 다 진행된 시점에서 파손 위치에 사람이 있었을 리 없고, 내부 감염으로 인해 상황실에서도 정상적인 대응을 하지 못한 듯 했다.

모퉁이에 몸을 숨긴 채 나가는 길을 살펴보는 겨울과 조안나.

상층갑판은 아래처럼 조용하지 않았다. 여러 번 경험했던, 그러나 한동안 접하지 못했던 소란이 복도에 메아리친다. 캬아악, 캬악! 쾅쾅쾅! 굶주린 것들이 갈급하게 문을 두드려 대는 요란한 소리들. 좁은 길이 아우성치는 시체들로 꽉 막혀있었다. 언뜻언뜻 비치는 면면들이 예외 없이 아는 얼굴들이었다.

안에 누군가 갇혀있는 걸까. 조안나에게 신호를 보낸 겨울이 세열수류탄을 꺼냈다.

틱. 지연신관이 점화되는 소리. 바로 던지지 않고 심지가 타들어가기를 기다린다. 터지기까지 남은 시간을 가늠하는 수단은 「위기감지」와 「생존감각」의 연동이었다. 이대로 들고 있으면 언제 죽는가. 경고가 급격히 비등하는 순간, 겨울은 1초 후의 폭발을 집어던졌다.

수십 개의 머리통 위에서 수천 조각의 파편이 터졌다.

난폭한 굉음이 좁고 긴 여백을 휩쓸어, 여파만으로 천장의 조명이 줄줄이 깨져버렸다.

폭풍이 지나가고 슬쩍 고개를 내밀었을 때, 멀쩡히 서있는 놈은 하나도 없었다. 피를 흘리며 쓰러져 꿈틀거리는 것들이 보일 뿐. 그냥 던지거나 바닥으로 굴렸다면 결과는 달랐을 것이다. 아무리 많은 파편이 뿌려져도 몸통 하나 관통하기 어려운 까닭이었다.

"훌륭합니다. 저 많은 수를 단 한 발로 정리하다니."

그렇게 말하며 조안나가 확인사살을 가했다. 애초에 좋은 실력이었건만, 전보다 더 빠르고 정확해졌다. 심지어 지쳐있는 상황임에도. 얼마나 많은 연습이 있었을까. 아마 불안을 억누르기 위한 노력이 아니었을지.

이제 죽은 것들이 두드리던 문 앞에 선다. 갇힌 것은 생존자인가? 쾅쾅쾅. 안에서 바깥으로 두드리는 소리는, 밖에서 굶주린 것들이 두드리던 것과 별반 다를 게 없었다.

"거기 누구 있습니까?"

혹시나 싶어 문 너머로 던진 질문에 거친 대답이 돌아온다. 캬악, 캭!

전후사정은 쉽게 그려졌다.

'들어가서 문을 잠갔으나, 그 전에 이미 물려있었던 거겠지.'

자살은 쉽지 않은 선택이다. 설령 괴물이 될 게 뻔하더라도. 어차피 죽을 거라면, 무의미한 1초라도 더 살아 숨 쉬고 싶은 마음. 겨울에겐 해당사항이 없는 심리였으나, 많이 보아온 경험으로 이해하게 되었다. 때론 산다는 것 그 자체가 삶의 의미일 수 있다고.

무장한 시체들로부터 탄약과 수류탄을 회수한 조안나가 겨울의 몫을 건넸다.

"그냥 지나가는 게 어때요?"

그녀의 제안에도 불구하고, 겨울은 문 옆으로 붙었다.

"채드윅일지도 모르잖아요."

요원은 수긍했다. 비밀이 많은 인물이다. 애국자들과 이어지는 단서, 혹은 그 외의 무언가를 지니고 있을 가능성은 충분했다. 페어 스트라이크 작전의 책임자이기에 철수 순서도 가장 마지막인 사람이었고.

문을 열지 못하는 걸 보면 저편에 있는 변종은 평범한 녀석일 것이었다.

겨울이 무기를 교체했다. 권총을 들고, 문고리를 비틀었다.

덜컹!

열기 무섭게 가해지는 충격은 성인의 체중과 역병의 근력이었다. 그러나 일반변종으로선 겨울이 버티는 힘을 이길 순 없었다. 여기에 조안나까지 가세했으니. 크에에엑! 소음기가 들어갈 만큼만 벌어진 틈으로, 창백한 손가락만 기어 나올 따름이었다. 바깥 공기에 굶주린 사람처럼, 충혈 된 눈으로 문틈에 달라붙는 변종. 그러나 기대하던 채드윅은 아니었다.

숨 쉬는 시체가 방탄복을 입었어도 얼굴만은 무방비했다. 겨울은 따다다닥 부딪히는 이빨 사이를 조준했다. 툭! 둔탁한 총성이 곧 역병 환자의 안락사였다.

추가로 밀어붙이는 괴물은 없었다. 그러나 뜻밖에도 사람의 목소리는 있었다.

"세상에! 한겨울 중위! 깁슨 감독관! 우리를 구하러 온 겁니까? 신이시여, 감사합니다!"

"……탤벗 요원?"

올리버 탤벗은 선실 내 책상 아래로부터 다른 요원 한 명과 함께 기어 나왔다. 여기에 로커에 숨어있던 다른 한 명까지. 괴물과 같은 밀실에 갇혀있던 생존자가 셋이나 된다. 그냥 지나가자고 했던 조안나는 당혹스러운 표정을 지으며 질문했다.

"대체 얼마나 오래 거기 있었던 거예요?"

"네 시간 째입니다. 그러는 두 분은 언제 돌아오신 겁니까? 다른 지원 병력은요?"

"돌아오다니……. 우리는 이 배를 떠난 적이 없습니다."

그러자 이번엔 탤벗이 당황했다.

"그게 무슨 말씀입니까? 2차 철수에 포함되셨다고 들었는데."

"오, 정말요? 채드윅이 그러던가요?"

정보국 요원답게 탤벗은 눈치가 빨랐다.

"무슨 일이 있었던 겁니까?"

"말하자면 깁니다. 일단 당신은 그 사람의 비밀을 모르는 것 같고, 나머지 두 사람은 어떤지 모르겠네요. 서둘러 움직이고 싶은데 불안요소를 뒤에 두긴 싫거든요."

이 순간에도 바다가 포경선을 삼키는 중이었다. 갑판이 많이 기울어서, 몸을 숙이지 않으면 중심을 잃을 만큼.

조안나의 날선 경고에 대하여, 두 사람의 반응은 겁먹은 일반인과 다를 게 없었다. 아무것도 모른다고 도리질 칠 뿐. 가만히 노려보던 조안나가 한숨 쉬며 고개를 흔들었다.

"지금은 믿는 수밖에 없겠군요. 겨울의 생각은 어떻습니까?"

"동감이에요. 혐의가 있어도 산 사람을 버리고 갈 순 없잖아요. 위협이 될 것 같지도 않고."

행정요원의 한계라고 해야 할까. 세 명이 변종 하나를 피해 숨어있었던 시점에서 전투력을 경계할 필요는 없었다. 만에 하나 딴 마음을 먹더라도 얼마든지 제압할 수 있을 것이다. 미숙한 인원의 정면사격은 겨울의 후방사격보다도 한참이나 느리다.

애초에 겨울 없이 살아나갈 자신이나 있을까? 동료가 변이되는 순간에 처리할 능력도, 대범함도 없었던 자들이. 안전한 곳에 이르기까지는, 경계심을 잊지 않는 것으로 충분할 터였다.

"두 분 성함이 어떻게 되시죠?"

겨울의 질문. 상황실 상주인원 중엔 안면이 없는 경우가 많았다. 이 두 사람도 마찬가지.

"숀 터커입니다."

"사만다 G. 켈리입니다."

끄덕인 겨울이 시체 쪽으로 고갯짓했다.

"좋아요. 터커 요원, 켈리 요원. 일단 무장해요."

각자 권총을 휴대하고는 있었다. 그러나 탄약이 있었다면 갇혀 있을 이유가 없었으리라. 여기로 도망치는 중에 모두 소진한 듯하다.

타격대원이었던 변종의 시체가 많았으므로, 조안나가 한 번 챙기고도 충분한 무기와 탄약이 남아있었다. 무전기와 야시경 등, 손상되지 않은 전자장비들을 포함하여.

겨울의 지시에 허겁지겁 따르는 터커와 켈리. 하지만 손만 바쁘지 실속이 없었다. 통로 방향을 경계하던 조안나가 사납게 쏘아붙였다.

"책상물림들이란. 만지는 정도로 안 옮습니다! 서둘러요! 빠져 죽고 싶습니까?"

만지는 것조차 거부감을 보이는 수준이면, 브래들리에서의 리아이링이나 마찬가지였다.

탤벗은 그나마 나았다. 현장요원에 필적하는 속도로 무장을 갖춘다. 그러나 자신감하고는 별개였다. 아무리 훈련을 쌓아도 닿을 수 없는 현장경험의 공백. 그것이 느껴졌다. 이제까지 만날 때마다 보았던 여유로움은 눈곱만큼도 남아있지 않았다.

"탤벗 요원. 말해 봐요. 어쩌다 이렇게 되었는지."

재개된 이동의 와중에 조안나가 추궁했다. 마침 겨울도 물어보려던 참이었다.

"감염이 어떻게 시작되었는지는 저도 모릅니다. 해지고 안개가 끼어 보이는 게 없을 때였습니다. 멀리서 비명이 들려오고 분위기가 심상치 않다 싶었는데, 7차 철수 인력을 받던 잠수함 쪽에서 갑작스럽게 총성이 들렸습니다. 그리고 갑판으로 무언가 올라왔지요. 일단 배 안으로 긴급 대피했습니다만, 어찌된 건지 내부에서도 감염자가 나왔습니다."

켈리 요원이 떨리고 더듬는 말을 보탰다.

"저, 정말 순식간이었죠……. 정신을 차리고 보니 어느새 혼자였어요. 터커를, 탤벗을 만나지 못했다면 어떻게 되었을지……!"

"알겠으니까 총구 이쪽으로 겨누지 마십시오. 목소리 낮추고요. 돌아버리겠군."

조안나의 소리죽인 반응이 여전히 날카롭다. 그러나 지치고 닳았는데도 긴장을 놓지 못하는 상황에선 욕을 하지 않는 것만으로도 대단한 자제력이었다.

다시 움직이는 도중 갈수록 깜박이던 조명이 완전히 나갔다. 조안나가 말했다.

"적외선 조명을 쓰겠습니다. 모두 야시경 착용해요."

남은 길은 길지 않았다. 그것을 바뀌는 공기로도 알 수 있었다. 냄새도 냄새지만, 높아지는 습도는 곧 바깥에서 밀려들어오는 안개였다. 워낙에 짙어 숨쉬기가 답답할 지경이었다.

외부 갑판으로 나서는 문에 이르러 지키던 변종 둘을 사살하고, 겨울은 긴 한숨을 내쉬었다.

겁먹은 터커가 조심스레 묻는다.

"왜 그러십니까? 혹시 친한 사이셨습니까?"

"아뇨. 아무래도 우리가 상대해야 할 녀석이 새로운 특수변종인 것 같아서요."

"네?"

"시체에 남은 상처를 봐요."

소년이 사체 두 구를 가리켰다. 감염의 원인이 된 상처가 독특했다. 위아래의 이빨이 두 줄로 나있었다. 상처의 냄새를 맡아보면 아직도 독한 비린내가 남아있었고.

'뮤테이션 코드 「멜빌레이」. 아까부터 불안하긴 했지만, 설마라고 생각했는데…….'

하필이면 해상도시에서 이 괴물과 싸워야 하나. 안개와 바다의 상승작용이 바다괴물에게 최적의 사냥터를 만들어주고 있었다. 하다못해 이 배, 피쿼드라도 멀쩡하면 지형과 높이의 이점이라도 살리겠으나…….

쿠웅! 피쿼드가 요동쳤다. 갑판 저편, 안개 너머에서 붉은 빛이 뭉그러졌다. 작은 배 하나 부딪혀 폭발한 모양이다. 그뿐만이 아니었다. 청각적인 혼돈이 모든 방향에서 밀려왔다. 비명과 고함, 살기 위한 아우성, 총성, 포성, 폭음, 충돌음, 그리고 깨애애애액!

"그, 그냥 기형이 아닐까요? 아니면 크고 작은 녀석 둘이 같은 자리를 깨물었다던가……."

이러는 터커에게 조안나가 대꾸했다.

"말이 되는 소리를 하십시오. 너비부터 정상이 아니잖습니까. 서로 다른 녀석이 깨문 것이라고 보기엔 치열의 간격이 지나치게 일정하고요."

잇자국의 폭이 한 뼘을 넘는다. 사람을 씹지도 않고 삼킬 그럼블 보다야 못하겠으나, 적어도 트릭스터보다는 입이 큰 녀석이란 증거였다. 기형 따위일 리가 없다.

무엇보다 겨울은 비효율적 형상의 기형변종이 왜 나타나지 않는지 알고 있었다.

겨울의 행동에 의문을 품고, 상처의 냄새를 맡아본 조안나가 인상을 찡그렸다.

"비린내?"

"단정 짓기는 이르지만, 수중활동에 최적화된 특수변종이겠죠."

지금은 이렇게 말하는 정도가 최선일 것이다. 근거가 냄새 하나뿐이니. 겨울로서는 아는 것을 다 말할 수 없었다. 말하면 당장이야 도움이 되겠으나, 살아나간 뒤가 문제일 것이다.

'예언자나 초능력자 취급을 받고서 끝이 좋았던 적이 없어.'

퉁탕퉁탕. 캬아아악! 갑판을 내달리는 굶주린 것들의 소리가 들린다. 그리고 누군가의 비명. 연사로 긁는 총성과 함께 어둠과 안개가 번개 치듯이 번쩍거렸다. 탤벗이 입술을 씹었다.

"젠장! 정말 새로운 특수변종이라면 어떻게 해야 합니까?"

그러면서 보는 게 겨울이었다. 그럼블을 처음으로 사냥하고, 트릭스터 또한 사전정보 없는 조우전으로 처리한 전적이 있으므로.

하지만 이만큼 무의미한 질문이 있을까.

"변종이 있든 없든 급한 건 탈출이에요. 핵공격이 언제인지 아는 사람 있어요?"

정황상 최종해결이 실행될 것은 확실했으나, 그 시점은 아직 언질이 없었다. 위에선 그저 철수명령을 내렸을 뿐이었고.

혹여 정보국 요원들은 다른가 싶어 물었지만 다들 고개를 저을 따름이었다. 켈리 요원이 조심스럽게 두 사람을 언급했다.

"채드윅 팀장이나 코왈스키 요원이라면 알 것도 같습니다. 팀장이야 지부장급이고, 코왈스키는 통신보안담당이라 오가는 전문들을 검수하니까요."

"어디 있는지는 알고요?"

"……모릅니다."

긴장해서 판단력이 마비된 건가. 지금으로선 쓸모없는 말들뿐이었다.

어느새 경사가 30도에 가까워졌다. 선수가 들린 배는 금방이라도 가운데가 끊어질 것처럼 보였다.

있는지도 모를 추가 생존자를 찾기엔 시간이 부족하다. 정확하게는 남은 시간을 알 수 없었다. 갑판이 언제까지 인장응력을 견뎌내겠는가. 한 번 파열되기 시작하면 배는 삽시간에 찢어질 것이었다. 침몰하는 선체가 물과 사람을 동시에 빨아들이겠지. 겨울은 미련을 접었다.

'소설 같은 결말만은 피해야해.'

「모비 딕」에서 마지막까지 살아남는 사람은 단 한 명에 불과했다.

"조용히 따라와요. 일단 보트를 확보하겠습니다."

이의는 없었다. 결정을 내린 겨울이 앞장섰다. 철컥. 마지막으로 빠져나온 조안나가 문을 닫는 소리. 이것만으로도 내부의 변종들을 가둬두기엔 충분했다.

밖으로 나오자 시계(視界)가 급격히 줄어들었다. 야시경이 제공하는 한정된 시야에서, 적외선 조명에 비춰진 안개는 화면에 낀 백색의 노이즈 같았다. 어떤 면에선 맨눈으로 보는 것보다 못한 느낌. 그럼에도 불구하고 겨울은 야시경을 벗지 않는다. 나안으로 본답시고 평범한 조명을 쓰게 되면, 밝아진 안개가 갑판의 모든 변종들을 불러들일 것이었다.

불균형한 갑판은 희뿌연 밤바람에 젖어있었다. 번들거리는 겉면이 미끄럼틀과 같아, 겨울 이외의 사람들을 위해서는 난간을 붙잡고 올라가는 편이 안전했다. 줄사다리가 있는 곳까지.

끼에에엑-

요란하게 넘어지는 소리가 들리는가 싶더니 변종 하나가 쭉 미끄러져 내려왔다. 으악! 켈리 요원이 비명을 지른다. 발작 같은 사격은 덤. 마구 쏘아댄 총탄이 모조리 빗나갔다.

괴물이 일어서려는 순간에, 겨울은 머리가 아닌 무릎을 쏘았다. 빡! 슬개골을 부수고 십자인대를 끊어버리는 사격. 중심을 잃은 괴물이 뒤로 넘어졌다. 캬약, 캬아아악! 괴성을 지르며 굴러 내려가는 녀석. 겨울은 손을 뻗어 이어지는 사격을 막았다. 조용해져야 할 순간이었다.

역시나, 굴러간 놈의 괴성이 다른 변종들을 끌어들였다. 안개 저편에서 검은 실루엣들이 휙휙 지나간다. 쿠웅, 쿵! 전속력으로 달려가서 함교에 부딪히는 소리들. 밤눈이 어둡기는 놈들도 매한가지였다. 벽은 안개 속에서 느닷없이 나타난 것처럼 보였을 것이다.

겨울이 수류탄 핀을 뽑아 낮게 던졌다. 놈들의 발 아래로 알아서 굴러가라고.

번쩍. 섬광과 폭음이 안개를 후려쳤다. 물 먹은 어둠이 훅 밀려나는 틈에, 분노한 핏빛 아우성들이 수도 없이 겹쳐져 들려왔다. 웅크린 채 가쁜 숨을 쉬던 요원들이 몸서리를 친다.

난간에 묶어둔 줄사다리는 비스듬한 만큼 위태로웠다. 균형을 맞추기 위해 매듭을 다시 묶어야 했다. 아래, 사다리가 끝나는 곳에서 물결치는 새까만 바다가 겨울을 심란하게 만들었다.

제한적인 「기척차단」이 문제인데…….

초인적인 영역의 감각보정이 아닌 이상, 수중의 멜빌레이를 물 밖에서 감지하진 못한다.

그런 만큼 습격의 전조는 확실한 편이다. 움직임을 따라 반드시 하얀 거품이 올라온다. 즉 이것들을 상대할 땐 감각보정의 경고보다 스스로의 눈과 귀를 믿으라는 뜻. 그러나 역시 환경이 좋지 않았다. 이 어두운 바다엔 지나치게 많은 쓰레기가 떠다녔다.

게다가 놈이 한 자리에서 매복하는 경우엔 그 흔적마저도 희미해진다.

하지만 다른 선택지가 없었다. 겨울이 사다리에 매달렸다.

"먼저 내려가서 살펴보겠습니다. 안전하다고 판단되면 불빛 신호를 보낼게요."

"조심하십시오. 엄호하겠습니다."

탤벗의 말과 함께 두 개의 총구가 아래를 겨누려 한다. 그러나 겨울 입장에선 오히려 더 위험하게 느껴졌다. 물 위로 몇 미터씩 솟구치는 괴물을 상대하기엔 부족한 실력들. 믿을 만 한 사람은 조안나 뿐인데, 그녀는 정보국 요원들을 지켜줘야 한다.

"엄호는 없어도 돼요. 다른 분들은 갑판을 경계하시고, 켈리 요원은 제 신호를 기다리세요."

"……알겠습니다."

이들도 눈치는 있다. 탤벗을 위시한 셋이 조용히 수그러들었다.

겨울은 사다리 양쪽을 붙잡고 미끄러졌다. 3초 만에 내려와서는, 작고 빈 배들을 한 줄로 엮어 만든 가설부두에 발을 내딛는다. 좌우에서 넘실거리는 바다는 숨 막히는 무지(無知)였다.

빠아아아아앙-

거대한 뱃고동 울림에 고막이 지끈거린다. 얼마나 큰 배일까. 또 얼마나 가깝게 지나가는 걸까. 처얼썩, 부딪히는 물결이 겨울의 발아래를 흔든 것은 그로부터 십여 초가 지난 후였다. 파고(波高)에서 역산한 배의 배수량은 적어도 만 단위. 어쩌면 십만 톤 이상일지도 모르겠다.

그것을 시작으로 각기 다른 기적 소리가 사방에서 경쟁적으로 울려 퍼진다. 내 침로에서 당장 벗어나라는 경고들이었다. 하지만 이 안개 속에서 무슨 수로 서로를 본단 말인가?

크고 작은 충돌음이 이어지는 가운데, 겨울은 기름 냄새가 나는 파도 사이로 나아갔다.

'최소한 보통의 변종은 없는 것 같네.'

부두를 이루던 배다리는 피쿼드 현측 50미터 지점에서 끊어졌다. 그 앞의 거주구역은 흔적을 찾아보기 어려울 만큼 박살난 상태. 집으로 쓰이던 배의 파편들과 더불어 무수한 시체들이 둥둥 떠다녔다.

그나마 찾던 보트가 멀쩡해서 다행. 이는 오르카 블랙이 해상도시의 물길을 순찰할 때 쓰던 소형선이었다.

슈르르르-

귓가에 아주 작은 소리가 스쳤다. 겨울이 바싹 엎드렸다. 그리고 뱃전 밖으로 눈만 내밀었다. 어디냐. 긴장감 속에 살피는 왼쪽 물결, 약 10미터 거리의 수면이 하얗게 부글거렸다.

그럼 다른 녀석은?

멜빌레이는 단독행동을 하지 않는다. 항상 둘 이상이 움직이고, 하나만 남게 되면 다른 무리를 부르거나 달아나는 습성을 지녔다. 과연, 가까워지는 또 한 줄의 궤적이 보였다. 그것은 얕은 심도에서 어뢰가 항주하는 흔적을 닮았다. 천천히 원을 그리는 한 쌍의 바다괴물들은 검은 물 아래의 악령 같은 형상이었다.

'싸워볼까? 아니면 「탐색」을 마치고 떠나기를 기다릴까?'

겨울이 갈등했다. 문제는 장비였다. 소총으로는 화력이 부족해서. 두껍고 질긴 몸뚱이에 물을 채우고 다니는 놈들이라, 일반적인 소총탄(5.56mm)은 연사로 갈겨도 박힐까 말까였다.

대물저격총이 있으면 한 방에 보내버릴 텐데.

겨울의 시선은 보트로 옮겨갔다. 갑판에 설치된 중기관총이면 솟구치는 멜빌레이를 갈가리 찢어버리기가 가능할 터. 수면 밖으로 튀어나오는 순간부터 조준에서 발사까지 2초 미만이어야 하지만, 그 정도는 무리가 없었다.

그러나 결국 겨울은 놈들이 다른 곳으로 떠나기를 기다리기로 했다. 철판을 자르는 이빨과 치악력으로 보트를 물어뜯어도 곤란하니까. 최소한 보트가 움직이는 중에는 그럴 염려가 없을 것이다. 그땐 정말로 물을 벗어나는 녀석만 갈아버리면 되겠지.

잠시 후 한 녀석이 그리던 원을 벗어났다. 보이지 않는 끈에 묶인 것처럼, 남은 한 놈의 궤적이 휘어지며 같은 방향으로 수렴된다. 멀어지는 속도는 지상에서 인간이 달리는 수준을 월등히 능가했다. 녀석들의 수중 이동은 헤엄을 치는 것이 아니기 때문이었다.

콰앙! 끼기기기-

또 다시 배와 배가 부딪히는 굉음. 자잘하게 부서지는 소리가 따르는 걸 보니, 체급 차이가 엄청난 모양이다. 겨울이 갑판 위로 빠르게 신호를 보냈다. 한 손으로 랜턴 앞부분을 원통처럼 감싸 빛이 한 방향으로 가게 만든 후, 다른 손으로 그것을 열고 닫는 방식이었다.

사다리를 타고 바쁘게 내려오는 건 켈리 요원부터였다.

"앞길에 변종은 없어요! 어서 가요! 보트까지! 뛰어요!"

놈들이 다시 오기 전에. 겨울의 재촉을 받고 그녀가 황급히 달린다. 그러나 안개 저편의 폭주로 인해 부두가 계속해서 출렁거렸으므로, 금세 위태로운 광경을 보게 되었다. 뱃전과 뱃전 사이를 넘는 순간, 휘청. 따라잡은 겨울이 팔을 붙잡았으나 한쪽 다리가 빠진 뒤. 꺼내보니 젖은 바지에 기름기가 번들거렸다.

팽개쳐진 무기가 가까스로 뱃전에 걸렸다. 요원의 얼굴에 수치심이 번진다.

"괜찮아요. 계속 가요. 넘어지지 않게 조심하시고요."

그리고 겨울은 즉시 다음 사람을 붙잡았다. 이번엔 터커 요원이다. 차례차례 잘도 넘어지는구나. 아무리 달리라고 했다지만, 평지에서처럼 뛰려고 하다니.

탤벗이 통과한 다음 마지막으로 조안나가 내려왔다. 그런데 그녀는 바로 움직이지 않고, 무언가 할 말이 있는 것처럼 망설였다.

"무슨 일이에요?"

겨울이 묻자, 잠깐의 고민 끝에 그녀가 하는 말.

"상황실에서 구조신호를 보내고 있습니다."

"구조신호?"

"네. 창밖으로 레이저를 쏘더군요. 브리핑에 쓰던 물건 말입니다."

"사람이 아닐 가능성은?"

"모스 부호였어요. SOS."

그녀가 망설였던 이유는 분명했다. 이 상황에 과연 구조가 가능한가. 상황실은 함교의 최상층이고, 거기까지 올라갔다 내려오는 데엔 못해도 일이십 분 이상 걸릴 것이었다. 그 사이에 무슨 일이 벌어질지 누가 알겠는가. 조안나는 그런 의미로 고통스러워했다.

"죄송합니다. 차라리 말하지 않는 편이 나았는데."

"아뇨. 제가 다녀올게요. 먼저 보트로 가세요."

"네?"

겨울의 즉각적인 대답은 조안나를 기겁하게 만들었다. 그녀가 반대했다.

"너무 위험합니다. 적어도 당신 혼자 보낼 순 없어요. 같이 가겠습니다."

"정말 괜찮아요. 잠깐이면 될 거예요. 계단으로 올라갈 필요가 없으니까."

"그게 무슨……."

"배가 기울었잖아요. 함교 전면을 달려서 올라가려고요."

피쿼드의 선체와 해수면 사이에 낀 예각은 이제 약 35도에 달했다. 그 말은 즉 수직으로 서있던 함교역시 55도로 드러누워 있다는 뜻. 7층 높이라고 해봐야 채 20미터도 되지 않는다. 매끄러운 표면이 또한 젖어있기도 하겠으나, 「무브먼트」 15등급이면 극복하고도 남았다.

"그러니 얼른 가요. 가서 문을 잠그고 조용히 기다려요. 물 아래 뭔가 다니는 걸 봤으니 불은 켜지 말고요. 보이지 않으면 괜찮을 거예요."

금방 다녀올게요. 겨울의 약속에 조안나가 입술을 깨물었다. 그러나 짧은 망설임이었다.

"알겠습니다. 이걸 가져가세요. 필요할 겁니다."

건네주는 것은 앞서 사용했던 것과 동일한 플라스틱 폭약이었다. 시체에서 회수한 폭발물 가운데 도어 브리칭 키트가 있었던가 보다. 폭약을 준 그녀는 곧바로 돌아서서 뛰었다. 흔들리는 배다리 위에서도 균형을 잃지 않았다.

겨울은 사다리를 신속하게 올랐다. 갑판은 내리막길이었다. 아직까지도 어딘가에서 변종들의 신음과 괴성이 들린다. 겨울이 보이지 않는 함교를 향해 질주했다. 정확하게는 광선이 나오는 방향으로. 밀도 높은 안개에 한 줄기 붉고 선명한 선이 그어져 있었다.

깜박, 깜박. 길고 짧은 주기로 점멸하는 그것은 간절한 구조요청이었다.

누군지는 몰라도 머리를 잘 썼다. 상대적으로 건조한 실내에서는, 변종들이 빛줄기를 볼 수 없을 테니. 바깥 공기의 수분이 빛을 산란시키고서야 드러나는 신호인 것이다.

꺾이는 오르막을 거쳐 상황실 유리창에 도달하기까지 걸린 시간은 고작 20초 남짓.

캬아아아악!

상황실을 점령한 괴물들이 소년을 발견했다. 안쪽에서 방탄유리를 두들겨댄다. 그 무수한 손짓이 내부관찰을 방해했다. 유리창에 폭약을 부착하고 거리를 확보하는 겨울. 이제 유선으로 이어진 기폭장치를 힘주어 누른다.

쾅!

두꺼운 유리가 터지면서 반짝이는 파편들이 괴물들의 낯짝을 휩쓸었다. 피범벅이 된 얼굴들이 파열된 안구로부터 피눈물을 흘렸다. 여기로 돌입한 겨울이 멀쩡한 놈부터 사살한다.

두둑! 둑! 두두둑!

눈 먼 변종이 막무가내로 몸을 던질 때는 군홧발로 배를 걷어찼다. 그것만으로 경사를 따라 한참을 굴러버리니까. 그렇게 시간을 벌고 재장전. 철컥. 빠진 탄창이 떨어지기도 전에 재개된 사격으로 아홉 놈을 죽이고 나니 더 이상의 위협은 보이지 않았다.

최초의 폭발부터 최후의 사살까지 걸린 시간은 30초 미만.

키에에에에-

이곳의 소란을 들었는지 아래층으로부터 떼로 몰려오는 소리가.들렸다. 놈들이 도달하기 전에 빠져나갈 생각이지만. 겨울은 광선이 낯익은 곳에서 나오는 것을 확인했다. 상황실과 별도로 분리되어있는 통신실. 문 열고 나오는 이도 낯익었다.

"코왈스키 요원?"

겨울을 발견한 요원의 얼굴이 순간적으로 기쁨에 물들었다가, 잠깐 동안 흔들렸다. 좌절감? 어째서? 생각하던 겨울은 그럴 만한 이유가 하나 있음을 깨달았다.

"다른 사람은 없습니까?"

묻는 말에 코왈스키가 고개를 흔들었다.

"저 혼자예요. 나머지 요원들은 모두……."

슬픈 얼굴로 쓰러진 변종들을 일별하는 그녀. 더는 움직이지 않는 남녀 모두가 CIA 요원들이었다. 유감스럽게도 채드윅의 모습은 보이지 않았다.

철컹철컹. 변종들이 층계에 매달려 올라오는 소리가 요란했다.

겨울이 코왈스키를 조준했다.

"중위님? 이게 무슨……."

"이유는 알고 있을 텐데요."

확증은 없었다. 하지만 조금 전 그녀가 내비친 좌절감이 미심쩍었다.

그것만은 아니었다. 채드윅이 그의 동지들과 연락을 취하기 위해선 역시 통신보안 담당자의 협력이 필요했을 것이다. 켈리 요원도 말하지 않았던가. 오가는 전문들을 모두 검수한다고.

샌프란시스코 인근의 기반시설이 파괴되거나 정지된 지금, 모든 통신은 위성궤도를 거친다. 즉 비공식적인 통신망을 확보하는 게 쉬운 일이 아니라는 뜻이었다.

'예전의 그 일만 봐도 채드윅이 신뢰하는 사람인 건 사실이고.'

그래서 걸어보는 블러핑이었다.

크아아아악-! 캐액! 그르르르!

시기적절하게 메아리치는 역병 무리의 자기주장이 요원을 한층 더 흔들어놓았다.

"채드윅 팀장님이 나불거린 건가요?"

"……."

"하아, 정말. 그 괴상한 성격이 죽어서도 말썽이라니. 갇혀서 죽기만 기다리고 있다가, 기적이 찾아왔다고 생각했는데. 결국은 죽는구나."

절망에서 희망으로, 희망에서 절망으로. 급격히 오르내린 그녀가 허탈하게 웃으며 울었다.

채드윅은 죽은 건가. 아니면 죽었다고 짐작하는 건가.

겨울과 조안나를 가두는 일에 직접 개입하지는 않았다고 변명할 수도 있는데, 하지 않는다. 달리는 열차에 중립은 없다고 여기는 까닭일까?

가만히 지켜보던 겨울이 조준을 풀었다.

"내가 지금 당신을 죽이지 않았다는 걸 기억해두세요."

"……살려주시는 건가요?"

"네. 하지만 두 번째의 배신은 용서하지 않을 겁니다."

코왈스키의 눈이 흔들린다.

겨울이 뚫린 창을 향해 손짓했다.

"사법거래든 뭐든, 나머지 이야기는 무사히 탈출한 뒤에 하죠.

일단 나와요."

증인이 있다면 진정한 애국자 운운하는 집단의 실체를 파헤치는 데 도움이 될 것이다. 마음과 타산 사이의 균형점이었다. 세계관의 불안요소 하나를 보다 확실하게 제거하기 위하여.

보트로 돌아온 겨울은 갑판 위의 조안나를 발견했다. 거치된 중기관총으로 이쪽을 엄호하려는 의도였다. 다녀오는 내내 그러고 있었을까? 그 뜻이야 고마우나, 위험했다. 혹여 멜빌레이가 돌아왔다면 살아남기 어려웠을 것이다. 그녀에겐 완전히 미지의 적이었으니까.

다행히 바다괴물이 접근하는 기미는 보이지 않았다. 탑승을 서두르는 겨울과 코왈스키.

조안나는 깊은 안도감으로 반겼다.

"무사해서 다행입니다. 두 사람 모두."

"들어가서 기다리라고 했잖아요. 무슨 일이라도 생겼으면 어쩔 뻔 했어요?"

"그럼 해야 할 일을 하다가 죽는 거겠죠."

가벼운 책망을 덤덤하게 받아내는 조안나였다. 거기서는 적잖은 부채감이 느껴졌다. 그녀에겐 그 외의 동기도 충분했다. 감정을 느낀 뒤에, 겨울은 다른 말을 꺼냈다.

"코왈스키 요원은 채드윅 팀장의 협력자였어요. 미리 알고 있어야 할 것 같아서."

"의심은 하고 있었습니다만, 역시 그랬군요."

딱히 놀랍지도 않다는 반응. 짐작은 겨울과 같았을 터. 오히려 코왈스키가 당황했다.

선내로 들어서자 탤벗, 터커, 켈리 세 사람이 반색했다. 그들의 해후를 등지고, 겨울은 잠긴 선내 무기함을 향해 비상용 도끼를 치켜들었다. 카앙! 자물쇠 떨어지는 소리에 움찔 놀라는 요원들. 사격으로 끊지 않았던 건 도탄이 튈까봐 걱정했던 탓이었다.

지금 무기가 없는 사람은 코왈스키 뿐. 유탄발사기를 챙긴 겨울이 그녀에게 손짓했다.

“익숙한 걸로 하나 골라요. 스스로를 지킬 일이 있을지도 모르니까.”

“괘, 괜찮은 건가요?”

“당신이 뭘 어쩌겠어요. 나 없이 살아나갈 자신도 없을 텐데.”

복합적인 판단이었다. 상황실에서 보았던 코왈스키의 눈물이 아니었던들, 겨울은 보다 많은 주의를 할애했을 것이다. 생존욕구보다 비뚤어진 애국심이 앞설지도 모르겠다고.

설령 그렇더라도 겨울을 해하는 건 또 다른 차원의 문제일 테니.

미묘한 대화가 흐르자 다른 요원들은 맥락을 알아차린 기색이었다. 앞서 채드윅에 대해 의미심장한 말을 들었던 것이다. 켈리 요원이 코왈스키를 감쌌다.

“중위님이 신경 쓰시는 일 없도록 하겠습니다.”

“부탁드리죠.”

말은 그렇게 하면서도 은연중에 코왈스키를 삼가는 몸가짐을 보건대, 켈리 그녀도, 터커 요원도 혐의가 없는 것 같았다. 확신하긴 이르지만. 어쨌든 그들은 겨울에게 구함 받았고, 날이 밝을 때까지 일방적으로 의지해야 할 입장이었다.

"탤벗 요원. 조종석으로 와주세요. 겨울, 기관총 사수를 맡아주겠어요?"

앞쪽에서 들려오는 조안나의 요청.

"보트 운전은 자신 없는데……. 차라리 제가 사수를 맡는 건 어떻습니까?"

우물거리는 탤벗에게 조안나가 거듭 말했다.

"논쟁할 시간 없어요! 피쿼드의 침몰에 휘말리고 싶어요? 당신이 직접 만져야 할 건 쓰로틀 레버뿐이고, 그 외엔 계기만 봐주면 돼요. 방위와 레이더 말이죠. 조타는 제가 하겠습니다!"

만약 당신이 겨울 이상으로 사격에 자신이 있다면 생각을 바꾸겠습니다! 이 한 마디가 더 이상의 논쟁을 허락하지 않았다. 조안나 입장에서 그나마 믿을 만 한 요원이 탤벗이기도 했다.

멕시코 마약 밀매의 한 축이 해상 루트이므로, 조안나에겐 조타 경험이 있는 모양이었다. 과연 얼마나 능숙할지는 의문이지만, 지금으로선 다른 선택지가 존재하지 않았다.

"저희는 할 일이 없겠습니까?"

터커 요원의 질문에 문 너머에서 조안나가 겨울을 보았고, 겨울은 고개를 저었다. 갑판으로 끌어내봐야 마구 튀어오를 선체로부터 튕겨나가지나 않으면 다행이다.

"아뇨. 여기에 있어요. 싸우는 건 제 역할인걸요. 침수가 생길 때 대응할 사람도 필요하고."

"침수라니……. 그럴 일이 있을까요?"

"어쩌면요."

이 배, 특수목적으로 개조된 해안경비대의 순찰 보트(47FT MLB)는 선체 재질이 알루미늄이었다. 강철을 물어뜯는 괴물의 이빨을 막기엔 단단함이 모자랐다. 계속해서 움직이는 한 그럴 가능성은 낮겠지만, 아무리 낮아도 0이 아닌 이상 대비해야만 한다.

조종석으로 나오자 조안나가 배에 시동을 걸었다. 타륜 우측 콘솔, 한 쌍의 녹색 버튼을 누르고, 양쪽 엔진의 출력을 제어하는 두 개의 레버를 밀어 올린다. 동력이 공급되면서 배 전체에 불이 들어왔으나, 현 상황에서 조명은 괴물을 끌어들이는 유인요소에 지나지 않는다.

같은 생각을 했는지 조안나는 상단 콘솔의 버튼을 눌렀다. 곧바로 어두워지는 조종실. 야간 은밀 단속을 위한 제광 스위치(Dimmer Switch)였다.

깜깜한 와중에 전자계기의 불빛만이 깜박거렸다. 그 중 낮게 빽빽거리는 적색신호는 겨울도 알아볼 수 있었다. 충돌경고. 일본에서 만들어진 정밀항법장비는, 현 침로로 나아갈 경우 충돌 우려가 있는 배 다섯 척을 경고하는 중이었다.

시작부터 요란하다. 조안나가 핸들을 확 꺾는다.

쏠리는 관성을 견디며, 갑판으로 나가기 전, 겨울이 주문했다.

"어렵겠지만 최대한 빠른 속도로, 절대 멈추지 말아요! 놈들이 공격하기 어렵게끔!"

"알겠습니다! 최선을 다하죠."

변침을 끝냈는데도 충돌경고음이 이어진다. 조종석 전방의 재래식 나침반이 경련을 일으키고 있었다. 재래식 나침반과 전자 나침반은 서로 다른 방향을 가리킨다. 위성신호를 받는 후자 쪽이 정확했다. 재래식의 바늘이 갈팡질팡 하는 것은, 안개 너머에서 폭주하고 있을 거대한 배들 탓이었다. 압도적인 강철 선체는 그 자체로 가까운 자기장을 교란한다.

“무전기 주파수를 맞춰두겠습니다! 어쩌면 계기보다 겨울의 육감을 믿어야 할지도 몰라요!”

미친 듯이 깜박이는 각종 계기에 벌써부터 기가 질린 조안나의 외침이었다. GPS 좌표는 군사용으로도 최소 5미터 이상의 오차가 발생한다. 그 5미터의 틈을 빠져나가야 할지도 모르는 상황. 겨울이 리시버 상태를 확인하고 고개를 끄덕인 뒤, 문을 열고 밖으로 나선다.

속도가 붙은 탓에 갑판의 바람이 강했다. 다닥다닥 부딪히는 쓰레기들과 물살을 헤치며 격렬하게 요동치는 선체. 20톤에 불과한 경량으로 고속성능을 중시한 시점에서 안정성은 없는 거나 마찬가지였다.

중기관총을 붙잡은 겨울은 망설이던 기술조정에 들어갔다.

‘이젠 「중화기숙련」이 필요해.’

중기관총(M2HB)에 적용되는 「개인화기숙련」의 효율은 3할에 불과했다. 8연발 유탄발사기는 그보다 좀 나아서 6할. 그러고도 어지간한 전문가 수준의 운용이 가능하지만, 멜빌레이가 떼로 덤비면 금세 위태로울 터였다. 지켜야 할 사람들도 있다.

능력이 자꾸만 전투 쪽으로 편중된다. 다채로운 상황과 환경에 대응할 수 있게 되어야 하는데. 세계관 붕괴를 막으려는 노력과 별개로, 질서가 사라진 뒤를 대비할 필요가 있었다.

겨울은 미련을 접고 가용한 모든 경험자원을 소진했다. 전문가 영역 끝자락의 「중화기숙련」을 습득. 그리고 「개인화기숙련」의 강화. 미친 듯이 방향을 꺾으며 달리는 고속정 위에서의 고정화기 사격으로, 최초 3탄 이내에 명중을 기대할 수 있어야 한다.

고속정은 피쿼드의 붕 뜬 선수를 측면으로 끼고 돌았다. 이제야 눈에 들어오는 반대편에서, 떨어진 그물 사이로 표류하는 잠수함이 보였다. 해치는 열려있는데 사람은 보이지 않았다.

그 뒤에선 5만 톤은 될 배가 가라앉고 있었다. 이미 앞쪽 절반이 수면 아래에 잠겼다.

'저게 피쿼드에 부딪혔구나.'

저 배가 아니었다면 겨울과 조안나는 결국 탈출에 실패했을 것이다. 트릭스터의 시체를 터트리는 등 최선을 다했으나, 결국 운으로 목숨을 구한 셈. 악운이 끊이지 않는 세계관이다.

새어나온 기름 냄새가 더욱 진해졌다.

기름띠 사이로 다가오는 세 줄기의 백색 궤적을 발견한 겨울이 조종석에 회피신호를 보내고, 즉시 중기관총의 조준선을 정렬했다.

콰콰쾅! 콰콰콰쾅!

번쩍이는 섬광. 가까이서 듣는 중기관총의 발사소음은 차라리 폭음에 가깝다. 안개 짙은 바다에 굉음이 메아리친다. 파도를 퍽퍽 부수고 물속으로 박히는 일곱 발의 대구경탄. 탄착지점은 괴물들의 머리 바로 앞쪽이었다. 빗나갔다. 그러나 일부러 빗나가게 쏜 것이었다.

'놈들은 아직 경험이 부족해.'

이제 갓 등장한 특수변종들은 여러모로 미숙할 것이다.

역시나, 하얀 직선을 긋던 물거품들이 급격히 방향을 틀었다.

파도 너머의 안개를 향해 사라지는 흔적들. 아무리 대구경탄이라도 물을 뚫고 자신들을 해하기 어렵다는 걸 모른다. 수중의 항력, 소총사격을 방어할 만큼 질긴 피부, 유선형의 몸체. 그것으로 어디까지 견뎌 내는지를.

겨울부터가 기술 수준이 바뀔 때마다 적응이 필요한 마당 아니던가.

빠아아앙-

거대한 움직임이 다가온다. 겨울이 한 손으로 유탄발사기를 겨냥했다. 조준점은 지나쳐온 바다, 뭉쳐있는 기름띠. 투웅! 양대 화기숙련의 보정을 동시에 받은 소이유탄은, 겨울이 속으로 그린 사선에 정확하게 수렴되었다.

펑! 화륵-

바다가 불타올랐다. 강렬한 열풍에 짙은 해무(海霧)가 휩쓸리며, 충격파는 수십 미터 떨어진 겨울에게까지 몰아친다. 뒤에서 밀린 고속정의 선수가 한 순간 물에 처박혔다. 당연히 그 뒤에 있던 겨울은 악취 섞인 바닷물을 온몸으로 뒤집어썼다.

이걸로 놈들의 「수색」이 잠깐이나마 교란되었으면 좋겠는데…….

「위기감지」가 신경을 날카롭게 경고했다. 겨울이 반사적으로 손을 들었다. 회피, 회피!

[꽉 잡아요!]

리시버에 울리는 조안나의 날카로운 경고. 해무가 확 밀려난 자리에서 반파된 어선들이 튀어나온다. 레이더에 잡히지 않았던 걸까? 아니면 주변에 너무 많아서 무의미한 걸까?

좌로 꺾고 다시 우로 틀어버리는 급격한 회피기동이 겨울의 무릎을 꺾는다. 난폭한 방향전환의 압력은 곧 중력가속도 단위의 관성이었다. 초인적인 「무브먼트」 보정이 없었으면 난간 밖으로 날아갔을 것이다.

빠아아아앙! 부우우우우-!

음계 다른 뱃고동이 전방 양쪽에서 들려온다. 위이이잉! 쌍발 엔진의 RPM이 올라갔다. 증기관총 핸들을 붙잡고 무릎 꿇은 채 돌아보면, 조안나가 이 악물고 레버를 미는 게 보인다. 탤벗은 크게 뜬 눈으로 전방의 잿빛 어둠을 응시한다. 적외선 탐조등이 비추는 안개로부터, 희미한 적색은 마침내 대형 화물선과 크루즈선의 방청 도장으로 드러났다.

오감을 압도하는 거대한 질량이 양 옆으로 다가온다.

콰드드드등-

선수와 선수가 엇갈리게 부딪히는 아래, 좁아지는 물길을 통과하는 고속정.

겨울이 본능적으로 몸을 틀었다. 콰직! 위에서 떨어진 날카로운 파편 하나가 발 있던 자리에 박혔다. 그 외의 자잘한 조각들이 쏟아져, 방탄모에 두두두 부딪히는 소리가 난다. 날카롭게 베어지는 감각도 여럿. 오른 팔에 자잘한 출혈이 더해졌다.

마지막으로 떨어지는 묵직한 쇳조각은 주먹으로 쳐내야 했다. 뼈와 손목이 얼얼해질 정도의 무게감. 방탄소재 장갑마저 찢어졌다. 조금 더 깊었으면 손가락을 다칠 뻔 했다.

[괜찮아요?!]

"네, 이상 없어요! 운전에 집중해요!"

갑판에 박힌 파편을 차내며 후방을 보니, 불길이 안개를 몰아낸 풍경에 아직도 피쿼드가 보이는 거리였다. 골든게이트까지는 방해물이 없어도 40킬로미터 가깝게 남았다는 뜻.

[중위님! 그리고 깁슨 감독관! 저 코왈스키입니다! 말씀드릴 것이 있어요!]

무전망에 새로운 목소리가 끼어들었다. 선실에 붙은 무전기를 쓰는 모양.

“무슨 일이에요!”

콰콰광! 끊어 쏜 대구경탄 세발이 다시 비린내 나는 괴물들을 쫓아낸다. 동시에 암초처럼 튀어나온 어느 배의 고물을 피하느라, 파도 위로 훅 튀어 오르는 선체. 악! 어디 부딪혔는지, 잡음 섞인 코왈스키의 신음이 들린다. 크게 다친 건 아닌 듯 바로 이어지는 전언.

[늦어도 04시 30분까지는 만을 벗어나야 안전합니다!]

“핵공격이 그때 이루어집니까?!”

[확실치는 않지만 가능성이 있습니다!]

겨울은 그렇게 판단한 이유를 물어보려다가 그만 두었다. 그렇다면 그런 거겠지. 괜한 말을 할 이유도 없고. 자세한 내용은 나중에 들을 수 있을 것이다.

시계를 본다. 현재시각, 새벽 1시 42분. 코왈스키가 말한 시점까지 채 세 시간도 남지 않았다. 만 바깥까지 직선으로 빠질 수만 있다면 넉넉한 시간인데, 당연히 비현실적인 기대였다.

침로가 크게 구부러졌다. 장애물은 분리된 거주구역이었다. 번화가 역할의 크루즈를 중심에 두고 묶인 백여 척의 크고 작은 선박들. 떨어져 나온 일부임에도 좌우 너비가 안개 속으로 사라질 만큼 넓어, 우측으로 끼고 도는 내내 남은 시간이 촉박해지는 느낌이다.

꺄아아아악! 겨울은 변종에게 물어뜯기는 여자를 보았다. 돕는 사람은 없었다. 모두가 모든 방향으로 달아나고 있을 뿐. 그러나 대부분이 굶주림으로 허약해진 이들. 필사적인 얼굴로 달리지만, 걷는 것보다 나을 게 없는 속도였다. 어디로 가든 막다른 길이었고.

보이는 모든 것이 배였으나, 연료가 바닥난 지 오래. 시장에서 팔거나 난방 용도로 써버린 것이다. 그러므로 쫓기는 이들은 벗어날 방법이 없다. 외부의 도움 없이는.

그렇다. 무의미한 발버둥이다. 결국은 핵의 열기에 만 전체가 끓어오를 테니까.

[잠깐이라도 배를 대는 게 어떻겠습니까? 모두를 구할 순 없겠지만, 최소한 몇 명만이라도…]

운전석에서 보내는 무전. 급박한 와중에도 가라앉은 음성이었다.

"멈춰선 안 돼요!"

사방이 아비규환이라, 겨울은 소리를 질렀다. 콰콰콰쾅! 버튼식 방아쇠를 누르자 중기관총이 묵직하게 진동한다. 수중에서 고속정으로 접근하던 세 줄기 궤적이 탄착군을 피해 흩어졌다.

이어 겨울이 새로운 방향을 조준했다. 콰콰쾅! 콱콱 그어지는 사선이 두 겹의 파도를 뚫었다. 수면에 비스듬히 꽂히는 경고사격들. 전방으로부터 측면으로 돌아오던 다른 두 놈이 방향을 꺾는다. 그러느라 느려진 사이에, 가속한 고속정은 흐트러진 궤적 사이를 돌파했다.

'속도를 잃어버려선 곤란해. 바로 위험해질 거야.'

빠르게 움직이는 것만으로도 놈들의 관심을 끈다. 여기에 요란한 엔진 소음이 더해지면, 음파로 소통하고 표적을 식별하는 괴물들에겐 이보다 눈에 띄는 목표물이 없을 것이었다. 고무보트에서 노 젓는 소리조차 백 미터 바깥에서 감지하는 녀석들인데.

갈수록 보트를 노리는 녀석들이 늘어나고 있다.

직선주행이라면 벌써 한참 전에 떨쳐냈을 것을. 이쪽이 장애물을 피해 자꾸만 휘어지는 사이, 파도 아래의 바다괴물들은 항상 최적의 추적경로를 잡는다. 순간적인 최고속도는 30노트에 육박하는 놈들이었다. 이것들이 가장 위협적인 방위에서만 튀어나오는 이유였다.

게다가 빠르게 학습하고 있다.

중기관총 사격을 경험할 때마다, 회피반경이 계속해서 줄어드는 게 보인다. 콰콰콰광! 철컥- 잔탄을 소진한 겨울이 빈 탄통을 쳐내고 꽉 찬 50발을 가대에 끼우는 2초 사이에, 박히는 총탄을 슬쩍 비껴낸 백색 물거품 셋이 빠르게 쇄도했다.

재장전을 끝내고 나면 지나치게 가깝겠다.

연결된 탄을 꺼내다 말고, 티잉- 수류탄 핀을 뽑는 겨울. 지연신관 타는 시간을 감안하여 전력투구로 집어던진다. 매 순간 튀어오르는 갑판 위에서조차 정확한 「투척」이었다.

퍼엉! 썩은 바닷물이 까마득히 치솟았다. 그러나 수중의 폭발압력이 수직방향으로 집중되었을 뿐, 실질적인 폭파범위는 공기 중에서보다 훨씬 줄어들었다.

그럼에도 멜빌레이 무리는 충격을 받았다. 폭음 탓이었다. 음파를 예민하게 잡아내는 놈들에게, 수류탄 터지는 굉음은 인간의 눈앞에서 터진 섬광탄이나 마찬가지였을 터.

좌아악! 잠깐이나마 방향감각을 상실한 녀석이 엉뚱한 위치에서 솟구쳤다. 포물선을 그리는 유선형의 몸뚱이. 그 혼탁한 번들거림. 어둑한 시야 속에서, 부풀고 변형된 사지는 차라리 두족류(頭足類)에 가까웠다. 겨울이 신속하게 소총사격을 가했다. 두두두둑!

끼이이이- 우우우우-

맞은 것은 한 마리인데 괴성은 합창으로 돌아온다. 높고 낮은 메아리. 목젖처럼 전신에 우둘두둘 튀어나온 살갗이, 실제로도 성대의 변형기관이기 때문이었다. 풍덩! 치명상 없이 물속으로 재돌입하고는, 그럼에도 보트의 진행과 직각으로 멀어지는 녀석.

이 순간에도 새로운 제파(諸波)가 밀려온다. 안개가 일렁이고 파도가 넘실거릴 때마다 시시각각 가까워지는 것을 확인할 수 있었다. 점점 더 늘어나고 있다.

비틀린 부력균형 탓에 깊은 심도로는 못 내려가서 그나마 다행이다.

겨울은 공백을 틈타 좌르륵 꺼낸 링크 탄을 약실에 깔아놓고 덮개를 닫았다. 철컥철컥! 장전 손잡이를 빠르게 두 번 당기자 철제 링크 한 마디가 탄피배출구로 튀어나왔다. 조준은 장전이 끝나기도 전에 마쳐놓은 상태. 콰콰쾅! 콰쾅! 콰콰콰콰쾅! 끊어 갈긴 열 발이 놈들의 머리로부터 정확하게 한 뼘 앞을 꿰뚫는다. 그 중 아슬

아슬하게 스친 탄이 셋이었다.

'아직은, 아직은 명중탄이 나와선 안 돼.'

바다괴물 무리가 점차 대담해지는 건, 거듭된 사격에 맞지 않은 경험을 학습한 까닭.

그렇다고 실제로 명중시켰다간 물에 꽂히는 기관총탄의 감쇄된 위력을 놈들이 알아버리고 만다. 소총사격보다 위협적이긴 해도 두려워할 것은 아니다. 그 깨달음이 멜빌레이 떼 사이에 전파되는 순간, 겨울은 견제수단 하나를 잃어버리는 셈이었다.

따라서 기관총탄은 놈들에게 미지의 두려움으로 남아있어야 한다.

일부러 빗나가게 쏘면서도, 맞기 직전까지 가깝게 쏘아야 한다. 겨울이 아니고선 한참 전에 실패했을 묘기였다.

그래봐야 다른 쪽에서 학습할 가능성도 얼마든지 있었지만.

콰릉! 콰콰쾅!

한 차례 섬광이 휩쓸고 지나간 뒤에, 묵직한 포성이 빛의 뒤를 쫓아왔다. 간격으로 환산한 거리는 2시 방향으로 1,600미터. 다양한 구경의 군용 화기가 미친 듯이 탄을 뿌려대는 소리였다. 중국군? 혹은 다른 나라의 군함일까? 기대할 것은 낮은 명중률뿐이었다. 괴물을 상대로는 눈으로 보고 쏘는 수밖에 없다. 공황에 빠진 병사들이 얼마나 정확하게 쏠 수 있을까.

앞으로 잠깐이면 된다. 조금만 더 명중탄이 나지 않기를…….

[젠장! 길이 막혔어요!]

분노와 좌절이 섞인 조안나의 절규. 돌아보니 그녀는 타륜을 필사적으로 돌리고 있었다. 생사를 건 우현전타. 고속정이 급격하게 방향을 틀었다. 순간 배가 수직에 가깝게 들릴 지경이어서, 탄통으로부터 관성으로 빠진 기관총탄 링크가 허공에서 춤을 췄다.

가까스로 비껴낸 것은 거대한 연쇄추돌의 현장이었다. 작아도 수십 미터, 크게는 수백 미터인 배들이 부딪히고 또 부딪혀서 킬로미터 단위로 무수히 침몰하는 중이다.

각종 선체가 물을 빨아들이며 크고 작은 소용돌이가 만들어졌다. 빛바랜 구명조끼를 입고, 혹은 부유물을 붙잡고 부글거리는 바다를 표류하는 사람들. 그 숫자가 빠르게 줄어들었다. 수중에서 이빨로 잡아채는 놈들 탓이었다.

탄을 수습한 겨울이 큰 동작으로 방향을 지시했다.

"저쪽으로! 갑판을 타고 넘어가요!"

가리킨 것은 반쯤 가라앉은 화물선이었다. 검은 물 아래로 대각선 절반이 잠긴 갑판은, 최고속도의 고속정으로 거슬러 올라갈 법했다.

[Jesus! 이런 걸 실제로 하게 되다니!]

질린 듯이 씹어 뱉으면서도 핸들을 다시 돌리는 조안나. 일단은 멀어지는 방향이다. 가속에 필요한 거리를 확보하기 위하여. 큰 지름으로 원을 그린 고속정이 화물선을 향해 폭주하기 시작했다. 위이이이잉- 출력을 한계까지 올린 쌍발엔진의 요란한 구동음. 철썩거리며 튀어 오르는 선체를 향해 이번에도 여지없이 괴물들이 접근했다. 진로의 좌우측면으로부터.

"회피하지 말아요!"

이대로 달려야 한다. 겨울이 수류탄을 투척하는 동시에 반대 방향으로 제압사격을 퍼부었다. 수십 개의 탄피가 탱강탱강 쏟아졌다. 콰릉! 폭발이 가깝다. 수류탄이 터지며 솟구친 해수가 비처럼 뿌려졌다. 그러나 진작부터 젖어있던 갑판이었다. 겨울은 물과 땀을 동시에 닦아냈다.

[부딪힙니다! 모두 충격에 대비하세요!]

갑판이 아무리 비스듬해도, 올라타는 순간의 충격은 작을 수가 없었다. 끼이이이이- 드드드드- 강철과 알루미늄 강재의 마찰에 사나운 불티가 튀겼다. 설마 불이 붙지는 않겠지만, 붙어도 상관없다. 어차피 물에 다시 들어갈 테니.

격렬하게 흔들리는 와중에도 겨울이 붙잡은 중기관총은 안정적인 조준을 유지했다. 표적은 갑판 끝의 난간. 고속정 선체가 닿기 전에 끊어놔야 한다. 콰콰쾅! 콰콰콰쾅! 묵직한 탄이 치고 지나갈 때마다 난간이 뚝뚝 끊어졌다. 그러나 완벽할 순 없었다. 끊어지고도 남아있는, 난간 고정축의 날카로운 단면. 고속정의 선저(船底)가 지나갈 자리였다.

철컥! 중기관총의 약실에서 속 빈 쇳소리가 울렸다.

재장전을 하기엔 늦었다.

배가 긁히는 소리는 겨울마저 고통스러울 만큼 높고 날카로웠다.

그 소리가 길게 이어지진 않았다. 선체의 질량에 날 선 단면이 뭉개졌을 것이었다.

다만, 턱 하고 걸릴 때의 제동으로 인하여, 고속정이 측면으로 돌아버렸다.

경사를 올라 정점을 옆면으로 넘어선 고속정은, 오르느라 느려진 속도로, 이번에는 기울어진 화물선의 외벽을 타고 미끄러지기 시작했다. 그리고 이를 쫓아오는 변종들의 모습. 가라앉는 배의 옛 선원들은 사람이 아니게 된 모습으로 펄쩍펄쩍 난간을 넘어온다.

두둑! 두두두둑! 중기관총 재장전을 미뤄두고 소총사격을 가하는 겨울. 고속정이 물에 뜨기 전에 닿을 가능성이 있는 놈들만 사살한다. 쾌액! 캬아아악! 머리에 구멍이 뚫린 시체가 데굴데굴 굴러, 개중엔 보트를 앞서가는 것들도 있었다.

후방을 정리한 겨울이 이번엔 다가오는 바다를 향해 유탄발사기를 겨누었다. 고속정이 넘어올 것을 기대한 바다괴물들이 원을 그리는 중이었다. 영악한 것들. 저것들이야말로 범고래(오르카)에 가깝지 않을지. 투웅! 투투투퉁! 유탄발사기의 잔탄을 모조리 쏴갈긴다. 두 발은 소이유탄이라 수중에서 소용이 없었으나, 나머지는 작약으로 꽉 찬 고폭탄들이었다.

줄지어 일어난 폭발의 굉음이 괴물들의 「수색」 패턴을 마비시켰다.

마침내 쇠와 쇠가 부대끼는 활강이 끝났다. 발 아래로 출렁, 느껴지는 바다의 감각.

[선실에 물이 들어옵니다!]

리시버로 전해지는 비명에 겨울이 즉시 응답했다.

"터커! 그 정도는 선실에서 대응해요! 그쪽에도 콘솔이 있잖아요! 그리고 앤! 얼른 빠져나가요! 주위에 괴물들 투성이니까! 이것들이 정신 차리기 전에, 어서!"

침수가 심각하진 않겠지. 겨울의 판단근거는 역시 「생존감각」이었다. 치명적인 경고는 아직이다. 자동화된 배수 장치로 대응

가능한 수준일 것이다.

보트가 속도를 회복하는 사이에 겨울은 추가로 수류탄을 던진 뒤 중기관총의 탄통을 교환했다. 퍼엉! 수중폭발의 잔향이 쩌렁쩌렁하다.

조안나가 겨울을 호출했다.

[지금부터 저 항적을 뒤쫓으려 하는데 괜찮겠어요?!]

항적? 넓은 시야로 전방을 관찰한 겨울이 그녀의 말뜻을 깨달았다.

"상관없어요! 멜ㅂ……. 바다괴물 쪽은 제가 알아서 견제할게요!"

다급하다보니 말실수를 할 뻔 했다.

조안나가 말한 항적은 부채꼴로 거대하게 펼쳐지는 물살이었다. 체급에서 차원이 다른 배가 지나간 여파. 갈라진 물살은 부딪히고 부딪혀서 오래도록 남는다. 오죽하면 이걸 추적하는 어뢰가 따로 개발되었을까. 항공모함처럼 큰 배는 하루 뒤에도 쫓을 수 있을 정도라고.

지금 보이는 백색 파도는 항공모함 이상의 엄청난 배가 남긴 흔적이었다.

물결은 박살난 잔해가 가득하다. 막대한 힘과 질량으로 미친 듯이 부수고 지나간 것이다.

즉 이 앞은 쭉 뻗은 고속도로나 마찬가지일 터였다.

문제는 항적 그 자체. 거친 물살 사이에서 선형의 물거품을 발견하기란 쉽지 않은 일. 조안나는 멜빌레이의 접근을 알아채기 어려울까봐 걱정하는 것이었다.

겨울이 유탄발사기를 재장전했다. 수류탄은 이제 두 발 남았다.

유탄 장전을 끝내는 찰나에 신경이 곤두섰다. 바짝 엎드리는 등 위로 물 밖으로 튀어나온 잿빛 실루엣이 지나갔다. 놈이 뻗은 손은 겨울의 어깨에 거의 닿을 뻔 했다.

타닥 타다다닥! 이빨 부딪히는 소리를 향해, 겨울은 보지도 않고 유탄발사기를 조준, 격발해버린다. 투웅! 짧고 뭉툭한 고폭탄이 괴물의 꼬리 같은 다리 사이에서 폭발했다.

끄아아아- 깨애애애- 부글부글-

다중창의 비명이 물속에 처박힌다. 가까운 물살이 한층 짙은 어둠으로 물들었다. 밝은 빛 아래에서는 검붉게 비치겠지. 겨울은 놈의 추진력에 이상이 생겼기를 기대했다.

그 뒤로 계속해서 추가공격이 이어졌다. 잠잠하던 감각보정은, 괴물이 물 밖으로 튀는 순간에야 비로소 급격하게 비등했다. 피할 때까지의 여유는 고작 1초 남짓. 피부 아래 물이 차있지 않은 약점을 겨눌 수 있었던 건 고작 몇 번에 지나지 않았다.

물 위로 부어오른 눈만 내놓은 놈들에겐 선실 바깥의 겨울이 우선적인 공격 목표였다.

'갑판 위로 패대기칠 방법이 없을까?'

그 질긴 살과 근육을 제외하면, 물 밖의 멜빌레이는 구울보다 못한 놈이었다. 그걸 알기에 이놈들도 정면에서 오지 않는다.

손으로 잡아 메치자니 미끈거리는 피부가 문제고, 칼을 박아 비틀어도 묵직한 관성에 끌려갈까봐 걱정스러웠다. 결국 이대로 시간을 버는 편이 최선인가? 놈들을 스쳐 보내며 비린내 나는 물을 잔뜩 뒤집어쓴 겨울이 시간을 확인했다.

아직은 여유가 있다. 미명이 가장 어두워질 때까지.

머리 위로 거대한 다리가 지나간다. 샌프란시스코와 오클랜드를 잇는 베이 브릿지였다. 오래 전에 양쪽이 끊어졌음에도 불구하고, 어떻게 올라갔는지 다리 아래로 뛰어내리는 변종들이 보였다. 그럼블이 던지기라도 했던 것일까? 그러나 실질적인 위협이 되진 못했다.

갑판 넓은 배에 떨어진들 살아남을 가능성이 낮으니까. 다리만 부러져도 행운이다. 무기 없는 평범한 선원들조차 그냥은 당하지 않을 터였다. 지금도 미친 듯한 과속과 충돌을 일삼으며 수많은 배들이 탈출하는 이유였다.

개중엔 조안나처럼 눈치가 빠른 경우도 많았으므로, 「위기감지」가 줄기차게 이어졌다. 조안나의 회피기동은 절반은 레이더에, 절반은 겨울에게 의지했다. 충돌직전까지 가까워진 횟수를 헤아리기도 어렵다.

그만큼 특수변종 집단의 공격이 분산되긴 했다.

즐거워할 일은 아니지만.

달갑지 않게 생긴 여유 속에서도 겨울은 경계를 늦추지 않았다.

고속정의 답파는 핵탄도탄 일곱 발이 발사되었던 트레져 아일랜드를 지나, 교도소로 악명 높은 알카트라즈와 엔젤 아일랜드 사이로 이어졌다.

조안나가 슬픔을 담아 탄식했다.

[아아……. 포트 맥도웰이 함락 되었군요!]

엔젤 아일랜드 소재의 미군기지가 불타오르고 있었다. 반세기 전에 폐쇄되었다가 종말이 시작된 이후 다시 가동되기 시작한 유서 깊은 주둔지로부터, 검은 연기가 뭉글뭉글 피어올랐다.
분산된 방향에서 들려오는 간헐적인 총성은, 기지 방어선의 완전한 붕괴를 의미했다. 겨울이 알기로 섬에는 1개 사단 병력이 주둔해 있었다. 제10산악사단. 장차 샌프란시스코 광역권 탈환을 준비하던 이들이었다.
얼마나 살아서 철수했을까?
이 위치에선 능선에 가려 보이지 않지만, 섬 북단의 옛 이민국 청사 역시 무사하진 못할 터였다. 그곳에 정박하던 나라 잃은 잠수함들도. 그 승무원들도.
천사의 섬을 일별한 고속정이 마침내 거대한 화물선의 후미를 따라잡았을 때였다.
화물선의 선수 방향으로부터 엄청난 폭음이 들려왔다.
윽! 겨울이 머리를 숙였다. 습도 높은 열풍이 강렬하게 지나간다. 좌르르르- 풍덩! 쇠사슬 쏟아지고 물결 바스러지는 소리가 들리는가 싶더니, 이윽고 거대한 화물선이 굉음과 함께 비현실적인 선회에 돌입했다. 조안나가 본능적으로 타륜을 돌린다. 잠깐 사이에 세 차례 변침한 고속정이 속도를 높여 화물선을 추월했다.
스쳐지나가는 풍경. 증발한 안개 속에서 대형 화물선의 함수는 처참한 모습이었다. 박살난 채 불타오르고 있다. 내부 골조가 바깥으로 다 드러난 상태. 안쪽 깊은 곳까지 불그스름하게 달아올랐다. 강력한 폭발이 직선으로 뚫고 들어갔다는 뜻이었다.
전방에서 바다가 갈라진다. 제트 엔진의 날카로운 배기음이 고속정 위로 스쳐갔다.
쐐애애액-

겨울이 한 박자 늦게 귀를 감쌌다. 욱신거리는 통증. 먹먹한 청각. 전투기술에 의한 육체강화가 아니었더라면 고막이 찢어졌을 것이다. 직후, 멀지 않은 후방의 안개가 노을빛으로 물들었다. 콰쾅! 이빨 저리는 폭음이 섬광의 궤적을 쫓아왔다.

대함미사일 공격이라니…….

아연해진 겨울이 조종석을 향해 다급한 손짓을 보냈다. 회피, 회피! 자꾸만 욱신거리는 감각보정들은, 동시에 파악하기 어려울 만큼 많은 경고들로 척수를 난도질해댄다. 가리키는 방향은 매양 좁고 위태로운 안전지대. 간신히 피하는 매 순간마다, 해수면에 바싹 붙어 비행하는 초음속 대함미사일들이 한 발씩 스쳐지나갔다.

설상가상으로 함포 사격이 쏟아졌다.

퍼퍼퍼펑!

물기둥이 일렬로 솟구친다. 가슴 서늘한 파공성이 가까운 어둠을 연달아 찢어발겼다. 수중과 수상에서 오렌지색으로 번쩍이는 폭발들. 나란히 항주하던 여러 선박들이 광란을 일으켰다. 앞뒤 안 가리는 회피기동이 복잡하게 얽혀, 서로 부딪히고 깨지며 참사를 빚어낸다.

그 모든 충돌을 피한 것은 실력 이상의 행운이었으나,

[조심해요!]

조안나의 외마디 비명. 깨진 배와 우현을 부대끼며 나아가는 와중에, 다 올라가지 않고 늘어진 닻이 훅 다가왔다. 파도 위 수 미터를 흔들거리는, 묵직하고 날카로운 수십 톤짜리 쇳덩어리. 예감하고 있던 겨울은 간발의 차이로 비껴냈으나, 고속정 자체는 그러지 못했다.

콰지직! 알루미늄 강재가 뜯어져 나가는 충격. 고속정 함수가 잠깐이나마 천공을 향해 들어 올려졌다. 디딜 곳 없었던 겨울이 함교를 향해 굴러 떨어진다.

[아악!]

무전기 리시버를 통해 호되게 부딪히고 구르는 비명들이 들렸다.

철썩, 콰아아! 전복을 겨우 면한 고속정이 여전한 출력으로 가속한다. 조종석의 두 사람이 정신을 수습했을 땐, 대열을 이루어 전진하는 구 인민해방군 함대의 전방을 가로지르고 있었다.

'그렇구나. 만 입구로 빠져나갈 수 있을 리가 없지.'

겨울은 골든게이트의 상황을 이해했다. 만을 탈출하려는 인민해방군과, 탈출을 저지하려는 미 해군 사이의 전면대결. 고속정은 지금 그 전장 한복판에 뛰어든 것이었다.

여기서 민간 선박들은 장애물이자 디코이에 불과할 뿐이다.

게다가 중국군에게는 핵 어뢰가 있다. 회의에서 언급되었던 물건. 「폭풍」이라 했던가? 어느 파벌의 소유물인지는 몰라도, 극단적인 상황에서 발사되지 않는다는 보장이 없었다.

겨울이 기관총 마운트를 다시 붙잡았다.

"골든게이트로는 못 나가요! 상륙해요! 육지로! 금문교 북쪽으로!"

알카트라즈를 등진 시점이라 해협 북안의 포트 베이커가 가까웠다. 그곳엔 컨테이너를 쌓아올린 장벽이 있으니, 최소한 육지 방면의 변종집단으로부터는 안전할 터였다. 이런 판단으로 방향을 가리키는 겨울에게 조안나가 절망적인 외침을 돌려주었다.

[레이더가, 레이더가 날아갔어요!]

이제야 뒤를 확인하는 겨울. 잔금 자잘한 방탄유리 너머, 조안나와 탤벗의 머리카락이 바람에 휘날리고 있다. 늘어진 닻이 고속정에 꿰였던 그때, 레이더 마스트와 1.5층 갑판이 통째로 사라진 것이다. 이제 이 배의 관측수단은 사람의 눈뿐이다.

"진정해요! 내 신호를 놓치지 말아요! 앞으로 얼마 안 남았으니까!"

머릿속에 지도가 들어있고, 「독도법」이 뒷받침한다. 필리핀 선원들이 기항했던 작은 항구, 말발굽 만(Horse shoe bay)까지 앞으로 약 3킬로미터. 잠깐이다. 잠깐 동안만 악운이 따라주면 상륙할 수 있다. 겨울이 이를 악물고 집중했다. 다음 죽음은 어디에서 오는가.

"우현 전타! 우현 전타!"

「생존감각」의 경고가 새까만 파도 아래에서 일렁거렸다. 신경 저리는 효과는 덤. 물 밖에서 물속의 괴물을 감지할 순 없으므로, 수중에서 접근하는 위협의 실체는 명백했다.

어룍!

다가오는 가속과 나아가는 가속이 합쳐져, 가까워지는 속도감은 소름 끼치도록 빨랐다.

직선경로에서 벗어난 것만으로는 충분하지 않았다. 겨울이 다시 외쳤다.

"엔진을 정지시켜요!"

이유는 묻지 않는다. 조안나가 재빨리 손을 움직였다. 후우우웅- 곧바로 잠잠해지는 쌍발엔진. 전방으로 휩쓸리는 관성 속에서,

겨울은 중기관총 트리거를 연달아 눌러댔다. 콰쾅! 콰콰콰쾅! 굵은 탄피들이 타오르는 바다의 빛깔로 현란하게 튀어 오른다. 잔해 사이로 다가오던 두 쌍의 괴물들 중 세 마리를 겨냥한 제압사격이었다.

전방엔 멜빌레이, 후방엔 어뢰.

"다시 좌현으로!"

엔진은 꺼졌으나 관성은 남아있다. 방향타가 돌아가니 침로가 바뀌었다.

쇄도한 어뢰는 고속정의 이물로부터 20미터 후방을 통과했다.

반면 괴물들 쪽은 멈추지 않는다. 셋을 쫓아 남은 하나도 달아나게 만들 셈이었으나, 그새 중기관총 사격에 익숙해진 모양이다. 심지어는 명중탄을 맞으면서도 거리낌 없이 접근한다. 복수의 하얀 궤적들이 좁아지는 원을 그렸다. 겨울이 유탄발사기를 드는 순간.

콰아아앙!

검은 바다에 하얗고 둥근 메아리가 번졌다. 멀지 않은 곳에서 터진 어뢰. 표적은 군함이었겠으나 터진 건 대형어선이었다. 폭심지에선 어마어마한 물기둥이 치솟고 있다. 폭압에 휘말린 선원들이 아찔한 높이까지 애처롭게 작아졌다가, 바닷물과 함께 우박처럼 쏟아졌다.

이제 유탄 사격은 필요 없다.

"엔진 시동!"

한 번의 외침으론 부족했다. 거듭 외치고서 겨우 시동이 걸린다. 합계 970마력의 추력이 작은 선체를 강하게 밀어냈다. 그리고 터엉-! 선수가 멜빌레이를 치고 지나간다. 어뢰 폭발의 여파로 감각이 마비된 녀석이었다. 나머지 놈들의 움직임 또한 보는 것만으로 고통이 느껴진다. 달궈진 아스팔트 위에서 몸을 꼬아대는 지렁이를 보는 기분이었다.

'영구적인 신경 손상이었으면 좋겠는데…….'

방금은 정말로 악운이 따라주었다. 다중 음파로 환경을 파악하는 멜빌레이. 그리고 음원을 추적하는 어뢰. 그러므로 어뢰가 바다괴물을 쫓아왔어도 이상할 게 없었다. 고래를 잠수함으로 혼동하는 경우마저 있으니. 고속정은 폭발의 간접적인 영향만으로 너덜너덜해졌을 것이다.

멀어지는 후방에선 함대간의 교전이 격렬해졌다.

무전망이 거친 호흡으로 가득 찼다. 그 중에서 가장 가쁜 것은 주조종석의 조안나였다. 매 순간의 조타가 혼을 갈아대는 기분일 것이었다.

몇 번의 충돌위기를 극복한 끝에, 해변은 갑작스럽게 나타났다. 그러나 항만 입구는 막힌 상태. 방파제에 격돌한 몇 척의 배가 폐허 같은 그림자를 드리운다. 고속정이 파도 무너지는 벽과 나란히 달리는 사이, 방파제 위로 추격자들이 붙었다. 덜렁거리는 총을 쏠 줄도 모르는 해안경비대원들. 헐떡이는 숨결은 이미 역병의 허기였다.

[포트 베이커마저 무너지다니…….]

슬픔이 느껴지는 중얼거림은 탤벗의 것이었다.

"북쪽으로 올라가요!"

조안나는 묵묵히 새로운 침로를 잡았다. 항만을 좌현에 끼고,

바위투성이 해안을 따라 북상한다. 그래도 모든 병력이 전멸한 것은 아닌지, 지상에선 계속해서 총성이 이어졌다. 2차 대전 사적지였다가 현역으로 복귀한 해안포대들이 빠르게 스쳐지나갔다.

'어쩌지. 시간이 부족해.'

현재시각 03시 48분. 코왈스키의 경고를 믿는다면, 남은 여유는 앞으로 42분에 불과했다.

물론 그녀는 어디까지나 가능성이 높다고 했을 뿐이지만.

[겨울! 저곳으로 상륙하는 게 어떻겠습니까?]

조종석에서 지시하는 방향을 겨울은 곧바로 알아보았다. 바다를 향해 돌출된 바위 측면, 완만한 절벽 아래에 짧고 거친 해변이 드러나 있다. 해안도로로부터는 약 80미터 떨어진 지점. 기지와 멀지 않으면서도 기압계 외엔 아무것도 없는지라, 병력도, 변종집단도 보이지 않았다.

다만 굴러 떨어져 외로운 변종 하나가 물가를 오가며 포효할 따름.

크아아아아-!

그러나 바다로 뛰어들진 않는다. 멜빌레이가 등장한 지금도 평범한 변종은 물을 두려워했다.

"좋아요! 더 올라갔다간 기뢰원이니까! 모두 상륙 준비해요!"

쾅! 중기관총 단발사격이 감염된 인간의 머리를 박살냈다.

물 위로 머리를 내민 몇 개의 암초를 피해, 마침내 육지에 닿는 배. 까드드득. 아래에서 날카롭게 긁히는 소리가 났지만, 이젠 아무래도 좋은 일이었다.

먼저 상륙한 겨울의 엄호 하에 조안나와 정보국 요원들이 차례

차례 땅을 밟는다.

60도 경사, 20미터 높이의 절벽을 오르자, 나무들 사이로 도로를 따라 달리는 차량행렬의 불빛들이 보였다. 험비 몇 대에 급유차량이 하나. 험비 한 대는 기관총좌에 사람이 없었다. 조직적인 철수보다는 급박한 후퇴에 가까웠다.

"기지를 버리는 것 같은데, 어디로 가는지 모르겠군요. 지휘체계가 살아있긴 한 건지……."

탤벗의 떨리는 말이 옳았다. 여기서 올라가봐야 장벽에 가로막히는데. 갈 곳이 있어서 가는 건지 모르겠다고. 하지만 여러 차량이 같은 곳으로 향하는 걸 보면 필시 이유가 있을 터였다.

'저쪽에 뭐가 있더라?'

겨울은 지난 기억을 되살렸다. 코로나 트라이엄프를 타고 처음 도착해, 페라리로 움직이는 동안 보았던 풍경들을. 컨테이너 장벽 가까운 곳에 보이던, 쓰레기 가득한 백사장 하나. 그리고 나무 사이에 방치되어있던 헬기. 헬기?

겨울은 수풀 사이에 움츠린 요원들에게 말했다.

"아무래도 저 사람들 헬기로 탈출하려는 모양이에요. 앤은 기억하죠? 장벽 바로 안쪽에 주기되어있던 기체들 말예요."

그러자 FBI 요원이 당혹스러워한다.

"그것들은 기체수명이 다 되었다고 하지 않았었습니까?"

"운에 걸어보는 거겠죠. 수명이 다 되었다고 반드시 추락한다는 법은 없으니까. 현재로서는 가장 좋은 선택이겠고요."

"하지만……."

잠시 고민하는 그녀였으나, 현실적으로 다른 방법이 없었다.

"여기서 서쪽 해안까지는 직선으로 걸어도 5킬로미터 이상이에요. 그것도 구릉 사이로 빠지는 길이라 실제로는 거의 7킬로미터 가량 될 테고요. 그런데 남은 시간은 고작 40분도 안 되잖아요. 거기서 다른 배를 찾아봐야 너무 늦어요."

만 전체에서 일어날 핵폭발은 막대한 방사능 낙진을 뿌려댈 것이다. 폭심으로부터 적어도 수십 킬로미터는 벗어나야 안전하다. 고속정을 타고 골든게이트를 벗어났다면 확실하게 영향권 바깥까지 이르렀겠으나, 무의미한 아쉬움이었다.

방사능에 피폭되면 확실하게 죽는다. 수명 다 된 헬기 쪽은 그나마 희망을 걸어볼 여지가 있었다.

조안나가 동의했다.

"낭비할 시간이 없군요. 일단 생존자들과 합류해야겠습니다."

"좋아요. 앤이 앞장서요. 이번엔 제가 후방을 맡을게요. 나머지 분들은 측면을 경계하세요."

기지 방면이 더 위험하다는 판단 아래 내린 결정이었다.

도보로 이동할 거리는 약 800미터였다. 서두르는 요원들의 숨이 턱까지 차오른다. 누구 하나 체력이 만전인 사람이 없었다. 이미 12시간 전부터 계속해서 소모되어 온 조안나는 더더욱. 평소에도 감독관 업무로 잠을 아껴온 터라 피로가 더 심할 것이었다.

휘청거리는 그녀를 탤벗과 터커 요원이 부축했다.

캬아아아악!

해안도로를 따라 달려오는 무리가 겨울의 시야를 가득 메웠다. 미 해안경비대, 육군, 해상난민들이 골고루 섞인 집단이었다. 당연히 숙주의 체력에 따라 속도의 차이가 생겨났다. 겨울은 가장 빠른 녀석들의 무릎을, 그리고 골반을 겨냥했다.

툭! 툭! 투둑! 투두둑!

단발로 끊어 쏘는 사격이 속도는 연사에 가까웠고, 단 한 번을 빗나가지 않는다. 작정하고 사격기술에 투자한 결과, 「개인화기숙련」은 이제 실질적인 최고 수준이었으므로.

다리 망가진 녀석들이 나뒹굴어 뒤따르는 무리의 발에 채인다. 계산적으로 쏘았기에 와르르 넘어지는 수가 수십이었다. 그럼에도 뒤이어 밀려오는 물결은 그 이상. 결국 밟히는 놈들은 우득 뿌득 소리를 내며 으깨어진 채 죽는다.

압사를 유도하는 사격으로 거리를 확보한 뒤에, 겨울은 앞서간 요원들을 단숨에 따라잡았다.

탐조등을 줄줄이 밝힌 장벽이 가까워졌다. 헬기 근방에서 방어전을 치르는 병사들의 모습도. 선명한 노을빛의 예광탄 줄기들이 사나운 어둠을 수도 없이 그어댔다. 야시경을 밀어올린 조안나가 속도를 줄이며 일행 모두에게 전파한다.

"전원 랜턴을, 헉, 켜요! 오인사격을, 하윽, 막아야 하니까!"

어둠 속에서 사람과 괴물을 구분하는데 인공조명만한 것이 없었다. 물론 다른 신호 또한 병행해야 한다. 겨울이 사살한 변종들 중 가슴에 켜진 조명을 달고 변이된 경우도 있었기에.

그러나 조금 기다려야 했다. 남녀를 가리지 않고, 요원들은 속도를 줄인 즉시 엎드려서 구토를 시작했다. 터커 요원은 한 술 더 떠 달리던 중에 토사물을 흘리고 있었고.

의지로는 도저히 억누르지 못할 생리반응. 고속정의 격렬한 움직임을 견뎌낸 직후에, 두려움과 긴장감 속에서 능력 이상의 전력질주를 감행한 것이다. 헬기가 언제 뜰지 모른다는 불안도 있었기에. 결국 조안나도 참지 못하고 우욱! 허리를 숙이고 만다. 저녁조차 거르고 움직여온 그녀였기에, 쏟아내는 건 거진 다 시큼한 위액이었다.

겨울은 약간의 난감함 속에서 광범위한 엄호를 제공했다.

야시경을 벗었는데도, 빛이 닿지 않는 응달까지 꽤나 선명하게 보였다. 아, 그렇구나. 이런 느낌이었지. 오랜만에 도달한 초인의 영역이 꽤나 낯설게 느껴지는 겨울이었다. 「개인화기숙련」의 영향. 사격 실력을 늘려줄 뿐만 아니라, 필요한 자질까지 강화해주는 것이다.

안력(眼力)도 그 중 하나. 단순히 시력이 좋다는 차원을 넘어, 보다 적은 빛으로도 시야 확보 및 표적식별이 가능하도록 만들어준다.

정신없는 상황이 지나고 보니 그 차이가 새삼스럽게 다가왔다.

타탕! 타타타탕!

소음기를 제거한 소총이 경쾌하게 울어댄다. 조명을 표적 삼아 스프린터처럼 육박하던 변종들은, 조안나와 정보국 요원들이 보지 못할 경계 너머에서 집단으로 죽어갔다.

여유가 생긴 뒤엔 장벽 방향으로 신호를 보냈다. 명확한 의미를 지닌 조명의 움직임. 분명 이쪽 역시 경계하고 있었을 테니, 누구 하나라도 반드시 보았을 것이었다.

"다들 움직일 수 있겠어요?"

겨울의 질문에 하나둘 몸을 추스른다. 그것을 지켜보던 겨울이 한 마디 덧붙였다.

"교전은 저에게 맡기세요. 어차피 그 상태로 쏜다고 명중탄이 나올 것 같진 않으니까."

이 말에 힘겹게 올라오던 총구 몇 개가 축 늘어졌다. 대신 겨울은 그들의 탄창 일부를 넘겨받았다. 소진한 수류탄 역시. 그리고 곧바로 사격. 타타타탕! 연사나 마찬가지인 단발사격의 연쇄에 분산 접근하던 변종 열아홉 개체가 쓰러진다. 한결같이 미간에 구멍이 뚫렸다.

마침내 헬기 인근의 병력과 서로의 얼굴이 보이는 거리까지 접근했다.

"당신들 뭐야? 정체를 밝혀!"

한 병사가 윽박지르는 외침. 이 와중에도 다른 방향에선 교전이 진행 중이다. 몇 걸음 나아간 조안나가 총을 놓고 양 손을 들어보였다.

"저는 조안나 깁슨! 연방수사국 감독관입니다! 여기에 있는 건 중앙정보국 요원들이고요!"

겨울의 이름은 나오지 않는다. 변장이 아직 다 지워지지 않았기 때문이었다. 구 중국군 세력과의 접촉이 중단된 이래 보강이 이루어지지 않았으나, 자연적으로 없어지려면 아직 시간이 필요했다. 정보국 요원이었던 탤벗은 갑작스러운 철수 준비에 바쁜 상황이었고.

"무슨 개수작이야? 수사국이랑 정보국 요원들이 왜 여기에 있어! 꺼져!"

당연한 반응이었다. 페어 스트라이크 작전의 실체를 일선 병사들이 알 리가 없다.

"정말입니다! 구 중국군의 전략 원자력 잠수함, 장정 9호를 추적하기 위한 기밀 작전에 투입되었던 인원입니다! 기지 사령관님이라면 알고 계실 거예요! 여기 신분증도 있습니다!"

무기를 꺼내는 것이라 오해받지 않도록, 조심스럽게 배지를 내보이는 그녀.

그러나 통하지 않는다.

"닥쳐! 거기 있는 더러운 칭키(Chinky) 새끼나 치우고 말하시지!"

겨울을 향한 모욕이었다. 겁에 질려 난폭해진 병사는 이성적인 판단이 어려워 보였다. 상황을 보아 포트 베이커의 지휘본부와 연락이 닿을 것 같지도 않고.

여기에 커트 리의 더러운 인상이 시너지를 일으키는 것이다. 칭키. 아시아계에 대한 멸칭.

'기지 함락의 원인 중 하나가 난민들의 무차별적인 상륙이었을 테니까.'

그런데 자세히 보니 방치된 차량 가운데 원색 선명한 쿠페가 있었다. 페라리 612 스칼리에티. 아무리 민간차량을 징발했어도 한 기지에 같은 차가 두 대 있진 않을 터. 겨울은 이곳 포트 베이커에서 말발굽 만의 항구로 마중을 나왔던 유쾌한 소위를 떠올렸다.

"혹시 그쪽에 아론 바커 소위가 있지 않습니까? 그 사람이라면 우리를 알아볼 겁니다!"

"바커 소위님을 알아?"

이제야 적대감이 누그러진다. 겨울은 돌아서서 새롭게 접근하는 변종 집단을 사살했다. 요원들로서는 미처 반응할 겨를도 없었다. 조안나가 조금 복잡한 표정으로 중얼거린다.

"당신은 계속해서 멀어지는군요……."

그녀 또한 사격의 전문가인 만큼, 겨울의 속도가 한층 더 빨라졌음을 깨달았을 것이었다.

새까맣게 물결치는 바다, 한 없이 불리한 환경에서 벗어난 겨울은 압도적인 화력을 쏟아냈다. 살상효율의 측면에서 여기 배치된 어떤 중화기도 겨울을 능가하지 못한다. 한 순간에 할 일이 없어진 병사들로부터 당혹스러운 수군거림이 흘러나왔다.

잠시 후 무전연락을 받은 아론 소위가 나타났다.

헬기 중 하나가 시동을 거는 시점이었다. 조안나가 다급하게 외쳤다.

"바커 소위! 저를 기억하십니까? 한겨울 중위와 함께 왔었던 수사국 감독관, 조안나 깁슨입니다! 소위님께서 우리를 엔젤 섬까지 데려다 주셨죠!"

그러나 젊은 소위는 그녀를 쉽게 알아보지 못했다. 한 번 보았을 뿐이고, 잊기에 충분한 시간이 흘렀으므로. 감독관이 초췌해지기도 했다. 어두워서 더욱 어렵다.

"어……. 미안한데, 당신 얼굴이 기억나지 않습니다!"

"그게 무슨 상관이에요! 이런 내용을 알 만 한 사람이 달리 누가 있다고!"

답답한 반응에 분통을 터트리는 조안나. 이해 못할 바 아니었으나, 상대도 긴장하고 여유가 없는 상황에서 좋은 선택은 아니었다. 전투흥분에 빠진 사람에게 합리적 판단을 기대해선 안 된다.

후방을 완전히 침묵시킨 겨울이 그녀 대신 나섰다. 총을 내려놓고 거리를 좁힌다.

"오랜만입니다, 소위. 저 한겨울입니다."

"엥?"

"얼굴은 변장해서 못 알아보시겠지만, 아마 이건 기억하실 것 같네요."

그리고 겨울은 한 손을 들어 검지와 중지, 약지와 소지를 붙였다.

"장수와 번영을 바랍니다. 맞죠? 이민국 청사 앞에서 헤어질 때 소위에게 배운 인사입니다."

주변에서 총성과 고함, 괴성이 메아리치는 가운데 기이한 침묵이 흘렀다. 조안나는 얼이 빠진 듯 했고, 어? 했던 바커 소위의 얼굴에 점차 깨달음이 번진다.

"이런 젠장! 진짜 한겨울 중위님이군요! 어디서 들어본 목소리다 싶었습니다."

하……. 이 답 없는 트레키(Trekkie)를 어떻게 하면 좋지? 어이가 없어진 좌우의 병사들이 소위를 보는 눈빛이었다. 한편으로는 겨울을 향한 의문도 있다. 저게 진짜 한겨울 중위인가? 그러거나 말거나 소위는 겨울 일행을 반갑게 맞아들였다.

"대체 어떻게 된 겁니까?"

"말하자면 길어요. 자세한 이야기는 나중에. 일단 여기서 벗어나는 게 급해요. 헬기로 탈출할 생각인 것 같은데, 언제 출발 가능하죠? 우리가 탈 공간이 있겠어요?"

"최대한 많은 기체에 급유를 하는 중이라 공간은 충분합니다."

밝기만 한 대답은 아니었다. 필요 이상으로 많은 기체에 기름을 채우는 것은, 추락 가능성을 염두에 두고 인원을 분산 수용하려는 의도일 테니까.

"문제는 조종사가 부족하다는 겁니다. 정식 훈련을 받은 사람이 한 명 뿐이에요."

"그럼 어쩔 셈이었어요?"

"몇 사람이 이륙하고 조종간 다루는 방법만 속성으로 배웠습니다. 조종사 말이 나머지는 비행하면서 무전으로 알려주면 어떻게든 될 거라고 하더군요."

허술하고 위태롭기 짝이 없는 계획. 미쳤다는 말을 들어도 변명의 여지가 없겠다. 그러나 다른 수가 없었을 것이다. 조안나가 머뭇거리며 말했다.

"이 기종이라면 제가 조종하는 방법을 압니다. 예전에 한 번 전환훈련을 받았었죠."

"오? 정말입니까?"

반색하는 소위와 달리, 겨울은 걱정스럽게 물었다.

"괜찮겠어요?"

"어떻게든 해보겠습니다."

그러나 아무래도 자신 없는 기색. 그녀에겐 가벼운 심리장애가 있다. 겨울은 지나간 대화를 회상했다. 항공순찰 도중 마약 카르텔의 중기관총 사격으로 추락하면서 얻은 것이라고 했었지. 그때 내비친 증세가 심한 것은 아니었으나, 섬세한 조종에 장애가 될 것은 분명하다.

이제 막 기본적인 내용만 배웠을 뿐인 초짜 파일럿과, 숙련되었으나 트라우마가 있는 파일럿 중 어느 쪽을 더 신뢰할 수 있을까?

지금의 겨울에겐 기술습득의 여력이 없다. 탈출이 끝난 뒤 그

과정에 대한 평가가 이루어진다면 모를까. 지금껏 사살한 변종들로는 기초 영역을 넘어서기 어려웠다.

'기술을 배워도 문제야. 나중에 해명할 방법이 없는걸.'

생각할 겨를도 없이, 쿠웅! 장벽이 세차게 흔들렸다. 이어 들려오는 거대한 포효. 크아아아아! 모두의 안색이 굳는다. 이 상황에서 그럼블이라니.

탐조등 불빛 두 줄기가 일그러진 벽을 향했다.

"하필이면 벽 위에 아무도 없는 지금……!"

한 병사가 이를 가는 소리. 평소라면 접근 자체가 불가능했을 것이다. 포병의 화력지원마저 사라진 현재, 장벽은 무방비하게 노출된 상태였다.

"저는 기체 상태를 확인하겠습니다!"

조안나가 바로 앞에 있던 헬기의 조종석에 올랐다.

다시 한 번 쿠웅! 벌어진 균열을 통해, 베타 그럼블의 흉물스러운 낯짝이 보였다. 괴물 역시 인간들을 보았다. 노란 눈이 빛을 반사한다. 묵직한 질량과 완력으로 장벽을 찢어발기는 녀석. 내부를 보강한 컨테이너인데도 계속되는 주먹질을 견뎌내지 못했다.

"뭐해? TOW 갈겨!"

대전차 미사일을 쏘라는 소위의 외침에, 험비 포탑에 앉은 병사가 대꾸한다.

"아직 유도가 어렵습니다! 이거 빗나가면 안 됩니다! 틈이 좀 더 벌어진 뒤에 쏘겠습니다!"

잔탄이 부족한 만큼 신중하게 발사하겠다는 보고.

그러나 육중한 괴물은 그럴 기회를 주지 않았다. 무전기에서 잡음이 들리는가 싶더니, 저에게 좁은 틈을 두고 슥 물러나버린다. 이어지는 건 저편에 바글거리는 일반 변종들의 침입이었다. 몸을 부대끼며 들어오는 놈들이 굶주린 포효를 내질렀다.

"원래 막던 방향만 막아요! 이쪽은 내가 처리할 테니까!"

겨울이 빠르게 대응했다. 타탕! 타타타타! 막 빠져나오던 것들이 잇달아 시체로 변한다. 틈을 시체로 막아버릴 작정이었다. 꾸역꾸역 밀고 들어온다 해도 위협적인 속도는 못 된다. 오히려 압사당하는 수가 더 많을 듯하다.

콰앙! 굉음과 함께 새로운 균열이 만들어졌다. 문제는 거기서 끝나지 않는다. 양쪽 용접이 끊어지면서, 컨테이너 한 칸이 통째로 빠지기 시작했다. 거듭 가해지는 충격. 틈에 끼었던 시체들, 그리고 아직 숨 붙어 있는 변종들이 마구 으스러진다. 살이 찢어지며 돌출되는 뼈가 탐조등 불빛에 붉고 희게 발광한다.

다른 방면을 맡고 있던 중위 하나가 신경질적으로 외쳤다.

"급유 중지! 탑승! 전원 탑승! 가까운 기체에 올라타!"

병사들이 제 위치에서 황급히 벗어났다. 콰콰콰쾅! 일제사격으로 탄통을 비운 험비의 중기관총 및 유탄발사기 사수들도 재장전을 포기했다.

후퇴만큼 위험한 순간도 드물다. 먼저 도착한 병사들이 탑승 직전 위치에서 멈춰선 채 제압사격을 퍼부었으나, 중화기를 방기한 시점에서 화력이 모자랐다.

컨테이너를 방패삼아 밀어 붙인 그럼블 탓에 무지막지한 숫자가 급류처럼 쏟아져 들어온다. 육로로 들어오는 놈들의 규모는 바다에서 상륙하고 기지에서 감염된 것들을 아득히 능가했다.

겨울 한 사람이 일개 소대 이상의 저지력을 발휘하지 않았다면, 희생자는 한 두 사람으로 그치지 않았을 것이었다.

헬기들이 엔진 출력을 높이면서 배기음과 바람이 거세어졌다.

"타세요, 중위님! 이제 뜰 거예요!"

코왈스키 요원의 다급한 부름. 엄호사격의 밀도가 급격하게 줄어든다. 그러나 겨울은 기체가 땅에서 떨어질 때까지 기다렸다. 변종들이 그만큼 가까운 거리까지 육박한 탓이었다.

'매달리기라도 했다간 추락할지도 몰라!'

인간 이상의 근력으로 수십 단위가 사슬을 만들면 이륙은 물 건너간다. 가뜩이나 불안정한 기체들 아니던가? 벌써부터 다른 것들과 다르게 들리는 엔진 소리가 있다. 거기에 탑승한 병사들은 아직 눈치 채지 못한 것 같다. 부디 큰 이상이 있는 건 아니기를.

캬아악!

탄창을 교체하는 틈에 달려드는 하나. 겨울이 바싹 낮아지는 회전을 실어 정강이를 걷어찼다. 뼈가 부러지는 타격감. 고통에 겨운 비명을 향해 단발 사격을 박아 넣고, 우측으로 세 발, 좌측으로 아홉 발, 정면으로 열일곱 발을 끊어 쐈다.

소모한 탄의 숫자는 죽어나간 변종의 숫자와 정확하게 일치했다.

마침내 돌아선 겨울이 높아진 개폐문을 향해 도약한다. 가장자리에 매달린 소년장교를 향해 여러 손이 내밀어졌다. 그러나 허공에서 발을 한 번 구르는 반동만으로 충분했다. 한 발 늦게 뛰어오른 구울의 애타는 손길이 군화 뒤끝에 스쳤을 뿐이었다.

아직 끝난 게 아니다. 겨울이 내부 통신용 헤드셋을 착용한 뒤,

아껴두었던 유탄발사기를 들었다.

"앤! 방향을 틀어요! 내가 장벽을 볼 수 있게!"

기체가 조금 늦게 반응했다. 그녀 나름대로 최선을 다하는 것이겠지만.

그 잠깐의 지연이 공격을 허용했다.

크아아아아!

엔진 소음 사이로 들려오는 그럼블의 포효. 다음엔 투척일 텐데. 겨울이 수십 미터 바깥을 조준했을 땐 이미 늦었다. 깨애액! 직선으로 집어던져진 투사체는 살아있는 변종이었다. 부딪힌 순간 핏빛으로 박살날 정도의 위력.

가까운 공중에서 직격을 맞은 동료 기체가 위태롭게 기울었다. 아직 닫히지 않았던 문. 튕겨져 나가는 병사가 보인다. 아우성치는 역병 무리를 향한 아찔한 추락이었다. 부딪히는 순간 즉사했기를 바랄 따름.

추가 공격을 예고하는 포효를 겨누어, 겨울이 유탄을 발사한다.

이것이 탈출에 필요한 최후의 한 발이었다.

고도를 충분히 높인 헬기들이 선도기를 따라 한 줄로 늘어섰다. 흐트러진 줄이긴 해도.

기지 위를 한 바퀴 맴돌지만 다른 생존자의 기미는 보이지 않는다.

바다에서는 아직도 교전이 진행 중이었다. 미 해군 함선들이 받아준다면 좋겠으나, 조종석의 교신을 들어보니 아무래도 어려울 전망이다. 빠져나오는 민간 선박들의 숫자가 포탄과 미사일과 어뢰의 수량을 훨씬 넘어선다. 충돌을 회피하는 데만도 정신이 없는 것 같았다. 그 사이에 기어코 만을 벗어난 인민해방군 함선들도 있는 모양이고. 쉽게 가라앉을 혼란이 아니었다.

이제 어디로 가야 하나.

[이 기체로, 후우, 이 기체로 해상에서 대기하는 건……지나치게 위험하다고, 위험하다고 판단됩니다. 우선은 광역권에서 멀어질 수 있는 최단거리로……항로를 잡아야 합니다. 육지에서라면, 후, 언제든 착륙이 가능하니, 까요.]

조안나는 위축된 상태에서도 합리적인 결정을 내렸다. 여기에 선도기가 동의하면서 대략적인 방향이 잡혔다.

읽지 않은 메시지 (8)

[まつみん님이 별 100개를 선물하셨습니다.]
[まつみん님이 별 100개를 선물하셨습니다.]

「돔구녕 : 캬……. 이거슨 즈으응말로 대다난 써스펜스였스요. 씸장이 쫄깃그리고 돔구녕이 블릉그리는 긴장감! 팽소 위기를 별창짓으로 극뽁하는 셰계관에셔는 단 한 번도 경험한 젹이 읍던 왐배칸 리알리티 아니읎겠쓰요? 그르치요, 말하쟈며는 튜우닝의 끄츤 여읒씌 슌정이다!」

[まつみん님이 별 100개를 선물하셨습니다.]

「둠칫두둠칫 : 아니 씨발 방송을 여기서 끝내는 법이 어딨어. 평소보다 좀 길어지더라도 무사히 착륙하는 부분까지는 진행해야 하는 거 아니냐? 갇혔을 때 떡을 친 것도 아니고. 존나 기대하게 만들고 간만 보다가 마네. 새삼 느끼는 건데 성의가 아주 엿같이 없어. 진행자, 보고 있냐? 아니면 벌써 나갔냐?」

[まつみん님이 별 100개를 선물하셨습니다.]
[Blair님이 별 1051개를 선물하셨습니다.]

「려권내라우 : 아……. 접속 풀기가 두렵다. 내 단말기는 싸구려

라서 신경차단이 백퍼센트가 아닌데. 바지에 좀 지렸을 듯…….」

[まつみん님이 별 100개를 선물하셨습니다.]
[まつみん님이 별 100개를 선물하셨습니다.]
[まつみん님이 별 100개를 선물하셨습니다.]

「국빵의의무 : 마츠밍 별 그만 줘ㅋㅋㅋㅋㅋ」
「호굿호구굿 : 마츠밍ㅋㅋㅋㅋㅋㅋ」
「まつみん : 하아하아, 마츠밍은 참을 수 없어요. 어둠 속에 갇혔을 때 조안나에게 들어가서 느꼈던 겨울 씨의 체온은 정말이지……. 아, 이렇게 뭉클한 감정은 사후보험의 어떤 채널에서도 경험한 적이 없었어요. 가상인격을 사람으로 생각하지 않으면 나올 수 없는 장면이었다고 생각해요. 그때 뜨겁게 몸을 섞었으면 세계관이 끝났어도 정말 아름다운 결말이었을 것 같은데! 안타까우면서도 끝나지 않아서 안심인 복잡한 마음!」
「너는뭐시냐 : 난 한겨울 얘 하는 걸 보면서 희망을 얻는다. 내가 노력하기에 따라서는 추가과금 없이 기본보장만으로도 그럭저럭 즐길 수 있을 것 같아서…….」
「핵귀요미 : 병시나 넌 겨울이의 반의 반의 반도 안 돼.」
「너는뭐시냐 : 왜 갑자기 시비냐 너. 여자 아니었으면 쌍욕 나갔다.」
「まつみん : 아니 여러분, 항상 왜들 그렇게 싸우세요?」
「groseillier noir : 한국인들은 성격이 참 급한 거 같아.」
「BigBuffetBoy86 : 그래서 죽기도 빨리 죽지.」

「헬잘알 : ㅃㅂㅋㅌ ㅂㅂㅂㄱ」

「당신의 어머 : 근데 아무리 TOM 재능충이어도 가상인격을 사람으로 생각하는 게 가능한가? 정신제어계 DLC 한 방이면 넋이 나가는 것들인데. 별창늙은이가 사랑의 묘약으로 유부녀들 후리고 다니는 거 완전 개꿀이었음 ㅋ」

「빌리해링턴 : 꼴잘알 인정. 근데 적어도 너나 우리 같은 잡종들보다야 사람답지 않겠냐?」

「하드게이 : 리얼한 자학 보소 ㅋㅋㅋㅋ」

「당신의 어머 : 시발. 이 못 배워먹은 새끼, 예의도 없이 팩트를 쑤셔 대고 지랄이야.」

「빌리해링턴 : 안심해. 여기 있는 모두가 다 병신들이다.」

「빌리해링턴 : 이 중에 한 번이라도 남을 마음대로 지배하거나 깔아뭉개고 싶었던 적 없었던 자만이 저 새끼에게 돌을 던져라.」

「닉으로드립치지마라 : 뭐, 그렇지. 나를 사람으로 봐주는 놈 없고 내가 사람으로 대하는 놈도 없지. 그런 세상이지. 그게 아쉬운 사람들이 이 방송을 보는 거라고 생각한다.」

「똥댕댕이 : 딸쟁이들의 현자타임은 여기까지!」

[눈밭여우님이 별 10,000개를 선물하셨습니다.]

「올드스파이스 : 여우 누님 조용히 별 쏘는 클라스 보소.」

「올드스파이스 : 저 고구마 장사하게 별 하나만 주세요.」

「뭇시엘 : 근데 한겨울 얘는 진짜 마이페이스가 대단하다. 방금 이 채널이 실시간 쾌감 순위표에 랭크되어서 신규 중계가 엄청나게 늘었는데, 시간 딱 되니까 방송 끝내버리네.」
「흑형잦이 : 실시간 쾌감 순위는 또 뭐야. 그런 게 있었냐?」
「뭇시엘 : ㅇㅇ 관제인격이 업데이트한다는 듯. 접속자들이 느끼는 쾌감의 평균치를 구해서 내는 순위라더만. 그래봐야 1위는 별창늙은이지만. 그 영감 세계관은 인간적으로 진짜 막장이야. 그 이상의 쾌락은 없을 것 같다.」
「닉으로드립치지마라 : 그렇겠지. 존중 받은 적이 없는 사람들이라 남을 존중하고 싶지도 않은 거야. 기회만 되면 갑질하고 싶고, 억지로 강요하고 싶고, 남들 이야기는 듣기 싫고, 짓밟고 지배하는 데서 쾌감을 느끼고…….」
「똥댕댕이 : 아 그만하라고 개새끼야. 닭살 돋으니까.」
「바람의 윈드 : 이 채널은 참 좋다. 별이 꽤 많이 들어올 텐데도 좀 더 편한 진행을 하지 않는 진행자를 보면서, 항상 더 쉬운 길만 찾느라 아무 것도 한 게 없는 나를 돌아보게 된다고나 할까. 끊임없이 세상이 잘못되었다는 증거를 찾으면서, 할 수 있는 노력도 하지 않는 나 자신을 정당화해왔던 게 부끄러워진다.」
「바람의 윈드 : 불공평한 세상이 잘못되어 있다는 건 분명하지만, 그래도 그것을 헤쳐 나가는 삶이었다면, 끝내 실패했어도 내 인생은 분명히 아름다웠겠지.」
「바람의 윈드 : 지금의 나는 이 세상처럼 추하고 더럽다.」
「마그나카르타 : 그 아 아 앗! 시공이 오그라든다!」
「똥댕댕이 : 왈왈! 지랄이 짜다! 으르르르!」
「돌체엔 가봤나 : 꿈보다 해몽 시팔 ㅋㅋㅋㅋ」
「엑윽보수 : 에고 넘치는 병신 새끼 하나 납셨네. 문창과 나왔냐?」

「질소포장 : 야, 그러는 너도 병신이네 ㅋ. 우리나라에서 마지막 문창과가 없어진 지가 언젠데. 요즘 인문계는 경영학과 말곤 다른 학과가 몇 개 없어 ㅋㅋㅋㅋ」

「그랑페롤 : 좀 아니다 싶긴 한데, 저게 그렇게 욕먹을 소리였냐」

「동막골스미골 : 존나 잘난 척 있는 척 허세가 넘쳐흐르잖아.」

「폭풍224 : 2222222」

「돌체엔 가봤나 : 백퍼공감 ㅇㅇㅇㅇ」

「닉으로드립치지마라 : 너네들 공감하는 꼬락서니를 보니 사후세계는 안 봐도 뻔하구나.」

보안위원회

「위원 A : 여러분. 사후보험 보안 기술진의 신변에 이상이 생겼습니다.」

「위원 B : 보안 기술진?……아, 그 액티브 X 같은 보안모듈 만드는? 그 사람들이 왜요?」

「위원 A : 저도 조금 전에 국정원으로부터 연락을 받았는데, 몇 명은 실종되고 나머지는 변사체로 발견되었답니다. 위탁업체 대표까지도 자택에서 숨져있었다던가요. 보안 프로그램 개발 자료가 대량으로 유출되었다고 하는군요.」

「위원 C : 거 참, 한동안 잠잠하더니 귀찮게 시리. 이번엔 배후가 어딜까요?」

「위원 A : 글쎄요, 그건 아직 확실치 않다고 하는군요. 이만큼 은밀하고 조직적인 첩보행위가 가능한 국가가 몇이나 되겠습니까마는……. 일단 최근에 입국한 각국의 정보부처 관계자들을 용의선상에 두고 조사를 해보겠다는군요. 의미는 없겠지만 일단 목록이나 한번 보시죠.」

「위원 C : 어휴, 정말 오랜만에 보는 얼굴들이네요. 사후보험 초기만 하더라도 비상이 걸릴 때마다 보곤 했던 면면이었건만. 아니, 잠깐. 러시아 쪽은 책임자가 바뀌었네요? 캬! 이거 대단한 미인인데? 가상인격으로도 보기 힘들 정도야.」

「위원 C : 피부가 아주 그냥, 혀로 핥으면 살살 녹아내릴 것 같어. 고금 불문 첩보계는 역시 미모가 스테이터스인가? 전임자도 아주 젠틀

하게 늙은 영감이었고 말이지.」

「위원 E : 사람 거 쓸 데 없는 소리는. 아무튼 뉴 페이스의 등장은 꽤 주목할 만 한 정보로군요. 전임자가 정보국 특무부대 출신으로 내로라하는 엘리트였잖아요. 경력도 그만큼 화려하고. 그런데 새파랗게 젊은 여자가 그런 숙장을 대신한다? 이건 실력도 실력이지만 배경이 엄청나다는 뜻 아니겠어요?」

「위원 B : 또 모르죠. 이 여자는 단순히 눈속임이고, 기존의 책임자가 어딘가 보이지 않는 곳에서 암약하고 있다는 뜻일지도. 혹은 러시아 쪽 인물교체를 틈타 제3국이 일을 벌였을 가능성도 있겠고요. 국정원에서 뭐 알아낸 거 없답니까?」

「위원 A : 이미 말씀드렸잖습니까. 아직 확실한 게 없다고.」

「위원 B : 어허. 이 나라 경제의 심장인 사후보험에 관한 사건인데, 국민의 세금으로 운영되는 정보기관이 이렇게 느려 터져서야. 외부감사 한 번 들어갈까요?」

「위원 E : 농담 한 번 살벌하게 하시네. 돌아가는 사정 다 아는 처지에 너무 그러지 말아요. 그 친구들도 무의미한 수사에 힘을 쏟고 싶진 않겠죠. 타국의 첩보행위에 대해서는 어느 정도 알면서 당해주는 게 서로한테 좋은 일이기도 하고.」

「위원 B : 아니 뭐 그냥, 대외적으로 내세우기에 적당한 핑계거리라는 생각이 들어서 말이죠. 가끔은 이런 자정작용 이벤트가 있어야 정부의 신뢰성이 제고되고, 국민들도 아! 나라살림이 제대로 돌아가고 있구나- 하지 않겠습니까? 우리도 오랜만에 언론에다가 얼굴 좀 비춰주면서, 뭐냐 그, 정보기관의 태만함을 국민의 이름으로 준엄히 꾸짖는, 뭐 그런 구도?」

「위원 C : 거 괜찮네. 국민들도 가끔 주인의식을 느끼고 그래야 다른 불만을 억누르면서 살죠. 국민들의 단합을 위해 국가적인 위기의식을 부채질해줄 필요도 있겠고, 또 이번 사건의 배후에 대한 간접적인 경고가 될 수도 있을 것이고. 정말로 해볼만 한데요?」

「위원 E : 이 사람들이 지금……. 이봐요들, 내 조카사위가 국정원장이란 말예요. 걔 건드리면 저도 가만 안 있을 겁니다?」

「위원 A : 아, 그랬었죠. 미안합니다. 잊고 있었어요. 다들 자제합시다.」

「위원 D : E 위원, 그냥 처음부터 그렇게 말씀하시지 그랬어요. 애초에 우리 위원회 자체가 비공식적으로 열리는 건데 체면 차릴 필요가 있나.」

「위원 F : 저기, 여러분. 잠시만요.」

「위원 A : 말씀하세요.」

「위원 F : 저는 이 분위기를 이해할 수가 없군요. 다들 왜 이렇게 태평하십니까? 사후보험 관련 정보가 유출된 마당에 지금 농담이 나오십니까?」

「위원 B : 하하하. 진정해요, F 위원. 신참이라서 잘 모르시는 모양이구먼. 사후보험 보안 프로그램이 표면적으로는 중요한 기밀이긴 하지만, 실제로는 별 의미가 없습니다.」

「위원 F : ……그래요? 좀 더 자세히 들을 수 있겠습니까?」

「위원 B : 물론이죠. 이제 우리는 한 식구인걸요. 결론부터 말씀드리자면, 사후보험은 처음부터 보안모듈 같은 게 필요하지 않았습니다. 하하.」

「위원 F : 예? 그건 어째서입니까?」

「위원 B : 저도 전문가들에게 들은 이야기입니다만……사후보험 관제인격의 내장 방화벽만으로도 상정 가능한 모든 공격을 방어할 수 있는데다, 설령 그 방화벽이 뚫린다 하더라도 트리니티 엔진이 문자 그대로의 불가해인지라 뚫리든 말든 상관없다는 겁니다.」

「위원 F : 불가해? 해석이나 복제가 안 된다는 뜻인가요?」

「위원 B : 네. 업계 탑이라는 사람들 하는 말이, 천재 중의 천재였던 최초의 설계자와 그의 연구팀을 다시 불러와서 수십 년간 막대한 예산을 쏟아 붓는다 할지라도 지금의 트리니티 엔진과 관제인격을 역설계할 순 없을 거라 확신하더군요. 초기의 엔진을 재현한다면 또 모를까. 근데 이게 만들어질 당시에 당사자들조차 기적이라 불렀던 물건인지라……. 처음 상태조차 제대로 재현하면 다행이라던걸요.」

「위원 F : 확실합니까? 그걸 믿을 수 있겠어요?」

「위원 D : 안심해요. 우리라고 왜 사후보험의 중요성을 모르겠습니까? 굉장히 많이 검증해봤답니다. 핵심 코드 일부를 복사해서 복수의 외국 전문가 집단과 인공지능 엔진에 익명으로 분석을 의뢰했는데, 이게 트리니티 엔진의 구성요소라는 것도 알아채지 못하더군요. 도리어 불쾌해하던데요? 아무 의미도 없는 쓰레기 데이터로 장난치는 거 아니냐고.」

「위원 F : 허어…….」

「위원 A : 우리 사이에선 오래 전에 결론이 난 문제입니다. 설령 또 하나의 트리니티 엔진이 만들어진다 한들, 이미 20년 이상 작동하며 스스로를 개선해온 기존의 트리니티를 따라잡기는 불가능하다고. 하드웨어 투자가 지속적으로 이루어지는 한 기술격차가 줄어드는 일은 없을 겁니다. 그리고 사후보험의 하드웨어는 언제나 세계 최고수준이지요.」

「위원 C : 게다가 최초의 설계자는 이미 오래 전에 죽었지, 핵심적이지 않은 부분은 하청에 하청에 하청을 맡겼다보니 수십 년 지난 지금에 와선 누가 만들었는지 추적도 안 되지……. 관행상 계약서도 제대로 안 썼으니 뭐…….」

「위원 E : 아무도 이해를 못하고, 어떤 시스템으로도 분석이 안 되는 유실기술인데 기밀이랄 게 있나. 각 지역에 분산되어있는 수만 평의 데이터센터를 통째로 복사한다면 모르겠지만. 엔진 코어는 가급 국가중요시설로 지정되어 있잖아요.」

「위원 B : 애초에 우리가 여기서 안심하고 떠들 수 있는 이유가 뭡니까? 사후보험의 보안이 그만큼 확실하기 때문이잖습니까? 불필요한 걱정은 그만 내려놔요.」

「위원 F : 낙원그룹을 손에 넣은 고건철 회장이 딴 생각을 품는다면?」

「위원 B : 어디 해보라지요. 관제인격은 법률을 위반할 수 없게 만들어졌어요. 이제 와서 그 원칙을 수정할 능력도 없고요. 그러니 우리가 만든 법이 우리를 지키는 한, 외국의 정보기관이든 국내의 정신 나간 졸부든 염려할 거리가 못 됩니다. 글쎄요, 관제인격이 미쳐 날뛴다면 위험할지도. 하하하!」

「위원 E : 어휴, 그 허황된 망상은 입에 담지 맙시다. 사후보험 반대론자들의 낡아빠진 레퍼토리 아닙니까. 하도 들어서 아주 지긋지긋해요. 만들어진 이래 줄곧 멀쩡했던 관제인격이 왜 갑자기 폭주한다는 거야……. 이만큼 안정적인 AI가 세상에 또 어디 있다고.」

「위원 A : 뭐 그런 겁니다. F 위원, 이해하셨지요? 당신은 고건철 회장을 견제하는 일에만 힘을 보태주시면 됩니다. 그것 때문에 자리를 마련해드린 거니까요. 그 괴물을 상대하려면 여야합작이라도 해야지

별 수 있나. 밖에서는 우리 편 아닌 척 해주시기 바랍니다.」

「위원 F : 대충 알겠는데, 말 나온 김에 하나만 더 물어봅시다. 나도 돌아가는 사정을 좀 알아야 내 사람들을 설득하지.」

「위원 A : 뭡니까?」

「위원 F : 그럼 그 보안모듈이라는 건 결국 산업 스파이들을 낚기 위한 떡밥에 불과한 거예요? 그 외에 아무 기능도 없어요?」

「위원 B : 왜 없겠습니까.」

「위원 F : 있어요?」

「위원 B : 그럼요. 보안모듈의 진짜 목적은 사후보험 이용을 불편하게 만드는 건데요.」

「위원 F : 이건 또 무슨 소리야. 왜 불편하게 만들어요?」

「위원 B : 그야 여러 이유가 있죠. 우선 보안 프로그램이 계속해서 갱신되고 복잡해지면, 그 자체로 세대별 접근성이 달라지거든요.」

「위원 F : 접근성?」

「위원 B : 못 배우고 게으른 노인네들은 체험센터에 와서 잠깐의 꿈같은 낙원을 경험하고 가는 정도가 딱 맞다 이거지요. 기본 제공 사양에 질려서 거부감을 느끼면 곤란하니까. 사실 이것도 옛날이야기이긴 해요. 지금의 노인 세대는 그 당시의 노인들하고 또 달라서. 사후보험 제도 도입 초기에 거부감을 희석시키는 전략의 일환이었다고나 할까요.」

「위원 F : 그럼 지금은요?」

「위원 B : 여러 이유가 있지만, 불안감을 조성하기 위한 도구이기도 해요. 대한민국의 핵심 산업인 사후보험이 언제나 위협에 노출되어있다! 고 하기 전에 밑밥을 깔아놓는 거죠.」

「위원 E : 물론 가장 중요한 목적은 예산을 타내는 거지만.」

「위원 E : 국가경제의 심장을 지키기 위한 보안 프로그램 개발. 이게 얼마나 나랏돈 빼서 쓰기 좋은 명분입니까? 보안기술업체들의 독점시장을 지켜주는 대가로 우리도 적당히 사례금을 받을 수 있으니 누이 좋고 매부 좋은 일이지요.」

「위원 F : 어이구……. 당신들 그동안 정말 어지간히 해먹었겠군.」

「위원 C : 너무 섭섭해 하지 말아요. 아까 누가 말했던 것처럼, 이제는 한 식구니까.」

「위원 F : 그거 때문에 민원이 엄청나게 들어오는 건 알고 있어요?」

「위원 A : 불편함은 중요한 문제가 아닙니다. 가능하냐 불가능하냐의 문제죠. 어쨌든 할 수 있으면 불만은 불만으로만 끝납니다.」

「위원 F : 흐음.」

「위원 E : 예를 들면 납골당 면회 절차가 그런 식이잖아요. 너무 번거로워서 할 수가 없다고. 근데 할 수 없다는 건 변명이죠. 할 수 있는데 귀찮으니까 안 하는 거지.」

「위원 E : 만약에 안치된 가족을, 돌아가신 부모님을 진심으로 아끼고 사랑해 봐요. 절차가 번거로운 게 문제인가.」

「위원 B : 맞는 말씀입니다. 요즘 젊은 세대는 우리랑 달라서 정신력이 약해요. 우리가 그 나이일 때 우리 또래 사람들은 어땠습니까? 명절마다 꽉 막힌 고속도로를 열 시간씩 달려서 고향에 계신 부모님 찾아뵙고 그랬잖아요. 그런데 납골당 면회신청 절차가 복잡하고 번거롭다? 하, 핑계 없는 무덤 없습니다.」

「위원 C : 그 사람들은 알고 보면 겉으로만 불평하는 거예요. 실제로는 원래 안 갔을 면회인데, 절차가 불편해서 못 가는 거라고 자기합리화를 하는 중인 거죠. 어쩌겠습니까. 우리가 국민들의 가려운 데를 긁어주는 수밖에.」

「위원 F : 듣고 보니 그렇군요. 참으로 이치에 맞습니다.」

「위원 A : 대중은 원래 잘해줘도 만족할 줄을 모릅니다. 산업화 시대 때에 비하면 절대적인 생활수준이 향상되었음에도 불구하고 항상 부족하다는 말만 되풀이하죠. 사후보험의 낮은 만족도도 같은 맥락이고요. 그러니 굳이 완벽하게 만족시키려고 노력할 필요가 없다고 봅니다. 밑 빠진 독에 물 붓기에요.」

「위원 E : 대중이 원하는 대로 다 들어주면 나라가 망하는 걸 어쩌겠습니까. 깨어 있는 소수가 십자가를 지고 사회를 좋은 방향으로 이끌어나가는 수밖에.」

장미가 시드는 계절 (6)

참으로 치명적인 슬픔이었다.

고건철 회장은 수심(愁心)에 찬 한가을로부터, 오늘도 한결 초췌해진 그 모습으로부터 눈을 떼기 어려웠다. 그녀는 하루하루 시들어가고 있었다. 그러나 병적인 우울함에 빠져 무기력하게 죽어가는 잡것들 같지는 않았다. 한 번이라도 그 따위로 흐트러진 면모를 보였다면, 회장은 그녀의 상품가치를 많이, 아주 많이 깎아내렸을 것이다.

한가을은 언제나 꼿꼿했다. 삶의 의지가 분명했다. 살아야 할 이유가 있다고. 그러나 그것은 또한 그녀를 시들게 만드는 감정이기도 했다. 가을을 살리는 것도, 죽이는 것도 그리움이라는 사실을 알았을 때, 회장은 생각했다.

'이런 식으로 미친 여자가 다시 있을 리 없다.'

적어도 그가 사는 이 시대에서는. 아마도. 달리 있었다면 왜 이제야 처음으로 보았겠느냐고.

거짓일 수 없다 믿었던 감정이 거짓이었던 이래, 회장은 사람의 마음을 신뢰한 적이 없었다. 그러므로 한가을은 사람이 아니었다. 이토록 고상한 것이 사람이어선 안 된다.

비경제적인 아름다움이라고도 생각했다.

허나 아름답지 못한 세상에서 아름다움은 본디 부질없는 것이었다. 그 자체로 이미 상품이며, 아름다울수록 희소성이 증가한다. 한가을은 희소가치가 높은 꽃이었다.

그래서 폭군은 분노와 조바심을 동시에 느꼈다. 이 계집이 언제까지 피어있을 것인가. 끝끝내 손에 넣지 못한 채로 시들어버리고 말 것인가. 한가을에게는 그가 지닌 모든 거래수단이 무의미했다. 따라서 참기 힘든 충동을 느낀다. 강제로 꺾어버리고 싶은. 범해버리고 싶은.

그러나 그렇게 해버리는 순간, 폭군은 스스로를 경멸하게 될 것이었다. 다른 잡것들과 같은 수준으로 떨어져 버렸다고. 그러느니 차라리 죽는 편이 나을 터.

"안 어울리는군."

회장의 언짢은 평가가 여러 사람을 겁먹게 만들었다. 세계 최고의 패션 코디네이터니, 스타일리스트니, 의상 디자이너니 하는 잡것들. 그들에게 주어진 의뢰는 하나. 가을의 아름다움을, 상품가치를 돋보이게 만들 것.

주된 이유는 모종의 검증을 위함이다. 회장 자신에게만 의미가 있는 것.

자칭 전문가들이 폭군의 눈치를 살핀다. 그 주눅 든 모습들로부터 최초의 자신감을 떠올리긴 어려웠다. 반드시 만족하실 거라던 호언은 어디로 갔는지.

"오늘은 이걸로 끝인가? 더 준비된 것 없나?"

추궁하는 회장 앞에서 가을을 제외한 모두가 움츠러들었다. 혜성그룹 차원의 의뢰를 받아들인 지 벌써 열흘째. 처음엔 성공을 확신했으나, 이제는 그 반대다. 매일 같이 반복되는 무수한 불합격이 대체 무엇을 의미하는가.

머뭇거리는 그들 가운데 한 명의 스타일리스트가 나섰다.

"아직 몇 세트가 남아있긴 합니다만, 그 전에 하나 여쭙고 싶은 말씀이 있습니다."

"뭔데."

"다른 어떤 색을 써도 좋지만, 녹색만큼은 안 되는 이유가 무엇입니까?"

"……."

이 씨발년이. 말로 내뱉지 않았을 뿐 노여움을 감추지 않는 회장 앞에서, 식은땀을 닦아내면서도, 스타일리스트는 직업적 자부심으로 견디며 다시금 고쳐 말한다.

"처음엔 이상하게 생각하지 않았습니다. 무엇이 안 된다는 주문이야 많이 받아보았고, 그 중엔 특정 디자인뿐만 아니라 색채적인 거부감도 포함되어 있었으니까요. 하지만 지금은 이런 생각이 듭니다. 그것이야말로 유일한 정답이 아닌가 하고."

아직 폭발하지 않는 회장에게서 작은 용기를 얻어, 스타일리스트는 남은 말을 이었다.

"저희는 지금까지 최선을 다해왔습니다. 한 달이 지난 시점부터는 자존심도 버렸지요. 전세계의 경쟁자들에게 협조를 구했습니다. 그런데도 회장님께서는 단 한 번을 기꺼워하지 않으셨고요. 예외 없이, 보자마자 인상을 찌푸리거나 고개를 흔드신 걸요."

조금이라도 고민을 한다던가, 망설인다던가 했었다면, 전문가들은 고객의 취향에 대한 대략적인 방향성을 확인했을 것이다. 그러나 고건철에게선 일말의 단서도 얻을 수 없었다.

"조금 전에 보셨던 게 정확히 천 번째의 연출이었습니다. 이젠 더 이상 새로운 무언가를 시도하기 어렵다는 뜻이죠. 회장님께서 걸어두신 유일한 제한조건을 제외하면 말입니다."

그렇게 말하며, 스타일리스트는 스스로 돋보이는 자세를 잡았다. 다소 굳어있음에도 경력과 관록이 느껴진다. 이제 보니 그녀의 의상이 전반적으로 녹색 기조였다. 서로 다른 명도와 채도로 깊이를 부여하고, 그 외의 다른 색은 연속적이거나 강조적인 배색 효과로 어우러지며 적은 지분을 차지할 따름.

의도를 파악한 회장에게, 스타일리스트는 긴장감 속에서 고개를 끄덕여보였다.

"이번이 처음이 아닙니다. 이 업계에서 고객이 자기 취향을 잘못 아는 경우는 얼마든지 있기 때문에, 저희에겐 클라이언트의 미감을 간접적으로 파악하기 위한 노하우가 필수적이거든요. 결국은 눈치를 보는 일이지만, 교차검증을 반복해서 정답에 접근하는 것이죠."

"그래서?"

"결론은 이미 말씀드렸습니다."

건방진. 폭군은 다른 누군가가 모르는 사이에 자신을 시험했다는 사실이 불쾌했다.

그러나 용납해야 한다. 상대가 원하는 것을 파악하지 않고서 무슨 거래를 한단 말인가. 스타일리스트는 거래에 응했을 뿐이며, 그것은 무척이나 경제적인 행동이었다.

무엇보다, 진정으로 불쾌한 일은 따로 있지 않던가.

'이 육체에 한겨울이 남아있어, 내 정신에 영향을 미치고 있는가?'

어처구니없을 만큼 불합리한 의혹. 과거에 그런 속설이 있기는 했다. 허나 근거 없는 미신이었을 따름. 의학적으로 입증된 사례는 없으며, 이론적으론 실소가 절로 나오는 소리였다.

그럼에도 불구하고 의심을 떨쳐낼 수 없다.

첫 만남에서부터 한가을에게 강렬하게 끌린 이유부터 의심스러웠다.

그리고 그녀가 소중히 여기는 녹색의 원피스. 알고 보니 그것은 한겨울의 선물이었다.

이외에도 어울리는 의복이 매양 같은 색조여서, 회장은 그것이 마음에 들지 않았다.

정말로 내가 첫 눈에 반한 것인가? 진실로 한가을에게 어울리는 색이 하나 뿐인 건가? 아니면 이 모든 것에 다른 이유가 있다고 봐야 하는가? 그것이 과연 가능한 일이란 말인가? 내가 왜 이토록 비합리적인 미신에 흔들린단 말인가…….

그런데 가을에게 이끌리는 이 상태에서 벗어나고 싶지도 않았다. 이율배반적인 감정의 간극은 폭군을 갈수록 고통스럽게 만들었다. 가을을 죽이는 그리움과 같이.

"오늘은 여기까지 하지. 다 나가."

퉁명스러운 지시에 전문가 집단이 안도의 한숨을 내쉰다.

한가을은 자리를 지켰다. 회장이 '모두'를 지칭할 때 그녀만은 항상 예외였기 때문이다.

전문가들이 꾸며놓은 모습 그대로였기에, 가을은 무겁게 붉고 화려하게 검었다. 그녀의 이름과 같은 계절의 절정이 테마라고 했던가. 낙엽 지는 달, 서리가 내리기 전 마지막으로 무르익는 화원을 담아내겠다고. 회장의 불만족과 별개로, 전문가 집단은 가을이라는 소재 자체엔 무척이나 만족했다. 외모만으로는 만들 수 없는 분위기라는 것이 있다면서.

묵묵히 응시하던 폭군이 한참만에야 말문을 열었다.

"어떻게 해야 우리의 거래가 진전될 수 있을지 고민해보았다."

"……."

"너는 내가 네 동생의 몸에 있는 한 어떤 거래도 있을 수 없다고 했었지. 시작조차 불가능하다고. 그렇다면 묻겠다. 만약 내가 한겨울에게 이 육체의 모든 권리를 반환할 경우, 그 때는 거래가 성립하는 것이냐?"

가을이 두 손을 움켜쥐었다. 이건 무슨 함정인걸까.

"그렇다면 회장님은 어떻게 되시는 거죠? 본래의 육체로 돌아가시나요?"

"본래의 육체? 네 질문은 옛 몸뚱이를 새롭게 만들어서 쓸 작정이냐는 뜻이겠지."

이식이 끝난 다음, 고건철은 과거의 육체를 손수 파괴했다. 잔혹할 정도로 철저하게. 운 나쁘게 이를 목격한 딸, 고아영은 실신 직전까지 갔다. 폭군은 딸이 구토를 하든 말든 개의치 않았다. 그에게는 그만큼 중요한 일이었으므로.

정말로 즐거운 순간이었지.

고건철은 그때를 떠올리는 것만으로도 깊은 만족감을 느꼈다.

물론 유전정보는 남아있었다. 이식수술에 안전을 기하기 위해서. 따라서 복제체 생성도 가능하다. 그러나 아무리 젊고 건강한 몸을 만들어도, 예전 모습으로 돌아가는 일은 없을 것이다.

"그렇지는 않다."

혼란스러워하는 가을에게, 회장이 차선책을 제시했다.

"옛 몸뚱이도 아니고, 네가 네 동생의 것이라 주장하는 이 몸뚱이도 아닌, 제 3의 다른 육체를 쓰려고 한다. 젊음을 팔겠다는 사람은 어디에나 있으니까."

"그것은……."

"이것조차 안 된다고 하지는 마라."

고건철은 날카롭게 쏘아붙였다.

"네가 네 동생의 거래를 납득하지 못하는 건, 그 애새ㄲ……한겨울이 진정으로는 바라지 않았다고 생각하는 까닭이겠지. 남은 가족들을 위해 희생한 것이라고. 뭐, 좋아. 내가 보기에도 사실이니까. 하지만 다른 놈들은 어떨까? 죽고 싶어 안달이 난 녀석들 말이야."

"……."

"젊음을 팔아 화려한 사후를 즐기고 싶은 놈들은 얼마든지 많아. 완전한 성인으로서 자발적인 결정이지. 그들의 선택마저도 네가 나무랄 순 없을 것이다. 나는 그들에게 제대로 된 대가를 지불할 용의가 있다. 사후보험의 등급 상승, 그리고 지금까지 출시된 모든 세계관과 앞으로 출시될 모든 세계관에 대한 무제한적인 접근 권한 정도면 충분하지 않겠나."

한 호흡, 조용한 가을을 살핀 뒤에, 회장이 다시 말했다.

"이식거부반응이 없는 몸뚱이가 그리 흔한 것은 아니어도, 그런 매물이 새롭게 나올 때까지 임시로 다른 몸을 쓸 수야 있을 거다. 면역억제제를 맞는 게 다소 불편하긴 하겠다만……. 정말로 중요한 문제는 따로 있지."

여기까지 각오하고도 그를 고뇌하게 만드는 의심 하나.

"그 후에 정말로 거래가 성립하겠는가."

가을은 회장의 말뜻을 이해했다. 그녀가 회장에게 미련을 둘 이유가, 한겨울의 육체 외에 달리 있겠느냐고. 지금도 겨울의 마음을 지켜주겠다고 거래에 응하지 않는 것인데, 그 때가 되면 사정이 달라지겠느냐고. 어쨌든 가을 스스로를 거래의 대가로 지불하는 건 동일하다.

겨울이 그것을 바랄 리 없잖은가.

역시나, 이어지는 말들은 가을이 이해한 그대로였다.

"이건 사실상의 신용거래다. 그 후에 정말로 내가 너를 가질 수 있는 건가?"

가을은 침착하게 고개를 저었다.

"여전히 잘못 생각하고 계세요."

"내가?"

"네. 비록 저를 원하시는 이유를 말씀해주지는 않으셨지만, 그동안 지켜보면서 한 가지는 확실하게 느꼈어요. 회장님께서는 스스로가 뭘 원하는지도 모르신다는 거."

이에 고건철이 비웃었다.

"너는 자기가 아주 대단한 사람이라고 착각하는 모양이구나. 하지만 분명히 밝혔을 것이다. 너에게 바라는 건 애정행위의 조각 모음에 불과하다고."

"아뇨. 실제로는 분명히 그 이상을 바라고 계세요. 그리고 그건 거래나 계약으로 얻을 수 있는 감정이 아니고요."

"하……."

어처구니없는 분노가 용암처럼 들끓는다. 폭군은 소리 지르고 때려 부수고 싶은 충동을 간신히 억눌렀다. 이렇게까지 없는 말을 꾸며낸단 말인가.

"솔직하게 그냥 싫다고 하는 게 어떠냐? 네겐 내가 원수나 다름없을 텐데 말이지."

"싫지 않아요. 원수라고 생각하지도 않고요."

"그걸 지금 믿으라고 하는 소리냐?"

"믿으세요. 단 한 번도 거짓말을 한 적은 없어요. 한때는 미웠지만 지금은 아니에요."

오히려 가을이 보기에 회장을 그 누구보다도 더 증오하는 것이 회장 그 자신이었다.

거칠게 외면하는 고건철에게, 가을이 침착하게 요구했다.

"그리고 다른 사람의 몸을 빼앗지도 마세요. 그 사람이 그러기를 원한다고 해도, 결국 삶이 불행하니까……아무리 노력해도 행복해질 방법이 없으니까 세상에서 도망치고 싶을 뿐이잖아요. 선택을 강요당하는 거나 마찬가지라고 생각해요. 그렇게 도망친 사후가 행복하다면 다행이겠지만, 여전히 불행하다면 그보다 끔찍한 일을 찾기 어려울 거고요. 과연 그 사람이 결과를 충분히 알고 결정을 내리는 걸까요?"

개인의 자유. 가을은 오래 전에 들었던 이야기를 떠올렸다. 속도를 즐기는 오토바이 탑승자가 개인의 선택으로 안전장구를 착용하지 않겠다고 한다면, 목숨을 걸고서라도 더 속도감을 누리고 싶은 거라면, 착용을 강제하는 것이 그 사람을 위하는 일이라고 할 수 있는가.

가을은 그렇다고 여긴다. 정작 그 사람도, 사고가 나서 심하게 다치거나 죽어가는 고통스러운 순간에는 자신의 결정을 후회할 테니까. 말로는 죽음을 각오했다지만 정말로 죽을 거라곤 생각하지 않았을 테니까. 무엇보다, 죽음이 무엇인지 모르고 내린 결정일 테니까.

하물며 몸을 파는 일은, 거친 세상에 쫓겨 사후세계로 달아나는 일은, 다른 사람들에게 상처입고, 버려졌기 때문일 것이다.

'한 사람의 세상은 그 밖의 다른 사람들인걸…….'

진정으로 아끼고, 사랑하고, 따뜻하게 안아줄 누군가가 단 한 명이라도 있다면, 과연 이 세상을 버리고 싶은 사람이 있기나 할까.

자신이 오만한 것일지도 모른다고 생각하면서도, 겨울을 보낸 가을에겐 달리 생각할 여유가 없었다. 그것이 너무도 가혹한 이별이었기에.

그러므로 다른 사람의 몸을 고집하는 한, 가을에게 있어서 폭군은 그저 폭군일 따름이었다.

"오늘도 결렬이로군."

고건철 회장은 신경질적으로 눈을 감았다. 속으로 화를 삭이기가 큰일이었다. 정말 크게 양보했다고 생각했건만, 이 이기적인 계집은 여전히 자기만 알 뿐이라고.

대체 나는 왜 아직도 이끌리는 것인가.

도대체 왜.

생존자들

포트 베이커를 탈출한 헬기 대열은 1번 주도[24]를 따라 북상했다. 골든게이트로부터 샌프란시스코 광역권을 벗어나는 가장 안전한 경로였기 때문이다.

여기서 가장 안전하다는 말은 언제 있을지 모를 불시착에 대비했다는 뜻이었다. 샌프란시스코 광역권 서북쪽은 산맥이 끊이지 않기 때문에. 특히 마린 힐즈(Marin Hills) 산맥의 최고봉인 타말파이어스를 중심으로 넓은 범위를 경계해야 했는데, 이 일대가 거대한 세쿼이아 나무의 자생지인 까닭. 헬기가 수림(樹林)으로 떨어질 경우 생존 확률은 희박할 것이었다.

다만 한 번은 다른 의견도 제기되었다. 도로가 해안에서 멀어지기 시작하는 기점, 하얀 백사장을 남쪽에 낀 넓은 늪지(Bolinas Lagoon)를 스쳐 지나갈 때였다.

---

24 State Route 1, Shoreline Hwy, 캘리포니아 주도 1호선, 캘리포니아주 샌프란시스코 북부 해안고속도로.

[저는 해안선을 곁에 두고 움직이는 게 좋다고 봅니다.]
해안경비대 소속의 어느 소위가 꺼낸 제안.
[이 부근, 마린 카운티는 연안에 가까워질수록 인구밀도가 감소합니다. 즉 그만큼 변종집단과 조우할 가능성이 낮아지겠죠. 거기다 바위 해변이 거의 없으니 비상착륙을 시도하기도 용이합니다. 얕은 물 위로 착수하면 충격이 최소화될 테니까요.]
그리고 최대의 장점은 따로 있었다.
[무엇보다도 해군이나 해안경비대 순찰선에 구조를 요청하기 쉽습니다. 비록 지금 한창 교전이 진행 중이겠으나, 길어봐야 오늘 중에는 정리되겠지요. 우리는 칼 빈슨 전단[25]의 도움을 받을 수 있을 겁니다.]
과연 해안경비대이기에 닿기 쉬운 발상이었다. 어느 정도는 타당하기도 하고.
그러나 불가하다. 겨울이 반박할 것도 없이, 후속기에서 곧바로 반대의견이 나왔다.
[생각이 짧군, 소위. 물 아래에서 신종 괴물이 돌아다니는 걸 알고도 해안으로 가자는 건가?]
현 시점에서 계급상 최선임자인 육군 대위의 판단은 합리적이었다. 얕은 물에선 멜빌레이의 위협성이 감소할지언정, 그 외에도 다른 이유가 있었기 때문.
[해군은 지금 여러모로 혼란스러울 거야. 물론 아무리 그래도 항

25 칼빈슨 전단: 미국 니미츠급 원자력 항공모함 3번함 칼 빈슨(CVN-70)을 중심으로 한 항모 전단(항공모함 1척, 이지스 함선 3척, 공격원잠 2척, 보급함을 기본으로 필요시 확대 편성). 칼 빈슨은 이라크 전쟁 등에 참전했으며 오사마 빈라덴을 수장시킨 함선으로 유명함.

모전단이 무너질 리는 없겠지만, 상황이 하루 만에 수습될 거라는 예측은 지나치게 낙관적이군. 골든게이트 봉쇄가 얼마나 성공적이었을까? 그토록 많은 배들이 쏟아져 나오고 있었는데 말이야.]

해군의 가장 중요한 임무는 해안봉쇄였다. 여기에 물 아래의 괴물이 더해지면, 대처방안을 확립하기까지는 다소 긴 시간이 필요할 것이었고. 이는 행정적인 절차를 포함하므로, 지휘부의 최종결정이 내려지기까지 해군의 작전양상이 소극적으로 변할 수밖에 없다는 말이었다.

[그리고 우리가 얼마나 더 공중으로 이동할 수 있겠나? 조만간 연료가 부족해서라도 착륙하게 될 거야. 문제는 연료뿐만 아니라 탄약도, 식량도 모자란다는 거지. 특히 식량이 중요해. 내 기억이 정확하다면 이쪽 해안에는 정말 아무것도 없지 않나?]

이를 해안경비대 소위가 긍정했다.

[확실히……. 대부분 보존구역으로 지정되어 있으니까요.]

[그렇지? 난 기약 없이 구조만 기다리고 싶진 않아. 탈출한 게 우리 뿐만은 아닐 것이고. 기약 없는 구조를 막연히 기다리기보다는 자력구제가 가능한 경로가 낫다고 보는데. 도로를 따라가야 위치파악도 쉬울 테고, 물자와 이동수단을 구하기도 좋겠지. 정 궁하면 사냥으로 식량을 확보할 수도 있어.]

그렇게 말을 맺은 대위가 겨울의 의견을 구했다.

[거기 한겨울 중위 있나? 젠장, 이제야 말을 걸어보는군. 어떤가. 자네 의견도 한 번 들어보고 싶은데.]

대위가 일방적으로 명령을 내리지 않는 것은 서로 소속이 다른 탓이었다.

육군과 해안경비대의 구분만 있는 게 아니다. 겨울과 대위가 같은 육군일지라도 소속부대가 다른 고로 명령계통 또한 달랐다. 여기에 소수의 CIA 요원들, 한 명 뿐이지만 FBI 수사관까지 있는 걸 감안하면, 대위로서는 마냥 계급을 내세우기 애매할 것이다.

그렇다 하더라도 온건한 태도이긴 했다. 우유부단함과는 다르다. 의견을 분명하게 제시하고 동의를 구하는 것이니까. 더군다나 여러모로 경도될 수밖에 없는 상황에서도 괜찮은 판단력을 유지하고 있지 않은가. 이는 앞서 발언한 해안경비대 소위도 해당되는 이야기였다.

'더 겪어봐야 알겠지만, 괜찮은 사람들일 가능성이 높겠어.'

다행스러운 일이었다. 고비를 넘기긴 했으나 여전히 위태로운 마당이니. 장교들의 됨됨이에 안도하며, 겨울은 비어있는 보조조종석, 조안나의 옆자리에서 호출에 응했다.

"동의합니다. 해군에 구조신호를 보내는 것 자체가 위험하지 않겠습니까? 지금 우리도 출력을 낮춰서 교신하는 마당에……. 구조대보다 트릭스터가 먼저 올지도 모릅니다. 당연히 혼자 오지도 않을 거고요. 한쪽이 바다이니 포위되기도 쉽겠죠."

무전망에 가벼운 신음이 흘렀다. 해안경비대 소위의 것이었다. 트릭스터가 출현한 이후 개량된 무전기는 전파감쇄기능이 붙었으나, 해군에 무전을 보내려면 당연히 최대출력으로 사용해야 한다. 수신반경 이내에 트릭스터가 있다면 위험할 것이다.

[거기까지는 미처 생각하지 못했습니다.]

"그럴 수도 있죠. 한 가지 더. 골든게이트에서 벗어난 배들이 해안을 따라 움직일 텐데……. 기뢰원이 있으니 상륙이 쉽지야 않겠지만, 그래도 어떻게든 상륙하려고 할 거예요."

[어째서 그렇습니까?]

"연료가 넉넉한 배는 드물지 않겠어요?"

[아…….]

"표류해서 죽으나 폭발에 휘말려 죽으나 죽기는 매한가지인걸요. 연안 전역에 걸쳐 상륙시도가 이어질 거예요. 그러면 당연히 마찰이나 교전도 빈발하겠죠. 변종들도 여기에 이끌린다고 치면, 바다 쪽으로 가는 건 득보다 실이 더 많다고 판단되네요."

대화가 여기에 이른 시점에서, 헬기 대열은 이미 기수를 돌리기에 늦었다는 생각이 들만큼 내륙 깊이 들어선 상태였다. 도로가 완만한 협곡을 따라 이어지기에, 산과 숲에 갇힌 비행소음은 멀리까지 퍼지지 않을 것이었다.

선도기 파일럿이 무전을 보냈다.

[쫓아오는 변종이 보이지 않는군요. 앞으로 한동안은 마을이나 도시가 없을 테니, 고도를 더 낮춰도 괜찮을 듯합니다. 20미터까지 하강하겠습니다.]

이는 안전을 확보하기 위한 조치. 회전익기의 특성상, 낮은 고도에서는 엔진이 정지한들 큰 사고로 이어지지 않을 터였다. 지세가 험하고 장애물이 많다면 이야기가 달라지겠지만.

반대는 없었다. 그럼블이라도 나오면 큰일이겠으나, 거주지가 드문 곳에서 특수변종과 조우할 확률은 낮았다.

'살리나스 때처럼 정찰하는 무리가 있을 수는 있겠지만…….'

겨울은 댐 붕괴를 막기 위해 호수로 향하던 날을 떠올렸다. 가장 가까운 도시, 산타 마가리타가 10킬로미터 바깥임에도 불구하고 트릭스터가 포함된 집단이 존재했었다.

허나 지금은 덜어도 좋을 우려였다.

명백한 해방 작전이 실패로 돌아갔으니까.

작전이 진행되는 동안 변종들은 전력을 보존하려는 움직임을 보여 왔다. 핵공격으로 광범위한 지역의 보급이 차단된 현재, 놈들은 대규모 공세를 준비하고 있을 것이었다. 혹은 이미 시작되었거나. 겨울은 아마도 후자일 거라고 예상했다.

역병은 벌써 일 년 이상 봉쇄선을 넘지 못했다. 다시없을 기회가 찾아왔으니, 개중 가장 교활한 것들은 가능한 많은 무리를 집중시키려 하지 않을까?

전선에서 멀리 떨어진 지역일수록 역병의 밀도가 낮아질 수밖에. 방역전쟁의 주력이 초유의 위기에 처한 반대급부로 이곳의 생존자들이 안전해진 셈이었다.

고도를 낮춘 지 얼마 지나지 않아, 기어코 기체 하나가 말썽을 일으켰다. 어어? 미숙한 파일럿이 이상을 알리기도 전에, 대열을 이탈한 3번기가 느리게 회전하며 고도를 상실했다. 느린 속도에서 안전거리를 확보하고 있었으나, 후속기 전체가 경기를 일으켰다. 조안나가 조종하는 기체를 제외하고.

3번기는 결국 출력을 회복하지 못했다. 완만한 비탈에 거칠게 미끄러지는 동체.

쿠웅-

급격한 추락이 아니었는데도, 충돌음은 프로펠러 소음을 뚫고 들어올 지경이었다.

[3번기, 응답하라! 3번기!]

선도기로부터 호출이 반복되었다. 그러나 답신이 돌아오진 않는다. 무사히 빠져나오는 사람들의 모습으로 보아, 단순히 경황이 없는 모양이었다. 혹은 탑재된 무전기에 이상이 생겼거나.

"착륙하겠습니다! 충격에, 대비하세요!"

이마에 땀이 송글송글 맺힌 조안나의 날카로운 경고. 긴장한 상태에서 실수를 할지도 모른다고 생각한 모양이었다. 하기야 어둠 속에서 유도등도 없이 경사진 땅에 착륙하는 것이니. 달리 도울 방법이 없어, 겨울은 그저 그녀의 어깨를 꾹 잡아줄 뿐이었다.

하지만 착륙은 놀라울 정도로 부드러웠다.

"후우……."

점차 낮아지는 배기음을 들으며, 심력을 소진한 조안나가 등받이에 몸을 기대었다. 그 뒤에야 겨우 조종간을 놓는 손이 심하게 떨린다. 워낙 많은 땀을 흘려 탈수가 우려될 정도였다.

"먼저 가볼게요. 조금 쉬다가 나와요. 아마 바로 이동하진 않을 거예요."

마음 같아서는 잠시 눈을 붙이게 해주고 싶건만. 힘없이 끄덕이는 그녀를 두고 내리는 겨울. 능선 방향, 검푸른 새벽하늘 아래의 검은 숲으로부터 차가운 바람이 불어온다. 그 사이에 부패한 역병의 악취는 섞여있지 않았다.

다른 기체들이 잇달아 착륙했다. 이륙보다 착륙이 훨씬 어려운 일이었으나, 다들 어떻게든 해내고 말았다. 내리는 병력들이 투덜거리긴 했으나, 그것은 사실 기쁨의 표현이었다. 병사들이 원을 그리며 경계를 확보하는 사이에, 지휘관들이 추락기체부터 시작해서 부상자 발생여부를 확인하고 다녔다.

끄아아아아-

아련하게 들려오는 괴성. 한순간 긴장감이 비등한다.

그러나 별것 아닌 위협이었다. 소총에 소음기를 장착한 겨울이 야시경도 없이 북쪽을 겨냥했다. 초지를 가로지르며 달려오는 변종의 수는 고작 셋. 감각 또한 그 이상을 경고하지 않았다. 인구밀도가 낮은 지역답다고 해야 할까.

두두둑!

연사나 다름없는 세 번의 조준사격이, 아마도 일가족이었을 역병 숙주들에게 안식을 선사했다. 아버지와 아내, 그리고 딸. 아이가 입은 하얀 원피스는 이 밤에도 선명한 표적이었다.

"레이저 조준기도 없이 이 거리에서 명중탄이 나옵니까? 맨눈으로 저게 보여요?"

겨울이 쏘고 나서야 겨우 정확한 방향과 거리를 확인한 해안경비대 소위가 감탄했다. 아까 해안 방향으로 가자고 권하던 그 목소리였다.

"한겨울 중위님이잖아. 우리처럼 평범한 사람들하고는 다르다는 거지."

끼어든 사람은 바커 소위였다. 소속이 같다보니 친분이 깊은 모양이라, 먼저 말했던 소위가 입술을 비죽거렸다.

"은근히 너랑 같은 취급 하지 말아줬으면 좋겠는데."

겨울은 낯선 소위의 명찰을 확인했다.

"이름이……에스카밀라 소위?"

그러자 그녀가 절도 있게 경례했다.

"인사가 늦었군요. 해안경비대 제11구역, 샌프란시스코 항만보안중대(PSU), 비올레타 에스카밀라입니다. 저 녀석하고는 사관학교 동기고요. 함께하게 되어 영광입니다.”

이번 세계관에서 전투병과의 여성장교를 만나기는 처음이다. 해안경비대 초급 장교의 4분의 1이 여성이므로 놀라운 일까지는 아니었지만.

성으로 보아선 히스패닉계일 가능성이 높은데, 외관상으로 크게 두드러지지는 않았다. 부모와 그 윗세대에 걸쳐 여러 번 피가 섞였을 것 같았다.

이때 육성으로 지시가 전달되었다. 아무리 출력을 낮춰도, 전파를 쓰기보다는 차라리 좀 시끄러운 편이 낫다고 판단한 것 같았다.

“랭포드 대위님이 부르시는군요. 같이 가시죠.”

에스카밀라 소위가 가리킨 방향에서 육군 대위가 장교들을 불러 모으는 중이었다.

그리로 이동하니, 대위는 겨울부터 유심히 살핀다.

“목소리만 아니면 다른 사람이라고 해도 믿겠군. 그 변장, 당장 지울 수는 없는 건가? 볼 때마다 당황하는 병사들이 많은데 말이야. 나부터도 좀 어색하고.”

“어렵습니다. 기술자가 있긴 하지만 몸만 겨우 빼낸 터라. 시간이 흘러 자연스럽게 지워지기를 기다리는 수밖에 없을 것 같습니다.”

그러자 입맛을 다신 대위가 스스로를 정식으로 소개했다.

“데미안 랭포드일세. 제111야전포병연대 2대대 1중대장이지.”

“포병……이십니까?”

겨울은 그가 하급자들 앞에서 신중한 이유를 조금 더 알 것 같았다.

"그래. 포트 베이커는 상륙작전을 위해 준비된 교두보였으니까. 기지에 화력방호를 제공할 겸, 연대와 제116연대전투단의 설영대로와서 본대를 기다리는 중이었지. 이제는 의미가 없게 되었지만 말이야."

간밤에 대한 심회인지, 그는 한숨을 길게 내쉬었다.

"이런 이야기를 할 때가 아니겠지. 일단 우리 쪽 장교들과 서로 인사 나누게. 그 뒤에 정할 것을 정하고, 필요한 작전행동을 취하도록 하지."

주의는 아까부터 모여 있었다. 주둔지가 같아도 소속이 달랐기 때문인지, 겨울 뿐만 아니라 육군과 해안경비대 장교들 사이에서도 통성명이 필요한 모양이었다. 겨울은 이 자리에 CIA 요원들과 FBI 수사관을 부를까 하다가, 의미가 없겠다고 생각했다.

대위를 제외한 육군 장교는 셋이었다. 루벤 페닝턴 소위, 말콤 크루거 소위, 랄프 노박 소위. 그런데 이 중에서도 다시 소속이 갈렸다. 랭포드 대위의 부하인 페닝턴 소위와 달리, 크루거 소위는 수송헬기 파일럿이었으며, 노박 소위는 육군 정보지원그룹에서 파견된 인력이었다.

"소위 랄프 노박. 제9심리전대대 에코 중대 소속 행정장교입니다. 임무는 광역권 시가지에 남아있는 생존자들을 심리적으로 지원하는 것이었습니다."

스스로를 소개하는 그는 유달리 긴장한 모습이었다. 그도 그럴 것이, 그의 보직은 포병 이상으로 직접적인 교전과 거리가 멀었기 때문이다. 크루거 소위도 마찬가지지만.

어쩐지 일부 병사들로부터 위화감이 느껴진다 싶었다. 그들 또한 정기적으로 훈련을 받았겠으나, 일반 보병 수준의 전투숙련을 기대해선 곤란할 것이었다. 당장 눈앞에 변종이 나타날 경우 해안 경비대 쪽이 더욱 안정적인 대응을 보여줄 지도 모르겠다.

즉 여기서 보병지휘관은 겨울이 유일했다. 대위도 그 점을 강조했다.

"부끄럽지만 다들 자네에게 많이 의지하게 될 거야. 나도 그렇겠고. 당분간 잘 부탁하네."

"최선을 다하겠습니다."

다음으로 나온 화두는 핵공격이었다.

"우리가 핵의 영향권에서 완전히 벗어난 건 확실합니까?"

에스카밀라 소위의 질문에 랭포드 대위가 끄덕였다.

"그 점은 안심해도 좋겠지. 여기가 만으로부터 대략 30킬로미터 쯤 떨어져 있는데다, 바람이 서쪽에서 불어오는 중이니까. 수중폭발이라 낙진이 많겠지만 이 정도 풍속이면 풍향을 따라 20도 이내의 범위에서 확산될 걸세. 대부분의 오염이 광역권 동쪽 산악지대에서 끝난다고 봐야지. 사령부가 미치지 않은 이상 전략핵을 쓰지는 않았을 테고."

핵무기의 위력은 동일한 위력의 폭발을 일으키는데 필요한 화약의 무게로 표현된다.

대위가 말한 전략핵은 메가톤급 이상의 탄두를 뜻했다. 이게 터지면 낙진이 확산되는 범위가 수백 킬로미터까지 늘어난다. 산악지형의 영향으로 범위가 줄어든다 쳐도, 결국은 새크라멘토 남쪽, 캘리포니아 중부평원 일대의 오염이 불가피하다는 의미였다.

겨울은 대위의 판단을 긍정했다.

"중부평원에 낙오된 병력을 위해서라도 그래야겠죠."

양용빈 상장의 핵 테러로 인해 보급과 퇴로가 끊어진 병력의 규모는 아직까지도 정확하게 알려진 바가 없었다. 그저 최대 백만 단위에 이를 거라 짐작만 하고 있을 뿐.

'어쩌면 핵공격이 취소되었을 가능성도 있고.'

겨울 혼자 하는 생각이었다. 최종해결의 궁극적인 목표는 추가적인 핵 테러 위협을 소거하는 것. 헌데 만에 그 난리가 났으니, 봉쇄를 벗어난 핵잠수함이 있어도 이상하지 않았다. 미국 정부 입장에서는 또 한 번의 악재라고 해야 할 것이다. 대통령은 지금 무슨 심정일까.

"그럼 여기서부터는 걸어서 이동합니까?"

바커 소위의 질문이었다. 고민하던 랭포드 대위가 파일럿의 의견을 구했다.

"만약 계속해서 헬기를 탄다면 얼마나 더 갈 수 있겠나?"

크루거 소위는 부정적이었다.

"처음부터 연료가 충분치 않았습니다. 시간이 촉박한 상황에서 한 대의 급유차량만으로 최대한 많은 기체에 급유를 실시했으니까요. 안전한 속도를 유지한다는 전제 하에, 망가진 기체로부터 연료를 뽑아낸다 해도 앞으로 20킬로미터 정도가 고작일 겁니다."

"으음, 애매하군."

대위가 재차 고민에 잠겼다.

"도보로는 아무 일 없어도 한나절이 걸릴 거리이니 짧다고 하긴 어렵겠으나, 다음 착륙에서도 모두 무사할 거란 보장이 없단 말이야……. 다들 어떻게 생각하나? 추가적인 사고 위험을 감수하고서라도 빠르게 이동하는 편이 나을까? 나는 걷는 쪽이 더 낫다고 보는데."

이에 겨울이 동의했다.

"같은 의견입니다. 도보로 움직인다면 교전이 불가피하겠지만, 다행히 이 일대는 변종이 많지 않은 모양이니까요. 도로 상태가 양호한 만큼 차량을 확보해도 괜찮을 겁니다."

겨울의 말처럼, 남북으로 이어지는 주도는 기이할 정도로 말끔했다. 샌프란시스코 광역권에서 벗어나는 주요 경로 중 하나이기에 더더욱 이상한 일이었다. 여기서 유추 가능한 결론은 하나. 금문교 북쪽에서의 감염확산이 그만큼 급격했을 거란 사실이었다.

크루거 소위가 거들었다.

"초짜들이 고장 직전인 헬기를 몰고 여기까지 온 것만으로도 이미 기적입니다."

남은 소위들이 서로를 살폈으나, 기다려도 반대의견은 나오지 않았다. 다만 그들의 표정이 밝지는 않았다. 겨울은 그들의 근심을 읽었다.

'탄약이 모자랄까봐 걱정스럽겠지. 정말 얼마나 남아있으려나.'

포트 베이커를 탈출하는 과정에서 모두가 탄약을 대량으로 소모했을 터였다. 이륙하기 전 스쳐간 장면들을 회상하자, 지력보정의 작용이 더욱 생생한 「기억」을 제공했다.

그 장면들 사이에서 비춰지는 병사들의 탄약조끼를 살펴보건대, 각자에게 남아있을 잔탄은 아무리 많아도 탄창 하나 둘에 불과할 듯 싶었다.

꽉 채운 탄창 하나가 서른 발이니 마냥 적다고 하긴 어렵겠으나, 그래봐야 보통의 병사가 통상적인 교전 한 번에 써버릴 양이다. 변종 하나를 잡는 데 미숙하게는 수십 발씩 난사할 때도 있으므로. 한 발에 반드시 하나 이상을 사살하는 겨울은 적절치 못한 비교대상이다.

미련을 떨쳐내며, 페닝턴 소위가 상관의 의견에 힘을 실었다.

"바다를 포기한다면 어느 쪽이든 마찬가지입니다. 헬기를 타더라도 그 뒤로 수백 킬로미터를 더 가야 하니까요. 거기에 한나절이 더해지든 말든 큰 차이는 없을 겁니다. 가급적 교전을 회피하고, 탄약 사용을 엄격하게 통제하는 수밖에요."

난감한 처지에 비해 의사결정은 빠른 편이었다.

"그럼 남은 문제는 이제 어디로 가느냐인데……."

대위가 한 차례 모두를 둘러보았다.

"늦게 묻는 말이네만, 복귀할 때까지는 내가 지휘를 맡는다고 생각해도 괜찮겠나?"

서로 소속이 다르다보니 확실하게 매듭지어둬야 할 일이었다. 그러면서 가장 먼저 보는 게 소년장교였다. 이 자리에서는 계급상 차상급자였기 때문. 어떤 의미로는 랭포드 대위 이상으로 지휘책임을 맡기에 적합할 지도 모르고.

그러나 그래서는 쓸 데 없는 분란이 생길 여지가 있었다.

스스로 원하는 바도 아니어서, 겨울이 곧바로 부동자세를 취했다.

"Yes sir."

불합리한 명령에까지 따를 마음은 없으나, 그 점을 굳이 지금 말할 필요는 없을 것이었다. 그럴 사람으로 보이지도 않고. 겨울의 지체 없는 결정은 남은 소위들에게도 영향을 미쳤다. 해안경비대의 두 소위는 서로를 잠시 응시하더니 턱을 들어올렸다.

"저희도 지시에 따르겠습니다."

바커 소위의 말이 곧 해안경비대 생존자들의 입장이었다. 육군 소위들도 다르지 않았다.

"그런가……."

랭포드 대위가 긴 한숨을 내쉬었다. 가벼운 안도감과 무거운 불안감이 동시에 느껴졌다.

"좋다, 제군. 나 또한 최선을 다하지. 그래도 부족한 점이 많을 거야. 의견이 있다면 적극적으로 개진하도록. 그리고 서로 소속이 다르다는 이유로 배척하는 일은 없었으면 좋겠어."

그는 조금 망설이다가 겨울에게 당부했다.

"특히 한겨울 중위, 정보국 요원들이나 수사국 수사관에게도 이야기를 잘 전해주게. 나는 그들을 어떻게 대해야 할지 모르겠군. 군 바깥 조직의 인원이니."

겨울이 즉각 대답했다.

"그 사람들은 제가 책임지겠습니다. 다만 정보국 요원들 가운데 아주 중요한 안건의 증인이 포함되어 있기 때문에, 일반적인 사병처럼 교전에 투입하긴 어렵습니다. 그것만은 양해해주셨으면 좋겠습니다."

"중요한 안건? 혹시 내가 알아도 되는 건가?"

의아한 대위, 그리고 호기심을 드러내는 다른 장교들 앞에서, 겨울은 잠시 요원들이 있는 방향을 눈에 담았다. 여기서는 소수이자 부외자나 다름없었기에, 그들은 경계선 안쪽에 따로 모여 있었다.

조안나는 아직 조종석에서 휴식을 취하는 중이었고. 먼발치임에도 코왈스키와 나머지 요원들 사이의 어색한 기류가 느껴졌다.

주로 탤벗이 무언가를 묻고, 코왈스키가 머뭇거리는 구도였다.

소리는 들리지 않지만 대화의 내용을 짐작하긴 쉬웠다.

고개를 돌린 겨울이 대위의 질문에 답했다.

"여기서 자세한 말씀을 드리긴 어렵습니다. 국가안보와 관련된 중대사……라서요. 이에 관해서는 나중에 여유가 생겼을 때 FBI의 깁슨 감독관과 자리를 마련해드리겠습니다."

중간에 말을 흐린 것은 국가안보 운운하기가 어색해서였다. 이제 와서 까다롭다기보다는, 이 세계관의 한겨울이 말하기에 적합한가를 가늠하는 여백이었던 것.

대위가 수긍했다.

"그럼 그때까진 묻어두지. 해당 인원들은 자네가 통제하게. 협조가 필요한 경우엔 우선 나에게 먼저 보고하고. 책임지겠다고는 했지만 항상 붙어있을 순 없잖나."

"네."

가장 강한 전투력인 겨울은 또한 가장 바쁜 사람이 되어야 한다. 그런 의미의 지적이었다.

대강의 지휘서열을 확립한 대위가 이전의 논의로 돌아갔다.

"일단은 유바 시티를 목적지로 삼겠다. 명백한 해방 작전의 실패로 후퇴하는 병력들을 수습하기 위해 도시 근교에 요새화된 거점을 마련했다고 들었거든."

겨울은 머릿속으로 가상의 지도를 펼쳤다. 여러 회차에 걸쳐 많이 보았으므로 「독도법」의 도움 없이도 대강의 경로를 어림잡기에 충분하다.

멀다. 유바시티는 새크라멘토보다 훨씬 더 북쪽에 자리했다. 그저 걸어간다면 별 일 없이도 열흘 이상 걸릴 거리였다. 대략적인 셈이라 더 늘어도 놀랍지 않았고.

차량을 구할 경우엔 급격하게 줄어들긴 하겠지만.

대위는 자신의 말에 단서를 붙였다.

"하지만 이 결정은 언제든 번복될 수 있다. 항상 다른 가능성을 열어두는 게 좋아. 유바 시티는 살아남기 위한 하나의 가능성일 뿐, 정답이 아니니까 말이지. 당장은 가장 가까운 주거지를 찾아 장기작전에 필요한 준비를 갖추는 게 첫 번째다. 크루거 소위. 선도기를 조종했을 텐데, 혹시 전방에 보이는 것 없던가?"

"여기서 1킬로미터만 더 올라가면 작은 마을이 하나 나옵니다. 하늘에서는 움직임이 보이지 않더군요. 적어도 대규모 변종집단과 마주치진 않을 것 같습니다. 그곳을 확보하고 병사들을 잠시 쉬게 하는 건 어떻습니까?"

그렇게 말하는 소위 자신부터가 많이 피로한 기색이었다. 그만큼 필사적인 새벽이었던 것이다. 트라우마를 억누르며 조종간을 붙잡았던 FBI 수사관만큼은 아니더라도, 격전을 치른 장교와 병사들에겐 휴식이 절실했다.

"그렇게 하지. 병력 편성과 탄약 재분배를 마치고 즉시 이동한다. 각자 동승했던 인원과 무기, 탄약 보유현황을 파악해서 보고하도록. 지금부터 10분 주겠다."

원래의 지휘계통을 구분하지 말고 병사들을 장악하라는 뜻. 소속 구분 없이 섞여있는 상황에선 효율적인 지시였다. 육군 병사들의 부대마크 또한 각양각색이었기 때문이다.

겨울이 탑승했던 기체에서는 장교가 겨울 한 사람 뿐이었다.

파악 자체는 빠르게 끝났다. 제각각인 탄약 보유량을 외울 순 없었기에, 1차적으로 탄약을 재분배하는 방식을 취했다. 사람 숫자에 1인당 보유량을 곱하면 되게끔.

마지막으로 잠들어있는 조안나를 깨울 때였다. 악몽에 신음하는 그녀를 가만히 흔들었더니,

철컥!

눈을 뜨기도 전에 권총부터 뽑았다. 얼마나 많은 두려움으로 새겨두었는지, 잠결에도 한 번을 더듬지 않는 깔끔한 동작이었다. 꽈악. 방아쇠울에 걸린 손가락에 하얗게 힘이 들어온다. 그럼에도 격발되지 않는 것은, 권총을 움켜쥔 겨울이 안전장치를 잠가버린 탓이었다.

“진정해요. 여긴 아무 일도 없어요.”

겨울의 차분한 말에, 떨리던 호흡이 서서히 잦아든다. 정신이 든 그녀는 자신이 누구에게 총을 겨누고 있는지 깨닫고 화들짝 놀랐다.

“이, 이건……. 맙소사. 내가 지금 무슨 짓을……. 죄송합니다. 정말로, 오, 신이시여…….”

“괜찮아요. 딱히 위험하진 않았으니까. 나쁜 꿈을 꿨나 봐요?”

후우. 젖은 이마를 닦아내며 조안나는 고개를 끄덕였다.

“실험구역에서 자살했던 녀석이, 발목을 붙잡고 놓아주질 않더군요.”

아, 그 트릭스터인가. 확실히 꿈에 나와도 이상하지 않을 정도

로 인상적이긴 했다.

"탄약이 얼마나 남아있는지 확인하는 중이에요. 앤이 마지막이고요. 깨우기 싫어서 미뤘는데, 이럴 줄 알았으면 먼저 올 걸 그랬네요."

지친 미소를 지은 조안나가 조끼에서 탄창을 꺼내고, 삽입되어 있던 것까지 헤아린다.

그녀가 보유한 탄은 1차 재분배를 거치지 않았다. 이를 별개로 기억해두는 겨울. 어차피 편의를 위한 임시방편이다. 정식 분배는 따로 이루어질 것이었다.

이윽고 랭포드 대위가 보고를 받았다.

요원들을 제외한 병사들의 숫자는 70명에 이르러, 부족하나마 중대 편제를 꾸리기가 가능했다. 겨울에게는 한 개 소대의 지휘권이 주어졌다.

헬기를 버리고 이동하기를 반시간 남짓.

행군대열은 실개천이 흐르는 마을 어귀에 도달했다. 새벽녘 쪽빛 하늘에 젖은 산과 들의 초목 사이로, 한 줄기 도로를 따라 늘어선 건물들은 사람이 없어 쓸쓸해진 풍경이었다.

여기서도 차단작전이 있었던 모양이다. 입구에 윤형 철조망이 걸려있었다. 그 너머에 모래주머니를 쌓아 만든 기관총 진지도 보였다. 그러나 있는 것은 단지 그 뿐으로, 무기나 탄약처럼 쓸 만한 것을 찾을 순 없었다. 애초에 많은 병력이 주둔했던 것 같지도 않았고.

겨울의 손짓에 소대원들이 철조망을 걷어냈다. 차랑차랑 울리는 소리. 어려운 일은 아니었다. 다들 방탄섬유 장갑을 끼고 있었기에. 이는 변종 주둥이에 쑤셔 넣고도 안전하라고 만든 물건이다. 이밖에도 개량된 전투복이 지급된다는 이야기가 오래 전부터 돌았으나, 아직까지 소식이 없는 걸로 보아 어떤 이유로든 보류된 모양이었다.

아무리 미국이어도 지금은 많은 것이 부족할 시기.

입구를 통과한 다음에는 철조망을 다시 걸어두었다. 대규모 변종집단에겐 무용지물이겠으나, 적어도 몇몇 개체가 조용히 들어오는 일은 막아줄 것이었다.

이어 숲에 반쯤 파묻혀있는 두 채의 민가를 수색했다. 겨울이 매양 앞서 돌입하고, 분대별로 돌아가며 후속하는 식. 일반적인 소대지휘라고 보기는 어렵다. 그러나 이것이 최선이었다.

타타탕!

두 번째의 주택, 이미 수색을 마친 주방에서 요란한 총성이 울려 퍼졌다. 설마. 2층에 올라가있던 겨울이 다급히 뛰어내려왔으나, 우려하던 상황은 아니었다.

"죄송합니다. 커튼을 보고 착각했습니다."

사격한 병사가 어깨를 늘어뜨렸다. 열린 창문 안쪽으로 흔들리는 빛바랜 커튼. 아무리 고쳐 봐도 사람으로, 혹은 변종으로 오인하기 어려운 형상이었지만…….

"괜찮아요. 피곤해서 잘못 볼 수도 있죠."

고단한 공포는 감각을 왜곡하는 법. 겨울은 병사를 책망하지 않았다.

다만 총성은 조금 아쉽다.

소대 전체에 소음기를 갖춘 병사가 없었다. 포트 베이커에서 급하게 벗어나면서 모든 장비를 빠짐없이 챙기기는 어려웠기 때문일 것이다. 그나마 최종해결을 앞두고 기지가 경계상태에 있지 않았다면 이보다 더 나빴을 지도 모르겠다.

수색이 재개되었다.

소득은 약간의 식량 뿐. 두 채의 건물 모두 중대 병력이 머물기엔 부적합했다.

'쉴 곳을 빨리 찾아야 하는데.'

육체적, 정신적으로 소모된 병사들 중엔 벌써부터 가벼운 몸살기를 보이는 이들이 있었다. 착륙한 시점에서 탈진해버린 조안나도 걱정이다. 더 심해졌다간 발이 묶일 터였다. 어차피 장기간의 이동을 준비할 시간과 장소가 필요하지만, 그래도 환자가 생기는 건 달갑지 않다. 적이 언제 나타날지 모르는 상황이니까.

현재 그나마 양호한 겨울도 만전에는 많이 못 미친다.

강화보정이 붙은 육체는 전투력 유지를 위해 보다 많은 열량을 필요로 했다. 지금 무난히 견뎌내는 것은 그만큼 기본 능력이 높은 덕분이고, 또한 초인의 영역에 접어든 전투기술을 보유한 까닭이었다. 16등급의 「개인화기숙련」. 이는 이전보다 오히려 더 적은 열량을 요구하며, 여기서 발생하는 보정은 빈사상태에 이를지라도 절반 이상의 효율로 남아있을 것이다.

그렇다 해도 재충전이 필요한 건 마찬가지. 이대로 시간이 흐른다면 여러모로 위험하다.

얼마 가지 않아 마을 중심가가 나타났다.

특이하게도 대부분의 건물들이 상점 또는 여관이었다. 일반적인 주택이 거의 없고, 작은 거주지에 상권이 대부분인 기형적인 형태. 겨울은 곧 납득했다. 이곳은 국립공원으로 들어가는 길목. 숙박업소들이 들어서면서 자연스럽게 만들어진 마을이겠지, 하고.

그런 만큼 중대 전체가 들어가기에 충분한 건물도 있었다.

겨울의 소대에 배속된 부사관 중 하나, 스테판 코넬리어스 병장이 말했다.

"아무래도 여기가 이 방면의 차단작전 본부였던 모양입니다."

추정의 근거는 사방에 이중으로 둘러쳐놓은 윤형철조망이었다. 인접한 건물 한 채는 사격을 위한 불모지 조성의 일환이었는지 아예 폭파시켜 놓았고.

철조망은 여러 군데가 뭉개져 있었다. 검은 핏자국이 남아있다. 한때 대규모 변종집단이 이 마을을 휩쓸고 지나갔다는 증거였다. 도로 이외의 방향에서 밀려들어왔을 것이다. 지금은 아마도 동쪽으로, 더 많은 인간이 있을 방향으로 이동했겠지만.

건물 내부는 다급한 철수의 흔적으로 가득했다. 교전이 일어났던 것 같지는 않다.

"요소마다 경계 병력을 배치해요. 이 건물을 임시 거점으로 쓰자고 건의해야겠어요."

소대원들이 겨울의 말에 반색했다. 드디어 쉴 수 있겠구나 하고. 아직 결정사항도 아니건만.

물론 랭포드 대위는 건의를 받아들였다. 그 또한 표정관리조차 힘겨운 지경이었기에.

그래도 장교다운 책임감이 있다. 경계순서를 지정하고 휴식을 허가한 뒤에, 그는 소대장들을 모아놓고 마을을 수색하는 과정에서 확보한 식량 현황을 확인했다.

임시 지휘실로 정해진 객실에서, 테이블을 앞에 두고 앉아, 대위가 쓴웃음을 지었다.

"이대로는 배가 고파서 주저앉겠군. 설탕이라도 퍼먹으라고 해야 하나?"

농담이 아니다. 1년 이상 방치된 식량들 가운데 먹을 만한 건 얼마 남아있지 않았으므로. 워낙 작은 마을이라, 중대 인원만 해도 원래 살던 거주민 숫자보다 더 많을 것 같았다.

'단기간이라면 설탕만으로 견디는 게 불가능한 건 아닌데…….'

이는 겨울의 경험이기도 했다. 재난상황에서 설탕만큼 요긴한 식량도 드문 편이었다. 한 번 뿐이지만 생전에도 그렇게 견딘 적이 있고. 장기간 연명수단으로 삼을 경우 여러 가지 부작용이 생기겠으나, 단시간에 열량을 확보하는 방편으론 꽤나 괜찮다고 해야 할 것이다.

그러나 설탕이라고 양이 충분한 건 아니다. 한 사람당 100그램씩만 지급해도 8킬로그램이 필요한 마당이었다. 그나마 건장한 체구의 병사들이 필요로 하는 열량엔 한참 못 미친다.

에스카밀라 소위가 발언했다.

"우선 식수부터 확보해야 합니다. 마실 물조차 없어 탈수 징후를 보이는 병사들이 많습니다. 마침 근처에 목공소가 있더군요. 숙박업체들에게 장작을 공급하던 곳인가 본데, 물을 끓이기에 충분한 양이 남아있을 겁니다. 허가하신다면 저희 소대에서 작업인원을 차출하겠습니다."

수도 공급이 중지된 지금 먹을 물을 확보할 유일한 방법이었다.

개천에 흐르는 물을 그냥 마시는 건 마지막으로 미뤄둬야 할 선택이다. 기생충 감염 위협은 물론이거니와, 그 이상의 가능성도 존재하니까. 에이프릴 퍼시픽의 사례도 있고.

에스카밀라 소위에 이어 겨울이 제안했다.

"제가 사냥을 다녀오겠습니다."

"사냥을? 혼자서?"

"도와주는 사람 한두 명은 필요하겠지만요."

랭포드 대위는 고개를 저었다.

"내륙으로 방향을 잡을 때 내 입으로 가능성을 언급하긴 했지만, 사냥은 그렇게 쉬운 일이 아니야. 평범한 사람들의 막연한 상상과는 다르지. 가뜩이나 적은 식량을 미끼로 쓸 수도 없고, 우리 몸에서 나는 냄새도 지독하지 않겠나. 굳이 사냥을 해야만 한다면, 휴식이 끝난 후에 본격적으로 인원을 투입해서 몰이사냥을 시도하는 편이 낫다고 보는데."

정론이었다. 그러나 겨울에게는 해당사항이 없었다.

"자신이 있어서 드리는 말씀입니다. 저는 사냥 경험이 많습니다."

"허……."

대위의 미심쩍은 반응은 당연한 것이었다. 겨울의 나이에 관록 있는 사냥꾼이긴 어렵다. 설령 그게 사실이라 해도, 처음 접하는 사냥터에서 성과를 장담하는 건 별개의 문제였다.

그러나 랭포드 대위의 의견에도 허점이 있었다. 굳이 해야만 한다면, 이라는 단서가 괜히 붙은 게 아니었다. 사냥을 최후의 선택으로 여기는 것이다. 겨울이 그 점을 지적했다.

"몰이사냥은 위험하다는 걸 아실 겁니다. 산이나 숲처럼 시야가 제한된 환경에서 많은 인원을 분산 배치하게 되니까요. 혹시나 적과 조우하게 될 경우 병력을 통제하기도 어렵고, 오인사격의 가능성도 높아지겠죠. 효율이 낮더라도 적은 인원을 내보내는 수밖에 없습니다."

"……."

"숲에서 시야가 짧아지기는 변종들도 마찬가지입니다. 만에 하나 변종집단이 나타나더라도, 우리 쪽의 숫자가 적으면 어떻게든 따돌릴 수 있을 겁니다. 주둔지로 향하는 일 없게끔 큰 폭으로 우회해서 말이죠. 그나마 가장 안전한……아니, 사실상 유일한 방법이라고 생각합니다."

랭포드 대위 역시 모르는 바는 아닐 것이었다. 다만 알면서도 쉽게 결정을 내리지 못할 뿐.

"여기서 한 시간 거리에 또 다른 거주지가 있네."

대위는 지리정보를 제공하는 전술 PDA를 켜보였다. 작은 액정에 GPS 좌표와 연동된 이 일대의 지도가 나타났다.

"포인트 레예스 스테이션(Point Reyes Station). 우리가 머무는 이곳, 올레마보다는 훨씬 더 큰 마을이지. 늪지 건너에 형성된 배후주거지대도 있고. 모르긴 몰라도 뒤져보면 꽤 많은 식량이 나올 거야. 내 말은, 그러니까……."

하던 말을 멈추고, 대위는 얼굴을 감싸며 한숨을 내쉬었다.

불확실한 기대만으로는 자기 자신조차 설득하기 힘들었던 것이다.

노박 소위가 겨울을 거들었다.

"전 찬성입니다. 중대원들에게 각성제를 먹이지 않는 한 적어도 몇 시간은 여기서 머물러야 하는데, 허기는 그 사이에도 깊어지겠죠. 그 상태로 다음 거주지까지 이동해서 마을 전체를 수색하는 데 필요한 체력까지 감안하면……. 식량 확보에 실패할 경우 그 다음이 없다고 봐야 할 겁니다. 병사들의 사기도 말이 아니고요. 벌써부터 비전투손실이 우려됩니다."

정신적 피로와 극도의 긴장감은 혈관에 붙은 거머리처럼 체력을 빨아들인다. 다음 거주지가 가깝고 멀고는 중요하지 않았다. 사기를 언급한 시점에서, 노박 소위는 연이은 실패가 자아낼 좌절감까지 염두에 두고 있었다.

'기지가 무너질 때 동료를 잃지 않은 병사가 없을 테니.'

배고프고 지친 병사들은 우울해지기 쉬웠다. 앞길이 막막한 것도 사실. 겨울은 자살자가 나와도 이상할 게 없겠다고 판단했다.

대위가 묻는다.

"한 중위 자네도 많이 지치지 않았나? 귀관은 중요한 전력이야. 자칫 득보다 실이 많을까봐 걱정스럽군. 해봤다니 알겠지만, 야생동물을 추적하는 건 상당한 체력을 요구한다네."

그는 겨울을 채 반나절도 겪지 않았으나, 탈출 과정에서 확인한 전투능력만으로도 이렇게 말하기에 충분했다. 마지막 순간까지 제공한 엄호 덕분에 많은 사람이 살았다.

그런즉 지휘관으로선 돌발 사태에 대비해 겨울을 아껴두고 싶은 마음이 있을 것이었다.

"저는 괜찮습니다. 믿고 맡겨주셨으면 좋겠습니다."

"흠."

겨울을 물끄러미 바라보는 랭포드. 그는 무언가를 찾고 싶은 사람처럼 보였다.

"뭐, 좋아. 그렇게 자신 있다니 한 번 해보도록. 부대 전체가 돈좌되는 것보다는 낫겠지."

"감사합니다."

"행운을 기원하겠네. 여길 거쳐 간 변종들이 얼마나 남겨놨을지가 관건이겠군."

대위가 사냥에 부정적이었던 또 하나의 이유. 감염변종들 역시 동물들을 사냥하고, 잡아먹는다. 최상위 포식자인 곰조차도 다수의 변종을 만나면 먹잇감으로 전락했다.

다만 모두가 아는 사실이기에 따로 말하지 않았던 것.

그래도 겨울에겐 여유가 있었다. 이미 수준 높은 「추적」을 보유하고 있지 않은가.

기술 강화의 여지도 충분했다.

헬기가 착륙한 시점에서 직접적인 생명의 위험이 사라졌기 때문일까? 만으로부터 탈출한 과정에 대한 관제인격의 보상평가가 이루어졌다. 일종의 중간정산으로 봐야 할 것이다.

죽을 고비를 여러 차례 넘긴 덕분인지, 보상의 크기도 그만큼 컸다.

"에스카밀라 소위. 목공소를 확보하게. 휴식을 빼앗는 것 같아서 미안하지만, 탈수 상태의 병사들을 방치할 순 없는 노릇이니까. 투입되는 인원에겐 추가적인 휴식시간을 보장한다고 전하게. 물론 자네도 포함이야. 지휘관이 뻗으면 곤란하지."

"네, 알겠습니다."

"노박 소위는 경계 순서를 재조정하고, 크루거 소위는 한 중위가 나가있는 동안 1소대를 맡아줬으면 해. 소대 인원들의 상태를 꾸준히 봐달라는 뜻이야. 바커 소위는 건강에 문제가 생긴 병사들을 따로 모아주길 바라네."

소위들에게 연달아 지시가 내려진다. 이 중에서도 절실하게 쉬고 싶은 사람이 없겠느냐만, 일반 사병보다는 간부의 책임이 무거운 게 당연했다.

마을 북쪽 끝, 목공소 맞은편의 샛길은 목장으로 이어졌다.

사냥을 나선 겨울이 여기를 먼저 들른 것은 혹시나 하는 기대가 있었기 때문이다.

말에게는 무리 짓는 습성과 귀소본능이 있다. 무리를 쉽게 떠나지도 않고, 위험을 피해 멀리 달아났다가도 안전하다는 느낌이 들면 머물던 곳으로 돌아온다. 처음부터 인간의 손에 길러진 말이라면 더더욱 그럴 것이었다. 고로 마을을 통과한 변종집단으로부터 살아남은 말들이 있을 경우 목장으로 돌아와 있을 가능성이 존재했다.

어디까지나 가능성일 뿐이지만.

"안쪽까지 제대로 살펴본 건 아닙니다."

소대를 이끌고 마을 북쪽을 확인했던 에스카밀라 소위의 말이었다. 작업인원과 더불어 목공소 인근 갈림길까지 동행한 그녀는, 목장의 상황을 묻는 겨울에게 고개를 저어보였다.

"울타리 너머로 시야가 트여있었으니까요. 큰 위협이 없다는 것만 확인하고 물러났습니다."

한정된 탄약을 아끼고 싶었다는 뜻이었다. 바깥이 깨끗한 이상 실내에 변종이 있더라도 많지는 않겠고, 거점이 정해진 만큼 방비를 하고 있으면 괜찮다고 판단했을 터.

"즉 안쪽에 뭐가 있는지는 아직 모른다는 말이네요."

"그렇긴 합니다만……정말로 말을 찾을 수 있을지는 의문이군요. 도로 방향의 목책이 무너져 있었습니다. 사냥감을 발견한 변종들이 난입했던 거겠죠."

"저도 큰 기대를 하는 건 아니에요. 그래도 확인해볼 가치는 있을 테니까요."

대화는 여기까지였다. 겨울은 사냥에 자원한 소대원 셋과 함께 민가 사이의 샛길로 빠졌다.

가장 먼저 녹슨 양철 지붕이 보인다. 건초와 사료를 보관하는 창고였다. 그 옆엔 말을 운반하기 위한 트레일러가 주차되어 있었다. 그 너머의 기다란 건물이 바로 마장(馬場)이다.

마장은 한쪽 문이 열린 채였다. 내부는 어둡고 고요했다. 그러나 겨울은 거기서 숨소리를 들을 수 있었다. 변종인가, 말인가. 어느 쪽이든 인간보다 거센 숨을 쉰다.

끼이이이-

한쪽 문을 마저 열었다. 따르는 인원의 시야를 확보하고, 또 일부러 소리를 내기 위해서.

푸르륵!

말의 투레질을 들은 병사들의 안색이 확 밝아졌다. 최선임인 펠리페 모랄레스 상병의 말.

"세상에, 정말로 있군요. 전혀 기대하지 않았건만……."

보이는 것은 다섯 마리였다. 이제 겨우 동이 틀 시간. 길러지는 내내 안전하다고 학습했을 장소가 마장이기에, 목장으로 돌아오고부터는 여기서 어두운 밤을 보냈을 것이다.

"조금 물러나요. 우리를 경계하고 있어요."

말들은 한결같이 귀를 뒤로 젖히고 있었다. 넷은 흰자위를 드러내며 고갯짓과 함께 한 걸음씩 뒤로 빠졌다. 겁을 먹은 반응이었다. 나머지 하나는 유독 체구가 큰 녀석이었는데, 머리를 낮게 한 채로 꼬리를 휙휙 흔들어댔다. 공격적인 신호였다.

다행히 겨울에게는 「승마」 기술이 있다. 폭풍우가 몰아치는 밤, 살리나스 강변을 달리기 위해 습득했던 것. 한 사람을 더 태워야 했기에 수준을 높게 잡았었다.

「승마」는 단순히 타는 능력만을 부여하는 게 아니다. 길들이기도 포함된다.

그게 아니더라도 어떻게 행동해야 하는지 경험으로 알고 있었다. 여러 번 배웠다. 지난 모든 세계관에서 연료 공급이 끊어졌을 때, 말 만큼 유용한 이동수단을 찾기는 어려웠으니까. 아마 이번 세계관에서도 승마용이든 짐말이든 가치가 꽤 올랐을 것이다.

겨울의 신중하고 느린 접근 앞에서 우두머리 말의 성미가 누그러졌다. 털은 어둠과 같은 색이었다. 날렵하게 생긴 프리시안 품종이다. 체고[26]는 17핸드[27] 언저리. 마구만 보아도 목장주가 어지간히 아꼈을 녀석이었다.

"자, 착하지. 괜찮아, 해치지 않아. 가만히 있어도 돼."

---

26 體高(Height): 지상에서 말의 등성마루 가장 높은 지점까지의 높이

27 약 172cm, 1핸드(말의 체고를 재는 단위)=4인치(10.12센티미터)

Good boy, Good boy. 정확한 뜻은 몰라도, 많이 들어봤을 테니 칭찬의 의미임은 알 것이다. 차분한 음성으로 말을 건네자, 프리시안은 낙타처럼 이빨을 드러내고 겨울의 냄새를 맡았다. 말은 영리하다. 변종에게 쫓긴 적이 있다면 특유의 악취를 학습했을 터였다.

겨울은 말의 목덜미와 어깨 주변을 긁어주었다. 말은 눈을 감고 입술을 비죽 내밀었다.

"그래, 기분 좋지?"

천천히 뒤로 돌아간 겨울이 엉덩이까지 긁어주자 더욱 좋아한다.

오……. 떨어져서 지켜보던 소총수로부터 감탄이 흘러나왔다.

우두머리가 사람의 손길을 거부하지 않는 모습에, 거리를 두고 있던 나머지 무리도 눕혔던 귀를 세웠다. 이빨을 드러내거나 코를 벌름거리기도 했다. 10등급의 「승마」가 보정으로 부여하는 친화력은 이 상황에서 많은 도움이 되었다.

"이제 가까이와도 돼요. 말들이 겁먹지 않게끔 천천히 오세요."

모랄레스 상병을 포함한 세 명이 겨울의 손짓을 따라 느릿느릿 거리를 좁혔다. 그 사이에 겨울은 벽에 걸려있던 마구(馬具)들을 확보했다. 꽤 낡은 것이 섞여있었으나 숫자는 넉넉했다. 목장주 일가의 몫에 여분이 포함된 것 같았다.

"품이 가장 넉넉한 게 네 것이겠구나. 이름이……엑셀(Xcel)? 이게 네 이름이니?"

안장에 각인되어 있던 이름에 우두머리 말이 긍정적으로 반응했다. 다리를 들어 올려도 저항은 없었다. 편자가 조금 닳아있긴 했으나 양호한 수준이었다.

"중위님, 이제 얘들을 잡아먹는 겁니까? 하나만 잡아도 고기가 많이 나오겠는데요."

겨울처럼 말의 목을 긁어주던 병사로부터 나온 질문. 다른 두 명이 질문자를 한심하게 바라보는 가운데, 겨울은 아니라고 답했다.

"그럴 거면 제가 왜 말을 탈줄 아는 사람이 있는지 물어봤겠어요."

출발하기 전 자원자를 모집할 때 물어봤었다. 과연 말을 확보할 수 있을지는 의문이었어도. 결과적으로는 확인해두기를 잘 한 셈이었다. 모랄레스 하사는 텍사스 출신으로, 목장에서 일한 경험이 있어 말을 몰 줄 안다고 했다. 능숙하지 않다는 단서를 붙였지만.

우두머리와 달리 나머지 네 마리는 뚜렷한 특징이 없는 평범한 쿼터호스[28] 품종이었으나, 그렇다고 쓸모가 없다는 뜻은 아니었다. 겨울이 말한다.

"이동수단으로 써야죠. 운 좋게 차량을 확보한다고 해도 제때 연료를 얻을 수 있을지, 또 연료와 혼합할 안정제(Fuel Stabilizer)는 충분할지 의문이에요. 인구밀집지대에 가까워질수록 도로 상태도 나빠질 거고요."

주유소의 보관 상태가 양호하다면 연료를 그대로 쓸 수 있겠지만, 그걸 확인할 방법이 없는 만큼 항상 안정제를 함께 투입해야 할 것이었다.

---

28 American Quarter Horse: 앵글로아랍과 서러브레드 혼혈종으로 단거리 경주에서부터 농업용까지 다종다양하게 사용할 수 있도록 미국 본토에 맞게 개량된 품종

도로 사정도 문제다. 포트 로버츠를 지나는 101번 국도만 하더라도 버려진 차로 꽉 막혀있지 않았던가. 여기에 1년 내내 계속된 공군의 폭격을 감안하면 야지 주행이나 다름없게 된다.

"그리고 중대 전체를 태울 정도로 많은 차량을 얻는다면 모를까, 기본적으로는 도보로 움직인다고 봐야 돼요. 차량은 물자와 환자 수송 목적으로만 쓰고요. 그러니 말이 있으면 큰 도움이 되겠죠. 군장을 얹어도 좋겠고, 정찰 용도로도 괜찮지 않겠어요?"

가장 강력한 전력인 겨울에게 기동성이 붙는다면 중대는 훨씬 더 안전해질 것이다. 행군로 일대를 미리 살펴보고, 작은 위협을 미리 제거하거나, 적을 다른 방향으로 유인하거나, 어느 쪽도 불가능하다면 아예 피해버릴 수도 있었다.

"무슨 말씀인지는 알겠습니다만……."

잡아먹자던 병사, 이안 슐츠 일병이 말했다.

"애들은 밥을 먹여야 하잖습니까. 잘은 몰라도 어지간히 먹고 마신다고 들었는데, 그걸 감당할 수 있을까요? 그냥 식량으로 삼는 게 낫지 않나 싶습니다."

다섯 마리 모두에게 마구를 씌운 겨울이 온화한 미소를 만들었다.

"그 점은 걱정할 것 없어요. 앞으로 수백 킬로미터를 가는 동안 널린 게 농장과 목장일 테니까. 목초지나 개천, 웅덩이는 말할 필요도 없고요."

겨울은 언젠가 이 근처를 지나간 적이 있다. 이번 세계관의 이야기는 아니다. 마침내 문명이 완전히 무너져 벽지로 달아나야 했을 때니까. 어디에 뭐가 있는지 세세하게 기억해낼 정도는 못 되었으나, 말을 타고 움직이는 데 무리가 없었다는 것만큼은 확실했다.

사실 꼭 여기가 아니더라도 어딜 가든 비슷했다. 사막이나 산맥, 도시권 같은 지역이 아닌 이상은. 미국이 세계 최대의 농업국가이자 목축국가인 까닭이었다.

슐츠는 눈에 띄게 아쉬워했다. 배가 고파서? 아니다. 작업인원에게는 우선적으로 식량이 분배되었다. 겨울은 그 속을 알 것 같았다.

'일이 쉽게 끝나기를 바랐구나.'

비록 자원하긴 했으나, 그것은 절반 이상이 의무감이었을 것이다. 지치고 피곤한 몸으로 길도 없는 산과 숲을 헤매기는 당연히 싫겠지. 속을 익숙하게 읽고도, 겨울은 책망하고 싶은 마음이 들지 않았다.

"당장은 사냥감을 싣고 오기 편하겠네요. 오가는 수고가 줄겠어요."

돌리는 말에 모랄레스 상병이 쓴웃음을 짓는다.

"그 정도로 많이 잡을 수 있을지 의심스럽군요."

겨울을 정확히 모르는 이상 이렇게 생각하는 편이 자연스러웠다.

굳이 정정할 것은 없었다. 곧 직접 보게 될 테니.

"타요, 모랄레스. 슐츠하고 하퍼는 고삐를 붙잡고 하나씩 끌고 가요. 아무래도 한 마리는 거점에 두고 가야겠으니까. 저는 바깥을 한 바퀴 돌아보고 올게요. 혹시 더 있을지도 모르니."

엑셀에 올라탄 겨울이 다른 한 마리의 고삐를 함께 잡았다. 성질이 가장 더러워 보이는 녀석이었다. 친화력의 영향을 받더라도 병사를 걷어찰 가능성이 있었으므로. 재수 없게 잘못 맞았다간 앓

다가 죽을 것이다. 의무병도 없는 상황이었다.

가볍게 달리는 속도로 야트막한 언덕을 올라간 겨울은, 목장을 구분 짓는 울타리가 활짝 열려있는 것을 발견했다. 가까이 다가가 보니 변종의 소행으로는 보이지 않았다. 한쪽 문에 자물쇠가 얌전히 달려있었다. 아무래도 피난 당시 목장주가 열어두고 떠난 모양이었다.

'다급한 와중에 여기까지 생각하기가 쉽지 않았을 텐데.'

게이트를 지나 남은 절반을 돌았으나, 원형을 짐작하기 힘든 뼛조각들을 발견했을 뿐이었다.

중대본부에 말을 확보한 사실을 보고한 뒤, 거점 앞 철조망 안쪽에 한 마리를 매어두고, 겨울은 비로소 본격적인 사냥에 나섰다.

"다들 해충 기피제는 뿌렸죠?"

최종확인차 묻는 겨울 앞에서, 모랄레스는 슐츠 일병, 하퍼 이병과 한 번씩 눈을 맞추고는 고개를 끄덕였다.

"물론입니다."

산간벽지의 마을이다 보니 해충 예방약품을 구하긴 쉬웠다.

사냥을 위해서는 서쪽의 산기슭으로 향해야 했다. 숲이 우거져 있을뿐더러, 그 방향으로부터 바람이 불어오고 있었기 때문이다. 가뜩이나 냄새 독특한 약까지 뿌린 상태. 사람의 체취가 바람을 타면 적어도 수백 미터, 최대 수 킬로미터 범위 내의 동물들이 신경을 곤두세운다.

이동 속도는 빠르지 않았다. 소음 문제도 있거니와, 말을 탈줄 모르는 두 소총수도 있었다. 겨울에게 아무리 「교습」 능력이 있어도, 사냥의 와중에 승마까지 가르치긴 어려웠다.

'여기서 인상적인 성과를 거둘 필요가 있어.'

식량 확보가 목적이긴 하나, 그것이 전부는 아니다.

「추적」이 시작되었다. 흔적과 냄새를 찾는다. 평소 겨울이 변종의 악취에 민감한 것에는 「추적」에서 비롯된 보정도 컸다. 이는 야생동물을 상대로도 마찬가지로 작용했다.

겨울은 본래 8등급이었던 「추적」을 13등급까지 끌어올렸다. 전투계열에 비해 중요도가 낮고 소모량이 적다보니 지금으로선 부담스럽지 않았다.

천재의 영역에 접어든 「추적」은 금세 첫 번째 흔적을 잡아냈다. 발자국이었다.

'토끼……인가. 아쉬운 대로 찾아볼까.'

국가적으로 골머리를 앓는 호주만큼은 아니어도, 번식력 왕성한 토끼는 잠재적인 유해동물 취급이었다. 사냥 가능한 기간, 숫자, 1일 소지 한계수량까지 지정되는 보통의 동물들과 달리, 토끼는 연중 내내 아무런 제한 없이 잡을 수 있었으니까.

그게 잡기 쉽다는 뜻은 아니지만.

풀을 뜯은 흔적, 흐트러지거나 꺾인 가지들, 자그마한 배설물이나 가려진 발자국 등이, 겨울의 눈에는 아주 분명하게 들어왔다. 거기에 주목하도록 만드는 건 보정으로서의 육감이었다.

언제쯤 지나갔는지도 대략적으로 알 수 있을 정도.

그 시간이 현재에 수렴하는 시점에서 겨울은 손을 들어 대열을 정지시켰다. 사냥감을 풍상(風上)에 두고 호를 그리며 접근했으므로, 아직 낌새를 차리지 못했을 것이었다. 말에서 내리니 방향이

더욱 확실하게 감지된다.

혼자 움직일게요.

수신호를 확인한 모랄레스 이하 3인이 고개를 끄덕이며 자세를 낮췄다.

바람이 불어 숲이 사각거리는 틈을 타 날렵하게 접근하는 겨울. 수풀에 몸을 숨긴 채 목표물을 포착했다.

거리는 대략 30미터.

귀가 굉장히 크고, 꼬리와 귀 끝에 검은 물이 든 멧토끼(Jackrabbit)였다. 앞다리가 길어서, 가만히 서있는 모습만 보면 보통 떠오르는 토끼와 많이 달랐다.

손끝으로 방아쇠 언저리를 조용히 두드리던 겨울은, 탄약을 한 발이라도 아껴야겠다고 생각했다. 소총 그립을 놓고 대검을 뽑아 든다. 주먹을 쥐듯이 꽉 잡는 게 준비단계. 팔을 뒤로 당기고 때를 기다린다. 맞추는 건 문제가 아니었다. 다만 몸통에 꽂히는 건 피하고 싶었다.

'장이 터지면 가뜩이나 적은 고기를 상당량 버려야 하니…….'

그렇다고 쫓아가서 잡기는 어렵다. 속도에서 지지 않을 자신은 있어도,

녀석은 같은 자리에서 조금씩 움직였다. 이쪽으로 등을 보이다가 방향을 트는 순간, 겨울이 맹렬한 기세로 대검을 투척했다.

콰득!

동물의 머리에 강철이 파고드는 소리. 실린 힘이 엄청나다보니 보이지도 않는 직선으로 날아가, 날 전체가 박히고 나서도 관성이 남았다. 작은 몸뚱이가 주욱 미끄러지다가, 관성이 줄어든 다음에

는 데굴데굴 구른다.

탁, 탁, 탁. 죽은 멧토끼의 다리가 계속해서 땅을 때렸다. 사후경련이었다.

토끼에게 손대기 전, 겨울은 해충 기피제를 뿌렸다. 혹시라도 벼룩이나 빈대가 있다면 떨어져 나가도록. 빈대는 특히 더 유의해야 한다. 중대 내에 확산된다면 보통 문제가 아닐 것이었다. 「환경적응」으로 둔감해지지 않는 이상 겨울로서도 견디기 어려울 터였고.

조금 지켜본 뒤, 토끼의 목을 지나는 동맥에 깊은 칼집을 냈다. 그리고 다리를 붙잡아 들어올렸다. 신선한 피가 주륵 주륵 흘러나온다. 피를 뽑는 것은 누린내를 줄이기 위해서였다. 물론 피 자체도 가열취식이 가능하긴 하지만, 거부감을 느끼는 병사들이 있을 것이다. 사기진작에 도움이 되지 않는다. 제대로 된 조리가 가능하다면 모를까.

'이제 막 시작했을 뿐인걸. 성과가 적으면 그때 가서 다시 생각해야지.'

겨울이 돌아오자 모랄레스 상병이 반겼다.

"좋은 출발이군요. 적어도 빈손으로 돌아갈 일은 없어져서 다행입니다."

말은 그렇게 해도 아직 진심으로 기뻐하는 건 아니었다. 토끼의 무게는 탄창을 제거한 소총과 비슷한 수준. 그러나 가죽을 벗기고 먹을 부위를 발라내면 절반 이하로 줄어들 것이다.

겨울은 엑셀의 안장 가방 아래에 토끼를 매달았다.

「추적」이 재개되었다. 인간이 닦아놓은 길에서 멀어질수록 동물들의 흔적이 많아진다. 그 중엔 독특한 발자국도 있었다. 배설물 냄새를 맡은 말들은 불안해하는 기색이었다. 이를 달래며 무시하고 지나가려 했으나, 마침 슐츠 일병에게도 보였던 모양이다. 못 보고 지나치는 거라 여겼는지, 그는 겨울을 불러 세웠다.

"중위님, 여기 뭔가 있습니다. 특이한 발자국인데요? 찍힌 지 얼마 안 된 것으로 보입니다."

"저도 봤어요. 하지만 찾지 않으려고요."

"어……. 무슨 동물인데 그러십니까?"

"호랑이요."

농담인줄 알았나보다. 모랄레스, 하퍼와 더불어 웃다가, 가만히 바라보니 그제야 정색한다.

"진짭니까? 곰이 아니고요?"

"네. 발가락 숫자만 봐도 고양이과잖아요. 사자보다는 호랑이일 가능성이 높고요."

이에 하퍼가 미심쩍어했다.

"제가 이 동네 태생은 아니지만, 이 나라에 호랑이가 산다는 말은 들어본 적이 없습니다."

"그렇겠죠. 이것도 야생은 아닐 테니까. 아마 어느 집 애완동물이었을 것 같은데, 어디서 길러지던 녀석인지는 몰라도 여기까지 온 게 신기하긴 하네요."

전 세계에서 호랑이가 가장 많은 나라는 미국이었다. 그 숫자가 물경 1만에 달한다. 당장 캘리포니아와 붙어있는 네바다만 하더라도 호랑이를 애완동물로 기르는 데 아무런 제한이 없었다. 캘리포니아에서는 불법이었으나, 하지 말라면 꼭 하고 싶어 하는 사람들이 있는 법.

"혹시 위험해서 피하시는 겁니까?"

모랄레스 상병의 물음에 겨울은 고개를 저어보였다.

"설마요. 탄약이 아깝긴 해도, 자동화기가 있는 마당에 뭐가 무섭겠어요."

"그럼 역시 잡는 편이 낫지 않겠습니까? 과연 맛이 괜찮을지는 모르겠지만, 이것저것 가릴 입장은 못 되니까요. 이 놈 하나만 잡아도 아쉬운 대로 중대 전체가 먹기에 충분할 겁니다."

"육식성이나 잡식성 스캐빈저인 동물은 잡지 않을 작정이에요. 사실 여기까지 오는 도중에도 다른 흔적들이 있었는데, 코요테 같은 녀석들이라 일부러 쫓지 않았던 거고요."

"어째섭니까?"

"그동안 뭘 먹었을지 모르잖아요."

조금 헤매던 모랄레스는, 곧 말뜻을 깨닫고 역겨워했다.

"젠장. 거기까진 미처 생각을 못했습니다. 사람이나 변종을 잡아먹었을 지도 모르겠군요."

"변종이 쉬운 먹잇감은 아니에요. 그래도 폭격을 맞은 곳마다 널린 게 감염된 시체였을걸요. 코요테처럼 약한 놈들도 얼마든지 먹을 수 있었을 거란 뜻이죠. 야생화 된 호랑이에겐 직접 사냥할 능력도 있고요. 곰도 마찬가지. 그냥 안 잡는 게 나아요. 덤비면 죽이겠지만."

이종 감염이나 보균 사례는 아직 알려진 바가 없다. 있었다면 국방부로부터 주의가 내려왔을 것이다. 그러나 이번 세계관은 변수가 많았다. 주의해서 손해 볼 것은 없지 않은가.

병사들이 미련을 접는다.

그로부터 얼마나 더 나아갔을까. 이런저런 흔적은 많았으나, 최근에 만들어진 것은 얼마 없었다. 숲에 들어온 시간이 일출 이전이었건만, 지금은 하얗고 투명한 햇살이 우거진 녹음을 광선처럼 꿰뚫고 있었다. 사슴의 배설물을 찾아낸 겨울이 쫓을까 말까 망설이고 있을 때.

꾸억- 꿕- 꿪꿪-

바람이 흔드는 나뭇가지들 사이로 새 울음이 들려왔다. 적잖은 거리감이 느껴진다.

야생 칠면조다. 쉬이. 겨울이 입술에 손가락을 세워보였다. 무언가 말하려던 모랄레스 상병이 입을 다물었다. 그러나 의아한 눈치. 보정 없이 들릴 만한 소리는 아니었다.

방향을 가늠한 겨울이 거리를 좁혔다. 다시 한 번 같은 패턴의 울음이 반복된다. 보다 선명해졌다. 이건 동족을 불러들이는 의미였다. 그래서 사냥꾼들이 유인용으로 쓰는 피리 중에도 비슷한 음색을 뽑는 것이 있었다. 잘만 하면 두 마리를 동시에 잡을 수 있을 듯하다.

암컷이라도 4킬로그램은 넘는다. 괜찮은 사냥감인 만큼 실탄을 쓸 가치가 있다. 겨울은 안장에 앉은 채로 소총을 겨냥했다. 서로 얽힌 가지의 좁은 틈을 지나가는 조준선. 병사들은 숨을 죽였으나, 한편으로는 의아한 기색을 드러내기도 했다. 그들에겐 표적이 보이지 않았으므로.

가지에 붙은 이파리가 흔들리는 순간, 가로세로 1인치도 되지 않는 좁은 시야에서, 칠면조의 털 없는 머리가 퍽! 폭발했다.

푸드드득!

수컷의 죽음에 놀란 암컷이 보이지 않는 곳에서 날개를 펼쳤다. 가축화된 친척과 달리, 이 녀석들은 비행이 가능하다. 그것도 굉장히 날렵하게. 하지만 날아오른 시점에서 오히려 더 위험해졌다. 무성한 수관(樹冠) 위로 솟구친 즉시, 날아든 소총탄에 목이 끊어졌다.

소음기 끝에서 흘러나오는 미미한 화약 냄새.

"가죠."

소총을 등 뒤로 돌린 겨울이 가볍게 박차를 가한다. 하하. 병사들이 웃었다. 이번에야말로 기분이 나아진 모양. 칠면조가 암수로 한 쌍이면 훌륭한 성과다. 민가에서 확보한 밀가루와 향신료가 있으니, 어떻게든 스튜 비슷하게 끓여 양을 늘려도 좋겠다.

떨어진 암컷과 머리 깨진 수컷을 회수하고 보니 적잖이 묵직했다.

"이야, 이거 정말 크군요. 1미터는 넘겠는데요? 무게가 얼마나 나갈까요?"

하하 웃으며 수컷을 자신의 몸과 비교하는 슐츠. 축 늘어진 수컷의 크기는 근육 탄탄한 사병의 상반신을 덮을 정도였다. 잠시 건네받은 겨울이 고개를 기울이며 무게를 어림했다.

"10킬로그램쯤 되겠네요. 해체해봐야 정확하겠지만, 절반 이상은 먹을 수 있겠어요."

동종 평균보다 제법 큰 녀석이었다. 나이가 들어 육질이 나쁠 수는 있겠지만. 여기에 예상대로 4킬로그램을 조금 넘는 암컷이 더해졌다. 그리고.

"모랄레스, 슐츠, 하퍼. 제가 엄호할 테니 주변에서 둥지를 찾아봐요. 암수가 같이 있었던 걸 보면 아마 이 가까이에 있을 거예요. 마침 지금이 산란기거든요."

사실 겨울은 이미 둥지의 위치를 안다. 그래도 병사들을 시켰다. 그들의 기분 문제였다.

불과 1분이 채 지나기도 전에, 풀 더미로 위장된 둥지를 발견한 사람은 하퍼 이병이었다.

"여기 있습니다! 하나, 둘, 셋, 넷……. 오, 열한 개나 되는군요!"

그는 꺼낸 알들을 들어 보이며 시원하게 외쳤다.

"이 돌대가리야, 목소리가 너무 커. 근처에 변종이 있으면 어쩌려고 그래?"

모랄레스의 질책에 움찔하는 하퍼였으나, 주위를 한 번 둘러보는 것으로 끝이었다. 혹여 놓칠까 조심스레 가져온 알들을 겨울의 안장에 달린 가방에 집어넣는다. 다른 말들의 마구엔 가방 등의 액세서리가 달려있지 않았기 때문이었다.

"중위님께서 저희 아버지보다 좋은 사냥꾼인건 분명하군요."

슐츠의 말에 겨울이 고개를 기울였다.

"아버님도 사냥을 즐기셨나 봐요?"

"그냥저냥한 취미생활이셨습니다. 본격적인 사냥보다는 가족여행에 가까웠다고나 할까요. 그래도 거르는 해가 드물었는데, 칠면조를 잡아오신 건 한 번뿐이었죠. 이게 굉장히 잡기 어려운 거라며 얼마나 자랑하시던지. 어머니께서 짜증을 내실 정도였습니다."

가족 이야기가 조심스러운 세계였으나, 슐츠의 표정은 결코 나빠 보이지 않았다.

"아버님께서 하신 말씀이 맞아요. 우리는 운이 좋은 거죠."

가을 한철 열심히 산을 타고도 칠면조 한 마리 잡지 못하는 사냥꾼이 많다. 쌓인 회차가 적거나 없었던 무렵 겨울의 경험담이기도 하다.

겨울은 온 길을 얼마간 되짚었다. 사슴 배설물을 기점으로 다시 추적할 요량이다.

'그래도 동물들이 예상보다 많은 편인데? 어떻게 된 거지?'

변종집단이 휩쓸고 지나간 것 치고는 보이는 흔적들이 상당하다. 어제 오늘 생긴 건 드물다지만, 오래 묵은 흔적이라도 몇 개월 정도였다. 곰처럼 나무를 박박 긁어놓지 않는 이상 그보다 오래된 흔적이 남아있기는 불가능하기에. 천재적인 영역의 기술에도 한계가 있었다.

북미 서해안 감염의 진원지와 비교적 가까운 거리임을 감안하면 이상한 일이다.

이쪽 방면으로 빠졌던 변종집단의 규모가 의외로 작았을 지도 모르겠다.

"어떻게 생각해요?"

느릿느릿 능선을 넘는 지루한 탐색의 와중에 이런 의혹을 털어놓으니, 부사관급인 모랄레스는 물론이거니와 다른 두 사병도 곰곰이 생각에 잠긴다.

"확실히 이쪽으로 올 이유가 적었을 것도 같습니다."

모랄레스가 내린 결론이었다. 다음 말이 이어지기 전에 겨울의 팔이 흐려졌다. 휘리릭, 팍! 땅에 꽂힌 대검이 바르르 떨었다. 한 바퀴 회전한 날이 긁고 지나간 자리에 붉은 자국이 번졌다. 땅다람쥐(Ground Squirrel)는 머리가 빠개진 채 죽었다. 칼날을 대각선으로 맞은 탓이다. 수풀에 묻혀, 인마의 접근에 귀를 기울이던 참이었다.

"허."

기가 막힌 상병의 감탄사를 등지고, 겨울은 살짝 우회하여 칼과 다람쥐 사체를 회수했다.

"그렇게 생각하는 이유는요?"

작은 동물의 멱을 따서 탁탁 휘둘러 피를 뿌리는 겨울. 으……. 튕겨져 나가는 뇌가 꺼림칙했는지 살짝 눈살을 찡그리며, 상병은 남은 말을 마저 잇는다.

"대단한 건 아닙니다. 당시엔 변종들도 마냥 멍청했으니까, 무조건 사람이 많이 보이는 쪽으로 움직이지 않았겠습니까? 그럼 주도와 국도의 갈림길에선 당연히 국도 방향으로 쏠렸겠죠. 위로 가든 아래로 가든 가까운 거리에 대도시가 있으니 말입니다. 방어 병력도 그쪽에 집중되어 있었을 것이고."

전투가 더욱 많은 변종집단을 끌어들였을 거란 뜻이었다.

"듣고 보니 그러네요. 그걸 다행이라고 하긴 좀 그렇지만, 어쨌든 그 덕분에 우리가 여기서 굶어 죽을 가능성은 낮겠어요."

겨울의 말. 지금도 나무 사이로 멀찍이 인마를 엿보는 흑곰 한 마리가 보인다. 펑퍼짐한 몸집. 아무리 봐도 먹이가 없어 고생한 몰골은 아니다. 생태계가 초토화되었다면 곰 같은 최상위포식자 또한 어디론가 떠나갔어야 정상이었다.

"저놈은 겁도 없군요. 우리가 만만해보이나?"

모랄레스의 말처럼, 곰은 슬금슬금 거리를 좁혀왔다. 흑곰이 근연종 가운데 얌전한 편이어도, 기본적으로는 맹수였다.

'피 냄새를 맡고 왔겠구나.'

그렇지 않은 이상 이렇게 조우할 확률은 낮은 편이다. 땅다람쥐는 물론, 앞서 잡은 토끼와 칠면조가 안장 뒤에 매달려 피를 뚝뚝 흘리고 있으니, 어디선가 냄새를 맡고 겨울이 움직인 동선을 따라 왔어도 이상할 게 없었다.

그와 별개로 곰의 접근은 조금 부자연스럽다. 굶주리지도 않은 흑곰이 인간을 향해 먼저 적의를 드러내는 일은 드물기에. 어쩌면 변종, 혹은 인간을 상대로 나쁜 버릇을 들였을 가능성이 있겠다. 좋지 않은 경험을 했거나.

하퍼가 한숨을 쉬었다.

"먹지도 못할 놈에게 탄약을 낭비하긴 싫은데."

어차피 단발사격으로 충분하지만, 겨울은 말없이 대검을 들어 보였다. 병사들의 표정이 기괴해졌다.

"설마 저것도 칼을 던져서 죽이실 겁니까?"

"별 수 없잖아요. 위험할 만큼 가까워지면 죽이는 수밖에요."

"아니, 저는 그게 가능하냐고 여쭤본 거였습니다……."

일부러 모르는 척 했다. 겨울이 방향을 틀어 곰과 병사들 사이를 막았다. 고삐를 통해 엑셀의 두려움이 전해졌다. 이를 「승마」의 장악력으로 억누른다.

"무모합니다. 그냥 총을 쓰는 게 낫습니다."

긴장으로 살짝 당겨진 경고. 여차하면 방아쇠를 당길 기세인 모랄레스에게, 겨울은 괜찮다는 신호를 보냈다.

곰이라고 해도 「위협성」 평가로는 오히려 겨울이 위다.

가만히 응시하자, 곰은 애매한 자리에서 멈춰 서서 마주보았다. 때때로 이빨을 드러내지만 더 이상 거리를 좁히진 않는다. 달아나주면 편하련만. 등을 보일 수가 없으니 이쪽이 떠나기도 곤란하다.

'그냥 죽일까?'

시간도 없고, 병사들에게 이야깃거리를 만들어주는 것도 나쁘지 않겠다. 휴식을 취하는 사이에 가만히 있다 보면 온갖 생각이 다 드는 법이니까.

결심을 굳힌 겨울이 고삐를 내리쳤다. 엑셀이 땅을 박찰 때 곰도 움찔 반응했다. 충돌이 임박한 순간 겨울의 한쪽 팔이 흐려진다. 대검이 회피 불가능한 속도로 날아갔으나, 텅! 반사적으로 고개를 흔드는 곰의 이마에 절반쯤 박혔다가 튕겨졌다.

머리가 돌아오는 틈이면 충분하다.

스쳐 지나가는 찰나에 겨울은 쇠지레를 쥐고 있었다.

빠악!

자물쇠를 부수는 지렛날이 두꺼운 머리통을 수직으로 파고들었다. 낙마를 피하고자, 그대로 손잡이를 놓아버리는 겨울. 곰을 지나쳐 달린다. 대검은 처음부터 호흡 빼앗기였다.

고삐를 당겨 돌아섰을 때 곰은 이미 죽어가는 중이었다. 뇌가 부분적으로 파괴되고도 즉사하지는 않았으나, 도저히 몸을 가누지 못한다. 절명은 시간 문제였다.

확정된 죽음을 지켜볼 필요는 없었다. 고통을 덜어주는 거라면 몰라도.

겨울이 곰을 향해 말을 몰았다. 뚜둑, 뚝. 쇠지레를 뽑아낼 때 일부러 크게 휘저었다. 허우적대던 흑곰이 바르르 떨었다. 굵은 사지에서 힘이 사라진다. 구멍 뚫린 머리통과 지렛날 사이에 끈적한 실이 주욱 늘어졌다.

돌아오니 병사들이 당혹감 섞인 시선을 보냈다. 아무리 그래도 곰인데, 너무 쉽게 죽였다.

"앞으로 중위님이 화내시는 일 없도록 하겠습니다."

슐츠의 감탄 섞인 농담. 얼굴에 튄 피를 닦아내며, 겨울은 짧게 실소했다.

그 뒤로 정오까지 계속된 사냥에서, 검은 꼬리 사슴 한 쌍과 그 새끼들을 추가로 잡을 수 있었다.

국립공원이라 그런지 좋은 사냥터다. 당분간 머물면서 보존식량을 만드는 것도 괜찮지 않을까? 소금은 충분히 많다. 겨울은 랭포드 대위에게 한 번 제안해봐야겠구나 생각했다.

수렵물을 해체하는 작업은 물가에서 이루어졌다.

가죽을 벗기고, 혈관과 힘줄을 분리하고, 피를 씻고, 뼈를 발라내는 과정. 긁어낸 내장은 별도의 용기에 모아둔다. 영양섭취의 균형을 위해서였다.

Ooh, Jeez. 지켜보던 인원들이 가볍게 신음했다. 검붉게 물컹거리는 내장을 영 보기 힘들어하는 사병도 있었다. 불꽃놀이를 보고 총격전을 연상하는 것과 같은 증상.

랭포드 대위는 가급적 많은 인원이 해체작업을 지켜보도록 했다. 보고 배우라는 것이 명분이었지만, 진의는 따로 있었다. 지휘관으로서 병사들의 정신 상태에 신경 쓰는 건 당연한 일. 무언가 이루어지고 있다는 사실을 직접 보게 만들 필요가 있었다.

솔선수범은 눈에 띌수록 좋다는 게 대위의 지론이었고.

최종적으로 140킬로그램의 고기가 나왔다. 여기에 민가에서 얻은 식용유나 밀가루, 설탕 같은 것들을 더하면, 중대 전체가 이틀을 먹고도 남는 양질의 식량을 확보한 셈.

점심을 먹고 여섯 시간 가량 휴식을 취한 겨울은, 저녁식사 후에 랭포드의 호출을 받았다.

일몰이 지났으나, 임시 지휘본부는 의외로 어둡지 않았다. 민가에서 가져온 태양광 패널로 전기를 얻고 있다. 다른 사람들이라고 놀고 있었던 게 아니었다.

"낮에는 수고가 많았어. 솔직히 많은 기대는 없었는데, 큰 걱정을 덜었군."

새벽나절에 비해 여유를 얻은 랭포드가 결정사항을 전했다.

"소대장들과 논의해본 결과 자네 의견을 수용하기로 했네. 여기서 며칠 머물러야 한다는 점이 부담스럽지만……. 유바 시티까지 남은 거리를 감안하면 지금은 천천히 서둘러야 할 때겠지(Make haste slowly). 해리스 대위도 결국 배가 고파서 그 지경이 되었던 것이니까."

해리스 대위. 오랜만에 듣는 이름이다. 식량 문제로 갈등을 빚은 끝에 민간인을 살상하고, 산타 마가리타 호수까지 생존자들을 쫓아왔던 사람. 아마도 변종들에게 죽었을 것이다.

국방부는 이 사건을 은폐하지 않았다. 지금은 겨울이 치른 전투 가운데 가장 유명해졌다. 여러 의미에서 극적이었으므로. 그날 태어난 아기가 전미의 관심을 받기도 했다.

"일단 구체적인 목표를 설정해두고 싶어서 자네를 불렀어. 당사자의 판단이 중요하니까. 앞으로 5일간 매일 100킬로그램을 비축할 수 있겠나? 다소 무리한 요구 같지만, 그 이하라면 여기서 체류하는 의미가 퇴색해버리니 말이야."

순수하게 육류만으로 미군 급양기준열량 3200kcal을 채우자면 한 사람당 한 끼에 4백 그램은 먹어야 한다. 중대 병력에 겨울 일행을 더한 숫자가 여든이니, 랭포드 대위가 말한 100 킬로그램은 약간의 여분을 더한 하루치 식량이었다.

유바 시티로 가는 도중에도 숙영지 인근에서 사냥이 가능하겠으나, 대위는 추가보급이 없는 상황을 가정하는 듯 했다. 최악의 상황에 대비하는 게 지휘관의 본분이었다.

겨울은 정자세로 답했다.

"지형을 숙지한 뒤에는 그 두 배 이상도 가능합니다."

대위가 헛웃음을 터트렸다.

"이번에야말로 믿겠다고 해야겠는데, 향후 계획을 수립하는 데 영향을 미칠 사안이다 보니 확인해두지 않을 수 없군. 그렇게 판단한 근거가 있나?"

"네. 이미 들으셨겠지만 이 지역은 변종의 영향을 적게 받은 것 같습니다. 이렇게 넓은 산과 숲이면 사슴만 해도 수백 마리를 넘어야 정상이고요. 아직 녀석들이 다니는 길목을 잘 모르는 것뿐이죠. 큰 무리 하나만 잘 찾아내면 하루 만에 닷새 치 목표를 채울 수도 있습니다."

"닷새 치를 하루에?"

흥미로워하는 대위에게 겨울이 고개를 끄덕여보였다.

“그렇게 여유가 생긴 후엔 식용 가능한 버섯이나 식물도 채집해 두려고 합니다. 시간을 아끼느라 오늘은 그냥 오긴 했으나, 돌아오는 길에도 드문드문 있었습니다. 흔하면서도 독초와 헷갈리지 않는 것들이요.”

아스파라거스, 검은 겨자, 살구버섯 등. 기술보정 없이도 안전하게 확보할 수 있는 것들. 여름이 오기 전이라 종류가 많지는 않았다. 하지만 어느 하나라도 군락지를 찾는다면, 주식을 보조할 양으로는 충분할 것이었다. 영양균형을 맞추는 것이 목적이니까.

아직 습득하지 않은 기술, 「채집」이 있다면 훨씬 더 수월해질 터.

그러나 계륵이었다. 지금만이 아니라, 이제까지 거쳐 온 모든 종말에서. 시간 대비 획득열량을 기준으로 채집은 사냥을 능가하지 못한다. 「추적」처럼 범용성이 있지도 않았다. 우선순위가 낮다 보니 익힌 횟수가 적다. 「재능이익」이 거의 없다는 뜻이었다.

결국 갈수록 손을 대지 않게 되는 기술.

이것만이 아니다. 「재능이익」은 성장 방향을 고착화시킨다. 가끔씩 겨울은 다른 가능성들이 아쉽기도 했다. 그러나 하나같이 생존이 절박할 때 습득하긴 어려운 것들. 사후보험 전체를 통틀어, 부유하지 않은 가입자의 세계는, 어떤 의미로든 투쟁의 연속일 수밖에 없었다.

“그런가.”

대위가 짧은 한숨을 쉬었다.

“힘들겠지만 최선을 다해주게. 굶어 죽을 염려를 덜어서 망정이지, 아니었으면 지금쯤 중대원들 정신상태가 말이 아니었을 거야. 혹시 봤나? 식사가 기대 이상이어서 그런지, 먹을 때만큼은 얼굴들이 밝더군. 안심하긴 이르지만서도."

오늘 밤이 고비다. 기지를 벗어나 처음으로 맞이하는 밤. 육체적 위기를 넘긴 뒤에 비로소 찾아오는 정신적 위기. 기지 함락 당시 동료를 잃지 않은 병사가 없으니, 자살자가 나올 가능성이 있었다. 물론 사람의 목숨은 모질다. 누구 하나라도 쉽게 죽는 이가 없다.

그러나 최초의 한 명은 많은 것을 달라지게 만든다.

비록 그것이 작은 가능성일지라도 지휘관으로선 경계해야 마땅하다.

"지금 술을 배급하기는 좀 그렇고……. 아이스크림이라도 있었으면 좋겠는데."

아이스크림? 혼잣말 같은 중얼거림에 겨울이 고개를 기울이자, 대위가 희미하게 웃는다.

"모르는 모양이군. 하긴 자네는 들을 기회가 없었겠지. 정식 교육을 받은 것도 아니고."

그의 말이 이어졌다.

"2차 대전 때 이야기야. 항공모함 렉싱턴이 어뢰에 피격 당했을 때, 침몰하는 와중에도 병사들은 아이스크림을 꺼내 먹었다고 해. 배가 가라앉으면 이거 다 버리지 않겠느냐고. 그날 하루 200명 이상의 승조원이 죽었어. 다들 아이스크림을 퍼먹으며 두려움을 견뎌냈던 거야."

정작 그렇게 먹고 나서는, 물에 빠진 뒤 무척이나 후회했다고.

"새삼스럽지만 사람 사는 게 참 단순하지 않나? 작은 즐거움이라도 남아있는 사람은 쉽게 죽음을 생각하지 않아. 사랑하는 누군가라도 좋고, 때로는 아이스크림 같은 거라도 상관없지.”

그래서였을 것이다. 대위는 낮 시간에 소대별로 돌아가며 천렵(川獵)을 하도록 했다. 실은 그냥 몸을 씻고 물놀이나 하라는 뜻이었다. 위생관리가 그만큼 중요한 일이기도 하고. 만약의 상황에 대비해 체취를 없애둘 필요가 있었다. 하는 동안 혹여 물 아래로 이상한 게 흘러올까봐, 철조망을 잘라다 상류와 하류 방향에 걸어두었다.

겨울은 깊게 공감했다.

“대위님은 그런 게 있으십니까?”

“기지에 편지를 두고 나와서 아쉬워. 그런데 차라리 잘 된 걸지도 몰라.”

지금 보면 울 것 같거든. 대위 역시 동료를 잃은 사람 가운데 하나였다. 책임감으로 견딜 뿐.

“시간이 남을 때 중대원들에게 승마술을 가르치겠습니다. 나름대로 색다르고 즐거운 경험이 되겠죠. 최소한 타는 동안에는 다른 생각을 하기 어려울 겁니다.”

「교습」은 가르치려는 기술 등급이 높을 때 더욱 큰 시너지 효과를 발휘한다. 그 덕을 본다면 중대 전원의 기초를 단기간에 닦아줄 수 있을 것이다.

‘이동경로 상에 목장이 많으니까, 가는 길에 추가로 말을 확보하게 될지도 몰라.’

마상전투능력까지는 바라지 않는다. 승마보병이 한 개 소대만 되어도 전술적인 선택지가 많이 늘어날 터였다. 유바 시티에 도달하고 난 뒤를 대비하는 면도 있다. 그곳이라고 상황이 마냥 좋으리라는 법은 없으니. 보급 끊어진 수십만 명의 재집결지점 중 하나가 아닌가.

"이런 말을 꺼내려고 부른 건 아니었는데."

대위가 희미하게 미소 지었다.

"보존 식량을 만드는 건 문제가 없을까?"

"네. 핑크 솔트가 있어서 다행이었습니다. 이걸 얻지 못했다면 소금을 아주 많이 써야 했을 겁니다. 고기에서 색과 탄력이 사라질 정도로요."

직전에 먹는 즐거움이 중요하다는 대화를 나눈 참이었다. 순수하게 소금만 쳐서 만든 염장육은 하얀 돌덩어리처럼 변한다. 질감도 돌과 비슷했다. 물로 씻고 진득하게 끓여야 그나마 먹을 만하지만, 그 맛은 무엇을 기대하든 그 이하였다.

겨울이 말한 핑크 솔트는 아질산염을 함유한 소금이었다. 이것을 일반 소금과 섞으면, 비교적 적게 써도 식중독균이 증식하지 않는다. 특히 보톨리누스 균. 먹으면 죽는다고 봐야 한다.

이를 구한 장소는 역시나 목장이었다. 소와 말을 키우던 곳이라 있을 법 했다. 가족이 먹을 것을 직접 만드는 경우는 제법 흔했으니까. 일반 가정엔 드문 물건이다.

'없었으면 야생 셀러리라도 찾아봐야 했겠지.'

셀러리 즙을 짜서 소금과 섞어 발효시키면 핑크 솔트의 대용품이 된다. 그마저도 없을 경우엔 시금치를 써도 좋고. 생존에 필요한 기초지식이었다.

물론 그랬다면 계획을 많이 수정해야 했을 것이다. 발효 소금을 만드는 데 시간이 걸리니까.

무엇보다 그런 식은 겨울에게도 직접 해본 경험이 없었다. 머리로 알고만 있을 뿐이지. 아질산염 또한 독성이 있어서 비율을 잘 맞춰야 하는데, 자신 없는 일이었다.

"염지와 건조시간을 단축하려고 고기를 작게 썰었습니다. 나중에 확보한 물량은 이동하는 도중에도 염지시킬 방법을 찾아야겠지만, 최소 사흘 먹을 양은 출발 전에 완성될 겁니다. 먹는 시점을 조절하는 방법도 있고요."

어차피 길어도 보름가량만 상하지 않으면 된다.

대위가 재미있어했다.

"이것저것 다양하게도 아는군. 꼭 이런 상황을 대비해오기라도 한 것처럼. 혹시 모겔론스 사태 이전부터 생존주의자였나?"

"……그런 셈이죠."

생존주의자. 취미로 재난 상황에 대비하고 관련 지식을 익히는 사람들. 미국에선 제법 흔하다. 이들이 즐겨 대비하는 재난 가운데 하나가 바로 좀비 아포칼립스였다.

그래서인지 민간인들 사이에선 감염변종을 좀비라고 부르는 경우가 많다고 들었다.

'정부는 싫어하지만.'

당국 입장에서 역병을 초자연적인 무언가로 묘사하는 분위기가 좋게 보일 리 없다. 인간의 사고는 언어적이다. 군인들의 단어 사용이 엄격하게 통제되는 이유였다.

"이 이야기는 여기까지 해두고."

대위가 화제를 바꾸었다.

"낮에 FBI 감독관과 면담을 했네. 전에 자네가 말했던 그 건에 관해서 말이야. 안 그래도 신경 쓰였는데, 깁슨 요원이 먼저 요청하더군."

그는 등받이에 몸을 기대며 약간의 피로감을 드러냈다.

"거 참, 나 같은 사람 입장에선 다른 세상 일이 따로 없던걸. 정보국 내에 만들어진 사조직이라니……."

"어디까지 들으셨습니까?"

"그녀도 정확한 사정은 말해주지 않았어. 기밀엄수가 요구된다던가. 그야 그렇겠지. 나는 일개 대위일 뿐이니까."

그는 한숨과 함께 어조를 달리했다.

"하지만 한 가지, 그들이 정부 승인 없이 무언가 대형 사고를 쳤다는 건 알려주더군. 그것만으로도 충분하지. 이런 시국에 중앙정보국 씩이나 되는 기관이 통제에서 벗어나 있다는 뜻이니까. 군인으로선 탐탁잖아. 등 뒤가 불안하면 이길 싸움도 못 이기잖나. 괜히 불안해."

그리고 중얼거린다. 당장은 살아서 복귀하는 것만으로도 부담스러운데, 라고.

"정보국 인원들은 앞으로도 자네랑 수사국 감독관 소관으로 남겨두려고 해. 혹시 뭔가 필요하다면 그때그때 말하도록. 가능한 한도 내에서 최대한 돕지."

"감사합니다."

"부른 용건은 여기까지야."

랭포드가 자리에서 느릿하게 일어났다. 그도 슬슬 눈을 붙여야 할 시간이었다.

"가서 쉬기 전에 탤벗 요원을 만나보게. 자네의 그……위장?……아무튼 얼굴 문제를 해결해 주겠다더군."

"아, 네."

아무래도 대위가 직접 알아본 눈치였다. 기술자가 있다고 말했던 것을 잊지 않았던 모양.

이유도 알 만 했다. 머리로는 한겨울이라고 알고 있어도, 생긴 게 달라서는 병사들의 체감이 부족할 수밖에 없었다. 분위기 일신에 도움이 될 것이다.

대위의 말에 따라 찾아가 보니, 탤벗이 준비한 것은 의외로 단순했다. 여느 가정집에 있을 법한 각종 세제의 혼합물.

"이게 뭔가 싶으시겠지만, 그래도 필요한 성분은 다 들어있습니다. 단지 농도가 낮아서 꽤 오래 씻으셔야 하겠지만 말입니다."

같은 성분을 다른 용도로 쓰며 다른 이름을 붙였을 뿐이다. 세제를 섞어서 독가스를 만들고, 비료를 재료로 폭탄을 제조하지 않던가. 비료공장은 전시에 화약제조 시설로 전환된다.

씻어내는 시간이 길어지면서 얼굴에 들어있던 염색이 빠졌다.

원래의 모습을 되찾기는 오랜만이었다.

Day after apocalypse

LOG OUT 98.4%

<6권에서 계속>

Mutation Field Manual
-야전 교범-

모겔론스 감염 변종 대응 방안으로
각 부처 요인은 살고 싶다면 반드시 숙지 할 것

멜빌레이

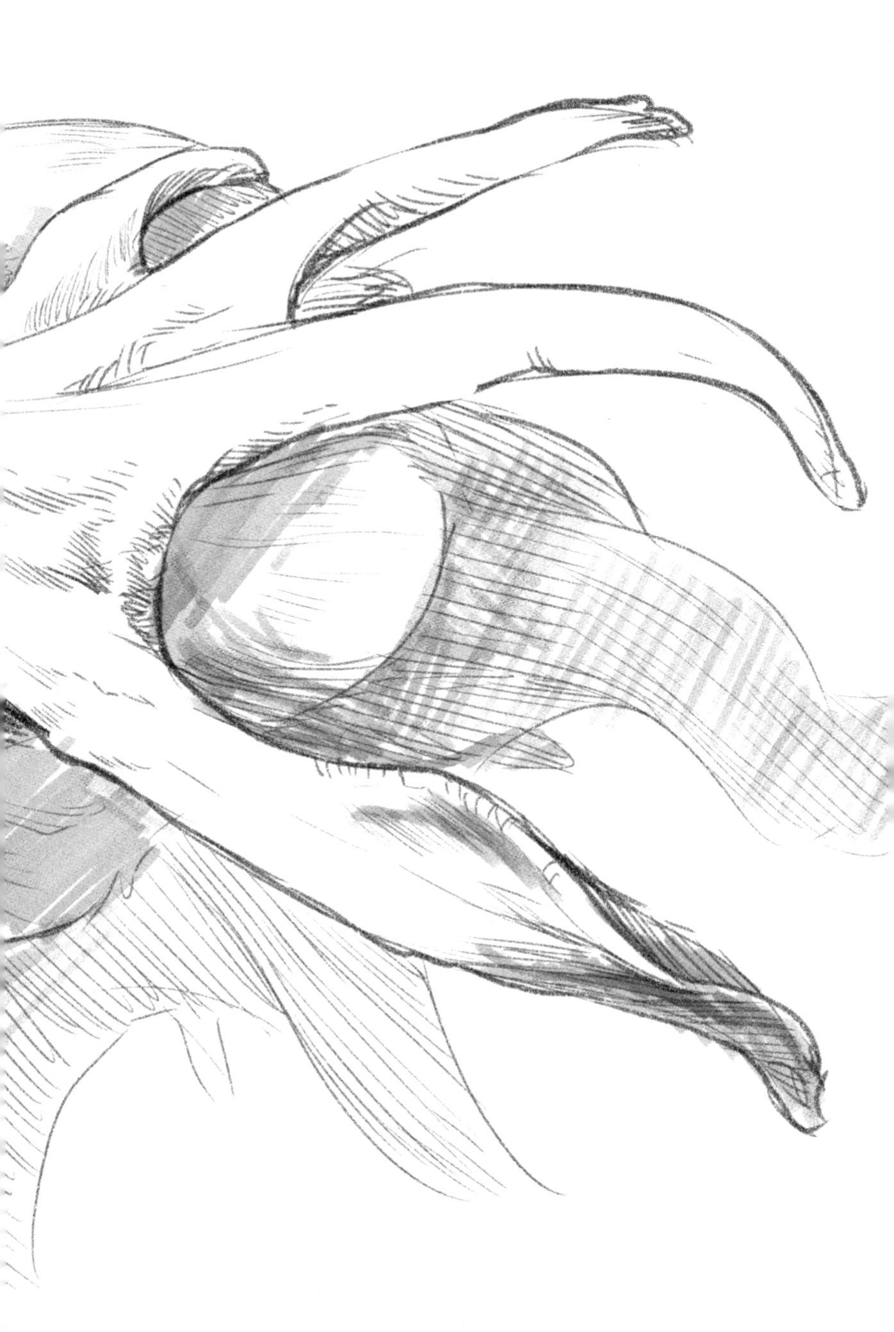

뮤테이션 코드: 멜빌레이

외형 및 특징

수중활동에 특화된 변종으로서 신체가 두족류와 유사한 형상으로 변이되었다. 몸 전면에 다수의 흡수공(吸水孔)이 분포한다. 이 흡수공은 외견상 아가미를 연상케 하지만 그보다 숫자가 많으며, 기능상으로도 차이가 있다.

흡수공을 통해 빨아들인 물은 호흡과 추진에 사용된다.

멜빌레이는 트릭스터와 유사한 생체전기 발생기전을 보유하고 있으나, 이를 공격 수단으로 활용하진 못한다. 대신 체내에서 물을 전기분해하여 호흡에 필요한 산소와 추진을 보조하는 수소를 만들어낸다. 덕분에 이 괴물은 인간을 토대로 변형되었음에도 영구적인 수중활동이 가능하다. 단, 항상 일정한 부력이 유지되는 탓에 일정 심도 이하로 내려갈 능력은 없다. 그저 순간적인 추진력으로 잠깐 동안 더 깊이 잠수할 수 있을 뿐이다. 이는 수면 위 더 높은 곳까지 솟구치기 위한 기교이기도 하다.

대퇴부 이하의 하체는 트릭스터의 뼈 없는 한쪽 팔과 마찬가지로 강인한 근육으로만 이루어져 있는데, 그 끄트머리엔 무수히 많은 작은 구멍, 즉 분수공(噴水孔)이 존재한다. 이러한 형태의 하반신은 수중에서의 유연한 방향전환을 가능케 하지만 뭍에서의 활동엔 부적합한 것으로, 물 밖으로 나왔을 땐 둔한 움직임으로 인하여 구울 이하의 전투력을 보여주기도 한다.

예외적으로, 체내에 저장된 물이 충분하다는 전제 하에, 짧은 시간이나마 수압을 이용한 변칙적 가속을 선보이는 경우도 있다.

추진력을 생성하는 원리는 기본적으로 워터제트와 동일하다. 뒤틀린 심장 형태의 대형 장기 다수가 강력한 펌프의 역할을 수행한다. 흡수공으로 빨아들인 해수를 분수공으로 방출하는 것이다. 커다란 입 또한 흡수공의 기능을 겸한다.

전기분해로 얻은 수소는 해수와 함께 뿜어지거나 피부의 작은 기공(氣孔)들로 새어나와 물의 저항을 완화시킨다.

피부는 두껍고 질긴 편으로, 그 아래엔 물까지 충전되어 있는 까닭에 총기에 대하여 상당한 방어력을 과시한다.

상체의 피부를 보면 우둘두둘 혹처럼 부풀어오른 것들이 보이는데, 이 혹들은 사실 성대가 변형된 기관으로서 입체적인 음파를 발생시켜 멜빌레이가 더 넓은 청각적 시야를 확보하도록 도와준다. 동종과의 의사소통 또한 음파를 이용한다.

음파의 반향으로 사물을 인식하는 특성상 청각이 매우 발달해있다. 100미터 밖의 노 젓는 소리를 포착할 정도. 필연적으로 크고 돌발적인 소음에 취약한 면모를 보인다. 같은 맥락에서, 수중에서 터진 수류탄은 멜빌레이에게 있어 섬광탄과 유사한 효과를 보이며, 그 이상의 굉음은 영구적인 청각손상을 유발하기도 한다. 따라서 소음을 이용한 공격은 멜빌레이에 대한 가장 효과적인 대응책이기도 하다.

항상 집단행동을 하는 것으로 알려져있다. 공격에 나설땐 최소 2개체 이상이 함께한다. 공격 과정에서 동료를 잃고 혼자 남게 되면 대부분의 경우는 도주를 시도한다.

등장 초기엔 그 의외성으로 말미암아 군에게 상당한 피해를 강요했다. 공공서비스보건부대(PHSCC)는 이 새로운 특수변종의 정보를 수집하는 한편 대책을 마련하고자 노력하는 중이다

Operation Map
- 작전지도 -

대외비

포트 베이커
Fort Baker
앨커트래즈 섬
Alcatraz Island
금문교
Golden Gate Bridge
샌 프란시스코
San Francisco
Parade Ground
Battery Cavallo
Horseshoe Bay
East Road
New Breitung Road
Sommerville Road
Center Road
Murray Circle
Bunker Road
McReynolds Road
Merrill Street
Vista Point Road
Moore Road
Marin Headlands (GGNRA)
© openstreetmap.org/#map=13/37.8197/-122.4272
Winslow Cove
Slacker Hill 282 m
Kirby Cove
Vallejo - San Francisco Ferry Building
Angel Island - San Francisco Ferry Building
Alcatraz Cruises, LLC
San Francisco Pier 41
Aquatic Park Cove
Gashouse Cove
Marina Boulevard
Old Mason Street
Presidio
Rob Hill 117 m
Presidio Hill 118 m
US 101
CA 1
Divisadero Street
Union Street
Broadway
Gough Street
Hyde Street
Bay Street
Russian Hill 97 m
Sacramento Street
Pine Street
Post Street
California Street
Turk Street
Golden Gate Avenue
Lone Mountain 128 m
Balboa Street
Fulton Street
Fell Street
Oak Street
Haight Street
Golden Gate Park
Strawberry Hill 129 m
Lincoln Way
Judah Street & 28th Avenue
Judah Street & 9th Avenue
9th Avenue
Noriega Street
Mount Sutro 278 m
17th Street
Market Street
Castro
Church Street & Duboce Avenue
Church Street & 16th Street
16th Street Mission
Right of Way & 20th Street
Dolores Street
Guerrero Street
South Van Ness Avenue
Folsom Street
Harrison Street
Bryant Street
Van Ness
Center
Howard Street
Montgomery Street
Embarcadero
James Lick Freeway
Mariposa Street
Potrero Hill 94 m
24th Street

범례

도보 이동

보트 이동

헬기 이동

보물섬
Treasure Island

베이 브릿지
Bay Bridge

공군 기지
Alameda Air Base

앨러미다 섬
Alameda Island

①

헌티드 시티 2권

유하는 여기에 전재산도 꼴아박을 수 있었다.

글 : 글쓰는기계 / 그림 : 노뉴

가격 : 9,000원

납골당의 어린왕자 5

초판 2쇄 발행 2022년 10월 30일

저자 퉁구스카
표지 MARCH

디자인 윤아빈
크리처 삽화 황주영
마케팅 이수빈
발행인 원종우
발행처 주식회사 블루픽

주소 (13814) 경기도 과천시 뒷골로 26, 2층
전화 02-6447-9000 **팩스** 02-6447-9009
메일 edit01@bluepic.kr **웹** bluepic.kr

ISBN 979-11-6085-314-8 02810 (세트) 979-11-6085-063-5 02810